John Steinbeck
Straße der Ölsardinen
Tortilla Flat

John Steinbeck

STRASSE DER
ÖLSARDINEN

TORTILLA FLAT

Mein Lieblingsbuch für Dich
21.07.99

Zsolnay Edition

Die Straße der Ölsardinen
Die amerikanische Originalausgabe erschien unter dem Titel:
CANNERY ROW
Aus dem Amerikanischen
übersetzt von Rudolf Frank

Tortilla Flat
Die Originalausgabe erschien unter dem Titel: *TORTILLA FLAT*
Aus dem Amerikanischen
übersetzt von Elisabeth Rotten

Umschlag- und Vorsatzillustrationen: Markus Lüpertz
Umschlaggestaltung: Petra Ernst
Druck und Bindung: Ebner Ulm
Printed in Germany 1993

CIP-Titelaufnahme der Deutschen Bibliothek
Steinbeck, John:
Die Straße der Ölsardinen/Tortilla Flat/John Steinbeck.
Aus dem Amerikan. von Rudolf Frank/Elisabeth Rotten
Zsolnay, 1993
Einheitsacht.: Cannery Row/Tortilla Flat ‹dt›.
ISBN 3-552-04547-3

INHALT

Die Straße der Ölsardinen

Für Ed Ricketts;
Er weiß warum, vielleicht auch nicht.
John Steinbeck

Die Straße der Ölsardinen

ist mehr als nur eine Straße, es ist die Gegend der Ölsardinen und Konservenbüchsen, ist ein Gestank und ein Gedicht, ein Knirschen und Knarren, ein Leuchten und Tönen, ist eine schlechte Angewohnheit von Jugend auf, mein Traum. Cannery Row – in Monterey, Kalifornien, zusammen- und auseinandergeschleudert – besteht aus Alteisen, Blech, Rost, Hobelspänen, aufgerissenem Pflaster, Baustellen voll Unkraut und Kehrichthaufen, aus Fischkonservenfabriken in Wellblechschuppen, aus Wirtschaften, Hurenhäusern, Chinesenhütten, Laboratorien, Läden voll Kram, aus Lagerhäusern und faulen Fischen. Die Einwohner? Huren, Hurensöhne, Kuppler, Stromer und Spieler, mit einem Wort: Menschen; man könnte mit gleichem Recht sagen: Heilige, Engel, Gläubige, Märtyrer – es kommt nur auf den Standpunkt an.

Frühmorgens, wenn die Sardinenflotte vom Fang heimkehrt, waten und stapfen die Netzschlepper pfeifeblasend, schwerfällig in die Bucht. Die tiefbeladenen Boote landen da, wo die Konservenfabriken ihre Schwänze ins Meerwasser tauchen. Das Bild ist mit Absicht gewählt, denn sagte ich, daß die Sardinenfabriken ihre Mäuler ins Meer tauchten, so böten die verlöteten Fische, die am anderen Ende zum Vorschein kommen, keinen Anlaß zu einem schöneren Vergleich.

Die Fabrikpfeifen kreischen, und sogleich stürzen im ganzen Ort Männer und Weiber aus ihren Betten, kleiden sich an, rennen zur Gasse der Ölsardinen und an die Arbeit. Blendende Wagen befördern die Oberaufseher, Rechnungsführer, Fabrikbesitzer in ihre Büros. Dort lassen wir sie. Ein Strom italienischer, polnischer und chinesischer Arbeiterinnen und Arbeiter in Gummihosen, Gummijacken und Wachstuchschürzen ergießt sich talab, die gefangenen Fische zu schneiden, zu putzen, zu kochen, zu verpacken und zu verlöten. Die ganze Gasse ächzt, stöhnt, grunzt, kreischt, rattert, und in silbernen Bächen ergießt sich die Fischflut. Die Boote heben sich höher und höher, bis sie entleert sind. In den Konservenschuppen klappert, knarrt, schreit und quietscht es, bis das letzte Fischlein gesäubert, zerteilt, gekocht und verpackt ist. Abermals kreischen die Pfeifen, und die triefenden, fischduftenden, abgehetzten »Polacken«, »Wops« und »Chinesen« kommen wieder zum Vorschein und ziehen mit hängenden Köpfen bergan.

Cannery Row kommt zu sich und wird, wie sie war, zauberisch und still.

Sein eigentliches Leben kehrt wieder. Die Stromer, die sich angewidert vom Arbeitsgetriebe unter eine dunkle Zypresse zurückzogen, hocken wieder auf den verrosteten Röhren der Baustelle, die niemand bebaut. Der Doktor vom »Western Biological Laboratory«, der in der Gasse nie anders als »Doc« genannt wird, schlendert über die Straße, um in Lee Chongs Kramladen einen Schoppen Flaschenbier einzukaufen. Henri, der Maler, durchschnüffelt wie ein Airedale den Abfallhaufen einer grasbewachsenen Parzelle nach Holz und Metallteilen, deren er zu einem Bootsbau bedarf.

Die Dunkelheit bricht herein. Vor Doras Freudenhaus flammt ein nie abnehmender Mond als Hauslampe auf. Kunden des Western Biological statten Doc einen Besuch ab, und dieser holt bei Lee Chong vis-à-vis noch fünf Flaschen.

Wie soll man es in seiner Lebendigkeit einfangen, dies Gedicht, dies Getöne und Geleuchte, dies schlurfende, scharrende Traumgetriebe?

Es gibt Seegetier von so heikler Beschaffenheit, daß es einem unter den Händen zerbricht oder zerrinnt, wenn man es fangen will. Man muß ihm Zeit lassen, bis es von selbst auf eine Klinge kriecht, die man ihm hinschiebt, und es dann behutsam aufheben und in einen Behälter mit Meerwasser gleiten lassen.

Auf ähnliche Art muß ich wohl dieses Buch schreiben: die Blätter hinlegen und es den Geschöpfen von Cannery Row überlassen, wann und wie sie darüber hinkriechen und sich darauf tummeln wollen.

1

Lee Chongs Kramladen, kein Muster an Sauberkeit, war ein Wunder kaufmännischer Bedarfsdeckung. So eng er war, konnte man zwischen seinen vier Wänden doch alles finden, was der Mensch zum Leben und Glücklichsein brauchte: Kleider, Nahrung frisch und in Büchsen, Getränke, Tabak, Fischereigerät, Apparate, Motoren, Nachen, Tauwerk, Mützen, Zündhütchen, Schweinekoteletts. Bei Lee Chong bekam man Schlüpfer, Seidenkimonos, ein Zehntel Whisky und eine Zigarre. Da ließ sich jede erdenkliche Laune und Lust befriedigen. Das einzige, was Lee Chong nicht führte, gab es gegenüber bei Dora.

Das Lädchen öffnete bei Morgengrauen und schloß erst, wenn der letzte wandernde Nickel vertan oder schlafen gegangen war. Nicht, als ob Lee ein Geizhals gewesen wäre! Das war er nicht, aber wenn jemand etwas ausgeben wollte, stand er ihm zur Verfügung. Er war, ohne sich dessen zu rühmen, der wichtigste Mann der Cannery Row, denn da gab es niemand, der ihm nicht Geld schuldig war. Dazu war es im Lauf der Jahre gekommen. Doch drängte Lee Chong seine Schuldner nicht; nur wenn eine Rechnung zu groß wurde, sperrte er den Kredit. Lieber, als daß sie den Berg hinauf in die Stadt gingen, zahlten dann seine Kunden oder versuchten es wenigstens.

Lee war rund von Gesicht und zuvorkommend. Sein Englisch war unmißverständlich, entbehrte jedoch des Buchstabens R. Damals, als es in Kalifornien zu Chinesenverfolgungen kam, war ein Preis auf Lee Chongs Kopf gesetzt. Er aber lag in Frisco in einem Krankenhaus und wartete, bis alles vorüber war. Was er mit seinem Geld anfing, wußte kein Mensch. Aber vielleicht bestand sein ganzer Reichtum aus Rechnungen, die nie bezahlt wurden. Immerhin lebte er nicht schlecht, und seine Nachbarn hatten vor ihm Respekt. Seinen Kunden traute er so lange, bis weiteres Vertrauen lächerlich war. Wenn er jedoch, was vorkam, im Geschäft einen Bock schoß, wußte er seinen Fehler so zu wenden und zu betrachten, daß dabei doch noch ein Vorteil heraussah. So zum Beispiel bei der Geschichte mit »Palace Union und Grillroom«, die jeder andere als einen schweren Reinfall betrachtet hätte.

In seinem Kramladen stand Lee Chong stets hinter dem Zigarrentisch, zu seiner Linken die Registrierkasse, zur Rechten die Rechenmaschine. Vor ihm unter Glas ruhten die braunen Zigarren, die Zigaretten, die »Bull Durham«, »Duke's Mixture«, »Five Brothers«, und an der Wand hinter ihm standen auf Regalen in viertel, halben, ganzen und doppelten Flaschen die Marken »Old Green River«, »Old Town House«, »Old Colonel« und die Spezialhausmarke »Old Tennessee«, ein Whiskyverschnitt, garantiert vier Monate »old«, wohlfeil und unter dem Namen »Old Tennisschuh« in der ganzen Gasse berühmt.

Nicht ohne Grund stand Lee Chong zwischen Whisky und Kunden. Oft hatten findige Köpfe versucht, sein Augenmerk auf einen andern Teil des Ladens zu lenken. Vettern, Neffen, Söhne und Schwiegertöchter hatten rastend lange gelauert, doch niemals Lee den Zigarren-, Kassen- und Whiskystand preisgeben sehen. Die Glasplatte war sein Pult. Hier ruhten die fetten, weichen Hände: Hier wanderten seine Finger gleich ruhelos lebenden Würstchen. Ein dicker goldener Ehering am Mittelfinger der Linken war sein einziges Schmuckstück. Damit pochte er schweigend auf den Zahlteller, dessen Gummiriefelung längst abgewetzt war. Lees voller Mund war nicht ohne Wohlwollen, das Lächeln, das oft darüber hinhuschte, behäbig und warm. Sein Brillengestell war mit Halbgläsern versehen, und da er alles und jeden durch sie zu beäugen pflegte, bog er immerzu den Kopf nach hinten, vor allem, wenn er in die Ferne sah. Aus der Rechenmaschine rechts holten seine emsigen Wurstfingerchen Zinsen, Diskont, Additionen und Subtraktionen hervor; seine freundlichen braunen Augen huschten wachsam vom einen zum anderen Ende des Ladens, und seine Zähne blitzten.

Eines Abends stand er wieder einmal an seinem Platz, und zwar auf einer Schicht Zeitungspapier, die ihm die Füße warm hielt, und sann betrübt und humorvoll zugleich einem Geschäftsgewinn nach, den er am Vormittag erzielt und der ihm am Nachmittag wieder zerronnen war …

Wenn man zu Lee Chongs Kramladen herauskommt und gleich nebenan auf dem grasbewachsenen Grundstück zwischen den großen verrosteten Röhren hindurchgeht, die man in den Ölsardinenfabriken als unbrauchbar ausrangiert hat, dann stößt man auf einen ausgetretenen Pfad, der durch wucherndes Unkraut zu einer schwarzen Zypresse führt. Von dort läuft der Weg über Bahngeleise und Stufen, den sogenannten »Hühnersteig« hinauf zu einem niedrigen Gebäude, das seit langem der Aufbewahrung von Fischdünger dient. Es besteht aus einem einzigen großen, gewölbten Raum und gehört einem vielgeplagten Herrn namens Horace Abbeville, welcher zwei Frauen mit sechs Kindern sein eigen nennt und es Jahre hindurch mittels Bitten und Überredung fertiggebracht hat, bei Lee eine Schuld anwachsen zu lassen, die in ganz Monterey ihresgleichen sucht.

An jenem Vormittag war er in den Kramladen gekommen, und sein niedergeschlagen nervöses Gesicht war zusammengezuckt vor der ernsten Entschlossenheit, mit der Lee seinem faulsten Kunden entgegensah. Verzweifelt starrte er auf den Fettfinger, der auf den Gummizahlteller pochte.

»Ich glaube«, sagte er sanft, »ich bin Ihnen einen Haufen Geld schuldig.«

Lees Gebiß blitzte zustimmend. Das Geständnis kam ihm sehr überraschend. Er nickte bedächtig und wartete, was für ein neuer Dreh da wohl herauskommen werde.

Horace befeuchtete mit der Zunge die trockenen Lippen von einem Mundwinkel bis zum andern und seufzte: »Ich will meinen Kindern nicht diese Schuldenlast hinterlassen. Sonst geben Sie ihnen sicher kein Päckchen Pfefferminz mehr!«

Lee Chong widersprach nicht.

»So eine Schuldenlast ...« murmelte er, und Mr. Abbeville fuhr fort: »Sie kennen doch da oben mein Haus, hinter der Bahn, den Schuppen, in dem der Fischdünger liegt ...?«

Lee Chong nickte. Es war sein Dünger.

»Wenn ich Ihnen da oben das Haus gebe«, fragte der Schuldner bedrückt, »ist dann zwischen uns alles im reinen?«

Lee legte den Kopf ins Genick und starrte Horace durch seine Hornbrille an. Während seine rechte Hand über die Rechenmaschine tanzte, zog er im Geist die Bilanz und erwog die Bauart des Hauses. Es war nicht sehr stabil. Doch der Platz konnte an Wert gewinnen, wenn sich eine Ölsardinenfabrik einmal vergrößern wollte!

»Schön«, sagte er endlich.

»Also, dann geben Sie mir meine Schuldscheine, und ich bescheinige Ihnen die Eigentumsübertragung.« Horace schien es eilig zu haben.

»Ich gebe Ihnen eine Quittung, daß alles bezahlt ist«, erklärte Lee, »dann blauche ich nicht die Papiele (Papiere) zu suchen.«

Sie beendigten ihren Handel mit zwei Zehntel Old Tennisschuh, die Lee in Würde und Förmlichkeit auftischte. Hierauf schritt Abbeville aufrecht quer über den Grasplatz an der dunklen Zypresse vorbei, über die Schienen, den Hühnersteig hinauf geradewegs in das Haus, das nicht mehr das seine war, und erschoß sich auf einem Fischdüngerhaufen. Und keinem der Abbevillekinder, ganz gleich, ob es nun von der einen oder der anderen Frau war, fehlte zukünftig ein Pfefferminzchen. Am Nachmittag lag Horace Abbeville auf dem Schragen. Im Leichnam steckten die Einbalsamierungsnadeln. Auf seines Hauses Stufen saßen eng umschlungen seine zwei Frauen. Bis zur Bestattung waren sie gut Freund miteinander; dann verteilten sie ihre sechs Kinder untereinander, und keine sprach mehr mit der andern ein Wort.

Lee Chong aber stand hinter seinen Zigarren; die braunen Augen blickten gelassen nach innen, und seine Gedanken waren chinesisch. Er sagte sich, daß er an dem traurigen Vorfall nichts hätte ändern können, aber er wünschte, er hätte es vorher gewußt und hätte versucht zu helfen. Des Menschen Recht, sich den Tod zu geben, war für ihn unbestreitbar; diese Anschauung wurzelte tief in seinem menschlich duldsamen Gemüt. Aber manchmal könnte ein Freund die Ausübung dieses unverletzlichen Rechtes unnötig machen, dachte er bekümmert. Er hatte bereits die Kosten für das Begräbnis durch Unterschrift auf sich genommen und den Hinterbliebenen einen Wäschekorb voll Kolonialwaren geschickt.

Nun gehörte ihm Abbevilles Haus mit seinem wohlerhaltenen Dach, dem festen Fußboden, zwei Fenstern und einer Tür. Allerdings war es voll Fischdünger und der Gestank nicht zum Aushalten. Lee erwog, ob er es nicht als Warenlager verwenden könnte, doch er verwarf diesen Gedanken; es lag zu weit ab, und jeder konnte durch eines der Fenster einsteigen.

Während er noch, unschlüssig darüber, was mit dem Neuerwerb nun geschehen sollte, den Gummiteller mit seinem Goldring beklopfte, öffnete sich die Ladentür, und Mack kam herein. Mack war der Anführer, Häuptling, Wortführer, Kumpan und in bescheidenem Umfang Ausbeuter eines kleinen Grüppleins von Burschen und Männern, welche größtenteils keine Familie, kein Geld und weiter kein Streben hatten als Essen, Trinken und Wohlbefinden. Aber während die meisten Menschen auf der Suche nach Wohlbefinden sich selbst ruinieren und so ihr Ziel nicht erreichen, erlangten Mack und seine Gesellen in aller Gemütsruhe die volle Befriedigung ihrer Wünsche und genossen ihr Leben.

Mack und Hedda, der ein Jüngling von ungewöhnlicher Stärke war, Eddie, Aushilfsbarmann bei »La Ida«, Hughie und Jones, die gelegentlich Frösche und Katzen für das Western Biological fingen, wohnten zur Zeit auf dem Platz gegenüber Lee Chong in den großen verrosteten Röhren, das heißt, sie nächtigten dort, wenn es regnete. Bei schönem Wetter hausten sie am Ende des Grundstücks im Schatten der dunklen Zypresse, deren untere Äste sie baldachinartig zu sich herunterzogen. Da lagen die fünf in guter Ruhe und schauten gelassen hinab auf das Fluten und Treiben von Cannery Row.

Wenn Mack den Laden betrat, gab es Lee stets einen leichten Ruck. Mit raschem Blick versicherte er sich, ob nicht auch Eddie oder Jones, Hedda oder Hughie dabei waren und sich am Ende irgendwo hinter und zwischen den aufgestapelten Waren herumtrieben. Doch diesmal war Mack allein und legte mit bezwingender Aufrichtigkeit seine Karten offen auf den Tisch: »Lee, ich und die Jungens haben soeben gehört, du seist jetzt Besitzer von Abbevilles Haus.«

Chong nickte und wartete, und Mack fuhr geläufig fort: »Ich und meine Freunde haben uns nun gedacht, es wäre doch nett von dir, wenn wir da einziehen könnten. Wir würden niemals bei dir einbrechen oder etwas beschädigen lassen. Es könnten zum Beispiel sonst Kinder die Fensterscheiben einschlagen; du weißt –« deutete er leise an, »das Ding könnte auch abbrennen, wenn niemand aufpaßt.«

Lee bog den Kopf zurück und sah durch die Halbgläser Mack in die Augen. Seine Finger verlangsamten ihr Tempo über dem Gummiteller, er dachte tief nach, doch entdeckte sein forschender Blick in Macks Augen nur Treue und den guten Willen, jedermann glücklich zu sehen. Warum fühlte sich Chong trotzdem umzingelt? Warum liefen seine Gedanken so biegsam geschmeidig wie eine Katze, die sich zwischen einer Kaktusanlage durchwindet? Macks Angebot hatte geradezu philanthropisch geklungen. Aber Lees Geist hüpfte weiter zu dem, was möglich – nein, was unausbleiblich war, und sein beringter Finger pochte nur noch ganz langsam. Er sah sich Macks Antrag zurückweisen, erblickte zerbrochene Fensterscheiben, sah Mack wiederkommen, sein Angebot wiederholen und nach dessen abermaliger Ablehnung Flämmchen züngeln, ja, er roch schon den Rauch! Er sah sogar Mack und die Jungens voll Eifer beim Löschen des Brandes.

Chongs Mittelfinger lag wie tot auf dem Zahlteller. Er war geschlagen und war sich dessen bewußt. Ihm blieb nur noch die Möglichkeit, das Gesicht zu wahren.

»Beliebt ih, fü mein Haus Miete zu zahlen? Ih wohnt dot wie in einem Hotel.«

Mack lächelte großmütig, denn das war er, und rief: »Na höre, das ist doch selbstverständlich, gewiß! Wieviel?«

Lee dachte nach. Er wußte genau, es kam gar nicht drauf an, wieviel er verlangte; er bekam auf keinen Fall etwas. Er hatte nur einen angemessenen Betrag zu nennen, um sein Gesicht zu wahren. Also: »Fünf Dolla die Woche.«

Mack spielte seine Rolle vollendet. Er wiegte zweifelnd den Kopf.

»Das muß ich erst mit den Jungens besprechen.« Dann bittend: »Ging's nicht mit vier Dollar wöchentlich?« Lee Chong beharrte auf fünf.

»Ich werde mein möglichstes tun«, versprach Mack sorgenvoll. »Ich weiß nicht, wie sich die andern wohl dazu stellen.«

War das nicht die glücklichste Lösung für alle Beteiligten? Sie war's, und wenn einer meinte, Lee Chong habe dabei verloren, so wurde diese Ansicht durchaus nicht von ihm geteilt. Seine Fenster blieben nun heil. Es entstand keine Feuersbrunst. Zwar würde nie Miete eingehen, selbst nicht, wenn die Mieter zu Geld kamen, was zuweilen der Fall war. Dafür aber würde es nie dazu kommen, daß sie ihr Geld woandershin trügen als in Chongs Kramladen! Da hatte er sich fünf leistungsfähige Kunden gut eingewickelt. Mehr noch! Wenn wieder einmal ein Trunkenbold im Laden Händel anfangen oder die New-Monterey-Clique zum Plündern ausschwärmen sollte, brauchte er nur zu rufen, und seine neuen Mieter würden zu seiner Hilfe herbeieilen. Und noch ein Band war geknüpft: Bei ihrem Wohltäter stehlen die Burschen nicht! Was Lee Chong allein dadurch an Kondensmilch, Büchsenbohnen, Büchsentomaten und Wassermelonen ersparte, überstieg den Betrag der Miete bei weitem. Wenn statt dessen Kolonialwarenhandlungen in New Monterey plötzlich einen zunehmenden, unerklärlichen Abgang an ihren Beständen verzeichnen müßten, ginge es Lee Chong nichts an; jene Geschäfte gehörten nicht ihm.

Die fünf zogen ein und der Fischdünger aus, und keine sterbliche Seele wußte, wer dem Hause den Namen gab, unter dem es förderhin weiterlebte: »Palace Union und Grillroom«. In den Röhren und unter der Zypresse war kein Platz für Möbel und Nippes gewesen, die nicht nur Merkmale, sondern auch Marksteine menschlicher Zivilisation bedeuten. Im Palace Union war es anders. Die Jungens setzten sich in den Kopf, es fein auszustatten. Ein Sessel erschien, ein Lotterbett und ein Stuhl. Ein Porzellangeschäft stiftete eine rötliche Vase, ohne daß der Besitzer oder irgendein Angestellter auch nur mit der Wimper zuckte, denn keiner von ihnen erfuhr je etwas davon, und als ein tadellos neuer Tisch und eine Fußbank eintrafen, wurden sie sogleich rot übermalt, was sich nicht nur hübsch ausnahm, sondern sie zugleich sachgemäß tarnte für den Fall, daß der ehemalige Besitzer sie zufällig zu Gesicht bekommen sollte.

Palace Union und Grillroom entwickelte sich. Die neuen Mieter saßen vor ihrer Tür und schauten über die Schienen, den Grasplatz, die Straße hinab in die Fenster des Western Biological. Nachts hörten sie eine wundersame Musik, die aus dem Laboratorium tönte. Ihre Blicke folgten Doc über die Gasse, wenn er bei Lee Bier holen ging.

Und Mack sprach: »Dieser Doc ist ein feiner Kerl. Man müßte ihm einmal eine Freude bereiten.«

2

Im Anfang war das Wort, und es war Gleichnis und ein Ergötzen, das Menschen und Schauplätze, Bäume, Pflanzen, Faktoreien und Pekinesen in sich einsog und aufnahm. Und es wandelte sich ein jegliches Wesen und Ding in ein Dingwort und von da wieder zurück zum Ding. Nun aber war es eingesponnen und eingewoben in Phantasie. Und das Wort sog in sich ein die Straße der Ölsardinen, verdaute sie und spie sie aus. Da hatte die Straße den Schimmer der neugeborenen Welt und himmelspiegelnder Meere. Cannery Row...

Lee Chong ist mehr als ein chinesischer Krämer – vielleicht verlor er einmal sein Gleichgewicht und fand es wieder durch Gutsein – denn er ist ein asiatischer Wandelstern, schwebend in seiner Bahn gehalten durch die Anziehungskraft eines Lao Tse und ferngehalten von Lao Tse durch die Zentrifugalkräfte von Registrierkasse und Rechenmaschine, Planet Chong, der da kreist und sich dreht, auf- und untergeht zwischen Warenballen und Geistern, ein harter Mann vor einer Büchse Bohnenkonserven, ein weicher Mann vor seines Großvaters Gebeinen.

Lee Chong grub in einem Grab des Chinesenviertels und fand allda vergilbte Knochen und einen Schädel, an dem noch der graue Zopf haftete. Und er ordnete seinen Fund sorgsam, Unter- und Oberschenkel und Schienbeine in zwei Reihen, dazwischen Schädel, Becken und Schlüsselbeine im Kranz der Rippen, und verpackte es gut und sandte seinen zerbrechlichen Großvater über den Großen Ozean, auf daß er Ruhe fände in der von den Ahnen geheiligten Erde.

Auch Mack und die Jungens drehten sich freischwebend in ihren Bahnen. Sie sind die Grazien, die Reize, die Tugenden in dem verrückten Wirbel von Monterey, im Kosmos und Chaos der Staaten, darinnen Menschen in Hunger und Angst sich im Kampf um Nahrung und Sicherheit ihren Magen verderben und Leute, hungernd nach Liebe, alles rings um sich her zerstören, was liebenswert ist. Mack und die Jungens sind Grazien, Reize und Tugenden. In einer Welt, die beherrscht ist von schwärenbedeckten Panthern, benagt von Aaskäfern und blinden Schakalen, von brünstigen Bullen mißbraucht, speisen Mack und die Jungens köstlich mit Tigern, liebkosen die tollen Färsen und wickeln Brosamen ein, um die Seemöwen von Cannery Row zu füttern. Was frommt es dem Menschen, wenn er die Welt gewönne und säße in deren Besitz mit einem Magenkrebs, Sodbrennen und Prostataschwellung! – Mack und die Jungens meiden die Fallen, machen einen Bogen um Gifte und steigen hinweg über Schlingen und Fallstricke. Und währenddem beschimpft sie eine Generation von vergifteten, eingefangenen, überfütterten Leuten und nennt sie

Taugenichtse, Windhunde, Diebsgesindel, Stromer, Halunken, mit euch nimmt's noch ein böses Ende, ihr Schandfleck der Stadt!

Unser Vater, der Du bist in der Natur und überleben läßt den Coyoten, die Wanderratte, die Schmeißfliege, den Spatz und die Kleidermotte, Du mußt eine unermeßliche, überwältigende Liebe hegen für Taugenichtse, Schandflecken und Stromer und Mack und die Jungens, Tugenden, Grazien, Lässigkeit, Wohlbehagen.

Unser Vater, der Du bist in der Natürlichkeit …

3

Lee Chongs Haus steht rechts von dem »Leeren Platz« (warum er »leer« genannt wird, wo er doch voll ist von alten Kesseln, rostigen Röhren, Balken und ganzen Haufen weggeworfener Kanister, weiß kein Mensch), und dahinter sind oben die Bahngeleise, und höher noch kommt man zum Palace Union. Links aber stößt an den Leeren Platz der imponierende Hurentempel von Dora Flood, ein sauberes, altmodisches, hochanständiges Etablissement, in dem man mit seinen Freunden ungestört ein Glas Bier trinken kann. Oh, das ist keine Neppbude, kein frivoles Stundenhotel, sondern ein gediegener, ehrenwerter Klub, gegründet, geführt und dirigiert von Dora, welche als Madam und Dirne seit fünfzig Jahren dank ihrer besonderen Begabung, ihrem ausgesprochenen Takt, ihrer Mildtätigkeit, Ehrlichkeit, langjährigen Erfahrung und Übung sich der Hochachtung aller Weisen, Intelligenten und Guten erfreut. Aus den gleichen Gründen ist sie aber bei den verdrehten und geilen verheirateten alten Jungfern verhaßt, deren Ehegatten ihr Heim zwar achten, aber nicht lieben.

Dora ist ein großartiges Weibsbild mit flammend orangefarbenen Haaren und einer Vorliebe für nilgrüne Abendkleider. Sie hat feste Preise, verkauft keinen Fusel und duldet kein unsittliches Wort in ihrem Betrieb. Infolge Alters und anderer Gebrechen sind einige ihrer Dirnen nur wenig beschäftigt, aber Dora setzt sie deshalb nicht vor die Tür.

»Das paßt euch so«, bemerkt sie dazu. »Drei dicke Mahlzeiten täglich, aber keine drei Stöße im Monat!« In einer Anwandlung von Patriotismus hatte Dora ihr Unternehmen auf den Namen »Restaurant Flotte Flagge« getauft.

Seitdem berichteten eine Reihe Anekdoten von Geistlichen und ahnungslos holden Jungfräulein, die sich auf der Suche nach einem Schinkenbrötchen oder einem Glas Ovomaltine zu Dora verirrten.

Zwölf Dirnen, die pensionierten inbegriffen, bildeten ihre Kerntruppe.

Außerdem gab es da einen griechischen Koch und den Nachtwächter, dem alle schwierigen und delikaten Geschäfte oblagen, als da sind: besoffene Hausfriedensstörer hinausschmeißen, eifersüchtige Kampfhähne trennen, hysterische Anfälle dämpfen, Kopfschmerzen kurieren und Getränke mixen. Er verband Schnitt-, Hieb- und Stoßwunden, ging bei Tag mit den Sittenpolizisten spazieren, und da gut die Hälfte der Mädchen der *Christian Science* anhing, verlas er jeden Sonntagmorgen mit lauter Stimme den Wochenabschnitt aus *Science and Health.* Sein Vorgänger war keine so ausgeglichene Natur gewesen; er hatte ein trauriges Ende genommen, ich werde es nachher erzählen. Alfred hatte es leichter gehabt und war über alle Anfechtungen Sieger geblieben. Er wußte, was er sich schuldig war und sah auf den ersten Blick, wer hier richtig am Ort war und wer fehl. Die häuslichen Verhältnisse der Bürger von Monterey kannte er besser als irgendwer in der Stadt.

Was Dora anging, so führte sie ein widerspruchsvolles Dasein. Da dieses, dem Buchstaben nach, gegen ein Gesetz und die »gute Sitte« verstieß, mußte sie alle andern Gesetze und Sitten mit doppelter Strenge innehalten. Da durfte kein Unfug, kein Saufgelage, kein Krach und kein Faustkampf stattfinden, und vor allen Dingen mußte sie wohltätig sein. Von allen Seiten wurde sie angezapft: Wenn die Polizei zum Besten ihres Pensionsfonds einen Ball veranstaltete und jeder Bürger einen Dollar beisteuerte, mußte sie fünfzig stiften, und wenn die Handelskammer ihre Gartenanlagen verschönerte und die Kaufleute je fünf Dollar zeichneten, ging man Dora um hundert an, und sie rückte damit heraus, ohne zu murren, denn sie verstieß gegen die guten Sitten. So ging es mit allem! Wenn die Pfadfinder, das Rote Kreuz oder der Hauspflegeverein sammelten, stand stets ein Prozentsatz von Doras scham- und ruhmlosem schmutzigem Sündenlohn obenan auf der Spendenliste. Dabei war sie von jeder Wirtschaftsdepression schwerer als andere betroffen, sah die hungrigen Gassenkinder und ihre arbeitslosen Väter, ihre bekümmerten Mütter und beglich rechts und links zwei Jahre lang deren Rechnungen für Lebensmittel. Nur mit Mühe kam sie um den Bankrott herum.

Doras Dirnen waren wohlerzogene heitere Mädchen, und keine redete einen Herrn auf der Straße an, auch nicht, wenn er die Nacht zuvor bei ihr war.

Bevor Alfred sein Amt als Bordellnachtwächter übernahm, hatte sich im Restaurant Flotte Flagge eine Tragödie abgespielt. Der damalige Nachtwächter hieß William, ein verdüsterter Mensch mit einsamen Augen. Er hatte die Weibergesellschaft satt, und wenn er tagsüber müßig zu einem Seitenfenster hinaus schaute, sah er Mack und die Jungens auf dem Leeren Platz im Sonnenschein auf ihren Röhren hocken. Wilde Malven wuchsen um ihre baumelnden Beine. Sie diskutierten gemächlich über allerhand Dinge von Interesse und ohne Bedeutung. In gemessenen Abständen sah William sie eine Flasche Old Tennisschuh aus der Hosentasche ziehen, mit dem Ärmel über den Flaschenhals wischen und einer dem andern zutrinken. Er wünschte sehnlich, Anschluß bei ihnen zu finden, und ging daher eines Tages hinüber und setzte sich neben sie auf eine Röhre.

Die Unterhaltung brach ab. Feindseliges Schweigen entstand und dauerte an, bis William trostlos zur Flotten Flagge zurückkehrte. Da lebte die Unterhaltung sogleich wieder auf; er sah es durchs Seitenfenster, und es betrübte ihn. Er war düster und häßlich, sein Mund verzerrt.

Am folgenden Tag ging er wieder hinaus, mit einer Flasche Whisky bewaffnet. Mack und die Jungens tranken den Whisky, sie waren ja nicht verrückt, aber ihr ganzes Gespräch bestand nur aus »Wohl bekomm's!« und »Gott vergelt's!« Da kehrte denn William bald wieder in die Flotte Flagge zurück und beobachtete die Clique von seinem Fenster aus und hörte Mack die Stimme erheben: »Kuppler sind mir zum Kotzen!« Dabei stimmte das gar nicht, es war nur so hingeredet, aber William wußte es nicht. Mack und die Jungens mochten ihn bloß nicht, das war alles.

Ihm aber brach es das Herz. Selbst für die Stromer war er ein Paria ...! Er hatte von jeher zu Selbstanklagen und Selbstverachtung geneigt. Er nahm seinen Hut und ging den Strand entlang bis zum Leuchtturm. Dort befand sich ein kleiner Friedhof; William stand in düstern Gedanken. Niemand mochte ihn, keiner achtete ihn oder kümmerte sich um ihn. Und wenn man ihn auch Nachtwächter hieß – er war ein Kuppler, ein elender, schmieriger Kuppler, das Verächtlichste auf der Welt. Und dann dachte er, daß er doch auch ein Recht habe zu leben, ja, das hatte er! Zornig begab er sich auf den Rückweg, aber sein Zorn verging, als er sich dem Restaurant Flotte Flagge näherte und die Stiege emporklomm.

Es war Abend. Der Musikautomat im Empfangszimmer spielte *Harvest Moon.* Da gedachte William der ersten, die ihm einst Augen gemacht hatte. Sie hatte dies Lied sehr geliebt und war ihm dann weggelaufen, hatte geheiratet, und er hatte sie nie wiedergesehen. Der Song machte ihn todsterbenstraurig.

Im Hinterstübchen saß Dora bei einer Tasse Tee, als der Nachtwächter eintrat.

»Was gibt's?« fragte sie. »Bist du krank?«

»Nein«, antwortete William. »Wann bekomme ich übrigens meine Prozente? ... Mir geht's saumäßig; ich möcht' mich am liebsten auf der Stelle erschießen.«

Dora waren im Laufe der Zeit schon viele Neurotiker vorgekommen. Bloß nicht ernst nehmen! war ihre Devise, und daher bat sie: »Mach das aber in deiner dienstfreien Zeit und schau, daß du mir dabei die Teppiche nicht verdreckst!«

Dieser Zuspruch legte sich wie eine grünliche Giftwolke um Williams Gemüt; er wankte langsam hinaus, in die Halle hinunter, und klopfte an Eva Flanegans Tür.

Eva war rothaarig und ging jeden Sonntag zur Beichte. Sie war aus guter, großer Familie, fromm, doch eine unbekehrbare Säuferin. Als William hereinkam, malte sie sich die Fußnägel; mit den Fingernägeln war sie schon fertig. Und wenn William es nicht schon gewußt hätte, daß sie in Hoffnung war, hätte er es ihr jetzt ansehen können. Das ärgerte sie. Schwangere Mädchen ließ Dora nicht arbeiten, und das ärgerte sie noch mehr.

»Was willst du schon wieder?« schrie sie ihn wütend an.

»Ich will mich erschießen«, brüllte er wütend zurück.

»So eine lausig verruchte, stinkende Sünde!« keifte sie los. »Das sieht dir ähnlich, jetzt drückst du dich, nichtsnutziger Bankert! An mich denkst du nicht, und mir fehlt noch soundsoviel für East Saint Louis, ich will doch nach Haus, du elender Lump –«

Sie tobte noch, als er die Tür wieder hinter sich zugemacht hatte und sich auf dem Weg zur Küche befand, zu dem griechischen Koch. Die Weiber hatte er gründlich über!

In der großen weißen Schürze, die Ärmel aufgerollt, stand der Grieche vor zwei Pfannen; darin schmorten Schweineschnitzel, die er mit einem Spieß wendete. Das zischte und spritzte, und der Koch fragte: »Na, Billie, wie steht's?«

»Ich weiß nicht, Lulu, manchmal denke ich mir, es ist das beste, ich mache – klack!«

Dabei fuhr er mit der Faust unterm Kinn quer über die Kehle.

Der Grieche legte den Spieß auf den Herd, rollte die Ärmel hoch und bemerkte: »Mein lieber Bill, da kann ich nur sagen, und das hab' ich schon oft gehört: ›Leute, die davon reden, tun es nicht.‹«

William langte derweil nach dem Spieß und wog ihn, als sei es zum Spiel. Dabei sah er tief in Lulus Augen und las darin Unglauben und Spott. Doch wie er so in sie hineinstarrte, änderte sich der Ausdruck der griechischen Augen, wurde verwirrt, verstört, entsetzt, und als William das sah, erkannte er: Jetzt merkt der Grieche, daß ich dazu imstande bin, und jetzt – jetzt weiß er, ich tue es.

Und weil er dies in den Augen des Griechen las, wußte William, daß er es tun müsse, unbedingt, obwohl es ihm nun dumm vorkam. Seine Hand hob sich. Der Stecher drang in die Herzgegend, und zwar erstaunlich leicht.

William war Alfreds Vorgänger gewesen. Alfred war sogleich bei allen beliebt. Er durfte jederzeit auf der Röhre bei Mack und den Jungens Platz nehmen; er konnte sie sogar in ihrem Palace besuchen.

4

Am Abend in der grauen Dämmerzeit nach Sonnenuntergang geschieht am Canneryweg etwas Sonderbares. Den Berg herab am Palace vorbei, den Hühnersteig hinunter und über den Leeren Platz kommt ein uralter Chinese in Blau. Er trägt einen alten flachen Strohhut, baumwollene Hosen und Jacke; an seinen schweren Schuhen ist eine Sohle los und klatscht beim Gehen auf den Boden. In der Hand trägt er einen zugedeckten, aus Weiden geflochtenen Korb. Sein Gesicht ist hager und braun und rissig wie getrocknetes Rindfleisch. Auch seine alten Augen sind braun, die ganzen Augäpfel, und liegen so tief, daß es ist, als käme sein Blick aus Höhlen.

Wie die Dunkelheit kommt er über die Straße, geht zwischen dem Western Biological und der »Hediondo«-Konservenfabrik zum Strand und verschwindet zwischen den Pfeilern und stählernen Stützen der Landungsbrücken.

Bis zur Abenddämmerung hat ihn noch niemand gesehen. Erst in der Morgendämmerung, wenn die

Straßenbeleuchtung erlischt und der Tag noch nicht da ist, kriecht der alte Chinese zwischen Landungsbrücken hervor und wandert über den Strand und die Gasse. Sein Weidenkorb trieft. Die lose Schuhsohle klatscht auf den Boden. So geht er bergan bis zur Zweiten Straße, tritt durch das Tor eines hohen Bretterzauns und wird nicht mehr gesehn – bis zum Abend, und die Kinder, die eben erst eingeschlafen sind, hören im Schlaf seine klatschende Sohle und werden noch einmal wach. Das geht so seit Jahren, doch keiner hat sich daran gewöhnt. Einige denken, es ist Gott, der die Dämmerungen durchwandelt. Alte Leute meinen, es ist der Tod. Kinder sehen in ihm einen komischen alten Chinesen; Kinder halten ja meist etwas seltsam Altes für komisch. Sie necken ihn trotzdem nicht und rufen auch nicht hinter ihm her. Ein Wölklein Ehrfurcht umschwebt ihn.

Einmal aber geschah es, daß ein kecker und schöner Knabe mit Namen Andy den Weg des alten Chinesen kreuzte. Andy kam aus Salinas; er war nur zu Besuch in Monterey, und als er den Alten erblickte, stand für ihn fest, er müsse jetzt etwas hinter ihm herrufen, sei es auch nur zur Stählung des Selbstbewußtseins. Aber sogar der kecke Andy verspürte das Wölklein Furcht.

Furcht und Kühnheit kämpften in ihm, als er den Gelben, den Dunkeln Abend für Abend auftauchen sah, und endlich faßte er sich ein Herz, marschierte hinter ihm her und sang schrill:

»Ching, chong, Chinamann
hockte auf dem Topf.
Kam des Wegs ein weißer Mann,
schnitt ihm ab den Zopf!«

Da blieb der Uralte stehen und wandte sich um. Seine Augen, die tiefen, braunen, waren auf Andy gerichtet, die rissigen dünnen Lippen bewegten sich.

Was nun geschah, konnte Andy niemals erklären und nie vergessen. Die tiefen Augen erweiterten sich und breiteten sich aus, bis nichts mehr von dem Chinesen zu sehen war. Da war nur noch ein einziges Auge, groß wie ein Kirchentor, und als Andy in das braune, durchsichtige, schimmernde Tor sah, gewahrte er eine meilenweite ebene Landschaft. Hinter ihr erhob sich eine bewegte Kette von Bergen; die sahen aus wie Köpfe von Hunden und Kälbern, einige auch wie Pilze und Zelte. In der Ebene aber wuchs niedriges rauhes Gras; da und dort waren Erdhäuflein, und auf jedem saß etwas, das sah aus wie ein Murmeltier. O diese Einsamkeit, dieses trostlose, kalte Alleinsein.

Andy schluchzte. Denn niemand war mehr auf der ganzen Welt. Er war allein gelassen. Er wimmerte.

Er schloß die Augen, um die Einsamkeit nicht zu sehen, und als er sie wieder auftat, stand er auf der Straße der Ölsardinen, und des alten Chinesen Schuhsohle klatschte den Boden zwischen der Hediondo-Fabrik und dem Western Biological.

Andy war der einzige Junge, der je so etwas getan hatte, und er tat es nie wieder.

5

Das Western Biological lag gegenüber dem Leeren Platz, und wenn man zu seiner Haustür herantrat, hatte man halb rechts Chongs Kramladen und halb links Doras Flotte Flagge vor Augen. Es führte die herrlichsten, seltsamsten Waren, die schönen Tiere des Meeres, Schwämme, Manteltiere, Meeranemonen, grünliche Schlangensterne, Seeigel und Seesterne, Ledersee- und Herzigel, Entenmuscheln, Stern- und Faßschnecken, Sonnensterne, geschwinde und gefährliche Plättchenschlangen, vielerlei Muscheln, die vielgestaltigen märchenhaften Geschwister der Tiefsee, Nudibranchien und Tectibranchien, die stacheligen und warzigen Seeigel und Seekobolde, Taschenkrebse und Krabben, die kleinen Drachen, die schnappende und die Gespenstergarnele, die so durchsichtig ist, daß sie kaum einen Schatten wirft. Auch Käfer, Faß-, Stern-, Sumpf- und Schlammschnekken, Schmarotzertierpflanzen und Spinnen gibt es im Western Biological zu kaufen; Klapperschlangen und Ratten, Raupen und Bienen, alles ist vorhanden, sogar ungeborene Menschenkinder, die Embryos heißen, einige vollständig, andere zwischen Glasplättchen, in dünne Scheiben geschnitten. Zu Studienzwecken finden sich Haifische hier, denen Doc an Stelle des Blutes gelben und blauen Farbstoff in die Venen und Arterien gespritzt hat, so daß die Studenten mit einem Skalpell den Blutkreislauf genau zu verfolgen vermögen; ähnlich ist es bei Katzen und Fröschen. Beim Western Biological kannst du jegliches Lebewesen bestellen; früher oder später bekommst du es.

Das Haus ist niedrig und schmal, hat aber eine beträchtliche Tiefe. Zu ebener Erde nach der Straße hin befindet sich ein Raum mit Regalen, die bis zur Decke reichen und mit Gläsern und Flaschen voll präparierter Tiere beladen sind. Daneben ein Kabinett mit allen Vorrichtungen und Instrumenten für Injektionen und Einbalsamierungen.

Durch den Hinterhof gelangt man zu einem Schuppen, der auf Pfählen über dem Meere ruht. Hier sind die Bassins für das große Seegetier, Haie und Rochen und Seepolypen, jede Gattung in ihrem eigenen zementierten Behälter.

Von hier führt eine Treppe zum Arbeitszimmer. Dieses enthält einen Schreibtisch, darauf einen Stapel unerledigter Post, Registrierschränke und einen stets offenen Kassenschrank. Einmal wurde er aus Versehen geschlossen. Niemand kannte das Geheimnis der Buchstabenkombination, und drinnen lag eine geöffnete Büchse Ölsardinen und Roquefortkäse! Furchtbare Dinge und Gerüche entwickelten sich im Schoße der dunkeln Schatzkammer, bis endlich der Schrankfabrikant ermittelt und das Kennwort von ihm übersandt worden war. Damals entdeckte Doc ein Verfahren, mittels dessen sich jedermann, falls er das Bedürfnis hatte, an einer Bank rächen könnte. Er brauche nur, riet Doc, einen Safe zu mieten, einen ungeräucherten Salm darin zu deponieren und dann zu verreisen. Was seinen eigenen Tresor anging, machte er es sich zum Gesetz, nie wieder Nahrungsmittel darin zu verwahren. Er legte diese von nun an in seine Registrierschränke.

Hinter dem Arbeitszimmer war das Aquarium, in dessen Bassin sich zahllose Fischarten tummelten. Da standen ferner Werkbänke, Maschinen, Gestelle mit Medikamenten, Reagenzgläser, Retorten, Glasschalen sowie das Mikroskop und Chemikalien. Düfte von Schwefel und Essigsäure, Äther, Chloroform, Chlor, getrockneten Seesternen, Menthol, Riechsalz, Meerwasser, Packpapier, Kleister, Schmieröl, Bananenöl, Klebegummi, Stiefelwichse, nassen Wollsocken, Klapperschlangen, Mäuse-, Katzen- und Rattendreck entstiegen diesem Bereich. Durch Hinterfenster und Hintertür drangen bei Ebbe die Düfte von Tang und faulen Muscheln, bei Flut Salzgeruch, Schaum und Gischt.

Links an das Arbeitszimmer schloß sich die Bibliothek an. Bis zur Zimmerdecke reichten die Bücherbretter mit Bänden jeglicher Größe – Enzyklopädien, Wörterbücher, Gedichte, Dramen, gebunden und ungebunden, und Schachteln voller Broschüren und Dissertationen; an einer Seitenwand stand ein Plattenspieler, daneben die Platten zu Hunderten sorgfältig aufgereiht. Unterm Fenster befand sich ein roter

Diwan. An den Wänden und den Rahmen der Büchergestelle waren mit Stecknadeln Reproduktionen nach Daumier, Graham, Tizian, Leonardo, Picasso, Dali, George Grosz in Augenhöhe befestigt, so daß man sie, so man Lust hatte, in aller Bequemlichkeit ansehen konnte. Auch Stühle und Bänke gab es in dem engen Gemach und dazu noch ein Bett. Es waren hier schon einmal vierzig Personen beisammen gewesen.

Hinter diesem Schlaf-, Wohn-, Empfangs-, Musik- oder Lesezimmer, oder wie man es sonst nennen mag, war die Küche mit Gasofen, Boiler und Ausguß. Und während im Zimmer nebenan Lebensmittel in der Registratur aufbewahrt wurden, befanden sich hier Teller, Gläser, Tassen und auch Schmalztöpfe hinter Glastüren in eichenen Bücherschränken. Doch war dies keineswegs eine Schrulle, sondern ein Zufall. Es war so gekommen und mußte so sein. Außerdem hingen von der Küchendecke Speckschwarten, Salamiwürste und Schaufeln, wie man sie beim Fischfang braucht. Nebenan befand sich die Toilette nebst Dusche. Erstere rann seit fünf Jahren. Erst zur Zeit, da unsere Geschichte spielt, entschloß sich ein kluger, beherzter Gast, das Leck mit einem Stück Kaugummi zu verkleben.

Doc war der alleinige Eigentümer, Direktor, Praktikant und Aufwärter des Western Biological. Er war klein von Gestalt, aber das täuschte! Er war verdammt stark und sehnig, und wenn ihn die Wut packte, konnte die Sache gefährlich werden. Er trug einen Bart. Sein Gesicht war wie eine Mischung aus Christus- und Satyrkopf, und das entsprach seinem innersten

Wesen. Er hatte, so hieß es, schon manchem Mädchen aus einer Verlegenheit heraus- und damit zugleich in eine zweite hineingeholfen. Er hatte Hände wie ein Gehirnchirurg, einen kühlen Geist und ein warmes Herz. Wenn ihm ein Hund begegnete, griff er an seinen Hut. Dann schaute der Hund zu ihm empor und lächelte. Doc konnte, wenn es sein mußte, alles und jedes töten, doch ohne wissenschaftlichen Grund keiner Fliege etwas zuleide tun. Vor einer einzigen Sache hatte er Angst: sein Kopf könnte naß werden; er trug daher, ob Sommer, ob Winter, ob Regen, ob Sonnenschein, einen wasserdichten Hut. Er konnte bis zur Brust durch einen Tümpel waten, ohne daß ihn die Nässe genierte, doch ein Tröpfchen Regen auf seinen Scheitel regte ihn wahnsinnig auf.

Während einer Reihe von Jahren hatte Doc an der Cannery Row völlig zurückgezogen gelebt und war ein Urquell der Weisheit, Kunst und Naturwissenschaft geworden. Doras Dirnen vernahmen aus seinem Laboratorium zum ersten Male Gregorianische Kirchenmusik und Choräle, und Lee Chong hörte ihn auf englisch Li Tai Po rezitieren. Durch ihn machte Henri, der Maler, die Bekanntschaft mit dem ägyptischen Totenbuch und war davon so beeindruckt, daß er seine Malweise grundlegend änderte. Hatte er bisher mit Leimfarben, Rostkitt und farbigen Hühnerfedern gemalt, so wechselte er nunmehr die Technik von Grund auf und arbeitete mit verschieden getönten und zugeschnittenen Nußschalen.

Doc konnte sich jeden Unsinn anhören und ihn in etwas Sinnvolles verwandeln. Sein Denken kannte keine Schranken; seine Zu- und Abneigungen konnte niemand beeinflussen.

Mit Kindern sprach er über die tiefsten Dinge so, daß sie alles verstanden. Er lebte in einer erregenden Wunderwelt. Er war lüstern wie ein Kaninchen und sanft wie ein Reh. Jeder, der ihn kannte, hatte ihm etwas zu danken, und wer an ihn dachte, dachte zuerst: Ich möchte ihm gern einmal eine Freude bereiten.

6

Einen großen Teil seines Seegetiers pflegte Doc am Ende der Meerau im Großen Ebbetümpel zu sammeln. Ein bezaubernder Platz! Bei Flut ein brodelndes Becken, worin die einbrechenden Wellendämme den Schaum des Meeres brausend zu Sahne schlugen; bei Ebbe eine liebliche, in sich ruhende Welt.

Das Wasser ist durchsichtig klar. Am Grunde tollt es phantastisch von allerhand Lebewesen; sie schießen dahin, kämpfen, begatten und fressen einander. Krebse hasten durch wedelndes Seegebüsch. Seesterne machen sich über Miesmuscheln und Napfschnecken her. Ihre zahllosen Saugfüßchen halten die Beute, heben und zerren sie hoch, brechen sie mit unglaublicher Kraft vom Gestein; dann schlemmen die Mägen der Seesterne. Nudibranchien, gefleckte, gekräuselte und solche von der Farbe wie Doras Haare, gleiten zierlich über Felsen dahin. Ihre Haut wogt wie die Roben spanischer Tänzerinnen. Schwarze Aale stekken die Köpfe aus Spalten und lauern auf Opfer. Zehnfüßerkrebse schnappen, man meint, man müsse das Zuschnappen hören, doch diese farbige Lustwelt lebt schalldicht unter dem Glas der Oberfläche. Einsiedlerkrebse spielen im Sand wie Kinder. Einer entdeckt ein leeres Schneckenhaus; es gefällt ihm anscheinend besser als seines, er schlüpft aus seinem Haus – entblößt einen Augenblick all seine sanften Weichteile feindlichem Angriff – und ist schon in die neue Schale geschlüpft!

Eine Woge bricht über die Böschung, zerschmettert den Wasserspiegel des Tümpels, schleudert ein Blasengetümmel hinein -- dann wieder holde Stille mit Mord und Totschlag. Ein Taschenkrebs reißt seinem Bruder ein Bein aus. Einladend öffnen Meeranemonen ihre schimmernden Blumenarme – nur einen Moment will ein Krebslein darin verweilen; auch ein müder Johanniskäfer erliegt der purpurnen und grünen Verführung, kommt näher, ganz nah – da schnellen die Blumenblätter nach innen, die nesselhaarigen Zellen schießen feine betäubende Nadeln in ihre Opfertiere. Sie werden schwach und schwächer, entschlummern, während der scharfe, brennende Verdauungssaft die kleinen Körper zum Schmelzen bringt.

Langsam, schleimig schleicht der Mörder Polyp, der Octopus, wie ein Nebel, ein grauer, hervor ... Er kann sich gut verstellen. Er tut, als sei er nur ein Stück Holz oder ein Klumpen faulenden Fleisches. Allein seine Augen halten Wache, böse und kalt. Er gleitet auf einen futternden Taschenkrebs zu; es glühen die gelben Pupillen. Die Körpersubstanz färbt sich rosig vor Gier in Erwartung des Fraßes. Auf den Felsen, die aus dem Wasser ragen, wachen Schwanenteichmuscheln in halbgeöffneten Schalen.

Napf- und Schlüsselschnecken trocknen an der Sonne. Schwarze Schmeißfliegen summen um das Gestein; sie fressen alles, was sie nur finden. Die Luft ist geschwängert von scharfem Jodgeruch, der aus Algen und Seetang strömt, von Kalkstaub verfallener toter Gehäuse und den Dünsten des ewigen Wandelns und Werdens aus Ova und Sperma.

Samen und Eier sondern die Seesterne zwischen den Armen aus. Die Luft ist schwer von Gerüchen der Üppigkeit, vom Verdauen und Sterben, von Fäulnis, Verfall und Geburt. Salzschaum sprüht über die Böschung, dahinter der Ozean der kommenden Flut harrt, die ihm wiederum Einlaß zum Großen Ebbetümpel verschafft.

Hinter der Klippe brummt die Signalboje wie eine geduldige, traurige Kuh.

Im Großen Ebbetümpel arbeiten Doc und Hedda zusammen. Hedda wohnt im Palace Union mit Mack und den Jungens. Seinen Namen erhielt er ebenso zufällig, wie er sein Dasein empfangen hatte und es bis heute verlaufen war. Seine geplagte Mutter hatte in acht Jahren sieben Kinder geboren und war, als er zur Welt kam, etwas durcheinander. Sie hatte die sieben andern mitsamt dem Vater zu füttern und zu bekleiden; sie hatte alles mögliche versucht, um Geld zu verdienen – Papierblumen und Pilz- und Kaninchenzucht –, wobei ihr Mann von seinem Liegestuhl aus ihr mit weisen Ratschlägen und beißender Kritik hilfreich zur Seite stand. Hedda war der Name einer Großtante, und man munkelte, die Alte sei im Besitz einer Lebensversicherungspolice. Ihr zu Gefallen wurde das Neugeborene Hedda genannt, und als es der Wöchnerin endlich in den Sinn kam, daß Hedda ein Knabe sei, hatte sie sich schon so an den Namen gewöhnt, daß sie sich auf eine Änderung nicht mehr einlassen wollte.

Hedda wuchs heran, besuchte vier Jahre lang die Primarschule und vier Jahre eine Reformschule und lernte in beiden nichts. In der Reformschule von Monterey lernt man, so heißt es, Verbrechen und Laster. Aber da Hedda beim Unterricht nicht aufpaßte, hatte er beim Verlassen der Reformschule sowenig Ahnung von Lasterhaftigkeit und Verbrechertum wie von Bruchrechnung und Regeldetri.

Hedda hatte eine besondere Vorliebe für Konversation – nicht etwa für deren Inhalte; er liebte vielmehr das gesellige Plätschern und stellte Fragen, nicht um Antwort darauf zu erhalten, sondern nur, damit es weiterplätscherte. Er war freundlich, willig, kräftig, ehrlich, brünett und sechsundzwanzig Jahre alt. Er ging gern mit Doc sammeln und eignete sich gut dazu, sobald er erst einmal verstanden hatte, worauf es dabei ankam. Dann konnten seine zehn Finger umherkriechen wie der achtfüßige Polyp und Krebslein haschen und halten wie eine Meeranemone. Sein Fuß sprang sicher über den schlüpfrigen Boden; er liebte die Jagd. Während Doc zur Arbeit den Lederhut trug und hohe Gummistiefel anlegte, trabte Hedda barhäuptig, in Tennisschuhen und Leinenhosen herum. Sie sammeln Seesterne. Doc hat eine Bestellung auf dreihundert Stück. Hedda liest ein schönes purpurnes Tier vom Boden des Tümpels auf und setzt es in seinen fast vollen Jutesack.

»Wenn ich nur wüßte, was sie damit tun!« bemerkt er versonnen.

»Tun? Womit?« fragt Doc.

»Mit den Dingsda, den Seesternen. Du verkaufst sie. Du schickst ein Faß voll weg. Ja. Aber was tun die Kerle damit? Sie können sie doch nicht essen!«

»Sie studieren daran«, antwortet Doc mit Engelsgeduld. Hedda hat ihm die gleiche Frage schon mindestens zehnmal gestellt, aber Doc ist von Natur gründlich, er geht über nichts hinweg. Er nimmt selbstverständlich an, Hedda wolle eine genaue Antwort auf seine Frage. Ein menschliches Hirn, das nicht nach Wissen verlangt und trotzdem Fragen stellt, ist ihm unfaßbar. Hedda will aber gar nicht wissen, er möchte bloß reden hören und hat daher das System, jede Antwort zur Grundlage einer neuen Frage zu machen. So bleibt die Konversation im Gang.

»Was studieren sie dran?« fragt er weiter. »Es sind Seesterne, das werden die Studenten doch wissen. Ich kann hier herum eine Million davon fangen, es sind immer die gleichen.«

»Es sind bemerkenswert komplizierte Geschöpfe«, verteidigt Doc seine Ware, »übrigens gehen diese hier in den Mittleren Westen, zur Nordwest-Universität«, setzt er nicht ohne Stolz hinzu.

Hedda gebraucht seinen Trick.

»Gibt es da keine Seesterne?«

»Da ist kein Meer«, antwortet Doc.

»Oh!« macht Hedda und sucht verzweifelt nach einem Haken, an den er die nächste Frage anhängen könnte; es ist ihm schrecklich, wenn ein Gespräch versickert.

Während er krampfhaft nach einer Fragemöglichkeit Umschau hält, denn er ist ein langsamer Denker, stellt plötzlich Doc eine Frage. Das paßt Hedda gar nicht; denn dann muß er in seinem Hirnkasten nach einer Antwort herumstöbern, und das ist gerade, als müsse man in einem ungeordneten Museum ohne Beschriftung und Katalog etwas Bestimmtes suchen. Vergessen tat Hedda ja nichts; es lag nur alles in seinem Gedächtnis zusammenhanglos herum wie die Geräte in einem Ruderboot: Fisch- und Bootshaken, Senkblei, Ruder, Köder, Leine, Treiber – alles durcheinander.

Docs Frage aber lautete: »Wie steht's denn oben bei euch im Palace?«

Hedda fährt sich mit der Hand durch den dunklen Haarbusch; sein Verstand späht in das Gewirr seines Hirnkastens und findet: »Ganz gut ... der Dingsda, der Gay, ich glaub', der zieht zu uns ... seine Alte verhaut ihn nicht schlecht, das macht ihm weiter nichts aus, wenn er wach ist, aber sie wartet, bis er schläft, und dann haut sie ihm eine runter. Dann muß er aufwachen und ihr eine runterhauen, und wenn er hernach wieder schläft, haut sie ihm wieder eine runter. Wie soll einer da ausruhen? Da zieht er lieber zu uns.«

»Das ist mir ja ganz neu«, staunt Doc, »sonst hat sie ihn doch immer verklagt, und er wurde eingesperrt.«

»Ja-a-a«, macht Hedda, »das war aber auch, eh' das neue Gefängnis in Salinas gebaut worden ist. Im alten, da hat er immer seine dreißig Tage abgesessen und war froh, wenn er rauskam. Aber das neue Gefängnis – Radio in der Zelle und gute Betten, der Sheriff ist ein netter Kerl –, wie Gay da reingekommen ist, hat er gar nicht mehr rausgewollt. Es gefällt ihm. Jetzt will ihn seine Alte nicht mehr einsperren lassen. Drum hat sie sich das ja ausgedacht, daß sie ihm eine runterhaut, wenn er schläft. ›Das ist ja nervenaufreibend‹, hat er gesagt. Es macht Gay keinen Spaß, ihr eine runterzuhauen. Es macht ihn bloß müde. Er zieht jetzt, glaub' ich, zu uns.«

Die ersten Wogen brachen über den Rand des Großen Ebbetümpels. Die Flut nahte. Bäche von Seewasser rieselten über die Felsen. Der Wind blies frisch vom Meer, die Signalboje muhte, die Seelöwen bellten.

»Wir haben genug Seesterne«, rief Doc, nahm sein Gerät zusammen, stülpte den Wetterhut auf den Hinterkopf und bemerkte mit vielsagendem Blick: »Schau, Hedda, ich weiß, du hast unten in deinem Sack etwa ein Dutzend Tafelschnecken. Wenn uns ein Strandwächter anhält, weißt du, dann sagst du einfach: das seien meine, die gehen auf meinen Erlaubnisschein, für Laboratoriumszwecke, verstanden?«

»Jajaja – verflucht nochmal«, stotterte Hedda.

»Schau«, erklärte Doc liebevoll, »es könnte ja sein, ich bekomme wirklich eine Bestellung auf Abalonen, und nachher denkt der Strandwächter womöglich, ich esse sie und mißbrauche meine Erlaubnis.«

»Ja, Donnerwetter.«

»Es ist dieselbe Geschichte wie mit der Alkoholkontrolle. Die sind von einem Mißtrauen, die Leute! Denken immer, ich trinke den Alkohol.«

»Trinkst du ihn nicht?«

»Selten«, gestand Doc, »weißt du, das Zeug, das sie hineintun, schmeckt abscheulich; es macht eine Mordsarbeit, es herauszudestillieren.«

»Mir und Mack schmeckt's ganz gut, wir haben es neulich probiert. Was tun sie denn rein?«

Fast wäre Doc auf Heddas Trick wieder hereingefallen, merkte es aber noch rechtzeitig, schulterte seinen Sack Seesterne und ging voran. Hedda folgte ihm, bis sie aus dem Bereich des Nassen wieder auf trockenen Boden gelangten. Vor ihren Füßen hastete das erschreckte Krabbenvolk in eiliger Flucht davon. Hatte Doc die illegalen Tafelschnecken unten in Heddas Sack vergessen? Es schien Hedda nötig, ihn noch mehr davon abzulenken: »Der Dings, der Maler war wieder im Palace«, druckste er hervor, um das Gespräch wieder flottzumachen, aber von Doc kam nur ein einsilbiges: »Ja?«

»Ja-ah«, echote Hedda, »er hat doch all unsre Bilder gemalt, mit Hühnerfedern, und jetzt hat er gesagt, er muß sie alle miteinander nochmals malen, er hat gesagt, er hat eine andere Tech – Teeschnick.«

Doc lachte. »Baut er nicht mehr an seinem Boot?«

»Doch. Da hat er auch wieder alles geändert. Das gibt ein ganz anderes Boot. Du, Doc – spinnt er?«

Der Angeredete ließ seinen schweren Sack Seesterne zu Boden gleiten und holte tief Atem.

»Ob er spinnt ...? Ich glaube, nicht mehr als wir alle ... halt bloß in einer anderen Technik.«

Das war für Hedda zuviel. Er sah in sich selbst Maßstab und Inbegriff reinster Vernunft und war beleidigt. Er fühlte sich unverstanden.

»Aber das Boot«, grollte er aufgeregt, »das baut er schon sieben Jahre lang, und die Klötze sind unten drunter schon weggefault, die macht er jetzt aus Zement. Jedesmal, wenn er fast fertig ist, ändert er wieder um und fängt von vorne an. Ich glaub', der spinnt. Sieben Jahre an einem Boot!«

Doc hat sich auf den Boden gesetzt und sich seiner Wasserstiefel entledigt.

»Das verstehst du nicht, Hedda«, besänftigte er den Erregten. »Henri liebt Boote, aber er fürchtet das Meer.«

»Wozu braucht er dann ein Boot?«

»Er braucht es nicht, er liebt es. Angenommen, er stellt es fertig! Gleich werden alle sagen: ›Ins Wasser damit!‹ Wenn er es aber vom Stapel läßt, muß er damit auch in See stechen, und er ist wasserscheu. Das ist der Grund, weshalb sein Boot nie fertig wird.«

Hedda hat die Erklärung gehört, ist aber nicht recht mitgekommen. Sein Geist ist noch immer auf der Suche nach Anknüpfungspunkten. Dort krabbeln welche.

»Ich glaube, er spinnt«, lautet sein Schlußwort, und er deutet auf die schwarze Erde, auf der das Eiskraut in Blüte steht und Hunderte von schwarzen Kakerlaken herumkriechen. »Schau doch mal all die Stinkkäfer!«

Es ist den Stinkkäfern dankbar für ihre Anwesenheit.

»Sehr interessant«, findet Doc.

Die Mehrzahl der Kakerlaken kriecht mit emporgehobenem Sterz.

»Warum zeigen sie mit dem Steiß in den Himmel?«

Doc streift seine Wollsocken ab, steckt sie in die Wasserstiefel, entnimmt seiner Jagdtasche ein Paar leichte Sandalen und trockene Strümpfe und antwortet: »Das kann ich nicht sagen, es ist mir neulich auch aufgefallen. Es sind ganz gewöhnliche Tiere, und ihre gewöhnlichste Eigenschaft ist, daß sie das Hinterteil in die Luft recken. In der einschlägigen Literatur wird diese Tatsache weder erwähnt, noch eine Ursache dafür angegeben.«

Hedda dreht mit der nassen Tennisschuhspitze einen Kakerlak auf den Rücken. Das schimmernd-schwarze Insekt arbeitet sich mit zappelnden Beinchen mühsam wieder in die natürliche Lage.

»Was meinst denn du, warum sie mit dem Steiß in den Himmel zeigen?«

»Ich?« antwortet Doc. »Ich glaube, sie beten.«

»Wa-as?« Hedda ist fassungslos, aber Doc erklärt ihm: »Daß sie den Sterz in die Luft strecken, ist nicht so merkwürdig. Es ist nur unglaublich bemerkenswert, daß wir es merkwürdig finden. Wir können diese Erscheinung nur nach uns selber beurteilen. Wenn wir etwas ebenso Wunderliches und Unerklärliches tun wollten wie diese Insekten, würden wir wahrscheinlich beten. Also ist es durchaus denkbar, daß sie hier beten.«

»Um Himmels willen«, rief Hedda, »machen wir, daß wir hier wegkommen!«

7

Das Palace Union entwickelte sich langsam zu dem, was es später wurde. Als Mack, Hedda, Eddie, Hughie und Jones einzogen, war es für sie weiter nichts als ein Schutz gegen Regen und Wind, ein Unterschlupf, in den sie sich zurückziehen konnten, wenn ihnen nichts anderes übrigblieb. Denn das Palace war ursprünglich ein trostloser kahler Raum, dessen Tiefe von zwei winzigen Fenstern nur dürftig erhellt wurde. Die Wände waren nicht getüncht, und es roch immer noch furchtbar nach Fischdünger. Die Clique war durchaus nicht davon begeistert.

Da erkannte Mack den Segen organisierten Tuns, das ihn um so notwendiger dünkte, als es sich hier um eine Gruppe von eingefleischten Individualisten handelte. Und so wie eine mangelhaft ausgerüstete Armee zu Übungszwecken hölzerne Gewehre und kaschierte Kanonen und Tanks verwendet, damit die Rekruten nach ihrer Ausbildung sich im Feld auf Handhabung richtiger Waffen verstehen, also erfand und schuf Mack fürs erste einmal Phantome von Betten.

Er zog mit einem Stück Kreide fünf Rechtecke auf

dem Fußboden, ein jedes sieben Fuß lang und vier Fuß breit, und schrieb in jedes einen ihrer fünf Namen. Dies waren die Betten, und jeder der fünf besaß an dem ihm zugewiesenen Raum ein unverletzliches Eigentumsrecht. Er war berechtigt, jeden, der sich in sein Viereck verirrte, hinauszuwerfen. Der übrige Raum war Gemeingut aller.

Die ersten Tage hockten Mack und die Jungens auf den harten Dielen; hier spielten sie Karten, hier schliefen sie, und vielleicht hätten sie allzeit so weitergelebt, hätte nicht der Regen, der plötzlich einsetzte und über einen Monat lang anhielt, ihren Sinn völlig verändert.

Ans Haus gebannt, wurden die fünf es satt, sich Schwielen in den Hintern zu sitzen; auch wurde ihr Schönheitsgefühl durch den Anblick der kahlen Wände verletzt. Das Haus aber, das ihnen so treulich Schutz gewährte, wuchs ihnen unmerklich ans Herz, unter anderem auch deshalb, weil niemals ein grimmiger Hausherr drohend an seine Pforte pochte. Lee Chong ließ sich nicht blicken.

Eines Abends erschien Hughie mit einem Feldbett, dessen Gurte zerrissen waren. Zwei Stunden lang nähte er sie mit Schusternadel und Angelschnur wieder zusammen, und in der Nacht sahen ihn die vier Bettlosen auf seinem Lager sich wonnig rekeln, hörten ihn mit Genuß aufseufzen, und dann schlief er und schnarchte, während die andern noch wach lagen.

Am folgenden Vormittag schnaufte Mack unter der Last einer verrosteten Sprungfedermatratze, die er auf einem Abfallhaufen gefunden hatte, den Berg hinan. Alle Teilnahmslosigkeit war aus dem Palace gewichen. Mack und die Jungens überboten bei der Verschönerung ihrer Behausung einander derart, daß sie binnen weniger Monate geradezu übermöbliert war. Alte Teppiche bedeckten die Dielen; es gab Stühle ohne und mit Polsterung, Tische und eine Standuhr aus Großväterzeit ohne Zifferblatt. Doch war ein solches nicht nötig, denn sie ging nicht.

Die Wände wurden hell und luftig gestrichen und verschwanden bald darauf hinter Bildern, auf welchen verführerische Blondinen einem Liebhaber Coca-Cola kredenzten. Henri hatte zwei Meisterwerke aus seiner Hühnerfedernperiode gestiftet. Ein Arrangement aus Pfauenfedern ward an der Wand hinter der Standuhr befestigt, und in einer der Ecken stand in einer prächtigen Vase ein Büschel vergoldeter Katzenschwänze.

Die Anschaffung eines Herdes zog sich längere Zeit hin. Endlich fanden sie das Richtige: ein verschnörkeltes silbriges Ungetüm mit Bratröhre. Die Vorderseite glich einem vernickelten Tulpenbeet. Aber nun fingen die Schwierigkeiten erst richtig an. Zum Stehlen war das Ding zu groß, und sein Eigentümer war nicht bereit, sich großmütig von ihm zugunsten einer armen kranken Witwe mit acht unmündigen Kindern zu trennen, welche Mack eilends erfunden hatte und hingebungsvoll betreute. Der Mann verlangte vielmehr anderthalb Dollar und ging erst nach drei Tagen eifrigen Feilschens allmählich auf achtzig Cents herunter, auf welchen Betrag ihm Mack einen Schuldschein ausstellte, den der gute Mann heute noch hat. Der Abschluß erfolgte in einem fünf Meilen hinter Monterey gelegenen Seebadeort, und der Ofen wog dreihundert Pfund. Zehn Tage lang suchten Mack und Hughie nach einer Transportgelegenheit. Erst als sich herausstellte, daß niemand bereit war, ihnen die Arbeit abzunehmen, machten sie sich selbst ans Werk. Bis Cannery Row brauchten sie dazu drei Tage. Nachts schliefen sie neben ihrer Dreizentnerlast. Doch als der Herd endlich an Ort und Stelle stand, war er das Kernstück des Palace, sein Goldzahn! Vorne strahlte ein blankes Blattwerk nebst Tulpenbeet in seligem Licht. In seiner Bratröhre konnte man sogar Eier kochen.

Mit diesem Ofen kam Stolz und mit dem Stolz das Gefühl, heimisch zu sein, ins Palace Union und Grillroom. Eddie setzte purpurne Gartenwinden; sie umrankten die Haustür, und Hedda trieb irgendwo sogar Fuchsien auf, die er in Fünfgallonenkanister setzte, womit er dem Eingang ein festlich-lebhaftes Gepräge verlieh. Mack und die Jungens liebten ihr Palace dermaßen, daß sie es sogar mitunter sauber machten. Von Leuten, die da kein Heim ihr eigen nannten, sprachen sie nun in mitleidigem Spott. Manchmal luden sie stolz einen Unbehausten auf ein paar Tage zu sich zu Gast.

Eddie war Aushilfsbarmann im La Ida. Er bediente dort, wenn Whitey, der ständige Mixer, sich krankmeldete, was er jedesmal tat, wenn er etwas Besseres zu tun hatte. Aber da allemal, wenn Eddie mixte, einige Flaschen verschwanden, durfte er nur ab und zu bedienen. Trotzdem vertraute Whitey seinem Freund Eddie immer wieder seine Stellvertretung an, weil er, und zwar mit Recht, davon überzeugt war, daß Eddie keine Dauerstellung erstrebe und ihn daher nie von seinem Posten verdrängen werde. In dieser Beziehung war auf Eddie unbedingter Verlaß. Er ließ auch nur wenige Flaschen mitgehen; denn unter dem Bartisch hatte er einen großen Fünfliterkrug mit Trichter stehen. Da hinein goß er alles, was in den abservierten Gläsern und Flaschen blieb. Wenn im La Ida gesungen oder gestritten wurde oder zu später Stunde die Gemütlichkeit Höhepunkte erreichte, schüttete er nicht selten halb- oder dreiviertelvolle Gläser in seinen Trichter. Die so entstandene Mischung, die er nach beendetem Dienst mit nach Hause ins Palace nahm, schmeckte immer interessant und mitunter sogar überraschend. Das Gemisch von Rye, Bier, Bourbon, Scotch, Wein und Gin blieb im allgemeinen konstant, zuweilen aber bestellte ein müder Gast auch Anisette, Curaçao oder Nikolaschka, und diese kleinen Zutaten gaben dann Eddies Punsch einen ganz besonderen Beigeschmack. Zudem schüttete er vor dem Weggehen immer ein bißchen Angostura in seinen Behälter. An guten Abenden konnte er so mit Leichtigkeit seine drei bis vier Liter nach Hause bringen, und es beruhigte sein Gewissen in hohem Maße, daß dabei kein Gast zu kurz kam. Er fand, daß jemand, der in Stimmung ist, von einem halben Glas genauso beduselt wird wie von einem ganzen.

Dank seinem Trichter erfreute sich Eddie im Palace Union besonderer Beliebtheit. Er brauchte nicht beim

Aufräumen mitzutun; einmal wusch und stopfte Hedda sogar vier Paar Socken für ihn.

An jenem Nachmittag, da dieser mit Doc im Großen Ebbetümpel jagte, saßen die andern im Palace und schlürften das Resultat von Eddies letztem Beutezug im La Ida. Auch Gay, das jüngste Mitglied der Gruppe, war anwesend. Prüfend sog Eddie den Saft ein.

»Merkwürdig ...« sagte er und leckte nachdenklich die Lippen, »es ist doch alles Schicksal! Zum Beispiel wieder vergangene Nacht: Da haben mindestens zehn Gäste ›Manhattan‹ bestellt, und sonst vergeht manchmal ein Monat, bis einer einen Manhattan verlangt. Merkt ihr, wie man den heute herausschmeckt?«

Mack kostete, bis nichts mehr im Glas war.

»Ja«, bemerkte er sinnend, »kleine Dinge machen oft einen großen Unterschied«, und blickte umher im Kreise, um zu sehen, ob sein Geistesblitz auf die andern gewirkt habe.

Anscheinend nicht. Gay war der einzige, der etwas dazu äußerte.

»Allerdings«, sagte er.

Mack vermißte Hedda. Er sei mit Doc Seesterne suchen, meldete Jones, und Mack nickte zustimmend.

»Dieser Doc ist ein zu netter Kerl; bei dem kriegt man immer etwas zu trinken. Als ich mich damals geschnitten habe, hat er mir jeden Tag einen frischen Verband gemacht, und dazu gab's jedesmal einen guten Schluck.«

Die andern murmelten Beifall, und Mack fuhr fort: »Ich überleg' mir schon lang, was wir nur für ihn tun könnten; es müßt' etwas sein, was ihm Freude macht.«

»Ein junges Mädchen«, schlug Hughie vor.

»Hat er schon«, sagte Jones, »etwa drei bis vier Stück. Ich glaub', immer wenn er auf seinem Grammophon so was Kirchliches spielt und die Vorhänge zuzieht, hat er eine bei sich.«

Aber diese Äußerung zog ihm von seiten Macks eine Rüge zu: »Soll er vielleicht mit der Dame nackt auf der Straße 'rumlaufen? Er lebt doch nicht im Ze – Zelibad!«

»Zeli-bad – was ist das?« fragte Eddie.

»Wenn man keine Frau bekommen kann«, erklärte Mack das Wesen des Zölibats.

»So? Ich habe gedacht, es wäre eine Sommerfrische«, sagte Jones, »wo getrunken wird und getanzt – vielleicht wär' das was für Doc, so ein Sommerfest?«

Alle guckten eine Weile nachdenklich ins Leere und dann auf Mack, der stumm auf seiner Chaiselongue lag.

Hughie, der die ganze Zeit auf seinem Stuhl geschaukelt hatte, ließ dessen Vorderbeine auf den Boden knallen. Dichtes Schweigen erfüllte das Palace, bis Mack begann:

»Aber ein Stoff wie der in dem Restekrug schmeckt Doc nicht!«

»Kannst du nicht wissen«, wandte Hughie ein, »du hast ihm ja noch nie davon offeriert.«

»Ich weiß es«, beharrte Mack auf seinem Standpunkt. »Doc hat studiert. Einmal hab' ich sogar eine Dame im Pelzmantel zu ihm reingehen sehen; daß sie wieder herausgekommen ist, habe ich nicht gesehen. Um zwei, wie ich zum letzten Mal geguckt habe, hat er immer noch die Muttergottesmusik laufen lassen. Nein! Dem können wir so ein Gesöff nicht zumuten!« Und er leerte sein frisch gefülltes Glas auf einen Zug.

»Nicht wahr?« meinte Hughie verbindlich, »nach dem dritten Glas schmeckt es ganz ausgezeichnet!«

»Gewiß«, gab Mack zu, »an und für sich, gewiß, aber nicht für Doc. Da muß es Whisky sein, echter!«

»Bier hat er, glaub' ich, noch lieber«, gab Jones zu bedenken. »Er läuft doch immer hinüber zu Lee, manchmal noch mitten in der Nacht.«

Man nahm eine ablehnende Haltung ein. »Beim Einkauf von Bier gibt man sein Geld zu zweiundneunzig Prozent für gefärbtes Wasser, Hopfen und anderes Gemüse.« Er wandte sich an Eddie: »Ich denke, du kannst, wenn Whitey das nächste Mal krank ist, aus La Ida fünf Flaschen Whisky mitbringen.«

»Kann ich«, bestätigte der Aushilfsbarmann, »aber dann ist auch Schluß mit den goldenen Eiern. Johnnie hat schon Verdacht geschöpft. Neulich hat er gesagt: ›Ich kenne eine Elster, und die heißt Eddie.‹ Ich glaube, ich bremse jetzt besser ein bißchen und bring' nur den Sammelkrug.«

»Unbedingt!« ereiferte sich Jones, »die Stelle darfst du auf keinen Fall verlieren. Ich finde auch, wenn wir zu Ehren von Doc einen Abend veranstalten, müssen wir den Whisky dazu kaufen. Was kostet eine Gallone?«

»Weiß ich nicht«, antwortete Hughie. »Ich kauf' mir nie mehr als ein Viertel – das heißt auf einmal. Wenn man nämlich gleich einen ganzen Liter kauft, hat man auf einmal lauter gute Freunde, die mithalten wollen. Ein halbe Pinte lassen sie dich allein trinken.«

Mack kam zur Hauptsache: »Wir brauchen Geld. Wenn wir Doc eine Gesellschaft geben, muß es etwas Gediegenes sein. Vor allem gehört da ein Kuchen dazu. Wenn ich nur wüßte, wann Doc Geburtstag hat.«

»Aber zu einer Gesellschaft braucht man doch keinen Geburtstag«, warf Jones ein.

»Aber es wäre hübsch«, fand Mack. »Wir brauchen, rechne ich, zehn bis zwölf Dollar, wenn es ein Fest sein soll, das uns Ehre macht.«

Sie dachten nach.

»Hediondo-Konserven stellen Leute ein«, meldete sich Hughie. Aber Mack lehnte rasch und scharf ab: Das ginge gegen ihre Ehre. »Unsern guten Ruf müssen wir wahren.« Dieser Rede spendeten alle Beifall, nur Hughie bemerkte wehmütig: »Ich habe es mir so schön gedacht, so eine Art Lebensstellung ... auf ein paar Monate ... vielleicht November bis Mitte Dezember; dann hätte man Geld für Weihnachten und könnte Truthahn essen ...«

»Das können wir auch so«, beruhigte ihn Mack. »Ich weiß eine Stelle im Carmeltal, da ist eine Herde von gut fünfzehnhundert Truthähnen.«

»Carmeltal kenne ich!« rief Jones begeistert. »Da habe ich doch immer Zeug für Doc gesucht: Schildkröten, ja, und Bachkrebse, und für die Frösche hat er mir pro Stück einen Nickel gegeben!«

»Wenn Doc Frösche braucht«, entschied Mack, »ist das Fest für ihn finanziert. Wir gehen den Carmel River hinauf; das ist ein Ausflug, das tut uns nur gut

– aber wir dürfen Doc nicht verraten, wozu das Geld ist, das er uns gibt. Und dann geben wir ein Fest, das sich gewaschen hat.«

Die Zustimmung war einmütig und freudig.

»Geh, Gay«, gebot Mack, »schau zur Tür hinaus, ob Docs Wagen vor seinem Haus steht!«

Gay trank sein Glas aus, ging nachsehen und kam mit der Meldung zurück, es sei noch nichts zu sehen.

»Er muß jeden Augenblick kommen«, sprach Mack, »jetzt haben wir wenigstens ein Programm. So wird's gemacht.«

8

Im April 1932 gab es in einem Dampfkessel bei Hediondo-Konserven binnen zwei Wochen drei Rohrbrüche. Das Direktorium, bestehend aus einer Stenotypistin und Mr. Randolph, entschloß sich daraufhin zur Anschaffung eines neuen Dampfkessels; das sei billiger, als jeder geplatzten Röhre wegen die Arbeit ruhen zu lassen.

Der neue Kessel traf ein, und der alte kam auf den Leeren Platz zwischen Flotte Flagge und Lee Chong, woselbst er, auf Holzklötzen ruhend, einer Eingebung Mr. Randolphs betreffs nutzbringender Weiterverwertung harrte. Diese erfolgte denn auch, zum Teil wenigstens, indem der Mechaniker der Fabrik je nach Bedarf ein Stück Röhre oder sonst etwas aus der Heizanlage herausbrach. Der Dampfkessel sah ungefähr aus wie eine Lokomotive ohne Räder und Fahrgestell. Vorne hatte er eine Tür und darin eine niedrige Heizklappe.

Da stand er nun, und der Rost machte ihn braun, rot und mürb. Hoch aufgeschossene Roßmalven rankten an ihm empor; an den sacht abblätternden Rostschuppen fanden sie eine an Eisenhaltigkeit ideale Nahrung. Eine Myrte kroch über den Bauch des Kessels und blühte, und die Luft erfüllte der Duft von wildem Anis. Eine Daturawurzel, die irgendwer auf den Leeren Platz geworfen, faßte Boden; ein dicker fleischiger Stechapfelbaum wuchs aus ihr empor und ließ seine weißen Glocken über die Kesseltür hängen. Nachts strömten die Blumendüfte; sie rochen nach Liebe und Lockung, hinreißend süß.

1935 zogen Mr. und Mrs. Sam Malloy in diesen Kessel. Das Röhrenmaterial war nun gänzlich beseitigt; im Innern war Platz, und man wohnte da sicher und trocken. Gewiß, um durch die Feuerklappe hineinzugelangen, mußte man auf Händen und Knien kriechen, aber irgendwelche Mängel hat schließlich jede Wohnung. War man erst drinnen, so konnte man sich in der Mitte bequem aufrichten und lebte warm und trocken, und mehr verlangten die ersten Bewohner des Kessels nicht. Durch die Feuertür schafften sie eine Matratze herein und ließen sich vergnügt darauf nieder. Mr. Malloy war zufrieden, und eine Zeitlang war es auch Mrs. Malloy.

Am Hang unterhalb des ehemaligen Dampfkessels lag eine Reihe von Röhren, die auch aus der Hediondo-Fabrik stammten und dort ausrangiert worden waren. Als nun im Herbst 1937 der große Fischfang einsetzte und die Fischkonservenfabriken mit Hochdruck arbeiteten, entstand Wohnungsnot in der ganzen Gegend. Da begann Mr. Malloy die größeren Röhren preiswert als Schlafstellen zu vermieten, und nachdem er die hintere Öffnung mit Dachpappe verschlossen und über die vordere ein Stück alten Teppich gehängt hatte, glaubte er allen berechtigten Ansprüchen auf Komfort Genüge geleistet zu haben. Die Beine konnte einer beim Schlafen natürlich nicht an den Leib ziehen; so etwas mußte sich der Betreffende eben abgewöhnen. Einzelne reklamierten auch, daß in den Röhren das Echo so stark sei, daß sie von ihrem eigenen Schnarchen geweckt würden. Aber auf solche Finessen ließ sich Mr. Malloy nicht ein. Er hatte ein kleines Einkommen und war zufrieden.

Mrs. Malloys Zufriedenheit aber endete mit dem Tage, da ihr Gemahl sich zum Rang eines Haus-, besser gesagt Röhrenbesitzers emporgearbeitet hatte. Erst war es ein Teppich, dann eine Waschbütte, dann eine Lampe mit farbigem Schirm, die sie begehrte, und eines Tages trat sie atemlos auf Händen und Knien ein und stieß hervor: »Bei Holman ist Ausverkauf für Vorhänge, echte Spitzenvorhänge, blau-rosa gestreift, die Garnitur einschließlich Vorhangstangen nur einsachtundneunzig!«

»Was willst du denn damit, um Himmels willen?« rief Malloy, bestürzt von seiner Matratze emporfahrend.

»Ich habe gern hübsche Sachen; ich habe mir schon immer so etwas gewünscht, für dich!«

Ihre Unterlippe begann zu zittern.

»Schatz, ich habe gar nichts gegen Vorhänge, nur –«

»Nur ein Dollar achtundneunzig ...« Nun zitterte auch ihre Stimme. »Mißgönnst du mir etwas zu einsachtundneunzig?« Ihr Busen wogte, sie heulte los.

»Ich mißgönne dir nie etwas«, versicherte Malloy,

»aber was wollen wir bloß mit Vorhängen anfangen, Schatz? Wir haben doch keine Fenster!«

Mrs. Malloy weinte und weinte, und Sam hielt sie in den Armen und tröstete sie, und sie schluchzte: »Dir fehlt jedes Verständnis für mich, ein Mann kann sich nie in die Seele einer Frau hineindenken!« – Und Sam lag neben ihr und streichelte ihre Rückseite, bis sie einschlief.

9

Verstohlen beobachteten Mack und die Jungens, wie Doc mit seinem Wagen vor dem Laboratorium hielt und Hedda ihm die Säcke mit Seesternen hinauftragen half. Bald darauf stampfte und dampfte Hedda den Hühnersteig zum Palace Union und Grillroom empor. Seine Hosen waren bis zu den Oberschenkeln von Seewasser durchtränkt. Dort, wo sie trockneten, setzten sich weiße Salzringe ab.

Oben angelangt, sank er schwer in den Schaukelstuhl, der sein Privateigentum war, und streifte die nassen Tennisschuhe ab.

Fragte Mack: »Wie ist Doc gelaunt?«

»Gut«, antwortete Hedda, »man versteht kein Wort von dem, was er sagt. Weißt du, was er über die Stinkkäfer gesagt hat? Nein, ich sag's lieber nicht.«

»Also er ist nicht schlecht aufgelegt?« vergewisserte sich Mack abermals, und Hedda bestätigte es nochmals: »Wo wir doch dreihundert Seesterne gefangen haben!«

»Ob wir alle zusammen hinübergehen?« fragte sich Mack und gab sogleich die Antwort: »Nein, besser geht einer allein; wenn wir alle zusammen ankommen, erschrickt er am Ende.«

»Worum handelt es sich?« wünschte Hedda zu wissen.

»Wir haben ein Programm«, verriet Mack. »Ich werde allein hingehen, damit er nicht kopfscheu wird. Ihr bleibt und wartet auf mich; ich bin gleich wieder da.«

Mit diesen Worten entfernte er sich eilends, sprang den Hühnersteig hinunter und quer über den Leeren Platz, wo Mr. Malloy vor seinem Wohnkessel saß.

»Wie steht's, Sam?« fragte er im Vorübergehen.

»Es geht.«

»Und deiner Frau?«

»Danke. Weißt du zufällig irgendeine Art Nagel oder Haken, mittels dessen man Kleider an eine gewölbte Eisenwand hängen kann?«

Für gewöhnlich hätte sich Mack in dieses Problem gründlich hineingekniet, jetzt aber wollte er sich nicht ablenken lassen und sagte daher nur kurz: »Nein«, sprang über die Straße und betrat das Erdgeschoß des Western Laboratory.

Doc hatte seinen Wetterhut abgenommen, da keine Gefahr mehr bestand, einen nassen Kopf zu bekommen, es sei denn durch einen Wasserrohrbruch. Er war eben dabei, die Seesterne aus den nassen Säcken zu leeren und auf dem kühlen Zementboden auszubreiten. Die Seesterne aber hatten sich ineinander verschlungen, denn es ist eine ihrer hervorstechendsten Eigenschaften, sich immer an irgend etwas zu klammern, und seit einer Stunde waren sie diesbezüglich allein aufeinander angewiesen. Doc trennte und ordnete sie in langen Reihen, worauf jeder Stern allmählich die Arme ausstreckte und auf dem Boden ein völlig symmetrisches Muster entstand. Docs brauner Spitzbart dampfte vor Schweiß. Als Mack eintrat, sah er beunruhigt von seiner Arbeit auf. Nicht, daß mit einem Besuch Macks stets Unannehmlichkeiten verbunden gewesen wären, aber irgendeine Unruhe kam immer mit ihm herein.

»Geht's gut, Doc?« grüßte Mack.

»Es geht so«, dankte Doc reserviert.

»Hast du gehört, Doc – Phyllis Mae, drüben im Restaurant Flotte Flagge? Hat einem Besoffenen mit der Faust eine versetzt, und da ist ihr ein Zahn in der Maus unterm Daumen steckengeblieben. Die Infektion reicht schon bis in den Ellenbogen. Sie hat mir den Zahn gezeigt; er ist aus einer Gaumenplatte. Ist künstliches Gebiß giftig, Doc?«

»Vieles, was aus Menschenmund kommt, ist giftig«, verkündete Doc. »War sie beim Arzt?«

»Der Nachtwächter hat sie verarztet.«

»Ich bring' ihr ein Gegengift«, versprach Doc.

Er wartete immer noch auf Macks Angriff, denn er kannte ihn, und Mack wußte das. Fragte daher schlicht und bieder: »Brauchst du nicht etwas Viehzeug, Doc?« Doc atmete auf, blieb aber auf der Hut.

»Warum?«

»Ich will dir offen gestehen, Doc«, spielte Mack den Treuherzigen weiter, »wir brauchen Geld. Für einen guten Zweck, eine würdige Sache.«

»Für die Blutvergiftung von Phyllis?«

Mack sah die Chance, die sich da bot, erwog sie und ließ sie fallen.

»Etwas viel Wichtigeres, Doc«, behauptete er, »etwas ganz anderes. Phyllis, ach, weißt du, so eine Schnepfe ist ja nicht umzubringen, aber ich und die Jungens, wir brauchen Geld, und da dachten wir halt, wenn du irgendwelchen Bedarf hättest, könnten wir es beschaffen und uns dabei ein bißchen Kleingeld verdienen.«

Doc legte noch eine Reihe von Seesternen zu den übrigen. Macks Angebot schien ihm einleuchtend.

»Drei- bis vierhundert Frösche könnte ich just gebrauchen. Ich würde sie mir selbst besorgen, aber ich muß heute nacht nach La Jolla, damit ich morgen zur Ebbe rechtzeitig dort bin; ich brauche ziemlich viele Polypen.«

»Wie stehen Frösche?« erkundigte sich Mack, »noch immer fünf Cents das Stück?«

Doc bejahte, worauf ihm Mack aufgeräumt versicherte, er brauche sich wegen der Frösche keine weißen Haare wachsen zu lassen.

»Du bekommst sie, nur keine Angst! Wir fangen sie oben am Carmel River; ich kenne da eine Stelle –«

»Schön«, sagte Doc, »ich brauche mindestens dreihundert Stück; ich nehme aber, soviel ich nur kriegen kann.«

»Sei getrost, Doc, wir liefern dir deine Frösche; wir liefern sogar das Doppelte, wir liefern sogar das Dreifache! Sag einmal« – ein leichtes Gewölk zog über sein Angesicht –, »kannst du uns für die Fahrt ins Tal nicht deinen Wagen leihen?«

»Nein«, lehnte Doc ab, »ich habe dir ja gesagt, ich

muß heute nacht nach La Jolla, um morgen die Ebbe ausnutzen zu können.«

»Schade! Aber das macht weiter nichts; vielleicht überläßt uns Lee leihweise seinen alten Karren.« Macks Miene hellte sich auf. »Da wären wir also einig. Wie wär's mit einem kleinen Vorschuß, Doc, für Benzin? Lee gibt uns keinen Kredit mehr.«

Das hatte Doc kommen sehen.

»Nein«, lehnte er abermals ab.

Er gedachte dabei eines großen, vierzehntägigen Schildkrötenfangs, dcn er seinerzeit für Gay finanziert hatte. Ehe noch die vierzehn Tage herum waren, saß Gay auf Grund einer Anzeige seiner Frau im Loch, und die bevorschußten Schildkröten konnte Doc damals in den Schornstein schreiben.

»Ja ...« sagte Mack traurig, »dann wird's wohl nicht gehen ...«

Nun brauchte Doc die Frösche notwendig, aber er wollte sichergehen. Es handelte sich um ein Geschäft und nicht um Wohltätigkeit.

»Ich mache dir einen Vorschlag, Mack: Ich gebe dir eine Anweisung an die Tankstelle für, sagen wir, vierzig Liter, wie wär's?«

»Fcin«, lächelte Mack, »damit kommen wir aus. Morgen in aller Frühe fahren wir los, und bis du vom Süden zurück bist, hast du mehr Frösche, als du im Leben gesehen hast.«

Doc trat an sein Pult und schrieb an Red Williams Tankstelle eine Anweisung auf zehn Gallonen Benzin. Mack steckte sie schmunzelnd ein.

»Darauf kannst du ruhig schlafen, Doc. Bis du

wieder zurück bist, hast du Frösche, daß du damit die Nachttöpfe von ganz Monterey füllen kannst.«

Nicht ohne Besorgnis sah Doc seinen Geschäftspartner von hinnen ziehen. Frühere Geschäfte mit Mack und den Jungens waren für ihn zwar immer hochinteressant, aber niemals von Nutzen gewesen. Reuig erinnerte er sich jenes Tages, da ihm Mack fünfzehn Kater verkauft hatte – und nachts kamen deren Eigentümer und holten sie alle weg, bis auf den letzten. »Wie bist du bloß zu all den Katern gekommen, Mack?« hatte er ihn damals gefragt, und Mack hatte geantwortet: »Meine Erfindung, Doc! Aber weil du es bist, will ich sie dir aus Freundschaft verraten. Du machst dir eine möglichst große Drahtfalle, und dann – brauchst du gar keinen Köder. Du nimmst – also du benutzt dazu ganz einfach eine, eine Katzenjungfrau. Auf diese Art fängst du sämtliche Kater im ganzen Land.«

Vom Western Laboratory ging Mack schräg über den Canneryweg und durch die Schwingtür in Chongs Kramladen, wo eben Frau Lee auf ihrem großen Hackblock Speck schnitt, während ein Vetter Chongs leicht angewelkte Salatköpfe aufputzte, als wären es Bräute. Auf einem Hügel Orangen lag eine Katze. Lee Chong stand an seinem gewohnten Platz hinterm Zigarrentisch vor den Schnapsregalen.

Als Mack eintrat, erhöhte sich die Geschwindigkeit, mit der sein Mittelfinger auf den Zahlteller tappte. Diesmal hielt Mack sich nicht lang mit Vorreden auf.

»Lieber Lee«, begann er, »Doc hat vom Museum des Staates New York eine bedeutende Bestellung auf

Frösche, für Doc eine ganz große Angelegenheit. Vom Geld wollen wir gar nicht reden, allein schon die Ehre! Nun muß er leider heute abend notwendig nach Süden, und da haben die Jungens und ich uns bereit erklärt, ihm zu helfen. Was tut man nicht alles für einen Freund, besonders, wenn er so nett ist wie Doc! Bei dir läßt er doch auch im Monat mindestens seine sechzig bis siebzig Dollar?«

Lee blieb stumm und auf der Hut. Sein Fettfinger rührte sich kaum auf dem Gummi, sondern zuckte nur leicht wie der Schwanz einer lauernden Katze.

Mack ging aufs Ganze: »Lieber Lee, sei so gut und leih uns deinen Lastwagen für die Frösche – für unsern guten lieben Doc!«

Lee lächelte selig.

»Mein Wagen ist in Lepalatu (Reparatur). Motoo läuft nich meh.«

Eine Sekunde schien Mack entwaffnet, aber er faßte sich rasch, breitete seinen Benzinschein auf dem Zigarrentisch aus und drängte: »Sieh dir das da an! Da siehst du, wie wichtig die Frösche für Doc sind, sonst hätte er mir nicht die Anweisung auf Benzin gegeben. Ich kann ihn unmöglich sitzenlassen. Gay ist der beste Automechaniker. Wenn er dir den Wagen tadellos instandsetzt – dürfen wir ihn dann haben?«

Lee bog den Kopf ins Genick und sah Mack durch die Halbbrille an. Der Vorschlag schien ihm nicht uneben. Sein Lastwagen lief wirklich nicht. Gay war wirklich ein guter Mechaniker, und die Anweisung auf Benzin bot wirklich eine gewisse Sicherheit.

»Wie lang blaucht ih ihn?«

»Vielleicht einen halben, vielleicht einen ganzen Tag. Bis wir genügend Frösche beisammen haben.«

Sehr erbaut war Lee Chong von der Sache nicht, sah aber keine Möglichkeit mehr, ihr zu entrinnen. Also sagte er: »Okay!«

»Das hab' ich gewußt«, sagte Mack, »daß Doc sich auf dich verlassen kann. Gay wird gleich mit dem Wagen anfangen, ich hole ihn.« Er ging und kehrte noch einmal um. »Was ich noch sagen wollte: Doc zahlt für jeden Frosch fünf Cents, und wir fangen sieben- bis achthundert Stück. Wie wär's mit einem Fläschchen Old Tennisschuh? Ich zahl's, wenn wir mit den Fröschen zurück sind.«

»Nein!« sagte Lee Chong.

10

Als Frankie elf Jahre war, kam er zum ersten Male zum Western Biological. Eine Woche lang stand er bloß vor der Tür und glotzte. Dann stand er eines Tages im Gang und zehn Tage danach in den Zimmern im Erdgeschoß. Seine Augen waren sehr groß, sein Haar ein wirrer, verfilzter Schopf, die Hände unglaublich schmutzig. Er hob ein Stück Excelsiorpackstoff auf und legte es in den Abfallkübel. Am andern Tag sah er Doc zu, wie er Gefäße mit Röhrenquallen (Velella spirans) etikettierte. Schließlich trat er sogar an die Werkbank und legte seine schmutzigen Finger auf die Platte. Aber bis er soweit war, dauerte es drei Wochen, und in der ganzen Zeit war er in jedem Augenblick auf dem Sprung, wegzurennen. Bis Doc ihn eines Tages fragte: »Wie heißt du, mein Sohn?«

»Frankie.«

»Wo wohnst du?«

Frankie mit unbestimmter Bewegung landeinwärts: »Da oben.«

»Warum bist du nicht in der Schule?«

»Ich geh' nicht in die Schule.«

»Warum nicht?«

»Sie wollen mich nicht.«

»Du hast schmutzige Hände. Wäschst du sie nie?«

Frankie blickte betreten, ging zum Ausguß und schrubbte die Finger. Das tat er von da an täglich so lange, bis sie rot und rauh wurden.

Er kam jeden Tag ins Labor. Es wurde kaum gesprochen, allein die Verbindung zwischen den beiden erwies sich als dauerhaft. Doc hatte durch telephonischen Anruf festgestellt, daß Frankie nicht gelogen hatte. Die Schule wollte den Jungen nicht. Er konnte nicht lernen; in seinem Kopf mußte etwas in Unordnung sein. Da fehlte irgendwo die Verbindung. Man konnte ihn in der Schule nicht gebrauchen. Er war kein Idiot; er war nicht gemeingefährlich, und seine Eltern oder Angehörigen wollten nicht dafür bezahlen, daß man ihn irgendwo versorgte. Er blieb nur selten über Nacht im Labor. Ab und zu kroch er abends in die Excelsiorkiste und schlief darin; es geschah dies vermutlich immer, wenn daheim Krach war.

»Warum kommst du hierher?« fragte ihn Doc.

»Du schlägst mich nicht, und du gibst mir keinen Nickel«, antwortete das Kind.

»Schlägt man dich daheim?«

»Zu Haus sind immer Onkels. Es kommen Onkels, die schlagen mich und sagen, ich soll rausgehen, und es kommen Onkels, die geben mir einen Nickel und sagen, ich soll rausgehen.«

»Wo ist dein Vater?«

»Tot«, sagte Frankie, schien es aber nicht recht zu wissen.

»Wo ist deine Mutter?«

»Bei den Onkels.«

Doc schnitt Frankie die Haare und entlauste ihn. Bei Lee Chong kaufte er ihm ein Paar Hosen und einen gestreiften Pullover.

Frankie wurde sein ergebener Sklave.

»Ich habe dich lieb«, sagte er eines Nachmittags, »ich hab' dich lieb.«

Er wollte gern im Labor arbeiten. Er fegte es jeden Tag aus, aber er bekam den Boden nie richtig sauber. In ihm war irgendeine Kleinigkeit nicht in Ordnung.

Er wollte zum Beispiel helfen, Krebse nach der Größe zu sortieren. In einem Eimer lagen sie alle durcheinander, und nun sollten sie auf großen Pfannen geordnet werden: die drei Finger breiten in die erste, die fünf Finger breiten in die zweite, die sieben Finger breiten in die dritte und so fort!

Frankie versuchte es; der Schweiß trat ihm auf die Stirn, aber er brachte es nicht fertig; Größenverhältnisse gingen ihm nicht in den Kopf.

»Aber nein«, belehrte ihn Doc, »schau mal genau her! Leg den Krebs hier neben deine Hand! Da siehst du doch, wie lang sie sein müssen. Siehst du's? Der da geht von diesem Fingerchen bis zu dem. Jetzt nimm einen andern Krebs! Siehst du, der geht genauso weit. Den mußt du zu seinem Bruder tun!«

Frankie probierte. Es ging nicht. Als Doc in sein Studierzimmer ging, kroch der Kleine traurig in die Excelsiorkiste und kam den ganzen Tag nicht mehr zum Vorschein.

Er war ein netter, guter und treuer Junge. Er lernte,

Doc die Zigarre anzuzünden, und als er es konnte, wollte er, Doc sollte immerzu rauchen, damit er ihm Feuer geben könne.

Frankie hatte es gern, wenn oben im Lese-Schlaf-Wohn-Empfangs- und Musikzimmer Gesellschaft war und ihm die Töne des Plattenspielers wunderbar ans Herz pochten; das war ihm von allem am liebsten. Dann verkroch er sich meist hinter einen Sessel in einer Ecke; da konnte er lauschen und schauen, und niemand sah ihn. Und wenn ein Gelächter entstand und man über etwas scherzte, was er nicht verstand, lachte er hinter dem Sessel entzückt. Wenn sich jedoch die Unterhaltung abstrakten, schwierigen Themen zuwandte, furchte sich seine Stirn. Er paßte genau und gewissenhaft auf und verstand nichts.

Eines Nachmittags leistete er sich eine gewaltige Kühnheit. Im Lese-Schlaf-und-so-weiter-Zimmer befand sich eine kleine Gesellschaft. Doc füllte in der Küche Bier in die Gläser, als Frankie neben ihm auftauchte, ein Glas Bier ergriff, durch die Tür damit und hinüberging und es einem jungen Mädchen brachte, das in einem hochlehnigen Sessel saß.

»Oh, ich danke dir«, sagte sie mit freundlichem Lächeln. Doc stand in der Tür und belobte das Wagnis: »Ja, Frankie ist eine große Hilfe für mich.«

Das vergaß Frankie nie ... Wie er das Glas genommen ... wie das Mädchen dasaß und ihre Stimme ... oh, ich danke dir ... und Doc ... eine große Hilfe für mich, Frankie ist eine große Hilfe für mich, ja, Frankie ist eine große Hilfe ... und Gott ... o Gott ...

Daran, daß Doc Beefsteak kaufte und viel Bier und

er ihm helfen durfte, die Treppe zu reinigen, merkte Frankie, daß wieder eine Einladung bevorstand. Frankie ist eine große Hilfe für mich …

Ein bedeutendes Vorhaben dämmerte in Frankies Hirn. Alles stand ihm genau vor Augen. Er überdachte es wieder und wieder, und es war wundervoll, es war vollkommen.

Die Gesellschaft begann. Leute kamen und saßen im vorderen Zimmer, junge Mädchen und junge Frauen und Männer.

Frankie wartete nur darauf, daß die Küche ihm ganz allein gehöre. Endlich war es soweit, und er war allein. Durch die geschlossene Tür hörte er das Geplätscher der Unterhaltung und die Musik aus dem Phonographen. Frankie arbeitete lautlos.

Zuerst das Tablett … dann die Gläser aus dem Schrank … Vorsicht, daß keines kaputtgeht! Jetzt das Bier … Einschenken …! Der Schaum muß sich erst ein bißchen setzen, dann nachfüllen … Alles bereit. Er holte tief Atem, öffnete die Tür. Musik, Geplauder, Gelächter umwogten ihn; er hob das Tablett mit dem Bier, ging zur Tür hinaus, ging geradewegs auf die Junge los, die ihm damals gedankt hatte, und da – dicht vor der Dame – geschah es, daß die Verbindung aussetzte. Muskelpanik entstand. Die Hände zuckten. Die Nerven telegraphierten einer Zentrale, die keine Antwort gab, und das Tablett mit den klirrenden Gläsern platschte der jungen Dame im hochlehnigen Sessel über den Schoß.

Einen Moment stand Frankie reglos da; dann wandte er sich ab und rannte hinaus.

Die Gesellschaft saß stumm. Man hörte, wie Frankie die Kellertreppe hinuntertappte. Dort lag er, tief in seine Excelsiorkiste vergraben.

Doc ging ihm langsam nach. Er hörte ein dünnes Wimmern, stand eine Weile nachdenklich vor der Kiste und wartete und gab es auf. Es gab nichts, auf der ganzen Welt nichts, was sich da tun ließ. Still ging er wieder die Treppen hinauf.

11

Das Auto Chongs war ein »Modell-T-Ford« und hatte eine ehrwürdige Vergangenheit hinter sich. 1923 war es ein Tourenwagen gewesen und im Besitz Dr. W. T. Waters, der es fünf Jahre lang fuhr und dann an einen Versicherungsagenten namens Rattle abstieß. Dieser, ein nachlässiger Mensch, fuhr den in gutem Zustand übernommenen Wagen wie ein Besessener. Unter seinen alkoholischen Exzessen litten Kotflügel, Auslösungs- und Fußbremshebel, Schwungrad und Kardangelenk. Als er obendrein noch etliche Versicherungsprämien unterschlagen und sich nach San José aus dem Staube gemacht hatte, erwischte man ihn, ehe zehn Tage verstrichen, in Gesellschaft einer Platinblondine und sperrte ihn ein. Der Wagen war von diesen Ereignissen so mitgenommen, daß ihn sein nächster Eigentümer auseinanderschnitt und einen kleinen Wagenkasten ansetzte.

Der nächstfolgende Besitzer, Francis Almones, war Fischlieferant und Liebhaber frischer Luft. Er beseitigte den vorderen Aufbau samt Windschutz. Er führte übrigens ein trauriges Dasein, denn er verdiente immer nur einen Bruchteil dessen, was er zum Leben brauchte. Sein Vater hatte ihm eine Kleinigkeit hinterlassen, aber so sorgsam Francis auch auf alles achtete, sosehr er auch schuftete, sein Geld wurde Jahr für Jahr, Monat für Monat weniger. Dann saß er auf dem trockenen, ging pleite, ging unter. Den Lieferwagen erhielt Lee Chong an Zahlungs Statt für unbezahlte Lieferungen. Aber der ganze Kraftwagen war zu dieser Zeit schon so kraftlos, daß seine Pflege ganz besonderer Sorgfalt bedurft hätte, wovon bei Lee keine Rede war. Wie ein seniler Klepper stand der Modell-T-Ford hinter dem Krämerhaus im Unkraut, und wilde Malven ringelten um seine Speichen. Die Vorderräder waren aufgebockt; die Reifen der Hinterräder hielten vorläufig noch.

Vielleicht hätte jeder der Palacejungens den Karren wieder in Gang bringen können, denn sie waren allesamt prächtige Bastler, aber mit Gay – kein Vergleich. Man denke sich einen Mann, der kommt, guckt, horcht, klopft, schraubt, und die Maschine läuft! Und wenn sie schon vorher lief, läuft sie noch besser, wenn er chauffiert. So ein Tausendsassa war Gay. Leise und weise glitten seine Finger über Getriebe, Scheiben, Zylinder, Rohre und Schrauben. In Docs Labor wurde er mit den empfindlichsten Apparaten fertig. Wenn er gewollt hätte, er hätte immerzu in den Konservenfabriken Arbeit gehabt. Denn dieser Industrie (die jammert, wenn sie ihre ganze Kapitalanlage nicht jedes Jahr aus den Profiten zurückgewinnt) ist der Zustand ihrer Maschinen lange nicht so wichtig wie Kurszettel und Saldo. Wenn sie mittels Buchhaltung Sardinen einlegen und konservieren könnten, ja, das würde den Fabrikherrn so passen! Aber da sie altersschwache, in Todeszuckungen röchelnde Schreckbilder von Maschinen benutzten, mußte ein Mann wie Gay seine Augen überall haben.

Mack weckte die Jungens in aller Frühe. Sie tranken Kaffee und schoben sogleich zu zweit zum Modell-T-Ford. Dort jäteten sie zunächst das Unkraut aus den Rädern und dem Gestell, und als die aufgebockten Vorderräder unter den wuchernden Ranken auftauchten, gebot Gay: »Pumpt irgendwo eine Pumpe und pumpt die Pneus auf!« Hierauf stach er mit einem Stock in den Benzintank unter dem Sitzbrett, und siehe da: im Tank war beinahe noch ein Zoll hoch Benzin! Da warf er sich allen Schwierigkeiten mannhaft entgegen, nahm die Kammern für Einlaß- und Auslaßventil heraus, schabte und richtete Ritzen und Spitzen und tat sie wieder hinein. Er öffnete den Vergaser und sorgte dafür, daß er vergaste. Durch Drehung der Kurbelwelle setzte er Schwungrad und Wechselgetriebe in Schwung, was keine Kleinigkeit war, denn da war alles versaut.

Inzwischen erschien die Luftpumpe, und Eddie und Jones pumpten wie Feuerwehrleute bei einem Großbrand. Gay summte: »Humdidi dumdidi dumdidi dum«, entfernte Zündkerzen und mittleren Zündstift und kratzte und bohrte und wischte und schraubte auf Teufel komm raus. Auch zapfte er einiges Benzin in ein Kännchen und goß, ehe er die Zündkerzen wieder an ihren gewohnten Ort setzte, etwas davon in jeden Zylinder.

»Humdidi dumdidi du ...«

Plötzlich richtete er sich auf. »Wir brauchen ein paar Trockenelemente«, verkündete er. »Schaut zu, ob uns Lee ein paar abläßt!«

Mack ging ins Haus und kehrte sogleich mit Chongs kategorischem Nein zurück, und dies Nein bezog sich sowohl auf diese wie alle noch kommenden Anforderungen. Gay dachte nach: »... Humdidi-humdididum ... Ich wüßte schon, wo welche wären, gerade die richtigen ... Aber an die ist nicht heranzukommen.«

»Wo sind sie?« fragte Mack.

»In meinem Keller«, seufzte Gay, »unsere Klingelleitung wird von ihnen gespeist. Wenn sich einer von euch da hineinschlängeln könnte, ohne daß meine Alte ihn sieht – sie stehen auf dem Sims gleich links, wenn man hineinkommt. Wenn man hineinkommt ...« wiederholte er nachdenklich. »Daß bloß meine Alte euch nicht erwischt!«

Zu diesem Amt wurde Eddie gewählt. Er brach sogleich auf.

»Wenn die dich ertappt«, rief ihm Gay nach, »sag bloß nichts von mir! Humdidi humdidi dum.«

Er untersuchte Zahnräder, Gabelarme und Stangen und Schaltgestänge im Wechselgetriebe. Das meiste war schon so abgenutzt, daß es kaum mehr recht ineinandergriff; nur das Zwischenrad zum Rückwärtsfahren genügte noch allen berechtigten Anforderungen. Dieses Zwischenrad ist bei Modell-T-Ford der letzte Rettungsanker. Wenn alle Bremsen dahin sind – mittels Rückwärtsfahrt kann man immer noch bremsen, und als Gay die Rückwärtsmaschinerie noch am

Leben fand, fühlte er sich beruhigt. Nun konnte ihnen nichts mehr geschehen, denn nun kam auch Eddie zurück und brachte die Trockenelemente. Mrs. Gay war in der Küche gewesen. Er hatte sie oben, sie ihn aber nicht unten umhergehen hören. Sie werde nun auch keine Klingel mehr hören, stellte er fest. In solchen Dingen war Eddie ein Meister. Gay schaltete die Elemente ein, schraubte die Zündkerzen im Zylinderkopf fest, tat noch diesen und jenen seltsamen Handgriff, drehte den Motor an, und – o Wunder – der Anlasser ließ sich gut an und der Zündfunke zündete. Gay war des lieben Gottes kleiner Mechaniker, ein Sankt Franziskus der Kurbeln, Zahnrädchen und Transmissionen. Und wenn dereinst all die Scharen der schwergeprüften, mißhandelten Buicks, Plymouths, De Sotois, American Austins und Isotta-Fraschinis in gewaltigen Chören das Lob des Herrn der Heerscharen singen, wird ein großer Teil ihres Danks unserm Gay gebühren und auch seiner Bruderschaft.

Die Maschine räusperte sich, nieste, wackelte, ruckte, räusperte sich nochmals, Gay ging mit dem Gas vor und zurück, schaltete, waltete; der Ford Lee Chongs kicherte, hüpfte, plapperte und klapperte. Es war, als freue er sich, in guten Händen zu sein, die ihn liebten und ihn verstanden.

Doch gab es mit ihm noch zwei kleine technisch-juristische Schwierigkeiten. Er hatte kein gültiges Nummernschild und keine Scheinwerfer.

Was taten Mack und die Jungens?

Sie ließen über das rückwärtige Schild wie zufällig einen Fetzen herunterhängen, und auf dem Vorderschild – ja, das war eben mit Kot bespritzt; da ließ sich nichts machen, es ließ sich unmöglich feststellen, wie alt es war. Die Ausrüstung der Expedition war denkbar einfach: etliche Jutesäcke und für jeden ein Froschnetz mit langem Stiel. Jagdamateure ziehen in solchen Fällen mit allen möglichen Eß- und Trinkvorräten aus der Stadt aufs Land. Nicht so Mack. Er sagte sich logisch und richtig, sie würden ihre Lebensmittel vom Lande beziehen, und führte daher nur zwei Laib Brot und den Rest von Eddies Sammelkrug aus La Ida mit.

Die Froschjäger erklommen ihr Fahrzeug. Gay chauffierte, Mack saß neben ihm. So rumpelten sie um Chongs Haus und über den Leeren Platz zwischen den Röhren durch. Mr. Malloy saß vor seinem Wohnkessel und winkte Lebewohl! Gay bremste und fuhr sacht über die Trottoirkante hinunter, denn die Vorderreifen waren fast durchsichtig. Bei aller Fixigkeit war es inzwischen bereits Nachmittag geworden. Sie überquerten die Zweite Straße. Vor Red Williams Tankstelle hielt der Wagen zum erstenmal.

Mack stieg aus und präsentierte Red seine Anweisung. »Doc hatte gerade kein Kleingeld«, erklärte er. »Sei so gut und füll fünf Gallonen ein; den Rest gib mir in bar heraus; das wäre Doc am liebsten, weißt du, er mußte nach La Jolla, er hat etwas Wichtiges zu erledigen.«

»Ja, weißt du, Mack«, lächelte Red gutmütig, »das hat sich Doc schon gedacht, daß du noch irgendeinen Dreh ausfindig machst; er ist sogar auf genau denselben gekommen wie du; er ist schlau! Hat mir gestern abend noch telephoniert.«

»Dann also hinein mit den zehn Gallonen – nein, halt; es könnte sonst überlaufen! Füll fünf ein, und die andern fünf – die kannst du uns in so einem plombierten Kanister geben, das kommt auf das gleiche heraus.«

Red strahlte.

»Denk dir, genau das hat Doc schon geahnt!«

»Dann füll alle zehn ein, was liegt mir dran! Aber daß du bloß nichts im Schlauch läßt!«

Die Expedition fuhr nicht schnurstracks durch Monterey, sondern vielmehr aus zarter Rücksicht auf ihre Nummernschilder durch Seitenstraßen. Es war schlimm genug, daß sie nachher noch über vier Meilen von Carmel Hill bis hinunter ins Tal die Hauptchaussee fahren mußten. Wie leicht konnte sie da ein Polizist sehen und anhalten. Im Carmeltalweg ging es dann wieder; da war kein Mensch und keine Gefahr.

Beim Peterstor, kurz vor dem scharfen Anstieg zum Carmelhügel, nahm Gay unter furchtbarem Fordgeratter einen mächtigen Anlauf und schaltete fünfzig Meter vor der Erhebung Höchstgeschwindigkeit ein. Er wußte, es würde nichts helfen; die Radzähne hatten die Karies. Auf ebener Straße ging alles glatt, aber den Berg hinauf, nein! Der Wagen stand.

Gay wendete genau um hundertachtzig Grad, gab Gas und trat den Fußhebel für Rückwärtsfahrt. Das Rückwärtsgetriebe hatte noch gute Zähne. Langsam, beharrlich kroch das Gefährt den Carmelhügel hinan. Der Kühler kochte. Warum sollte er auch nicht kochen? Die meisten Modell-T-Kenner stimmen darin überein: der Kühler soll und muß kochen; sonst ist etwas daran nicht in Ordnung.

Man müßte einmal eine Abhandlung über den sittlichen, physischen und ästhetischen Einfluß des Modell-T-Ford auf das amerikanische Volk herausgeben. Zwei USA-Generationen wußten mehr über Fords Zündstift als über die Klitoris, mehr über den Gang eines Wechselgetriebes als über den Lauf der Planeten. Mit Modell T verschwand etwas vom Inbegriff des Privateigentums. Welcher Autofahrer hat heute noch eine Luftpumpe oder eine Beißzange? Die meisten Babys jener dahingegangenen Epoche wurden im Modell-T-Ford gezeugt und nicht wenige in ihm geboren.

Standhaft und stur nahm Chongs Ford seinen Rückwärtskurs den Carmel hinauf, überquerte Jacks Höhenweg und begann eben den letzten und steilsten Anstieg, als sich der Atem des Motors verdickte. Er schnaubte, schluckte, würgte und stand.

Es war entsetzlich still, als auf einmal der Motor verstummte. Doch schon setzte der Wagen sich wieder in Fahrt, aber diesmal nicht rückwärts bergan, sondern vorwärts in rascher Fahrt abwärts, schneller und schneller, bis der geistesgegenwärtige Gay das Steuer um neunzig Grad scharf herumriß und in Jacks Höhenweg einfuhr, auf dessen ebenem Fahrdamm der Wagen allmählich zum Stehen kam.

»Was ist?« fragte Mack.

»Der Vergaser vermutlich«, rief Gay zurück.

Die Maschine zischte, knirschte und knarrte. Der Dampf aus dem Auspuffrohr fauchte wie ein brünstiger Alligator. Der Modell-T-Vergaser hat eine sehr einfache Konstruktion. Aber es darf nicht das mindeste daran fehlen, sonst funktioniert er nicht. Da ist zum Beispiel ein Nadelventil, und die Nadel hat eine Spitze, und die Spitze muß im Ventil stecken. Wenn aber die Nadel keine Spitze mehr hat, kann sie auch nicht im Ventil stecken und der Vergaser nicht arbeiten.

Besagte Nadel hielt Gay in der Hand.

»Wo ist die Spitze?« fragte er fassungslos.

Die Spitze war abgebrochen.

»Rein verhext«, sagte Mack. »Kannst du sie nicht wieder dranmachen?«

»Nein, zum Kuckuck«, schrie Gay, »man braucht eine frische!«

»Was kann die kosten?«

»Neu einen Dollar, gebraucht den vierten Teil ungefähr.«

»Hast du den Dollar?« fragte Mack.

»Ja, aber ich werde auch so eine auftreiben.«

»Dann schau, daß du wegkommst und bald wieder da bist. Wir warten hier.«

»Das kann ich mir vorstellen! Ohne Nadelventil könnt ihr nicht abhauen«, erwiderte Gay und lief das kurze Stück bis zur Ecke von Jacks Höhenweg-Carmeltalweg, wo er vor drei bergabfahrenden Wagen bittend den Daumen reckte, bis endlich der vierte ihn mitnahm.

Mack und die Jungens sahen ihn einsteigen, davonfahren und erst nach einhundertachtzig Tagen zurückkehren. Zufall, Schicksal, wo sind eure Grenzen?

Mußte unbedingt dieser Wagen, der Gay freundlicherweise mitnahm, vor Monterey eine Panne erleiden? Wäre Gay kein so guter Mechaniker, so hätte er die Panne nicht in kürzester Frist behoben, und wenn er sie nicht behoben hätte, wäre er von dem Eigentümer nicht zu Jimmy Brucia eingeladen worden. Warum aber hat dieser verfluchte Jimmy gerade an dem Tag Geburtstag? Dreihundertfünfundsechzig Tage gibt es im Jahr! Ungezählte Millionen von Möglichkeiten gibt es im Weltlauf. Aber von all diesen Millionen traten an diesem Unglücksabend ausschließlich solche ein, die in das schöne neue Gefängnis von Salinas führten.

Warum haben Tiny Colletti und Enea Sparky sich gerade an diesem Tag wieder versöhnt und helfen Jimmy Brucia seinen Geburtstag feiern? Man trinkt und singt italienisch, das Orchestrion spielt, ein nettes Mädchen vom Strich kommt auch noch dazu; Gays neuester Freund will Enea Sparky den allerneuesten Griff zeigen, der Griff geht daneben. Es kommt nur zu einem kleinen Handgelenkbruch. Der Polizist leidet an verdorbenem Magen. Ja, das sind lauter unerhebliche Einzelheiten, die scheinbar nichts miteinander zu tun haben. Und doch zielen alle ins gleiche Loch: das neuerrichtete Staatsgefängnis von Salinas, das Mrs. Gay ihrem Gatten nicht gönnen wollte. Alles ist Schicksal. Das Schicksal wollte Gays Beteiligung an der Froschjagd nun einmal nicht und bot daher Gott weiß was für Zwischenfälle und Leute auf, ihn davon abzubringen, und als dann die große Scheibe im Schuhgeschäft vis-à-vis in Trümmer ging und die Gesellschaft in ihrer fröhlichen Stimmung die Schuhe im Schaufenster anprobieren wollte – der reine Zufall, daß da Gay nicht das Pfeifen der Feuerwehr hörte. Die Folge: Während sich die andern gemütlich den Dachstuhlbrand ansahen, fand die Polizei unsern Gay ganz allein im offenen Schaufenster, am rechten Fuß einen Lackpumps und links einen Chevreauschuh mit Wildledereinsatz.

Doch zurück zum Ford! Es war dunkel um ihn geworden, vom Meer her zog Kälte herauf; die Kiefern rauschten im Seewind. Die Burschen hatten ein Feuer entzündet und legten sich auf Kiefernnadeln zur Ruh. Sie blickten durch das Geäst zu den einsamen Wolken, redeten eine Zeitlang, was für Schwierigkeiten Gay habe, bis er eine Ventilnadel finde, und als es später und später wurde, kamen sie nicht mehr auf ihn zu sprechen.

Mit dem ist's aus, dachte Mack.

Gegen zehn erhob sich Eddie.

»Oben auf dem Berg im Hotel«, sagte er, »soll heute eine literarische Tagung sein. Da müßte sich doch zum Kuckuck ein Modell T auftreiben lassen! Ich will gleich einmal nachsehen.«

12

Die Stadt Monterey blickt auf eine alte, glanzvolle literarische Tradition zurück. Kein Geringerer als Robert Louis Stevenson hat hier gelebt; das topographische Urbild seiner berühmten »Schatzinsel« ist zweifellos unser beliebter Ausflugsort Lobos. Auf Carmel, an dessen Bergeshang Mack und die Jungens nun festsaßen, haben sich neuerdings mehrere literarische Größen niedergelassen, aber das ist nichts im Vergleich zu den alten Zeiten, da in Monterey der große Humorist Josh Billings übernachtete und verstarb. Da hatte man hier vor einem Belletristen noch wahre Ehrfurcht.

Dort, wo heute das neue Postgebäude steht, befand sich zu jener Zeit ein Wasserloch mit Zufluß und Abfluß. Ein Brückchen führte darüber. Links von dem Loch stand ein schöner alter Luftziegelbau, ein Adobe, wie es auf spanisch heißt, und rechts davon wohnte der Doktor, der alle Krankheiten, Geburten und Todesfälle von Monterey unter sich hatte. Er experimentierte auch mit Tieren und beschäftigte sich in letzter Zeit mit der Einbalsamierung Verstorbener; das hatte er als Student in Paris gelernt. Altmodische Bürger verwarfen zwar diese neue Gepflogenheit teils als sentimentalen Unfug, teils als Geldverschwendung und teils als Gotteslästerung, denn in der Bibel war dergleichen nicht vorgesehen. Aber die reichen Familien waren dafür begeistert, und so gehörte es bald zum guten Ton, sich und die Seinen einbalsamieren zu lassen.

Eines Morgens, als sich der alte Mr. Carriaga von seiner Wohnung am Carmel zur Alvaradostraße begab und eben über das Brückchen ging, fiel sein Blick auf einen Buben und einen Hund, welche beide just aus dem Wasserloch herauskletterten. Der Knabe hatte in der Hand eine Leber, der Hund im Maul einen Darm, den er meterlang hinter sich nachzog und an dessen Ende ein Magen baumelte.

Mr. Carriaga blieb stehen.

»Guten Morgen«, wandte er sich mit der ihm eigenen Höflichkeit an den Knaben.

»Guten Morgen, Sir«, antwortete ihm dieser sehr artig, denn zu jener Zeit waren die Kinder noch wohlerzogen.

»Wohin willst du mit dieser Leber?« fragte der alte Herr.

»Aufs Wasser, Makrelen fangen«, lautete die Antwort.

»Und der Hund?« lächelte der freundliche Alte, »fängt der auch Makrelen?«

»Der Hund ist nicht unserer, Sir. Er hat das Zeug da unten gefunden, im Wasserloch; ich meines auch.«

Nachdenklich lächelnd ging Mr. Carriaga seines Wegs und dachte bei sich: Das ist keine Ochsenleber, dazu ist sie zu klein ... und ist keine Kalbsleber, dazu ist sie zu rot ... eine Schafsleber ist es auch nicht! – Trotz seiner Jahre war Carriaga ein scharfer Denker.

An der nächsten Ecke stieß er auf Mr. Ryan.

»Ist heute nacht in Monterey jemand gestorben?« fragte er ihn.

»Nicht, daß ich wüßte«, versetzte dieser.

»Ist jemand ermordet worden?«

»Gewiß nicht.«

Da berichtete ihm Mr. Carriaga von dem Knaben und dem Hund, und sie gingen zusammen weiter zur Adobebar, in welcher einige Bürger zu morgendlichem Geplauder versammelt waren. Carriaga erzählte hier seine Geschichte zum zweitenmal, und ehe er noch damit fertig war, betrat der Bezirkskommissar den Barraum. Wenn irgendwer letzte Nacht gestorben oder ermordet worden war, mußte er es wissen.

Jedoch: »In Monterey«, lautete seine Auskunft, »ist niemand tot, aber droben im Berghotel ist Josh Billings gestorben.«

Schweigend senkten die Herrn an der Bar die Häupter. Ein und derselbe Gedanke ging ihnen durch den Sinn. Der Verblichene war ein bedeutender Schriftsteller und ein großer Mensch. Er hatte der Stadt die Ehre erwiesen, in ihr zu sterben, und nun war er derart entwürdigt!

Auf der Stelle bildeten die Anwesenden ein Komitee, begaben sich rasch, mit entschlossenem Ernst, zu dem Wasserloch, schritten über das Brückchen und klopften und hämmerten gegen die Haustür des Doktors, der in Paris studiert hatte.

Er hatte gestern bis spät in die Nacht hinein noch gearbeitet. Erst das laute Klopfen brachte ihn aus dem Bett und im Nachthemd, ungekämmt mit zerzaustem Bart, an die Haustür. Mit düsterer Miene redete Carriaga ihn an.

»Haben Sie Josh Billings einbalsamiert?«

»Ja, warum?«

»Was taten Sie mit seinem Gekröse?«

»Ja – das hab' – hab' ich in das Wasserloch geworfen; das tu' ich doch immer.«

Da befahl ihm das Komitee, sich schleunigst anzukleiden und ihnen hinunter zum Strand zu folgen! Wenn es der Knabe mit dem Makrelenfang eilig hatte, kämen sie am Ende zu spät!

Als das Komitee angerannt kam, bestieg der Knabe mit Josh Billings' Leber ein Boot. Unweit davon im Sand lagen die Därme des Schriftstellers, welche der Hund verschmäht hatte.

Der Doktor von der Sorbonne mußte nunmehr die sterblichen Überreste des Humoristen einsammeln. Man nötigte ihn sogar, sie mit gebührender Ehrfurcht zu reinigen und den Sand nach Möglichkeit daraus zu entfernen. Ja, er mußte obendrein noch aus eigener Tasche die Kosten für ein Bleigefäß zahlen, in welchem die glücklich geretteten Teile zugleich mit dem Sarge Josh Billings' beigesetzt wurden. Denn die Stadt Monterey duldete keinen Affront gegen einen namhaften Autor.

13

Friedlich schliefen Mack und die Jungens auf ihren Kiefernnadeln. Ohne daß sie dadurch geweckt wurden, kehrte Eddie eine Stunde vor Morgengrauen von seinem Streifzug zurück. Erst nach längerem Suchen hatte er ein unbeobachtetes Modell T entdeckt, doch als er es endlich gefunden, hatte er sich gefragt, ob es recht sei, die Nadel aus dem Ventil oder das Ventil aus seinem Mutterboden herauszureißen. Vielleicht paßte es nachher nicht. Da nahm er lieber gleich den ganzen Vergaser. Es war ein besonderer Vorzug des Modell-T-Ford, daß seine Einzelteile einerseits beliebig auswechselbar und andererseits niemals zu identifizieren waren. Infolgedessen legte sich Eddie getrost zur Seite seiner Gefährten nieder und schlief sogleich ein.

Wunderschön ist die Aussicht von dieser Stelle des Carmel: die sanfte Krümmung der Bucht, der Schaum der Wogen, der Sand, rings die Dünen und zu Füßen des Berges das gemütliche Städtchen. Es dämmerte noch, als Mack sich erhob und, während er die Hosen emporzog, sich an der Aussicht ergötzte. Er sah die Fischer mit ihren Sacknetzen heimkehren, einen Petroleumdampfer am Ufer Treibstoff tanken. Die Sonne ging auf und schüttelte aus der Luft die Kälte nicht anders, als man eine Tischdecke ausschüttelte. Erst als Mack die ersten Sonnenstrahlen verspürte, merkte er, wie kalt es gewesen, und fröstelte. Im Busch hinter ihm regten und rührten sich wilde Kaninchen.

Die Burschen aßen einige Scheiben Brot. Eddie setzte den neuen Vergaser ein, und dann machten sie sich nicht erst die Mühe, den Wagen zu wenden, sondern schoben ihn rückwärts bis zur Wegkreuzung, an der sie gestern so hurtig eingebogen waren, setzten dort den Motor in Betrieb und fuhren im Rückwärtsgang steil bergan bis zum Gipfel; dort wendeten sie und ratterten und hoppelten munter geradeaus und hinab an den Hattonfeldern und graugrünen Artischockenpflanzungen vorbei durch das Carmeltal. Das Glück war ihnen hold. Ein Rhode-Island-Hahn, der sich zu weit von seinem Hühnerhof entfernt hatte, kam ihnen in den Weg. Es gelang dem Chauffeur Eddie, mit knapper, gutgezielter Wendung den Unvorsichtigen zu überfahren. Hedda rupfte den Gockel, während sie weiterfuhren, und ließ die Federn zur fröhlichen Erinnerung durch die Lüfte flattern. Ein freundliches Morgenlüftchen, das aus der Richtung von Jamesburg das Tal durchwehte, trug das rote Gefieder in alle Weiten übers Meer und bis Lobos.

Der Carmel ist ein entzückender Fluß. Sein Lauf ist nicht lang, doch weist er alles auf, was man von einem Fluß füglich verlangen kann. Er entspringt in den Bergen, sprudelt und tollt eine Weile, stürzt durch Felsenschluchten, bildet Wasserfälle und Seen, bis er gemächlich zwischen Sykomoren und Weiden einherwallt, läßt Auen, Inselchen, Seitenarme und Sandbänke auftauchen, prächtige Aufenthaltsorte für allerhand Flußkrebse, und speist obendrein einen Forellenteich. Im Winter ist er reißend und wild, im Sommer ein Planschbecken für Kinder; Fischer können darin herumspazieren. Zwischen den Farnkräutern der Ufer lugen Frösche. Hochwild und Füchse nahen am Morgen und Abend der Tränke; sogar der Berglöwe kriecht zuweilen heimlich geduckt aus dem Dickicht und schlürft von der klaren Flut. Reiche Bauernhöfe leiten sein Wasser in ihre Obst- und Gemüsegärten. Wenn der Abend hereinbricht, ertönt der Wachtelruf, und die Wildtauben gurren. Störche stelzen und spähen nach Fröschen – kurz, es ist ein Flüßchen, das keiner Behaglichkeit dieser Erde entbehrt.

Einige Meilen talabwärts hat sich der Fluß, breit wie ein See, sein Bett tief unter einem Felsen bereitet. Gleich einem Vorhang hängen Ranken und Farne von dem Felsplateau über das tiefe grüne Wasser hinab. Gegenüber ist der Strand sandig und flach. Da kann man auch abkochen. Da kann man sich aalen.

An diesen Ort gelangten Mack und die Jungens und waren mit ihm und sich selber zufrieden. Wenn es irgendwo in der Welt Frösche gab, hier mußten sie sein! Wenn es irgendwo in der Welt Entspannung, Erholung und Aufatmen gab, war es hier. Bei allem Mißgeschick war ihnen auf der Reise bisher auch manches Gute zuteil geworden: der fette rote Hahn; der Sack Karotten, der von selbst von einem Gemüsekarren heruntergefallen war, und das Bündel Zwiebeln, das nicht von selbst heruntergefallen war! Im Wagenkasten hatten sie eine leere Zehnliterbüchse; das war ihr Kochtopf. Ein Säckchen Kaffee trug Mack; Pfeffer und Salz führte Hedda mit. Ohne Geld kann man auf Touren gehen, aber nicht ohne Kaffee, Pfeffer und Salz. Das war für die Palaceclique Dolma.

Vier runde Steine, im Ufersand zusammengestellt, bildeten ihren Kochherd, und bald lag der unvorsichtige Hahn, gerupft und ausgenommen, von Wasser umspült, von Zwiebeln umringt, in der Zehnliterbüchse, und darunter, von dürren Weidenzweigen genährt, knisterte zwischen den Steinen ein niedriges Feuer. So dumm, ein großes Feuer zu machen, waren sie nicht! Zwar brauchte es lange, bis der Hahn gar wurde; er hatte ja auch viele Jahre gebraucht, bis er so groß und muskulös war, aber inzwischen, während um ihn das Wasser brodelte, verbreitete er einen lieblichen, würzigen Duft. Den sogen sie ein und vernahmen zugleich Macks wohlweisen Rat: »Für Frösche ist die beste Zeit nachts. Also legen wir uns bis dahin am besten aufs Ohr.«

Das taten sie denn und schliefen behaglich im Schatten. Nur Hedda blieb wach und achtete auf das Feuer.

Das Felsplateau war ihr Sonnenschirm, hinter dem schon um zwei Uhr nachmittags die Sonne versank. Eine frische Brise lief über den Strand. Die Sykomoren rauschten. Aus ihren Löchern unter den Farnen blinzelten verstohlen Frösche hervor. Mack hatte recht: Bei Tag hüpften sie nicht umher. Nur kleine Wasserschlangen glitten über die Steine, schlüpften graziös in das Wasser und schwammen vom einen zum andern Gestade, die Köpfe wie winzige Periskope hoch aufgereckt, und hinter jedem Schlänglein kräuselte zartes Kielwasser die klare Flut. Eine Forelle sprang, Moskitos und Schnaken summten über dem Fluß, Sonnenkäfer, Wespen, Fliegen, Hornissen flogen zum Nest, und während der Felsenschatten sich über das jenseitige Ufer verbreitete, huben die Wachteln zu schlagen an. Mack und die Jungens erwachten. Der Duft des Suppenhahns erfüllte ihre Herzen mit Freude: Hedda hatte ein Lorbeerblatt frisch vom Baum gepflückt und in die Brühe geworfen; auch die Karotten waren schon drin. Der Kaffee kochte gelinde auf einem eigenen Stein nicht zu nahe am Feuer. Mack dehnte und reckte sich, stand auf, stolperte schlaftrunken zum Fluß, schöpfte mit der hohlen Hand Wasser, wusch sich das Gesicht, trocknete es ab, spülte den Mund aus, gurgelte, räusperte sich, zog den Gurt fest, kratzte sich an den Beinen, kämmte das nasse Haar mit den Fingern, trank aus dem Sammelkrug, rülpste und ließ sich beim Feuer nieder. Donnerwetter, das duftet!

Wenn Männer aufwachen, tun ungefähr alle das gleiche, und so wiederholte sich der eben geschilderte Vorgang mit unwesentlichen Abweichungen viermal. Bald saßen alle beim Feuer, belobigten Hedda, und dieser stieß mit dem Messer in einen der Hahnenschenkel.

»Was man so richtig zart nennt«, erklärt er, »wird das Biest nicht. Dazu müßte man es zwei Wochen lang kochen. Wie alt schätzt du ihn, Mack?«

»Ich bin achtundvierzig«, erwiderte dieser, »und bin lang nicht so steif wie der. Das hängt nicht vom Alter ab.«

»Wie alt kann ein Huhn ungefähr werden?« fragte Eddie; »ich meine, wenn ihm niemand den Hals umdreht und es auch nicht den Pips kriegt?«

»Das weiß kein Mensch«, antwortete Jones.

Mit diesen und ähnlichen Reden vertrieben die fünf sich prächtig die Zeit. Der Krug machte die Runde, erwärmte sie angenehm und brachte sie auf immer neue Gedanken.

Jones sagte: »Ed-die ... ich will mich gewiß nicht beklagen, es ist nur ein Vorschlag. Wie wäre es, du stellst in Zukunft drei Krüge unter den Bartisch? Und gießt in einen den ganzen Whisky, in den zweiten den Wein und in den dritten das Bier?«

Seiner Anregung folgte ein peinliches Schweigen.

»Also ich für mein Teil«, wehrte sich Jones, »ich sage, mir ist es gleich.«

Er stockte, er hätte sich da besser nicht einmischen sollen, und sprudelte daher hervor: »Es gefällt mir grad, daß man auf die Art jedesmal überrascht wird. Wenn du Whisky säufst, weißt du genau, was nachher kommt: entweder das heulende Elend oder Krakeel, wie einer eben veranlagt ist, aber hier bei dem Krug kannst du nie voraussagen, wirst du nachher auf einen Tannenbaum klettern oder ins Wasser springen und nach Santa Cruz schwimmen wollen. So etwas macht doch mehr Spaß!«

»Apropos Schwimmen«, steuerte Mack die Debatte diplomatisch in ungefährliches Wasser, »weiß einer von euch, wo eigentlich McKinley Moran steckt, wißt ihr: der Tiefseetaucher?«

»McKinley Moran?« fiel Hughie ein, »mit dem hab' ich ja oft zusammengesessen. Der hat immer abwechselnd getaucht und gesoffen. Kurz getaucht, lang gesoffen. Zum Schluß hat er noch seine Taucherglocke, den Taucheranzug und die Pumpe versoffen und ist aus Monterey weg, ich weiß nicht, wohin. Seit er damals dem Italiener nachgesprungen ist, der vom Anker mitgerissen wurde – ich seh's noch wie heute: es war doch der Frachter *Twelve Brothers!* – dabei ist McKinley das Trommelfell geplatzt; seitdem hat er nicht mehr zum Tauchen getaugt. Aber den Wop hat er doch noch rausgefischt, dem ist weiter nichts passiert.«

Mack führte wieder den Krug zum Munde.

»Während der Prohibition hat McKinley saumäßig verdient. Von der Regierung hat er pro Tag fünfundzwanzig Dollar bekommen, daß er im Hafen nach versteckten Fässern mit Alkohol taucht, und jedes einzelne Mal, wo er getaucht ist, hat ihm Louie drei Dollar gegeben, damit er nichts findet. Aber er hat es so eingerichtet, daß er immerhin jeden Tag ein Fäßchen entdeckt und heraufgebracht hat; er wollte die Regierung doch nicht verärgern. Damit hat er's dann aber mit Louie verdorben. Ja, damals hat er noch Geld wie Heu gehabt!«

»Er war aber ein Esel«, erklärte Hughie, »jedesmal wenn er Geld gehabt hat, mußt' er unbedingt heiraten – dreimal hintereinander –, bis die Moneten futsch waren. Ich hab's immer schon vorher gewußt: Jedesmal wenn er einen Weißfuchspelz gekauft hat, hab' ich gewußt: Jetzt wird wieder mal geheiratet. Bums! Und so war's.«

»Wenn ich nur wüßte, was mit Gay los ist!« begann Eddie. Es war das erste Mal, daß einer ihn wieder erwähnte.

»Das gleiche wie mit McKinley«, erklärte Mack. »Traut nie einem Ehekrüppel! Wenn ihm die Alte noch so zum Kotzen ist – er geht wieder zu ihr. An Gay habt ihr wieder den schönsten Beweis. Seine Alte verdrischt ihn, aber wenn er sie drei Tage nicht sieht, wird er schwermütig, fängt an zu grübeln, bildet sich ein, es ist seine Schuld, geht zu ihr hin, gibt ihr 'n Kuß und versöhnt sich.«

Die fünf erhoben die Hände zum leckeren Mahl, spießten sich jeder ein Stück Hahn aus dem Blechtopf, ließen es abtröpfeln, bliesen drüber hin, bissen hinein und nagten das flechsige Fleisch von den Knochen. Hierauf stocherten sie mit gespitzten Weidenzweiglein die Karotten aus der Suppe und reichten endlich den Topf herum und tranken die Brühe. Sanft wie Musik senkte der Abend sich auf sie herab.

Die Wachteln lockten einander zum Wasser, Forellen sprangen, Motten flatterten um die Bucht; es wurde dunkler und dunkler. Nun machte der Topf mit Kaffee die Runde. Die fünf waren satt, wurden warm und fühlten sich wohl. Keiner hatte mehr das Bedürfnis zu reden, bis plötzlich Mack auffuhr: »So ein verdammter Schwindel! Mir ist nichts so verhaßt wie ein Lügner.«

»Wer hat dich angelogen?« fragte Eddie.

»Ach, da wäre ja nichts dabei, wenn einer so zum puren Vergnügen ein bißchen aufschneidet. Ich hasse bloß Kerle, die sich selber belügen.«

»Wer hat denn das getan?« fragte Eddie wiederum.

»Ich«, antwortete Mack, »und ihr wahrscheinlich auch. Da hocken wir nun beisammen, die ganze Blase, warum? Weil wir uns ausgedacht haben, wir wollen für Doc ein Fest veranstalten. Wer hat jetzt das Fest gehabt? Wir. Und wenn wir zurückkommen, lassen wir uns noch von Doc Geld geben.«

»Dafür laden wir ihn nachher ein«, beschwichtigte Hughie.

»Ha«, schnaubte Mack. »Wir sind zu fünft! Wir werden fünfmal soviel trinken wie er, mindestens! Ich bin gar nicht sicher, ob wir die Gesellschaft für Doc geben. Ich glaube eher, wir geben sie bloß für uns selbst. Aber Doc ist ein viel zu netter Kerl, als daß man so etwas tun dürfte. Er ist der netteste Kerl, den ich kenne. Ich möchte ihn nicht ausnützen! Ich habe ihm doch mal einen Mordsbären aufgebunden, weil ich ihm einen Dollar abknöpfen wollte. Und wie ich mitten im schönsten Lügen bin, merk' ich auf einmal: er weiß genau, das ist alles Kohl. Da ist mir das Wort im Hals steckengeblieben, und ich hab' gesagt: ›Doc, das ist ein plumper Schwindel.‹ Und er hat in seine Tasche gegriffen und einen Dollar hervorgeholt. ›Mack‹, sagte er, ›wenn einer etwas so nötig braucht, daß er deswegen so eine kolossale Lüge erfindet, braucht er es wirklich dringend.‹ Und gibt mir den Dollar. Ich hab' ihn ihm am Tag darauf zurückgebracht, hab' ihn nicht mal ausgegeben, nur über

Nacht in der Tasche behalten und am Morgen wieder zurückgegeben.«

»Doc hat aber Einladungen schrecklich gern«, machte Hedda geltend. »Wir müssen ihn unbedingt einladen. Was ist denn, zum Kuckuck, dabei?«

Hedda hatte Mack nicht verstanden.

»Ja, wollt ihr ihm denn etwas geben, was ihr zum größten Teil wiederbekommt?« fragte dieser.

»Wie wär's mit einem Präsent?« schlug Hughie vor. »Angenommen, wir kaufen Whisky und schenken ihn ihm. Soll er damit tun, was er will!«

»Du hast das Richtige getroffen«, erkannte Mack an. »So wird's gemacht. Wir geben ihm den Whisky und machen uns dünn.«

»Weißt du, was dann geschieht?« opponierte Eddie. »Henri und die ganze Carmelclique riechen den Whisky von weitem, und dann hat Doc statt uns fünf ihrer zwanzig auf dem Hals. Er hat mir einmal erzählt: Wenn er sich ein Beefsteak brät, riechen sie das bis Point Sur. Wo bleibt da der Nutzen für ihn? Er stellt sich bedeutend besser, wenn wir für ihn die Gesellschaft geben.«

Das leuchtete Mack ein.

»Aber«, erwog er, »wir könnten ihm ja etwas anderes als Whisky schenken, zum Beispiel ein Paar Hemdenknöpfe mit Initialen.«

»Ah, was, Pferdescheiße!« rief Hedda, »Doc trägt doch so etwas nicht!«

Weiß standen die Sterne am Nachthimmel. Hedda unterhielt das niedrige Feuer, dessen Licht seine schmale Spur ein Stück weit über den Strand warf. Von der Höhe drang das scharfe Gebell eines Fuchses.

Der Nachtwind wehte den Duft der Salbei herab. Murmelnd rieselte das Gewässer.

Mack brütete noch über das zuletzt besprochene Thema, als ihn der Hall von Schritten herumfahren ließ. Ein dicklicher Mann trat aus dem Dunkel hervor. Er trug eine Büchse im Arm. Ihm zur Seite hinkte ein kurzhaariger Jagdhund.

»Was treibt ihr hier, zum Donnerwetter?« fragte der Mann, und Mack antwortete: »Nichts.«

»Die Gegend steht unter Denkmalschutz. Fischen, jagen, biwakieren, Feuer anzünden verboten! Packt zusammen, löscht das Feuer und schaut, daß ihr schleunigst wegkommt!«

»Das haben wir wirklich nicht gewußt, Captain«, entschuldigte sich Mack und stand auf. »Ehrenwort, Captain, ich habe nirgends etwas von einem Anschlag gesehen.«

»Es sind überall Tafeln, unmöglich, sie zu übersehen!«

»Entschuldigen Sie vielmals, Captain; es war ein Versehen unsererseits.«

Mack faßte sein Gegenüber näher ins Auge, und es schien ihm ein Schlappschwanz zu sein.

»Sie sind ein alter Soldat, Sir. Ja, so etwas sehe ich auf den ersten Blick an der strammen Haltung. Ich war auch beim Heer, viele Jahre; so etwas sehe ich gleich.«

Die Schultern des Flurwächters strafften sich unwillkürlich.

»In meinem Bezirk kann ich kein Lagerfeuer dulden«, erklärte er nicht eben unfreundlich.

»Wir gehen sogleich, Captain«, versprach Mack, »wissen Sie, wir arbeiten für einen Naturforscher, der notwendig Frösche braucht. Er hat zum Wohl der leidenden Menschheit ein Mittel gegen Krebs erfunden.«

»Wozu braucht er da Frösche?«

»Ja, Sir, das ist's ja! Er überträgt den Krebs auf die Frösche, beobachtet sie und behandelt sie dann mit dem neuen Mittel. Wenn wir nun keine Frösche abliefern, ist es nichts mit dem Mittel. Denken Sie nur, wie viele Menschen deswegen zugrunde gehen! Aber wenn Sie nicht wollen, Captain, gehen wir auf der Stelle. Wenn wir es gewußt hätten, wären wir erst gar nicht gekommen. Mein Gott –« er tat, als sähe er jetzt erst den Vorstehhund, »das ist ja ein Prachtexemplar von einem Pointerweibchen«, rief er begeistert. »Die sieht aufs Haar aus wie Nola, Sie wissen doch: Nola, die letztes Jahr auf der Hundeausstellung in Virginia den ersten Preis bekam? Ihre ist gewiß auch virginische Zucht, Captain?«

Der durch Mack vom Feldhüter zum Captain Beförderte zögerte etwas und log dann: »Ja. Sie ist nur lahm. Das war eine Zecke, sehen Sie: die hat sie in die Schulter gestochen!«

Mack zeigte sich sehr besorgt.

»Darf ich mal nachsehen, Cap? Komm Billiballibulli, komm, Nola, mein Schatz!« lockte er.

Die Hündin warf einen Blick auf ihren Herrn und hinkte hinüber zu Mack.

»Hedda«, gebot dieser, »wirf Reisig ins Feuer; ich seh' ja sonst nichts!«

Der Flurhüter beugte sich über Mack, der die Hündin streichelte und untersuchte.

»Es sitzt zu weit oben; da kann sie sich nicht lecken«, erklärte er.

Mack drückte etwas Eiter aus der Wunde, die böse aussah, und flunkerte: »Ich habe einen Hund gehabt, der hatte genau die gleiche Geschichte; das gab eine Knochenentzündung, und das arme Tier ist dran eingegangen. Sie hat wohl gerade erst geworfen?« erkundigte er sich.

»Sechs Junge«, bestätigte der Mann. »Ich habe die Schulter mit Jod gepinselt –«

»Falsch!« belehrte ihn Mack, »in solchen Fällen durchaus unangebracht. Haben Sie zu Haus Epsomsalz?«

»Eine ganze Flasche voll.«

»Ausgezeichnet! Machen Sie ihr damit heiße Umschläge! Sie ist noch sehr schwach von ihrem Wurf. Es wäre ein Jammer, wenn Ihnen das Tier einginge; dann gingen wahrscheinlich auch die Jungen drauf.«

Die Vorstehhündin sah Mack tief in die Augen; dann leckte sie ihm die Hand.

»Ich werde Ihnen sagen, Cap, was wir jetzt machen. Ich übernehme die Behandlung. Mit Epsomsalz bring' ich sie Ihnen durch.«

Der »Flur-Captain« streichelte zärtlich den Kopf seines Pointers. »Hören Sie, Herr«, sagte er, »ich habe bei meinem Haus einen Pfuhl, da wimmelt es derart von Fröschen, ich kann in der Nacht kaum ein Auge zutun.«

»Quaken sie laut?«

»Sie quaken überhaupt nicht, die bellen. Ich wollte, Sie würden alle wegfangen, dann wär' ich sie los. Kommen Sie nur mit!«

»Sehr liebenswürdig von Ihnen.« Mack verneigte sich. »Die Wissenschaft wird Ihnen für die Frösche Dank wissen. Ihr Hund bekommt von mir einen Umschlag.« Er wandte sich zu den andern. »Löscht das Feuer! Laßt den Platz in gutem Zustand zurück. Ich und der Captain gehen voraus, um Nola zu pflegen. Sobald ihr mit dem Aufräumen fertig seid, könnt ihr nachkommen.« Mit diesen Worten entfernte er sich mit dem Feldhüter. Hedda warf Sand ins Feuer.

»Der Mack!« staunte er, »der Mack, wenn der wollte, er könnte Präsident der USA werden!«

»Was hat er davon?« fragte Jones, »da hat er doch keinen Spaß dran.«

14

Frühmorgens in Cannery Row – das ist die Stunde ihrer Verzauberung. Die Straße schwebt zeitlos in silbrigem Licht. Keine Finsternis, keine Nacht, keine Sonne, kein Tag, keine Autos, kein Fortschritt, kein Rückschritt, keine Straßenbeleuchtung, keine Geschäftigkeit. Grün schimmert das Unkraut. Wie stille Perlen glänzen die Wellblechdächer. Die Ölsardinenfabriken stehen wie altes Zinngerät da. Es ist die Stunde des Friedens. Rings rastet alles, was ist. Gelbe Katzen schlüpfen zwischen Lattenzäunen hindurch, gleiten wie Sirup am Boden und halten nach Fischköpfen Ausschau. Frühe Hunde schreiten erhaben dahin und wählen weise, kennerisch schnuppernd die Stellen, wohin sie pissen. Möwen flattern heran, lassen sich Schulter an Schulter auf platinlichten Dächern nieder, den Abfall des Tages erwartend. Von den Felsen bei der Hopkins-Marinestation schallt das Bellen der Seelöwen; es dringt wie Hundegekläff durch die Kühle. In Hintergärten wühlen Erdhörnchen ihre Morgenhügelchen auf, die feuchte Erde dampft; sie kriechen hervor und schleppen Blumen in ihren Bau. Selten ein Mensch, und wenn einer erscheint, läßt er die Einsamkeit noch einsamer erscheinen. Eine von Doras Dirnen kommt von einem Besuch bei einem Gönner, der zu fein oder zu hinfällig ist, um sich persönlich in die Flotte Flagge zu bemühen. Ihr Make-up klebt, ihr Gang ist müde. Lee Chong stellt den Abfallkübel ans Trottoir. Der alte Chinese kommt auf schlappender Sohle vom Strand über die Gasse, klappert den Hühnersteig hinan und am Palace vorüber. Ein Fabrikwächter blinzelt ins Morgenlicht und schaut in die Runde. Der Nachtwächter der Flotten Flagge tritt hemdsärmelig auf die Veranda, dehnt sich, gähnt und kratzt sich den Bauch. Aus den Wohnröhren tönt das unterirdische Schnarchen von Malloys Untermietern. Perlenstunde. Schwebendes Zwischenspiel zwischen Nacht und Tag. Die Zeit hält inne und prüft sich selbst.

An solchem Morgen, in solchem Licht schlenderten zwei Soldaten mit zwei jungen Mädchen leichten Herzens die Straße entlang. Sie kamen aus dem La Ida und waren sehr müde und glücklich, die Mädchen gesund, hochbrüstig, stark und blond, ihre Frisuren ein wenig in Unordnung, die Feiertagskleider aus gestreiftem Kattun hingen reichlich verdrückt um die weiblichen Wölbungen. Beide trugen die Mützen ihrer Soldaten, die eine hinten im Genick, die andere fast auf der Nase. Die Nasen aber waren bei beiden breit, breiter und voller noch ihre Lippen und am breitesten ihre Hüften.

Die Soldaten hatten die Röcke aufgeknöpft und die Gürtel durch die Achselschnüre gezogen. Ihre Halsbinden waren nach unten verschoben, die Hemden am

Hals offen. Auf dem Kopf trugen sie die Hüte ihrer Freundinnen, der eine ein gelbes Strohboot voll Gänseblumen, der andere ein weißgehäkeltes Häubchen mit blauen Cellophanplättchen. Hand in Hand kamen sie so in einer Reihe des Wegs; in gleichem Takt schlenkerten ihre Arme. Der Soldat am linken Flügel trug einen Papiersack mit Dosenbier. Friedlich wandelten sie durch das perlende Frühlicht. Hinter ihnen lag eine wonnige Nacht, und sie fühlten sich wohl. Sie lächelten lieb wie Kinder, die beim Schlafengehen noch an die Einladung denken, bei der sie am Nachmittag waren.

Sie kamen an der Flotten Flagge vorbei und riefen dem Nachtwächter, der sich den Bauch kratzte, ein heiteres »Holla« zu. Sie hörten das Geschnarche aus den Wohnröhren und lachten hell. Vor Lee Chongs Laden blieben sie stehen, betrachteten die kunterbunte Schaufensterauslage: Anzüge, Werkzeuge und Lebensmittel, die stumm und beharrlich nach Käufern riefen, und gingen weiter zum Ende der Gasse und betraten die Eisenbahnanlagen. Da wollten die Mädchen gern auf den Schienen balancieren, und die Soldaten hielten sie um die Taille, damit sie nicht herunterfielen. So gelangten sie zu den Bootswerften, von wo sie in die Parkanlagen der Hopkins-Marinestation einbogen und unten den kleinen Badestrand aufsuchten, der der Station gegenüberlag. Es war ein sanftgeschwungener Miniaturstrand zwischen kindlichen Riffen und Untiefen. Lind leckten die jungen Wellen am Uferstrand, flüsterten zärtliche Worte, und von den Meeresklippen wehte ein zarter Wasserpflanzenduft. Als die vier den Strand betraten, kam über

Tom Works Grundstück ein Stückchen Sonne aus einem Wolkenspalt, und das Wasser in der Bucht wurde zu Gold. Die Mädchen kauerten sittsam im Sande nieder und zogen die Röcke über die Knie. Der Flügelmann bohrte Löcher in vier seiner Bierdosen, und jedes bekam eine. Als sie getrunken hatten, legten die Burschen den Kopf in den Schoß ihrer Mädchen, blickten zu ihren Gesichtern auf, und sie lächelten sich ein müdes, schönes Geheimnis zu.

Von der Station her kläffte ein Hund. Der Wächter, ein finster verdrossener Tropf, hatte die Pärchen gesehen; sein grämlicher Schnepfenhund hatte sie gewittert. Er schrie hinunter. Sie rührten sich nicht. Er rannte zum Strand; der Köter bellte ununterbrochen. »Wißt ihr nicht, daß man hier nicht herumliegen darf? Stehen Sie auf; das ist Privateigentum!«

Die zwei Soldaten schienen ihn nicht zu hören. Sie lächelten weiter; die Mädchen streichelten ihnen das Haar über den Schläfen. Der Wächter wetterte weiter. Bis schließlich der eine Soldat sachte seinen Kopf wendete, daß er zwischen den kräftigen Mädchenbeinen gleichwie in einer Wiege lag.

Wohlwollend lächelte er den Aufseher an und fragte artig: »Weshalb fliegen Sie nicht auf einem Besenstiel zum Mond?«

Worauf er den Kopf wieder zurückwandte und in die Augen der Freundin sah, deren blondes Haar von der Sonne hell strahlte. Sie kitzelte ihn verträumt hinterm Ohr …

Die zwei Paare sahen es nicht einmal, daß der Aufseher in das Haus zurückkehrte.

15

Als die Jungens im Farmhaus anlangten, kniete Mack in der Küche neben dem Pointerweibchen. Sie lag auf der Seite, und Mack drückte einen mit Epsomsalz getränkten Lappen auf die entzündete Stelle. Zwischen den Beinen der Hündin zuzelten und drängten sich ihre sechs rundlichen Jungen; ihre Augen aber blickten geduldig auf Mack, als wolle sie sagen: Du siehst, was mir fehlt. Ich habe es ihm sagen wollen, er versteht mich nicht.

Der Mann hielt die Lampe, sah Mack zu und atmete auf: »Ich bin froh, daß ich jetzt wenigstens Bescheid weiß.«

»Ich will Ihnen ja nichts dreinreden«, erklärte Mack, »aber man müßte die Kleinen so rasch als möglich entwöhnen. Genügend Milch finden sie doch nicht mehr und kauen vor lauter Hunger ihre Mutter in Fetzen.«

»Ich weiß«, seufzte der Tierhalter, »ich hätte alle bis auf eines ersäufen sollen. Das Geschäft geht ja doch nicht. Ich habe mir die größte Mühe damit gegeben, abeı heut werden nur Pudel, Boxer, Dobermänner und Pekinesen verlangt.«

»Dabei gibt es«, nahm Mack ihm das Wort aus dem Mund, »für einen Mann keinen schöneren Hund als einen Pointer. Ich verstehe die Leute nicht! Aber die Kerlchen deshalb ertränken – nein, das sollten Sie nicht!«

»Am liebsten mich mit«, nahm das Geseufze seinen Fortgang, »seit meine Frau sich auf Politik verlegt hat, ist mit ihr nichts mehr los. Sie ist in die Bezirksversammlung gewählt worden, und nun hat sie entweder ihre Legislaturperiode, oder sie hält Ansprachen, und wenn sie glücklich einmal daheim ist, entwirft sie Gesetzesvorlagen.«

»Viel Vergnügen! – ich meine, viel Vergnügen haben Sie dabei nicht, Cap.« Mack nahm ein zappelndes, putziges Pointerjunges auf den Arm. »Aus so einem Püppchen könnte ich Ihnen in drei Jahren einen erstklassigen Vorstehhund machen.«

»Möchten Sie gern eines?« fragte der Eigentümer.

Mack blickte auf und staunte: »Im Ernst?« und griff zu: »Ja, mein Gott, gern!«

»Suchen Sie sich eins aus! Bitte! Für Hühnerhunde hat ja sonst kein Mensch mehr Verständnis.«

Macks Gefährten standen in der Küche herum und sammelten Eindrücke. Geöffnete Konservenbüchsen, der Küchentisch voller Krümel, die Bratpfanne, an der noch der Rand von Spiegeleiern haftete, auf der Brotbüchse eine offene Schachtel mit Schrotkugeln – all das deutete auf die Abwesenheit der Hausfrau. Doch das über die Küchenbretter gebreitete Spitzenpapier und die für Männerhände zu kleinen Handtücher am Halter sagten ihnen: Hier ist sonst eine Frau! Und sie begrüßten die Tatsache, daß sie zur Zeit nicht zugegen war. Eine Frau, die zum Schutz ihrer Geschirrbretter Spitzenpapier ausbreitet, hegt eine instinktive Abneigung gegen Leute vom Schlage der Palaceclique, denn solche Geschöpfe bilden die ärgste Gefahr für ein Heim; sie bieten an Stelle von Häuslichkeit, Ordnung und Reinlichkeit ihrem Gatten Sorglosigkeit, leichten Sinn und Kameradschaft. Wirklich ein Glück, daß die Frau nicht da war, fanden die Jungens. Der Mann hingegen schien den Besuch als wahre Ehre und Gewinn zu betrachten. Er wollte ihn gar nicht weglassen.

»Ehe ihr Frösche fangt«, sagte er beinahe schüchtern, »solltet ihr euch etwas stärken ...«

Die Gefährten blickten auf Mack, dessen Gesicht sich in nachdenkliche Falten legte.

»Auf wissenschaftlichen Expeditionen«, erklärte er, »ist es für uns Gesetz, keine Einladung anzunehmen, aber«, setzte er mit bezwingender Liebenswürdigkeit hinzu, »da Sie so ein netter Mensch sind, bin ich persönlich nicht abgeneigt, eine Ausnahme zu machen. Ich weiß allerdings nicht, wie sich meine Mitarbeiter dazu stellen.« Die Mitarbeiter erklärten sich mit ihrem Chef solidarisch. Der Gastgeber nahm eine Taschenlampe, stieg in den Keller, rumpelte dort herum und tauchte nach einer Weile mit einem Fäßchen im Arm wieder auf. Das stellte er auf den Küchentisch und erklärte: »Während der Prohibition habe ich etwas Kornschnaps auf die Seite getan. Hätte schon längst einmal nachsehen müssen, wie er sich inzwischen gemacht hat; hab' es aber ganz vergessen. Wissen Sie, meine Frau –«

Mehr brauchte er nicht zu sagen. Er fühlte, daß man ihn verstand, zapfte daher das Fäßchen an, holte sechs Wassergläser vom spitzengezierten Wandbrett, und da es eine schwierige Aufgabe ist, aus einem vollen Fäßchen kleine Rationen zu gießen, wurden die Gläser fast bis zum Rand voll. Keiner setzte sein Glas an die Lippen, bis nicht der klarbraune Trank für einen jeden eingeschenkt war. Dann tranken sie dem gütigen Spender feierlich zu, setzten an, kippten, schluckten, schnalzten, und ihre Augen verklärten sich.

Mack schaute tief in sein geleertes Glas. Es war, als läse er auf dessen Grund eine gnadenreiche Verkündigung. Er hob die Augen zum Himmel und sprach: »Ja, so ein Stöffchen wird nicht in Flaschen gefüllt!« Er atmete tief ein, blies den Atem an seiner Nase vorbei und schnupperte. »So etwas Feines habe ich in meinem ganzen Leben noch nicht geschmeckt.«

Der Gastgeber zwinkerte fröhlich: »Nicht übel!« und sah nach dem Fäßchen. »Wie wär's mit noch einem Schlückchen?«

Mack starrte andachtsvoll in sein Glas und bemerkte: »Es wäre am praktischsten, wenn man zunächst ein paar Liter in eine Kanne füllte, sonst wird am Ende noch etwas verschüttet; das wäre sündhaft.«

Zwei Stunden später erinnerten sie sich, wozu sie da waren.

Der Froschteich war fünfzehn Meter breit, fünfundzwanzig Meter lang und einen Meter tief. An seinen Rändern wucherte saftiges Gras. Ein Graben führte das Flußwasser zum Teich, von wo aus kleinere Rinnen es über die Gärten verteilten. Und Frösche gab es zu

Tausenden! Ihre Stimmen trommelten durch die Nacht, sie brummten, dröhnten, hämmerten, quäkten, klapperten, sangen die Sterne an, trillerten Liebeslieder und Kampfgesänge.

Die Jäger schritten durchs Dunkel zum Weiher. Der liebenswürdige Eigentümer trug einen vollen Krug Kornschnaps, jeder Mann sein Glas, Hughie und Jones ihre Jutesäcke. Alle waren vom Hausherrn mit Taschenlampen versehen worden, die noch funktionierten.

Als sich nun die sechs den Jagdgründen näherten, hörten die Frösche das nahende Unheil. Eben noch hatten ihre Gesänge das Tal durchhallt – nun war mit einem Male alles totenstill. Die Jagdgesellschaft ließ sich im Gras nieder, nahm noch einen letzten Schluck und entwarf den Feldzugsplan. Der Plan war kühn. Während des ganzen Millenniums, da Menschen und Frösche die gleiche Erde bewohnen, haben vermutlich die ersteren auf die letzteren Jagd gemacht. In diesem unermeßlichen Zeitraum haben sich ganz bestimmte Spiel- und Jagdregeln herausgebildet. Mit Netzen, Bogen, Lanzen oder Schießgewehr pirscht sich der Mensch – seiner Meinung nach lautlos – an die Frösche heran. Nun verlangt es die Spielregel, daß der Frosch stillsitzt. Der Frosch wartet bis zum letzten Sekundenbruchteil, in dem das Netz sich ins Wasser senkt, die Lanze die Lüfte durchzieht, der Finger Druckpunkt faßt – dann hupft er ins Wasser, daß man es platschen hört, schwimmt hinunter zum Grund und bleibt dort so lange, bis der Mensch enttäuscht abzieht. Also lautet die Jagdvorschrift, denn also geschah es seit urvordenklichen Zeiten, und der Frosch erwartet mit vollem Recht, so werde es immer sein. Dann und wann kommt das Netz zu schnell, die Lanze durchbohrt, die Kugel erreicht ihr Ziel, und der Frosch beißt ins Gras. Das ist Kriegsbrauch, ist fair, das hält sich im Rahmen der Überlieferung. Die Frösche erheben dagegen keinen Einspruch. Wie aber hätten sie Macks neue Ordnung vorausahnen können? Wie den kommenden Schrecken? Das jähe Aufblitzen der Taschenlampen, das Gejohle, das Getrampel der Füße? Das Froschvolk stürzte sich klatschend ins Wasser und ruderte wie besessen zum Grund. Da aber stapften die Angreifer in geschlossener Reihe brüllend hinein in den Teich, planschten, stampften und trampelten mit schlenkernden Beinen geradewegs durch den Pfuhl. Wahnsinnige Angst überfiel die Bewohner, so daß sie ihre friedlichen Sitze preisgaben, in wilder Flucht vor den zermalmenden Füßen das Weite suchten; aber die Füße folgten den Fliehenden. Frösche sind ausgezeichnete Schwimmer, nur fehlt es leider an Ausdauer. Mit allen vieren ruderten sie durch den Höllenpfuhl, bis sie am anderen Ende in dichten Scharen zusammengedrängt waren. Aber die plumpen Füße, die herandrängenden, Schaum aufwirbelnden Menschenbeine waren ihnen gefolgt. Einige Frösche verloren den Kopf, zappelten sich zwischen den Schuhen und Stiefeln durch und waren gerettet. Die Majorität jedoch beschloß, diesem Teich für immer den Rücken zu kehren und Heimstätten in einem neuen Lande zu suchen, wo solche Vorkommnisse undenkbar wären. Eine riesige Woge verzweifelter und ermatteter Frösche, große, kleine, braune, grüne, gelbe, Männer, Weiber und Kinder ergoß sich über das Ufer, und – Schreck über Schreck – Taschenlaternen stöberten sie dort auf. Zwei Männer sammelten sie wie Brombeeren ein. Zugleich aber stiegen Angreifer aus dem Wasser, umzingelten sie und lasen sie auf wie Kartoffeln. Zu Dutzenden, Hunderten wurden sie in die Jutesäcke geschleudert, die bald von erschöpften, entsetzten, enttäuschten Fröschen angefüllt waren, von triefenden, wimmernden Fröschlein. Wohl gelang es einigen wenigen zu entkommen; etliche hatten sich auch im Teich versteckt. Doch nie zuvor in der ganzen Froschweltgeschichte hatte eine derartige Exekution stattgefunden. Es waren an die fünfzig Pfund Frösche; man zählte sie nicht, doch ihre Zahl mochte siebenhundert erreichen. Mack und Genossen banden die Säcke zu und trieften vor Nässe nicht minder als diese. Die Luft war kalt; daher nahm, um sich nicht zu verkühlen, jeder noch einen kräftigen Schluck, ehe sie wieder ins Haus zurückkehrten.

Der Hausherr hatte sich wohl noch nie so gut unterhalten und fühlte sich dafür Mack und den Jungens aufrichtig verbunden. Als dann später die Vorhänge Feuer fingen und vermittels der kleinen Handtücher heruntergerissen und gelöscht wurden, erklärte er lächelnd, das mache nichts.

Er hätte es geradezu als Auszeichnung empfunden, wenn sie ihm das ganze Haus niedergebrannt hätten, aber darauf legten sie keinen Wert.

»Meine Frau ist ein wundervoller Mensch«, verkündete er, »die fabelhafteste Frau, die es gibt; die hätte ein Mann werden sollen, dann hätte ich sie nicht geheiratet!« Über diese Bemerkung mußte er heftig und anhaltend lachen. Er wiederholte sie etwa viermal, damit er sie nicht vergesse und noch bei andern Gelegenheiten vorbringen könne. Den aufs neue gefüllten Krug verehrte er Mack und erklärte, er wolle zu ihnen ins Palace Union ziehen. Seine Frau, meinte er, werde bestimmt von Mack und den Jungens entzückt sein; schade, daß sie nicht da sei! Zum Schluß legte er sich auf den Boden, den Kopf zwischen die jungen Hündchen gebettet.

Die Palaceclique genehmigte sich noch einen Trunk und betrachtete sinnend den Schlummernden.

Und Mack sprach: »Den Schnaps hat er mir geschenkt, das habt ihr gehört?«

»Natürlich hat er«, bestätigte Eddie, »wir sind dafür Zeugen.«

»Und er hat mir ein Junges geschenkt?«

»Natürlich. Nimm dir eins! Worauf wartest du noch?«

»Ich habe nie einen Besoffenen geplündert; ich tu' es auch jetzt nicht«, erklärte Mack. »Machen wir, daß wir wegkommen! Wenn er aufwacht, hat er den schönsten Katzenjammer, und dann heißt es: Wir sind dran schuld.« Seine Augen wanderten von den verbrannten Vorhängen zum Fußboden, der von Schnaps und Hundedreck klitschte, von da zum Herd, der von Dreck- und Speckgerinnsel starrte, und endlich zu den sechs Pointerjungen. Diese musterte er mit besonderer Aufmerksamkeit, betastete Knochen und Körperbau, sah ihnen in die Augen, ins Maul und hob endlich ein schön geflecktes Weibchen mit leberfarbener Schnauze und feinen dunkelgelben Augen zu sich empor.

»Komm, Darling!«

Mit Rücksicht auf Feuergefahr bliesen sie die Lampe aus; auch dämmerte schon der Morgen, als sie das Haus verließen.

»Das war der prächtigste Ausflug in meinem ganzen Leben«, rühmte Mack, »aber wenn ich mir so die Rückkehr von dem seiner Frau vorstelle, läuft es mir kalt den Rücken herunter.«

Das Junge auf seinem Arm winselte. Er barg es an seiner Brust unter dem Rock.

»Er ist wirklich ein netter Kerl, dieser Flurschütz. Er hat es nur nicht gemütlich daheim. Das ist das einzige, was ihm fehlt. Aber wir haben das alles nur Doc zuliebe getan, Kinder, vergeßt das nur ja nicht!« mahnte er, bei ihrem Modell-T-Ford angelangt. »Wenn wir die ganze Geschichte bei Licht besehen und den Berg Frösche, dann muß man schon sagen: Doc hat doch mehr Glück als Verstand.«

16

Die eigentliche Stoßzeit für das Restaurant Flotte Flagge war der Sardinenfang im März. Nicht allein, weil da die Sardine in silbrigen Myriaden strömt, das Geld allerdings nicht in gleichem Ausmaß, sondern auch, weil da zur Ablösung ein neues Regiment in Garnison rückt. Frisch angekommene Soldaten neigen zum Bummeln. Aber leider war Dora in diesem Jahr sehr knapp an Personal. Eva Flanegan war auf Ferien in East St. Louis, Phyllis Mae hatte sich in Santa Cruz auf der Rutschbahn das Bein gebrochen, Elsie Doublebottom hatte ein neuntägiges Gebetsgelübde abgelegt und war bis zu dessen Erfüllung für nichts anderes zu haben. Sardinenfischer mit vollen Taschen gingen des Nachmittags aus und ein in der Flotten Flagge. Jeden Abend bei Eintritt der Dunkelheit stachen sie in See, fischten die Nacht über, verschliefen den Vormittag und wollten am Nachmittag ihr Vergnügen. Abends kamen die Soldaten vom neuen Regiment, drückten sich herum, ließen den Musikautomaten spielen, tranken Coca-Cola und vertrösteten die Mädchen auf den nächsten Soldtag. Vor allem verursachte Cora die Einkommensteuererklärung schweres Kopfzerbrechen. Ihr Einkommen war verboten, aber versteuern sollte sie es! Wie war das Rätsel zu lösen? Wie waren gleichzeitig die alten Stammkunden aus der Stadt, die Arbeiter aus den Kiesgruben, die Cowboys von den Ranchs und obendrein die Eisenbahner zufriedenzustellen? Sie kamen vollzählig und ungeniert durch den Haupteingang, während die städtischen Beamten und Großkaufleute zur Hintertür in die für sie reservierten Séparées schlüpften, die mit ihren Chintzvorhängen und -überzügen einen verschwiegen anheimelnden Aufenthalt boten.

Der Monat war also wahrlich schon aufreibend genug. Aber nun brach auch noch die Grippe aus. Ganz Monterey wurde von der Epidemie befallen.

Erst erkrankten Mrs. Talbot und Tochter im Hotel San Carlos, gleich darauf Tom Works, Benjamin Peabody und Frau, die hochwürdige Mutter Maria Antonia Field sowie die ganze Familie Gross.

Monterey hatte zwar für gewöhnliche Krankheiten, Neurosen und Unglücksfälle genügend Ärzte, aber jetzt konnten diese nicht einmal jene Patienten behandeln, die genug Geld hatten, dafür zu zahlen (und trotzdem die Arztrechnung schuldig blieben).

Cannery Row, wo eine zähere Rasse gedeiht, zeigte sich widerstandsfähiger als die übrige Stadt, aber schließlich mußte auch die Straße der Ölsardinen dran glauben. Die Schulen wurden geschlossen. Es gab kein Haus ohne fiebernde Kinder und kranke Eltern. Die Epidemie war an sich nicht so mörderisch wie die von 1917, aber bei Kindern hatte sie oft andere Krankheiten im Gefolge, die nicht selten tödlich verliefen. Die Ärzte, die nicht wußten, wo ihnen der Kopf stand, ließen Cannery Row links liegen; es war ihnen nicht lukrativ genug.

Doc vom Western Biological hatte keine Erlaubnis zur Ausübung einer Praxis und wollte auch keine. Er konnte nichts dafür, daß sich die ganze Straße um ärztlichen Rat und Hilfe an ihn wandte. Es kam wie von selbst, daß er von Haus zu Haus, von Hütte zu Hütte rannte und Fieberthermometer, Medikamente, Decken und Essen verteilte. Von ihren Betten blickten aus heißen Fieberaugen die Mütter zu ihm empor und dankten ihm ihrer Kinder Genesung. Wenn ihm ein Fall bedrohlich schien, telephonierte er einem Arzt in der Stadt, und manchmal, im Fall äußerster Not, kam auch einer. Aber bei den armen Familien herrschte immerzu äußerste Not. Doc fand kaum Schlaf und lebte von Ölsardinen und Bier. Einmal traf er bei seinem Einkauf in Chongs Laden Dora, die eine Nagelschere erstand.

»Sie sehen sehr übermüdet aus«, fand sie.

»Ich bin es«, antwortete Doc, »seit einer Woche habe ich nicht richtig geschlafen.«

»Es soll ja fürchterlich sein«, klagte Dora, »diese Grippe kommt mir sehr ungelegen.«

»Wir haben gottlob noch keinen Todesfall in unserm Bezirk, aber mit einigen Kindern steht es verzweifelt. Die Ranselskinder haben alle Rippenfellentzündung.«

»Könnte ich irgendwie helfen?« fragte Dora.

Sagte der Doktor: »Das will ich meinen! Alle sind hilflos, die Ransels leben in Todesangst; die Kinder fürchten sich so, allein zu sein. Wenn Sie oder eines von den Mädchen bei ihnen wachen könnten!«

Dora hatte ein Herz, weich wie ein Mäusebauch, auch wenn sie zuweilen hart sein konnte wie Diamant. Stracks machte sie kehrt und begann zu organisieren. Die Flotte Flagge wurde zur Rot-Kreuz-Fahne. Es war ein schweres Stück Arbeit, aber Dora ließ nicht locker. Der griechische Koch kochte in einem großen Kessel eine kräftige, nahrhafte Suppe, einen halben Hektoliter. Die Dirnen hielten zwar den Betrieb weiterhin aufrecht, doch arbeiteten sie in Schichten und lösten einander ab, sowohl in den Betten wie an den Betten, und jedesmal, wenn sie zur Hauspflege in eine Familie gingen, brachten sie einen Topf Suppe mit.

Überall rief man nach Doc. Nach seinen Weisungen teilte Dora die Mädchen ein, und dabei ging während der ganzen Zeit in der Flotten Flagge der Hochbetrieb weiter. Ununterbrochen lief der Musikautomat. Fischer, Soldaten und Arbeiter standen Schlange, und die Mädchen verrichteten ihre Arbeit, nahmen dann ihre Suppentöpfe und setzten sich zu den Ranselskindern, den Feriaskindern und den Kindern McCarthis. Sie schlüpften zur Hintertür hinaus, und wenn sie den Kranken Gesellschaft leisteten, schliefen sie manchmal im Sitzen ein.

Sie arbeiteten nicht mehr mit Schminke und Lippenstift und schwärzten auch nicht ihre Wimpern; dazu fehlte es ihnen an Kraft und Zeit. Es gab so viel zu tun, daß sie sämtliche Mitglieder des Frauenvereins von Monterey hätte anstellen können, behauptete Dora. Es war die arbeitsreichste Zeit, welche die Girls von der Flotten Flagge jemals erlebt hatten, und alles war glücklich, als sie überstanden war.

17

Trotz seiner Güte und seiner Freundinnen war Doc ein einsamer Mensch, ein Einzelgänger; er wußte es am besten. Auch wenn er sich unter Menschen befand, war er allein. Wenn in seinem Zimmer die Vorhänge zugezogen waren und von dem Plattenspieler Gregorianische Kirchenmusik ertönte, sah Mack vom Palace hinunter zum Biologischen Laboratorium und wußte: Doc hat ein Mädchen. Aber zugleich fühlte er: Doc hat keinen Menschen, er ist ein Einsamer, selbst in Stunden süßer Berührung.

Er war ein Nachttier. Die ganze Nacht hindurch brannte sein Licht, und dabei war er auch bei Tag auf den Beinen. Zu jeder Tages- und Nachtzeit wehten die großen tönenden Andachten aus dem Labor, und wenn alles finster war und es schien, als sei endlich Schlaf über ihn gekommen, erhoben mit einem Mal sich die Knabenstimmen des Sixtinischen Chores morgenklar aus dem Dunkel und stiegen aus den Fenstern des Laboratoriums zum Sternenhimmel empor.

Felsen und Ufer des Meeres waren Docs Stapelplatz, und er wußte genau, an welcher Stelle er, was er gerade brauchte, zu suchen hatte. Alle seine Handelsartikel lagerten, säuberlich abgeteilt, an der pazifischen Küste, hier die Medusen, dort Polypen, da Ringelwürmer und drüben die Seeviolen. Aber wenn Doc auch wußte, wo sie zu finden waren, konnte er sie doch nicht einfach abholen, wenn er sie gerade brauchte. Denn die Natur hält ihre mannigfachen Arten wohlverwahrt und gibt sie nur zu besonderen Anlässen frei. Doc mußte nicht allein die Gezeiten kennen, sondern auch jede besonders niedrige Ebbe der einzelnen Küstenstriche. Stand eine solche bevor, so packte er seine gesamte Fang- und Sammelapparatur, Flaschen, Krüge, Glasplatten und Konservierungsmittel, fuhr damit hinaus und betrat den vertrauten Sand, die Klippen, die Felsenvorsprünge, die seinen Bedarf in reichlicher Fülle deckten.

Diesmal lag eine Bestellung auf kleine Polypen vor, deren nächster Fundort das steinige Ebbegebiet von La Jolla zwischen Los Angeles und San Diego war, was hin und zurück fünfhundert Meilen Fahrt bedeutete. Da hieß es, rechtzeitig bei zurückweichender Flut an Ort und Stelle zu sein.

Die kleinen Achtfüßer leben im Sand zwischen Steinen. Sie sind furchtsam und jung und suchen mit Vorliebe solche Stellen auf, deren Endspalten und Höhlungen ihnen Schutz vor der Brandung gewähren und sie zugleich den Blicken ihrer Verfolger entziehen. Und da sich an den gleichen Orten Tausende von Seeanemonen finden, konnte Doc bei dieser Gelegenheit auch seinen Bedarf an Seeanemonen decken.

Donnerstag früh, fünf Uhr siebzehn, war Ebbebeginn. Wenn Doc Mittwochvormittag von Monterey aufbrach, konnte er rechtzeitig dort sein. Er hätte gern jemand zur Gesellschaft mitgenommen, aber zufällig war niemand frei. Die Palaceclique war auf Froschjagd im Carmeltal, drei junge Damen seiner Bekanntschaft, die sich ihm mit Vergnügen angeschlossen hätten, waren Angestellte und konnten nicht mitten in der Woche blaumachen, und Henri, der Maler, war unabkömmlich, warum? Das Warenhaus Holman hatte einen Flaggenmast-Eisläufer engagiert: Der lief auf der Spitze der hohen Fahnenstange, die vom Dach des Warenhauses emporragte, auf einer kleinen kreisrunden Plattform Schlittschuh – immerzu im Kreise, nun schon drei Tage und Nächte! Er wollte einen neuen Plattform-Eislaufrekord aufstellen, und da der bisherige Rekord hundertsiebenundzwanzig Stunden betrug, hatte er noch ziemlich lange zu laufen. Henri hatte seinen Beobachtungsposten gegenüber bei Red Williams Tankstelle bezogen und war einfach hingerissen. Er entwarf ein symbolisches Gemälde, betitelt: »Eislaufwachträume auf dem Flaggenmast«. Solange der Schlittschuhmatador aushielt, konnte er unmöglich weg, denn – beteuerte er – diesem Sphärenlauf wohnten philosophische Inhalte inne, die noch niemand berührt, geschweige ergründet hatte.

Den Blick wie gebannt auf den Himmelseisläufer gerichtet, saß er, den Rücken gegen die Lattenwand vor dem Pissoireingang der Tankstelle gelehnt, auf seinem Klappstühlchen und bildete einen der Gründe, weshalb Doc allein reisen mußte. Denn die Ebbe wartete nicht.

Frühmorgens begann die Fahrt. Doc packte seine Reiseutensilien in eine kleine, Instrumente und Saugheber in eine größere Tasche, stutzte und kämmte sein braunes Bärtchen, steckte Farbstifte in die Hemdbrusttasche, hängte sein ausgezeichnetes Fernglas um, verstaute Flaschen, Glasplatten, Konservierungsmittel, Kübel, Gummistiefel und seine Wolldecke hinten im Wagen, wusch im Dämmer der Perlenstunde noch rasch das Geschirr der letzten drei Tage, warf Küchenabfälle in den Mülleimer, schloß die Tür, ohne sie abzusperren, und fuhr ab. Es schlug eben neun.

Doc reiste langsamer als gewöhnliche Autofahrer. Er hielt gerne an, um irgendwo eine Wurst zu verzehren oder ein Bier zu trinken. Als er beim Leuchtturm vorbeikam, winkte er einem Hund zu, und dieser sah ihm nach und lächelte. Ehe er Monterey hinter sich ließ, hielt er, da er Hunger verspürte, bei Herman an und stärkte sich. Dabei fiel ihm eine Bemerkung ein, die ein Schriftsteller namens Blaisedell vor einiger Zeit ihm gegenüber gemacht hatte: »Du bist so verrückt nach Bier; ich glaube, du bestellst dir noch mal einen Biermilch-Cocktail!« Das war natürlich purer Blödsinn von diesem Blaisedell, aber sein Ausspruch ging Doc seitdem nicht aus dem Kopf. Wie mag wohl ein *beer milk shake* munden? Der Gedanke ließ ihn einfach nicht los. Mit jedem Glas Bier stieß er ihm auf. Gerinnt die Milch in dem Bier? Tut man Zucker dazu? Schmeckt es ähnlich wie saure Sahne? ... Es war wie verhext, er traute sich kaum, Hermans Milch-Shaker anzusehen; sie blinzelten ihm von der Rückwand gar verführerisch zu. Schon wollte er das paradoxe Bier-Milch-Gemisch bestellen, da bezwang er sich noch einmal und besann sich: Wenn man so etwas tut, dann nicht dort, wo einen jedes Kind kennt; lieber in einer fremden Stadt! ... Aber wenn dort ein Mann mit Bart kommt und einen *beer milk shake* verlangt, rufen die Leute womöglich die Polizei. Ein Bartträger ist ohnedies verdächtig. Er darf nicht einmal sagen, er trage einen Bart, weil es ihm Spaß mache. Die Wahrheit ist hier wie fast überall unbeliebt. Als weiser Mann lügt er lieber und redet etwas von einer Narbe, die ihm beim Rasieren hinderlich sei.

Als Doc auf der Universität Chicago studierte, hatte er eine unglückliche Liebe, war außerdem überarbeitet und begab sich daher mit Stock und Rucksack auf Wanderung, lief endlose Wege durch Kentucky, North Carolina, Georgia bis Florida, gelangte zu Farmern, Fischern, Gebirglern und Sumpfbewohnern, kurz, Menschen aller Art, und alle fragten ihn, warum er so durch die Gegend renne. Als wahrheitsliebender Jüngling erklärte er, er sei nervös und wolle gern die Welt sehen, das Gras, die Bäume und Vögel, sich an der Landschaft ergötzen und den Duft der Erde atmen. Da ärgerten sich alle, weil er die Wahrheit sprach. Die einen schimpften, andere tippten sich mit dem Finger vor die Stirn, wieder andere kniffen ein Auge zu, als durchschauten sie ihn. Man hielt ihn für einen Schwindler. Besorgt um seine Töchter, Schweine oder Hühner, wies ihm so mancher Hofbesitzer die Tür und riet ihm, sich nie wieder blicken zu lassen.

Daraufhin gab der junge Doc der Wahrheit den Laufpaß und erzählte jedermann, der es wissen wollte, es handle sich um eine Wette: um hundert Dollar! Das glaubten ihm alle, und er war überall, wohin er auch kam, beliebt. Man lud ihn zum Abendbrot und zum Übernachten ein, setzte ihm morgens ein gutes Frühstück vor, wünschte ihm glückliche Reise und fand, er sei ein Prachtmensch. Noch immer liebte er auch in Zukunft die Wahrheit, aber sie war, das wußte er jetzt, als Geliebte gefährlich.

In Salinas kehrte er nicht ein, wohl aber in Gonzales, King City und Paso Robles, aß jedesmal eine Fleischwurst und trank ein Bier. In Santa Maria nahm er zwei Würste und zwei Bier zu sich, denn bis Santa Barbara hatte er noch einen gehörigen Weg. Dort angelangt, nahm er Suppe, Braten mit Gemüse, Salat, Kartoffelbrei, Ananastorte, blauen Käse und Kaffee, tankte und ging, während man seinen Benzinvorrat auffüllte, in den Waschraum, wo er sich wusch und den Bart pflegte. Als er von dort zurückkam, stand eine Anzahl kräftiger Kerle um seinen Wagen herum. »Nach Süden, Mister?« fragten sie ihn, denn alle wollten gern mitfahren.

Nun war Doc in diesen Dingen kein heuriger Hase und wußte, daß man sich einen Mitreisenden sehr genau ansehen muß. Am besten fährt man mit Alterfahrenen. Sie reden unterwegs nicht viel. Neulinge meinen immer, sie müßten ihre Freifahrten mit Schmusen bezahlen. Manchmal gerät man an Burschen, die schwätzen dem Teufel das Ohr weg. Auf alle Fälle muß man dem Tramper sagen, man fahre nicht weit. Wenn er einem dann über wird, ist man ihn rascher wieder los. Hat man Glück, so findet man einen, der sich unterwegs nützlich erweist. Doc musterte die Gesellschaft. Seine Wahl fiel auf den Kleinsten, der in seinem blauen Anzug wie ein Geschäftsreisender aussah. Er hatte nachdenkliche dunkle Augen und tiefe Falten um Nase und Mund.

»Nach Süden?« fragte er Doc verdrossen.

Dieser bejahte: »Aber nur eine kurze Strecke.«

»Darf ich mit?«

»Steigen Sie ein!«

Bis Ventura, wo Doc, nur um einen Schluck Bier zu trinken, hielt, denn er war von dem reichlichen Mittagsmahl noch satt, hatte sein Fahrtgenosse noch kein Wort geredet.

»Trinken Sie auch etwas?« fragte Doc beim Parken.

»Nein«, versetzte der Tramper, »und ich finde es unverantwortlich von Ihnen, in alkoholisiertem Zustande zu chauffieren. Was Sie mit Ihrem eigenen Leben anfangen, ist mir ja gleichgültig, Mister, aber ein Auto kann in der Hand eines besoffenen Chauffeurs zur Mordwaffe werden.«

Doc stand verwundert.

»Steigen Sie aus!« bat er sanften Tons.

»Wa-as?«

»Wenn Sie nicht draußen sind, bis ich auf zehn gezählt habe, bekommen Sie von mir einen Kinnhaken – also: eins – zwei – drei –«

Der Mann rüttelte am Türgriff und stieg aus, die Augen furchtsam auf Doc gerichtet.

»Ich hole die Polizei!« schrie er, als er draußen war, »ich lasse Sie festnehmen!«

Doc zog unter dem Kotflügelkasten einen Fallhammer hervor. Sein Gast sah es und verschwand. Doc trat verstimmt an den Ausschank.

Die Kellnerin, eine blonde Schönheit mit einem Anflug von Kropf, fragte ihn mit gewinnendem Lächeln: »Was darf es sein?«

»Ein *beer milk shake!*« bestellte der Doktor.

»Ein Was?« klang es entsetzt zurück.

Jetzt oder nie! dachte Doc: Da es denn doch einmal sein muß!

»Soll das ein Witz sein?« fragte die Blonde gereizt, und Doc sah ein, er durfte auch diesmal nicht bei der Wahrheit bleiben.

»Ich habe ein Ekzem, Fräulein«, erklärte er, »Bipalychaetorsonectomie nennen es die Ärzte. Dagegen hilft nur ein *beer milk shake;* was will man machen? Ärztliche Verordnung!«

Da überflog ein schelmisches Lächeln die Miene der Kellnerin.

»Oh! Und ich dachte schon, Sie wollten sich einen Spaß mit mir erlauben! Sagen Sie mir nur, bitte, wie ich's zu machen habe; ich wußte ja nicht, daß Sie krank sind.«

»Sehr krank«, betonte Doc, »und werde von Tag zu Tag kränker. Nehmen Sie so viel Milch wie sonst auch, und geben Sie eine halbe Flasche Bier dazu. Keinen Zucker! Den Rest Bier trinke ich pur.«

Sie mixte, servierte; er kostete und verzog das Gesicht. Dabei war es nicht einmal so schlimm. Es schmeckte genau wie abgestandenes Bier mit Milch drin.

»Muß doch schrecklich sein«, meinte die Blonde.

»Wenn man daran gewöhnt ist«, antwortete Doc, »ist es nicht schlimm. Ich trinke es schon seit siebzehn Jahren.«

18

Die Fahrt ging gemächlich weiter. Beim Halt in Ventura war es schon spät am Nachmittag; daher verweilte er in Carpenteria nur, um ein Käsebrötchen zu essen und rasch auf die Toilette zu gehen. In Los Angeles wollte er dann gründlich zu Nacht speisen. Es war schon dunkel, als er dort ankam. Er fuhr bis vor eine Rosticceria, wo er sich an Juliennesuppe, Brathuhn, Ananastorte und blauem Käse gütlich tat, die Thermosflasche mit heißem Kaffee füllen ließ und fürs Frühstück zwei Flaschen Bier und sechs Schinkenbrote mitnahm.

Die Nachtfahrt war für ihn kein Genuß. Die Landstraße war nur im Bereich seiner Scheinwerfer sichtbar, und von seinen Freunden, den Hunden, war nichts zu sehen. Er steigerte die Geschwindigkeit und war endlich um zwei Uhr am Ziel. Er fuhr ohne Aufenthalt durch La Jolla bis zu dem Felsenvorsprung, unterhalb dessen sich, noch vom Meer überflutet, seine Jagdgründe ausbreiteten. Dort hielt er, aß ein Schinkenbrot, trank etwas Bier, schaltete die Lichter aus und legte sich zusammengekrümmt auf dem Sitz seines Wagens schlafen.

Er brauchte nicht auf die Uhr zu sehen. Die Gezeiten lagen ihm so im Blut, daß er deren Wechsel bis tief in den Schlaf hinein spürte. Er erwachte im Frühdämmer und spähte durch die Windschutzscheibe seewärts. Die Wogen zogen sich schon vom Ufergeröll zurück. Er nahm etwas heißen Kaffee und drei Sandwiches zu sich und goß auf diese Unterlage einen Liter Bier.

Unmerklich entfernt sich die Flut. Langsam erscheinen und wachsen Steine und Klippen. Wo Ozean war, erscheinen große und kleine Pfützen, nasses Schlinggewächs, Schwämme, Moos und ein regenbogenfarbener Schimmer. Der Auswurf des Meeres breitet sich aus. Muscheln und Muschelreste, Skelette, Gräten und Scheren. Der Meeresboden ist ein gewaltiger Friedhof, doch einer, auf dem es von Leben wimmelt und kreucht.

Doc zog die Gummistiefel an, setzte umständlich seinen Wetterhut auf; holte Eimer, Krüge und eine Brechstange hervor, stopfte ein paar Schinkenbrote in die eine, die Thermosflasche in die andere Rocktasche und stieg den Felsen hinab zum Ebbestrand. Suchend und sammelnd folgte er der sich zurückziehenden Flut auf dem Fuß, wendete mit der Brechstange die Uferkiesel um, fuhr dann und wann mit der Hand in das stehende Wasser und zog einen kleinen Polypen heraus. Der krümmte sich, wurde rot vor Zorn und spie schwarze Flüssigkeit über Docs Hand. Doch dieser warf ihn zu den andern in einen Krug Seewasser, und meistens befand sich der Neuangekommene in einem solchen Zustand der Raserei, daß er seine Mitgefangenen anfiel. Auf diese Weise fing Doc zweiundzwanzig kleine Polypen und sammelte zwischendurch einige hundert Seeanemonen in seinem Holzeimer.

Der Morgen kam, die Sonne ging auf, die Beute wuchs. Zweihundert Meter weit wich das Meer, langsam von Doc gefolgt, bis zu einer Kette tangüberwachsener Klippen zurück. Hier senkte der Boden sich schroff in die Tiefe und gebot dem Vorwärtsdrang Einhalt.

Doc hatte nun seinen Bedarf so ziemlich gedeckt, sah aber trotzdem noch unter jeden Stein, neigte sich über jede Pfütze, das brodelnde, zappelnde Leben in seinem vielfarbigen Glanz zu betrachten.

Er hatte die Felsenschranke erreicht, von der in langen braunen und rauhen Fransen der Seetang herabhing. Er blickte und lauschte in die schäumenden Wogen, die drohend gegen die Felsen schlugen: Wir kommen wieder, gleich kommen wir!

Der Sammler klomm über die von Seesternen geröteten Riffe, als er auf einmal unter dem Wasser etwas Helles emporschimmern sah. Doch ehe er es noch zu erkennen vermochte, war es wieder vom treibenden Seetang bedeckt.

Er ließ sich den glitschigen Felsen hinab und langte, sich mit der einen Hand an einen Felszacken klammernd, vorsichtig hinunter und schob das verschlungene braune Gewächs beiseite.

Weiß, von dunklen Haarsträhnen umflossen, sah ein Gesicht zu ihm empor. Der Körper war durch Gestein den Blicken entzogen. Doc wurde eiskalt. Es war ein schönes junges Angesicht mit leicht geöffneten Lippen, es war, als lächle das Mädchen, getröstet und ruhevoll. Es lag nah an der Oberfläche. Im klaren Wasser erschien ihr Gesicht geisterhaft schön. Lang starrte Doc hinab. Der Anblick brannte sich tief in sein Gedächtnis.

Langsam zog er die Hand zurück. Wieder deckten die schwimmenden Ranken das Antlitz. Mit pochendem Herzen, die Kehle wie zugeschnürt, tastete Doc nach seinen Gerätschaften und stieg über die schlüpfrigen Steine zum Strand. Vor ihm her schwebte das Mädchengesicht.

Als er wieder trockenen Sand unter den Füßen hatte, setzte er sich und zog seine Wasserstiefel aus. In dem Krug sonderten sich die kleinen Achtfüßler voneinander ab, soweit sie nur konnten. Es sauste in Docs Ohren, es tönte und war wie Musik, wie der Ton einer hohen Flöte, und spielte eine Weise, die er noch nie gehört hatte. Sie stieg in Höhen empor, die für das menschliche Ohr nicht mehr vernehmbar sind, und er vernahm sie dennoch.

Wie Gänsehaut lief es Doc über Achseln und Arme. Er erbebte; die Augen wurden ihm feucht wie im Erschauen großer Schönheit. Grau und klar waren die Augen des Mädchens, und das dunkle Haar flutete. Er konnte das Bild nie mehr vergessen.

Der erste Wogenschaum sprühte über die Klippen. Die Flut nahte. Doc saß und lauschte der Melodie, während das Wasser über die Kiesel herankroch. Seine Hand ging im Takt auf und ab, die unheimliche Flöte spielte in seinem Hirn. Waldwind summte im Takt die

Begleitung. Grau und klar waren die Augen, der Mund schien über den blanken Zähnen zu lächeln oder den Atem verzückt anzuhalten …

Eine Stimme weckte Doc auf. Über ihm stand ein Mann. »Haben Sie gefischt?«

»Nein, nur gesammelt.«

»Was sind das für Dinger?«

»Baby-Octopi.«

»Sind das nicht Seeteufel? Ich hab' gar nicht gewußt, daß es die bei uns gibt, und ich bin doch aus La Jolla!«

»Man muß danach suchen«, antwortete Doc ausdruckslos.

»Sagen Sie, was ist mit Ihnen?« fragte der Mann. »Sie sehen so schlecht aus.«

Wieder klomm die Flöte in unbeschreibliche Höhen; in der Tiefe erklangen die Celli, die See kroch zum Strande hinan. Da schüttelte Doc die Musik ab und verscheuchte das Gesicht, verdrängte die Kälte aus seinem Körper. »Ist hier in der Nähe ein Polizeiposten?« fragte er.

»Ja, oben im Ort. Warum? Ist etwas passiert?«

»Draußen beim Riff ist eine Leiche.«

»Wo?«

»Gegenüber von uns, im Tang zwischen den zwei Felsen«, deutete Doc.

»Da können Sie eine Prämie beanspruchen«, versicherte der Ortsansässige, »für jede geländete Leiche gibt es bei uns eine Belohnung, ich weiß nicht genau, wieviel.«

Doc stand auf, nahm seine Sachen. »Wollen Sie,

bitte, die Meldung erstatten; ich fühle mich nicht recht wohl.«

»Hat Ihnen einen Schock versetzt, was? Sieht wüst aus? Ist sie schon angefressen?«

Doc wandte sich ab. »Lassen Sie sich die Prämie geben«, bat er, »ich will keine.« Er ging zum Wagen, den hohen Flötenton noch im Ohr.

19

Noch nie hatte eine Reklameveranstaltung des Kaufhauses Holman derart eingeschlagen wie dieser Eisläufer, der Tag für Tag, zwischen Himmel und Erde auf seiner kleinen runden Plattform schwebend, im Kreise fuhr. Bei Dunkelheit sah man seine dunkle Kontur gegen den Himmel, und jedermann wußte, er hielt oben aus, er kam nicht herunter. Dies war das Entscheidende. Daher hatte niemand etwas dagegen, daß bei Nacht durch die Mitte der runden Eisfläche eine Blitzableiterstange gesteckt wurde, an der sich der Kühne festband. Doch setzte oder legte er sich nie nieder und erregte dadurch besonderes Aufsehen. Die Leute kamen aus Jamesburg und von der ganzen Küste bis hinunter nach Grimes Point, eigens um ihn zu sehen. Aus Salinas strömte das Volk in Scharen, und die dortige Firma »Mercantil«, Kaufhaus für Farmerbedarfsartikel, bemühte sich bereits um das nächste Auftreten des Lufteisläufers, bei welchem derselbe seinen in Monterey zu erringenden Rekord abermals schlagen und damit den Weltrekord von Salinas aufstellen sollte! Denn es gab wenig Flaggenmastläufer, und von diesen war unser Mann weitaus der beste. Seit Jahren brach er immer nur seinen eigenen Rekord.

Mr. Holman war von dem Reklameergebnis mehr als befriedigt: Er war entzückt! In seinem Warenhaus gab es gleichzeitig »Reste-Verkauf«, »Weiße Woche«, »Geschirrmarkt« und »Große Okkasion in Aluminiumwaren«, und die Menschen stauten sich vor dem Kaufhaus und starrten zu dem einsam Schwebenden auf.

Am zweiten Tag seines Rekordlaufs rief er von seiner Höhe einen Protest in die Tiefe: es werde nach ihm geschossen, »mit einem Luftgewehr«, worauf das Reklamebüro sogleich alle Hebel in Bewegung setzte und mit gewohnter Findigkeit den Missetäter in Gestalt des alten Doktor Merrivale feststellte, der, hinter den Vorhängen seines Sprechzimmers verborgen, mit einer Daisy-Luftbüchse Bolzen abschoß. Man sah jedoch von einer Anzeige ab, denn der Doktor versprach sofortige Einstellung der Schießübungen; er war ein hervorragendes Mitglied der Freimaurerloge.

Henri, der Maler, wich nicht von seinem Stühlchen vor Red Williams Tankstelle, brütete über sämtliche, der Situation auf der Plattform gemäßen Philosophien und entschloß sich endlich, bei sich zu Haus eine ähnliche Plattform, nur nicht so hoch, zu errichten, um die Sache am eigenen Leib und der eigenen Seele auszuprobieren. Doch wenn auch die ganze Stadt von dem Himmelseisläufer besessen war und die Geschäfte, die nicht in Sichtweite seines Stangenrondells lagen, an schlechtem Geschäftsgang beinahe zugrunde gingen – Mack und die Jungens schritten nur einmal an der Dachsensation vorbei, warfen einen Blick hinauf, dachten: wozu? und kehrten wieder in ihr Palace zurück.

Holman stellte ein Doppelbett ins Schaufenster. Darin sollte der Rekordbrecher zum ersten Male nach vollbrachter Leistung schlafen, und zwar ohne die Schlittschuhe abzulegen. Die Herstellerfirma der Matratze war auf einem am Bettfuß befestigten Schildchen vermerkt.

Das Sportereignis war allgemeines Stadtgespräch. Doch ein Problem, das alle beschäftigte, wurde von niemand erwähnt. Mrs. Trolat brütete darüber, als sie mit einer Tüte Zuckerzwieback die »Schottische Bäckerei« verließ. Mrs. Hall aus dem Herrenkonfektionsgeschäft grübelte darüber nach. Die drei jungen Willoughbys-Töchter platzten heraus, sobald sie nur daran dachten. Aber nicht eine fand den Mut, die Frage öffentlich aufzurollen.

Doch da war Richard Frost, ein unerschrockener Denker und strotzend von Kraft, dem setzte besagtes Problem heftiger zu als allen anderen. Am Dienstag bereits wurmte es ihn, und am Donnerstag machte es ihn derart verrückt, daß er am Freitag abend sich einen antrank und nachts mit seiner Frau Krach bekam. Sie heulte und tat dann, als schliefe sie, bemerkte jedoch sehr genau, wie er aus dem Bett und in die Küche glitt, woselbst er noch einen zu sich nahm, sich hierauf leise und rasch ankleidete und das Haus verließ. Da heulte sie wie ein Hofhund, denn es war schon sehr spät, und sie war überzeugt, daß Richard sich nun in die Flotte Flagge begeben werde.

Dieser jedoch ging festen Schrittes durch den Föhrenhain bis zur Leuchtturm-Avenue und dann linker Hand in Richtung Holman. In der Hosentasche trug er ein Fläschchen, aus welchem er, beim Kaufhaus angelangt, einen kräftigen Zug tat.

Die Stadt lag einsam und öde. Düster brannten die Straßenlaternen. Richard stand mitten auf der Straße und blickte empor zu der einsamen Eisläufergestalt, deren Konturen sich undeutlich von dem Nachthimmel abhoben. Geschwind nahm er noch einen Schluck, legte die hohle Hand an den Mund und rief mit belegter Stimme: »Heh!«

Keine Antwort. Er sah sich scheu um, ob niemand von der benachbarten Wache im Anzug sei, und rief nochmals und lauter: »Heh!«

»Was wollen Sie?« kam es verdrießlich von oben.

Da legte Richard die Hände, zum Schallrohr gewölbt, an den Mund und rief hinauf: »Wie gehen Sie denn aufs Häuschen?«

Und die Stimme antwortete ihm: »Ich habe ein Einmachglas.«

Da wandte sich Richard und wanderte seines Wegs zur Leuchtturm-Avenue, durch den Föhrenhain aufwärts und zurück in seine Behausung. Beim Auskleiden kam es ihm vor, als sei die Frau wach. Als er sich niederlegte, brummte sie etwas wie eine Frage und machte ihm Platz im Bett.

»Er hat ein Einmachglas oben«, antwortete Richard Frost.

20

Bei strahlender Morgensonne rollte der Modell-T-Kasten triumphierend durch die Straße der Fischkonserven, hoppelte über den Rinnstein, durchschnitt kreischend das Unkraut auf dem Platz hinter Lee Chong und hielt an. Die Jungens bockten die Vorderräder auf, zapften den Rest Benzin aus dem Tank in eine Fünfgallonenbüchse, nahmen die Frösche und begaben sich müde und wohlgemut in ihr Palace. Während die andern im großen Ofen ein kräftiges Feuer entfachten, stattete Mack in aller Förmlichkeit Lee Chong einen Besuch ab, dankte ihm feierlich für die gütige Überlassung des Wagens und berichtete von dem außerordentlichen Erfolg, der ihrer Expedition beschieden gewesen. Lee lächelte scheu. Er wartete auf etwas, das unausbleiblich war.

»Jetzt haben wir unser Schäfchen im trockenen«, äußerte Mack beglückt. »Doc zahlt pro Frosch einen Nickel, und wissen Sie, wieviel wir haben? An die tausend!«

Lee nickte. Das mit dem Preis stimmte.

»Schad', daß er nicht da ist!« fuhr Mack fort. »Mein

Gott, wird er sich freuen, wenn er die Unmenge Frösche sieht!«

Lee nickte nochmals. Daß Doc nicht in Monterey war, stimmte ebenfalls.

»Übrigens –« entfuhr es Mack wie ein spontaner Einfall, »wir sind im Augenblick etwas knapp bei Kasse –«, es klang, als sei so etwas bei ihm noch nie vorgekommen.

Aber Lee Chong lächelte voll Verständnis und antwortete: »Nix Whisky.«

»Whisky?« tat Mack empört: »Wozu Whisky? Wir haben eine Gallone vom Allerbesten bis obenhin voll. So einen hast du im Leben noch nicht über die Lippen bekommen! Es wäre mir und den Jungens ein Vergnügen, mein lieber Lee, wenn du uns mit deinem geschätzten Besuche beehren würdest.«

Lee grinste vor Freude. Whisky hatten sie also; sonst würden sie ihn nicht dazu einladen.

Mack ließ nicht locker. »Ich und die Jungens sind knapp bei Kasse und haben elenden Hunger. Du weißt, was Doc für den Frosch bezahlt. Die Frösche sind da, aber Doc nicht. Und wir haben, wie gesagt, Hunger. Ich schlage vor – keine Angst, du kommst nicht zu kurz! –, du bekommst von uns für einen Dollar fünfundzwanzig Frösche. Das ist ein großzügiges Angebot.«

»Nein. Kein Geld«, lehnte Lee ab.

»Geld?« begann Mack das Spiel von neuem, »wozu Geld? Wir wollen nur was zu essen. Die Sache ist nämlich die: Wir wollen für Doc, wenn er zurückkommt, ein Fest veranstalten. Zu trinken haben wir reichlich, aber es fehlt an Braten und so was. Er ist so ein reizender Mensch. Zum Donnerwetter, als deine Frau so fürchterlich Zahnweh gehabt hat – wer hat ihr da Opium gegeben, hä?«

Nun saß Lee in der Falle, denn er war Doc in der Tat zu Dank verpflichtet. Er konnte nur nicht recht einsehen, wieso seine Dankesschuld gegenüber Doc ihn dazu zwingen sollte, Mack Kredit zu gewähren.

Mack setzte ihm weiter zu.

»Du bekommst die Frösche nicht etwa als Pfand, Lee, sondern als Eigentum; das ist so gut wie Geld, nein, sogar besser! Für jeden Dollar Lebensmittel fünfundzwanzig Frösche bar auf den Tisch des Hauses, und zu dem Fest bist du natürlich eingeladen.«

Lee beschnupperte den Vorschlag wie die Maus einen Käseschrank. Die Sache schien unverdächtig. Bei Doc waren Frösche so gut wie Bargeld. Der Preis war ein Standardpreis. Er aber hatte bei dem Handel zweifachen Profit: an den Fröschen und am Verkauf der Lebensmittel. Es drehte sich nur darum, ob die Frösche vorhanden waren.

»Ich will die Frösche sehen«, erklärte er und saß bald darauf vor dem Palace bei einem Glas von dem echten alten Getreidekorn und stimmte, nachdem er die nassen Froschsäcke in Augenschein genommen, dem Vertragsabschluß zu, bedang sich jedoch aus, daß tote Frösche nicht mitgezählt werden dürften.

Hierauf zählte Mack fünfzig blanke Frösche in eine Konservenbüchse, kehrte mit Lee in dessen Kramladen zurück und empfing dort Speck, Eier und Brot im Wert von zwei Dollar. Lee förderte eine große Kiste ans Tageslicht, stellte sie in eine Gemüseabteilung, setzte die fünfzig Frösche hinein und bedeckte das Ganze mit einem Jutesack; die Frösche sollten es gut bei ihm haben. Lees Froschgeschäft blühte. Bald kam Eddie gesprungen und kaufte für zwei Frösche Fleischextrakt. Als aber Jones kurz darauf für einen Frosch Coca-Cola verlangte, war er ehrlich empört, daß der Preis für Coca-Cola mittlerweile auf zwei Frösche gestiegen war. Die Erbitterung wuchs, als im Verlauf des Tages die Preise bei Lee immer höher kletterten. Selbst für das feinste Beefsteak hätte er nicht mehr als zehn Frösche verlangen dürfen. Er aber forderte zwölfeinhalb Frösche. Eine Kilobüchse Pfirsiche kam bereits auf acht Frösche zu stehen, ein horrender Preis! Lee schröpfte die Kundschaft, denn er stand konkurrenzlos da. Weder bei Holman noch im Einheitspreisgeschäft würde man sich auf die neue Froschwährung einlassen, und wenn die Burschen unbedingt Beefsteak wollten, sollten sie zahlen, was er verlangte! Die Entrüstung der Clique erreichte den Höhepunkt, als Hedda, welcher seit langem ein Paar gelbseidene Armbänder begehrte, von Chong erfuhr, sie kosteten fünfunddreißig Frösche, und wenn er so viel nicht anlegen wolle, möge er ruhig woandershin gehen! Die Gier der Gewinnsucht vergiftete das zu Beginn so unschuldige und erfreuliche Handelsabkommen. In gleichem Maß, in dem sich in Lees Kiste die Frösche häuften, wuchs die Erbitterung gegen ihn. Doch ging sie nicht allzu tief, denn Mack und die Jungens waren nicht merkantil veranlagt. Sie maßen ihr Vergnügen nicht nach dem Kostenpunkt, ihre

Persönlichkeit nicht nach dem Saldo und ihre Liebe nicht nach dem Defizit. Während sie sich darüber ärgerten, daß Lee sie derart hochnahm, lagen für zwei Dollar Eier mit Speck in ihrem Bauch, darüber ein guter Schluck Korn, darüber ein zweiter Imbiß und über diesem abermals ein Korn. Das war die Hauptsache. Sie saßen auf ihren eigenen Stühlen in ihrem eigenen Haus und sahen heiteren Sinnes, wie Darling aus einer Sardinenbüchse Büchsenmilch trinken lernte. Darling war bei ihnen, mehr verlangten sie nicht, und es schien ihr bestimmt, der glücklichste Hund zu werden. Denn ihre fünf Herrchen hatten fünf verschiedene Theorien über Hundeerziehung, welche einander derart widersprachen, daß es ganz danach aussah, als werde Darling nie eine rechte Erziehung erhalten.

Sie war von Anfang an ein vorlautes, altkluges Ding und schlief grundsätzlich nur in dem Bett eines Herrchens, das sie zuvor mittels eines Leckerbissens bestochen hatte. War Darling bei Hedda, so lockten Hughie oder Mack sie von ihm weg. Jones wäre imstande gewesen, für Darling stehlen zu gehen. Schließlich kamen sie einmütig zu der Erkenntnis, so könne es auf keinen Fall weitergehen: Darling müsse gehorchen lernen. Die Erörterung über die beste Methode, ihr dieses beizubringen, ging wieder ins Uferlose. Sie waren in Darling verliebt. Die kleinen Pfützen, die sie auf dem Fußboden hinterließ, fanden sie lustig und ödeten all ihre Bekannten mit Geschichten von Darlings Gescheitheit an. Sie hätten das Tier aus lauter Liebe totgefüttert, wenn nicht Darling in dieser Hinsicht vernünftiger gewesen wäre als alle Fünf zusammengenommen.

Jones bereitete ihr ein Lager auf dem Boden der Großvateruhr, doch sie benutzte es nicht. Ganz nach Laune schlief sie bald bei dem, bald bei jenem. Sie zerkaute Decken, zerfetzte die Matratzen, riß aus den Kissen die Federn heraus, kokettierte mit ihren Herrchen und spielte einen gegen den andern aus. Das fanden sie großartig. Mack wollte ihr Kunststücke beibringen, daß sie damit im Varieté auftreten könne, aber er brachte sie nicht einmal stubenrein.

Am Nachmittag ihrer Ankunft ruhten die Fünf, rauchten, verdauten, sinnierten und nahmen von Zeit zu Zeit einen Schluck aus dem Krug. Doch bei jedem Schluck mahnte einer: »Nicht zuviel! Es ist ja für Doc bestimmt!« Das vergaßen sie nicht.

»Wann er wohl kommen mag?« wollte Eddie wissen.

»Meistens ist er gegen acht oder neun Uhr zurück«, meinte Mack, »wann soll denn das Fest steigen? Ich denke, heut abend«, und alle waren damit einverstanden. Nur Hedda gab zu bedenken: »Wird er nicht müde sein von der langen Fahrt?«

»Herrgott im Himmel«, widersprach Jones, »nirgends erholt man sich besser als bei einem gelungenen Fest. Ich war einmal so hundemüd', daß ich kaum mehr hab' japsen können, und dann bin ich tanzen gegangen und war so fidel wie noch nie.«

»Jetzt müssen wir aber richtig nachdenken«, gebot Mack, »wo wollen wir's denn veranstalten – hier?« Aber dagegen wandten die andern ein, Doc liebe die Musik und lasse bei Gesellschaften immer das Grammophon laufen; bei ihm daheim sei es ihm daher gewiß lieber. »Das kann er haben«, räumte Mack ein, »nur – wenn wir ihm keinen Whisky mitbringen, wo bleibt dann die Überraschung?«

»Wir müßten das Haus dekorieren«, schlug Hughie vor, »wie am vierten Juli oder am Vorabend von Allerheiligen.«

Macks Blick verklärte sich. »Hughie, du hast's getroffen! Das hätte ich dir, weiß Gott, nicht zugetraut. Du hast ein goldenes Ei gelegt.« Seine Stimme wurde sanft; sein Blick ging ahnungsvoll in die Zukunft. »Ich sehe schon alles vor mir ... Doc kommt nach Hause, todmüde, fährt vor. Alle Lichter brennen. Er denkt natürlich, jemand ist eingebrochen, eilt die Stiegen hinauf und fällt vor Staunen glatt auf den Rücken. Das ganze Haus ist dekoriert – überall Kreppapier, Schleifchen, ein großer Kuchen, Geschenke ... Jetzt weiß er, was los ist: ein Fest! Und was für eines! Nicht wie bei armen Leuten, nein! Wir halten uns versteckt, und dann stürzen wir aus den Ecken hervor und lassen ihn hochleben. Das Gesicht sollt ihr sehen! Hughie, wie bist du bloß auf die glänzende Idee gekommen!?«

Sein Lob ließ Hughie erröten. Er habe nur an die Silvesterfeiern im La Ida gedacht, weiter nichts, aber wenn es so werde, wie Mack eben sagte, um so besser! »Ich denke es mir ganz nett so«, setzte er bescheiden hinzu.

»Großartig nett!« rief Mack. »Und verlasse dich darauf, Hughie: Wenn die Überraschung glückt, dann sage ich Doc, von wem die Idee ist!« Zufrieden lehnte er sich zurück; und die andern taten desgleichen und dekorierten im Geist das Laboratorium, bis es aufs Haar dem Festsaal im Hotel »Del Monte« glich, und nahmen dazu gelegentlich einen Schluck aus dem Krug – zur Feier des Tages.

Lee Chong verfügte über einen phantastischen Vorrat an Waren. Andere Geschäfte nehmen im Oktober gelbes und schwarzes Kreppapier, schwarze Papierkatzen, Masken und Kürbisse aus Pappmaché auf Lager, machen damit bis zum Vorabend von Allerheiligen ihr Geschäft, und dann verschwindet das Zeug spurlos. Vielleicht ist es ausverkauft, vielleicht weggeschmissen; im Juni jedenfalls ist es nirgends erhältlich. Und ebenso geht es mit den Ostereiern, den Fastnachtsmasken und Luftschlangen und den Artikeln zum vierten Juli: Fahnen, Flaggentuch und Raketen. Wo stecken die bloß im Januar? Weg – kein Mensch weiß, wo. Nicht so bei Chong. Da konnte man noch im November Osterhasen und die bunten Liebesbriefchen zum Valentinstag, dem 14. Februar, kaufen. Er hatte Feuerwerkskörper, die schon seit 1920 dalagen. Es war ein Rätsel, wo er in diesem Lädchen das alles aufbewahrte! Er hielt noch Badekostüme feil, die er zu einer Zeit eingekauft hatte, als noch lange Schöße, schwarze Strümpfe und die großen buntgefleckten Badehauben in Mode waren. Er führte Hosenklammern für Radfahrer, Schiffchen für Nähmaschinen, Mah-Jongg- und Diabolospiele. Er hatte Plaketten, Wimpel mit längst verklungenen Inschriften und Türmchen aus falschen Brillanten: »Zur Erinnerung an die Weltausstellung von 1915«. Noch eine Verschrobenheit in Chongs Geschäftsgebaren: Es gab bei ihm nie einen Ausverkauf, nie Resteverkauf oder zurückgesetzte Preise.

Ein Gegenstand, der 1912 dreißig Cents gekostet hatte, kostete sie auch dann noch, wenn Motten und Mäuse seinen Wert bedenklich herabgemindert hatten. Dafür aber war in einem Falle, wo man ein biologisches Laboratorium so zeitlos auszuschmücken wünschte, daß es wie eine Kreuzung von Orgie und Boxmatch wirken mußte, Lee Chongs Bude das ideale Ausstattungshaus. Das wußten Mack und die Jungens zu schätzen, wobei allerdings Mack zu bedenken gab: »Wo sollen wir den großen Kuchen hernehmen? Chong hat nur Keks.«

Hughie, von seinem Erfolge geschwellt, erwies sich abermals als der Einfallsreichste: »Eddie könnte den Kuchen backen. Er war doch einmal eine Art Koch im San Carlos?«

Die allgemeine Begeisterung, die seine Anregung hervorrief, hielt Eddie nicht von dem Geständnis zurück, er habe noch nie einen Kuchen gebacken, was Mack jedoch für unerheblich erklärte.

»Es würde für Doc so viel mehr bedeuten, wenn du ihn bäckst«, sagte er mit Empfindung, »es läge etwas wie Seele drin, jedenfalls eher als in dem alten, vertrockneten Keksdreck.«

Je mehr Sonne und Whisky zur Neige gingen, um so höher stieg die Begeisterung, um so zahlreicher wurden die dekorativen und kulinarischen Einfälle, um so häufiger die Gänge zu Chong – ein Jutesack war schon geleert und Chongs Froschkiste übervölkert. Gegen sechs war der Krug leer, und die Clique kaufte für fünfzehn Frösche Old Tennisschuh. Im Palace türmte sich das Dekorationsmaterial, und Meilen von Kreppapier erinnerten an die vergessensten Gedenktage dieses Jahrhunderts.

Eddie hütete den Ofen wie eine Gluckhenne ihre Brut, denn dort in der Waschschüssel befand sich sein Kuchenteig. Die Backpulverfabrik garantierte die Wirksamkeit ihres Rezepts.

Der Teig jedoch verhielt sich von Anfang an sonderbar. Kaum daß er fertig gerührt und geschlagen war, da schwappte und schlappte es darin wie von zappelnden, krabbelnden Kreaturen. Als er im Ofen stand, warf er alsbald eine Blase, groß wie ein Baseball; sie schimmerte wie eine Seifenblase, wuchs zum Fußball heran und platzte endlich gleich einem Luftballon. An ihrer Stelle klaffte ein Krater, so unergründlich, daß Eddie auf der Stelle einen frischen Klumpen Teig anfertigte und das Loch damit zustopfte. Nun aber wurde das Benehmen des Kuchens noch unverständlicher. Während er unten brannte und schwarze Rauchwolken ausstieß, hob und senkte er sich oben gleich einem schwer atmenden Busen, wobei einige kleinere Explosionen stattfanden. Als Eddie ihn endlich unter Lebensgefahr herauszog und abkühlen ließ, bot das Gebäck den Anblick eines frisch ausgebrochenen Vulkans.

Nein, dieses Backwerk war nicht geglückt. Denn während die Jungens das Laboratorium ausschmückten und Darling den Kuchen nach Leibeskräften herunterschlang, wurde ihr davon speiübel. Winselnd rollte sie sich in dem noch warmen Teig zusammen und schlief endlich ein.

Mack und die Jungens hatten längst Kreppapier, Masken, Besenstiele, Lampions, rote, weiße und blaue Fähnchen über den Leeren Platz und die Straße zum Laboratorium geschleppt und die letzte Kompanie Frösche in einen Liter Old Tennisschuh und acht Liter Wein, den Liter zu vierzig Cents, angelegt.

»Doc trinkt gern Wein«, hatte Mack erklärt, »ich glaube, noch lieber als Whisky.«

Doc schloß sein Labor nie ab, denn erstens sagte er sich: Wenn jemand im Ernst einbrechen will, bricht er sowieso ein. Zweitens hielt er die Menschen im allgemeinen für ehrlich, und drittens schien sein Getier – außer etwa für Museen – nicht stehlenswert. Ein praktischer Einbrecher würde die wirklich wertvollen Bücher, Platten, Instrumente und optischen Apparate nicht ansehen, es sei denn mit Verachtung. Diese Theorie besaß vielleicht in bezug auf Räuber, Gelegenheitsdiebe und Kleptomanen Gültigkeit, nicht jedoch in bezug auf seine guten Freunde, denn diese pflegten sich seine Bücher gern »auszuborgen«. Auch eine Büchse Bohnen überlebte nur selten seine Abwesenheit, und einige Male war er, wenn er spät in der Nacht heimkehrte, in seinem Bett Gästen begegnet.

Die Jungens häuften gerade die Ausschmückungsgegenstände im Vorzimmer auf, als Mack jäh dazwischentrat.

»Was wird Doc am meisten Freude machen?«

»Das Fest«, antwortete Hedda.

»Nein«, sagte Mack.

»Die Dekoration«, behauptete Hughie, denn er fühlte sich für sie verantwortlich.

»Nein«, erklärte Mack wiederum: »die Frösche! Die freuen ihn am meisten, aber bis er da ist, hat Chong womöglich geschlossen, und er sieht sie erst morgen früh, und das wäre doch ewig schade. Nein!« rief er, »die Frösche gehören hierher, mitten ins Zimmer und darüber eine Fahne mit der Inschrift: ›Willkommen daheim, Doc!‹«

Die Abordnung, die daraufhin Chong besuchte, stieß dort auf entschiedenen Widerspruch; Lees mißtrauischem Gemüt dämmerten furchtbare Möglichkeiten. Erst als man ihm vorstellte, er werde persönlich anwesend sein, könne sein Eigentum, das niemand ihm streitig mache, ununterbrochen unter Augen behalten, und ihm Mack die Übereignung der Frösche schwarz auf weiß bescheinigt hatte, gab er allmählich nach. Die Clique trug die Froschkiste ins Laboratorium, legte rotes, weißes und blaues Fahnentuch über sie, malte die Inschrift mit etwas Jod auf einen Karton und fuhr sodann mit der Ausschmückung fort. Bald war der Whisky getrunken, und alle waren in festlicher Stimmung. Sie wanden das Kreppapier zu Girlanden, hängten dazwischen farbige Kürbisse und waren dabei so vergnügt, daß Leute, die zufällig auf der Straße vorüberkamen, sich zu ihnen gesellten, drüben bei Lee Chong Getränke holten und mitfeierten. Auch Lee Chong nahm eine Zeitlang an der Gesellschaft teil, aber sein Magen war nicht in Ordnung; er hielt es nicht lange aus und mußte nach Hause. Um elf Uhr wurden die Beefsteaks gebraten und gemeinsam verzehrt. Irgendwer geriet an die Platten, ein ganzes Count-Basie-Album, und ließ sie laufen. Der Phonograph, der auf höchster Lautstärke stand, war von den Bootswerften bis La Ida zu hören. Besucher der Flotten Flagge hielten infolgedessen das Western Biological für eine Filiale Doras und stürmten mit Freudengeheul die Treppe hinauf. Nach längerem blutigem Handgemenge wurden sie von dem schwer gekränkten Festkomitee besiegt, wobei die Eingangstür aus den Angeln und zwei Fenster in Scherben gingen. Das Zerbrechen der Trinkgefäße und Krüge klang unmelodisch. Als Hedda durch die Küche auf die Toilette wollte, stieß er gegen eine Bratpfanne mit heißem Fett, was sowohl an seinem Anzug wie auf dem Fußboden Brandflecken hinterließ. Als ein dreiviertel Besoffener eintrat und sich unziemlich über Doc ausließ, versetzte ihm Mack jenen denkwürdigen Kinnhaken, von dem Cannery Row heute noch spricht. Als der Unglückliche sich wieder aufraffte, fiel er in einem kleinen Bogen, aber mit großem Getöse, durch die dekorierte Kiste mitten ins Froschvolk. Als einer der Festteilnehmer die Platte auswechseln wollte, ging leider auch die Membrane kaputt.

Selten, daß jemand die Psychologie eines endenden Festes studiert! Da brodelt, tobt und loht es, dem Fieberanfall folgen Ermattung, Schweigen, und mit einem Mal ist es aus. Die Gäste trollen sich heim ins Bett oder zu anderer Lustbarkeit – hinter sich lassen sie etwas Totes.

Die Lichter im Laboratorium flackerten; die Haustür hing nur noch in einer Angel; der Boden war mit Scherben bedeckt. Grammophonplatten, teils zerkratzt, teils zerbrochen, lagen herum. Teller mit Speiseresten und geronnenem Fett standen auf Bücherregalen, unter dem Bett oder sonst irgendwo auf dem Fußboden. Whiskygläser lagen trübselig in den Sesseln. Ein Gast, der ein Büchergestell als Leiter benutzen wollte, hatte bei diesem Versuch einen Haufen Klassiker heruntergerissen; sie lagen nun aufgeblättert am Boden. Das Fest war vorüber. Das Haus war leer. Durch die zersplitterte Kistenwand hüpfte ein Frosch.

Eine Weile saß er still da und prüfte, ob die Luft rein sei. Ein zweiter Frosch folgte ihm.

Sie spürten den leisen Zugwind, der durch die offene Haustür und die zerbrochenen Scheiben drang. Der zweite Frosch saß auf dem Karton mit der Inschrift: »Willkommen daheim, Doc!« Behutsam hopsten beide zur Tür hinaus.

Ein kleiner Strom springender, hüpfender Frösche ergoß sich in Wirbeln die Stiege hinab und bevölkerte die Straße der Ölsardinen. Ein Taxi, das einen späten Kunden zur Flotten Flagge fuhr, zerquetschte infolgedessen fünf Frösche. Doch ehe der Tag herannahte, waren alle verschwunden. Etliche fanden den Weg zum Abzugskanal, andere kämpften sich bergan zum Wasserreservoir, wieder andere suchten den Schutz der städtischen Kanalisation, und nur wenige versteckten sich im Unkraut auf dem Leeren Platz.

In dem stillen Labor flammten die Lichter.

21

Und in dem Raum hinter dem Arbeitszimmer huschten die weißen Ratten unstet in ihren Gelassen. Sie schrien wie kleine Kinder. In einem der Käfige abgesondert lag eine weiße Rattenmutter über ihrem Wurf. Böse und unruhig sah sie umher. Die Neugeborenen – nackt und blind – saugten an ihren Zitzen.

Im Käfig der Klapperschlangen ruht das Gewürm zusammengeringelt mit dem Kinn auf den eigenen Windungen; die düster verschleierten Augen starren geradeaus. Eine riesige Abart, am Gila beheimatet, liegt in einem eigenen Käfig; ihre Haut ist wie aus Perlen. Langsam hebt sie den Kopf und drängt zum Gitter. In den Aquarien schließt sich eine Anemone auf; im Innern blaßgrün, die Fühlfäden grün und rot. Leise wirbelt und schwirrt die kleine Seewasserpumpe das Wasser in die Behälter. Luftkügelchen perlen.

Die Stunde der Perlen.

Lee Chong stellt den Abfallkübel vors Haus. Der Nachtwächter auf der Veranda der Flotten Flagge kratzt sich den Bauch. Sam Malloy kriecht aus seinem Wohnkessel, setzt sich auf einen Holzklotz und schaut gen Osten ins nahende Licht. Vor den Felsen hinter der Hopkins-Marinestation dringt das eintönige, helle Gebell der Seelöwen.

Der alte Chinese klappert mit triefendem Korb vom Meere landeinwärts. Ein Wagen biegt in die Straße der Ölsardinen. Langsam fährt Doc auf sein Haus zu.

Er ist abgespannt, seine Augen sind rot. Er hält und sitzt einen Augenblick unbewegt, bis das Gerüttel der Fahrt ihm aus den Gehirnwindungen geht.

Er steigt aus, blickt verdutzt auf die baumelnde Haustür, die zerbrochenen Scheiben. Als sein Schritt auf der Treppe vernehmbar wird, züngeln die Klapperschlangen. Es ist, als lauschten sie mit den gespaltenen Zungen. Die Ratten rütteln besessen an ihren Gittern.

Doc eilt die Stiege empor. Die Müdigkeit scheint verflogen. Rasch tritt er ins Arbeitszimmer, läuft durch Trümmer und Scherben vom einen zum andern Raum. Einmal bückt er sich nach einer zerschmetterten Platte und liest den Titel.

In der Küche ist das verschüttete Fett weiß geworden. Docs Augen sind rot vor Wut. Er sitzt auf der Couch, den Kopf geduckt. Er bebt vor Empörung, springt plötzlich auf, schaltet das Grammophon ein, legt eine Platte auf, senkt die Nadel. Doch nur ein pfeifendes Krächzen dringt an sein Ohr. Er biegt den Hebelarm wieder zurück, stellt ab und sinkt auf die Couch.

Auf der Stiege schwere, unsichere Schritte. Mit hochrotem Kopf tritt Mack ein, steht da in Unsicherheit.

»Doc«, druckst er hervor, »ich und die Jungens –«

Erst war es, als sähe ihn Doc überhaupt nicht. Dann aber sprang er so wild auf, daß Mack zurückprallte: »Habt ihr das getan?«

»Nja, ich und die Jungens –« Schon hat Docs kleine und harte Faust ausgeholt und knallt Mack ins Gesicht. Seine Augen lodern in tierischer Wut. Mack landet auf dem Fußboden. Seine Lippen sind aufgerissen, ein Vorderzahn scharf nach innen gedrückt.

»Steh auf!« herrscht Doc ihn an.

Mack steht auf und läßt die Arme schlaff an den Seiten herunterhängen. Ein zweiter Schlag, ein kalt berechneter Strafstoß zwischen die Zähne, und von Macks Lippen rieselt das Blut.

»Wehr dich, du Hundsfott!« schreit Doc ihn an und trifft ihn abermals, daß die Zähne krachen und der Kopf zu wackeln beginnt. Aber Mack wehrt sich nicht.

»Weiter, Doc ...« kommt es aus seinem verquollenen Mund, »recht so ...«

Doc konnte nicht mehr.

»Du Hund ...« keuchte er, »dreckiger Lumpenhund du ...« Er saß auf der Couch und starrte auf seine zerrissenen Knöchel.

Mack hockte auf einem Schemel und sah mit großen schmerzlichen Augen auf Doc. Das Blut aus dem Mund ließ er laufen. Und in Doc klang ein Tönen auf. Langsam begann eine Introduktion Monteverdis und wurde zur grenzenlos einsamen, traurigen Klage Petrarcas um Laura: *»Horch' el ciel y la tierra ...«* Und durch die entsagenden Klänge, die da im Raume zu schweben schienen, sah Doc den zerbrochenen blutigen Mund.

Mack saß sehr still. Es war, als höre er die Musik.

Docs Augen gingen zu dem Gestell, in dem sonst das Monteverdi-Album stand. Da fiel ihm erst wieder ein, was alles zerbrochen war. Er stand auf. »Geh, wasch dich!« sagte er, ging hinaus und über die Straße in den Kramladen. Lee Chong wagte nicht, ihm in die Augen zu sehen. Er holte zwei Flaschen Bier aus dem Eisschrank, nahm das Geld und sagte kein Wort. Doc ging wieder über die Straße.

Auf der Toilette säuberte sich Mack das Gesicht mit Klosettpapier, und in der Küche öffnete Doc eine Flasche, schenkte vorsichtig ein, wobei er das Glas schräg hielt, damit es weniger Schaum gab, füllte ein zweites Schoppenglas und trug beide ins Vorderzimmer. Als Mack, den Mund mit einem nassen Lappen betupfend, zurückkam, wies Doc mit dem Kopf nach dem Bier. Da öffnete Mack seine Kehle und goß den halben Schoppen, ohne zu schlucken, hinunter, seufzte tief und starrte ins Glas.

Doc goß wieder ein, fragt ernst: »Was ist geschehen?«

Mack sah zu Boden. Ein Tropfen Blut fiel aus seinem Mundwinkel ins Bier. Er öffnete die zerrissenen Lippen: »Ich und die Jungens, wir haben dir ein Fest geben wollen, wir haben gedacht, du bist so um neun Uhr zurück ...« Doc verstand. »Es ist uns halt aus der Hand gerutscht, das Ganze ... soll ich jetzt sagen, es tut mir leid? Es tut mir leid, seit ich lebe; es ist immer das gleiche, das kenn' ich längst ...« Er tat einen tiefen Zug. »Ich war einmal verheiratet – genau dieselbe Geschichte! Was ich so angepackt habe, gab eine Katastrophe; das hat die Frau einfach nicht ausgehalten. Immer, wenn ich was Nettes getan habe, gab's eine Sauerei, das schönste Geschenk, alles war immer verpfuscht, alles wie Gift, hat ihr bloß weh getan, sie hat es einfach nicht ausgehalten. So ist es mir überall gegangen. Ich war auch mal Clown, aber das macht keinen Spaß. Mich freut's bloß, wenn die Jungens lachen.«

Doc nickte, und wieder ertönte in seinem Kopf die Musik, Entsagung und Klage in einem. Er wußte alles, was da geschehen war, und verstand.

»Ich bin froh, daß du mir eine versetzt hast«, fuhr Mack fort. »Ich habe mir selber gesagt: ›Mack, das soll dir nun eine Lehre sein; da wirst du dran denken –‹, aber, verflucht noch mal, ich will an nichts denken, ich will keine Lehre, Doc«, schrie er auf, »das muß der Mensch doch verstehen! Ich seh' es halt anders, ich seh', wir waren vergnügt, wir waren glücklich – alle sollten zusammen froh sein und glücklich, du vor allem, Doc, ein Fest macht dir doch eine wahnsinnige Freude! Wir waren auch glücklich. Das Fest war großartig – für mein Empfinden.«

Er schlenkerte die Hand nach den Trümmern am Boden. »Genauso ist es damals mit meiner Ehe gegangen, alles in Brüche ... und wird nie wieder gut.«

Doc schenkte die Gläser voll.

»Ja, ich kenne das ...«

»Doc«, versprach Mack, »ich und die Jungens werden hier saubermachen. Den Schaden werden wir dir ersetzen und wenn wir dafür fünf Jahre lang arbeiten müßten.«

Doc schüttelte den Kopf und wischte den Bierschaum aus seinem Bart. »Ich räume selbst auf. Ich weiß besser, wo alles hingehört.«

»Wir werden dir alles bezahlen, Doc!«

»Das werdet ihr nicht, Mack. Du wirst dran denken, du wirst drunter leiden, aber bezahlen wirst du nicht. Es macht allein an zerbrochenen Museumsgläsern dreihundert Dollar.«

»Ich komm' dafür auf.«

»Das sagst du so, Mack, aber du kannst es nicht. Es würde dich zwei, drei Jahre belasten, bis du es vergißt; dann wäre dir wieder leicht. Aber abgezahlt wären deswegen keine zehn Cent.«

»Kann sein, du hast recht. Gott verdamm' mich, natürlich hast du recht!« schrie Mack. »Also sag, was können wir tun?«

»Ist schon erledigt mit den paar Zahnlücken ... fertig, Schwamm drüber!«

»Also einstweilen!« Mack trank sein Bier aus, stand auf.

»Adieu, Mack!« grüßte Doc – »übrigens, was ist denn aus deiner Frau geworden?«

»Keine Ahnung. Sie ist fort.«

Schwerfällig stieg Mack die Treppe hinunter, ging über die Straße, den Leeren Platz, den Hühnersteig hinauf und zum Palace. Doc verfolgte vom Fenster aus seinen Weg. Danach holte er hinter dem Boiler einen Besen hervor und begann, müd' wie er war, zu fegen. Er brauchte dazu den ganzen Tag.

22

Henri, der Maler, war kein Franzose und hieß auch nicht Henri. Er war auch kein richtiger Maler. Aber er hatte sich so in die vielen Geschichten vom linken Seineufer vertieft, daß er darin lebte, obwohl er nie dort gewesen war. Fieberhaft verfolgte er in den Kunstzeitschriften die dadaistische und andre Bewegungen, Sezessionen, Offenbarungen, Mystizismen, feminine Eifersüchteleien und die obskuren Kämpfe neu aufkommender und zerfallender Schulen. Er revoltierte grundsätzlich gegen die üblichen Malutensilien und Techniken. Eine Saison lang verwarf er die Perspektive, in der nächsten verpönte er die Verwendung von Rot als Mutter des Purpurs, und schließlich hängte er die ganze Malerei an den Nagel. Es war nie festzustellen, ob er etwas gekonnt hatte, denn er warf sich immer mit solcher Heftigkeit in jede neue Bewegung, daß er darüber kaum zum Malen kam. Auf Grund seiner Produktion in verschieden gefärbten Hühnerfedern und Nußschalen konnte man sich kein Urteil über seine Begabung bilden.

Hingegen als Bootsbauer leistete er Hervorragendes. Zehn Jahre hatte er in einem Zelte gelebt und an dem Boot gearbeitet. Erst als Kajüte und Kombüse vollkommen fertig und trocken waren, zog er ein und wohnte fortan in dem Fahrzeug.

Es war mehr gebildhauert und geschnitzt als gebaut, zehn Meter lang; seine Formen, Linien und Eigenschaften waren in ständiger Wandlung begriffen. Der Bug sah einmal aus wie der eines Schnellseglers und das Heck wie das eines Zerstörers. Da Henri mittellos war, brauchte er manchmal Monate, bis er die richtige Planke, ein Dutzend Messingschrauben oder einen bestimmten Eisenteil auftrieb. Aber das wollte er. Denn er wollte sein Boot nie fertigbauen.

Er saß unter den Föhren einer Parzelle, für die er im Jahr fünf Dollar Pacht zahlte, einschließlich Steuern. Das Boot ruhte in einer Wiege auf einem zementierten Unterbau. An der Seite hing, solange Henri sich nicht an Bord befand, eine Strickleiter herunter. War er zu Hause, so zog er sie ein und ließ sie nur, wenn Freunde kamen, herab. In der Kajüte lief eine gut gepolsterte Bank die eine Längswand und die zwei Seitenwände entlang. Hier schlief er, hier saßen die Gäste. Ein Klapptisch und eine messingne Hängelampe ergänzten die Ausstattung, die ein Wunder an Einfachheit darstellte. Jede Einzelheit war das Ergebnis monatelangen Nachdenkens und Bastelns.

Henri war dunkel und grämlich von Angesicht. Lange bevor andere Menschen darauf verfielen, trug er ein Barett, rauchte eine Maiskolbenpfeife und ließ sich eine Haarsträhne ins Gesicht fallen. Seine Freundinnen teilte er ein in solche, die er, und in solche, die ihn ernährten. Sein Boot hatte keinen Namen. Den werde er ihm geben, sobald es fertig sei, erklärte er. Zehn Jahre lebte er nun schon darin und baute weiter dran. In dieser Zeit war er zweimal verheiratet gewesen und hatte außerdem mehrere halbpermanente Liaisons gehabt. Und alle diese jungen Dinger hatten ihn aus dem nämlichen Grund verlassen. Die Kabine – drei Meter zwanzig lang – war für zwei Personen zu klein, und es behagte den Schätzchen nicht, wenn sie beim Aufstehen mit dem Kopf gegen die Decke stießen. Am empfindlichsten traf sie jedoch der Mangel einer Toilette. In einem Boot auf Dock läßt sich diese Bequemlichkeit nicht wie bei einem Schiff auf See anbringen und benutzen; und gegen nachgeahmte Landratten-Bequemlichkeiten setzte sich Henri zur Wehr. Wenn Not am Mann – oder der Frau – war, mußten sich seine Liebsten, so wie er selbst, ein wenig abseits unter die Föhren begeben. Da verschwanden sie mit der Zeit lieber ganz und für immer.

Nachdem ein Girl, das er Alice nannte, ihn auf diese Weise verlassen hatte, geschah Henri etwas sehr Merkwürdiges. Jedesmal, wenn ihn eine verließ, trauerte er ihr einige Zeit lang nach, fühlte sich aber zugleich erleichtert, denn er durfte sich nun in seinem Kabinlein behaglich ausstrecken, konnte essen, was ihm behagte, und war endlich wieder einmal befreit von den endlosen biologischen Funktionen des Weibes.

Es war ihm zur Gewohnheit geworden, sich jedesmal, wenn ihm die Liebste entlaufen war, eine Gallone Wein zu besorgen und ausgestreckt auf der langen

Bank sich einen anzutrinken. Mitunter greinte er dabei etwas vor sich hin, aber der Wein, an den er sich hielt, war gut und tröstete ihn auf das angenehmste. Er las sich dann selber Verse von Rimbaud vor, laut und mit unmöglicher Aussprache, was ihn nicht störte; vielmehr bewunderte er, wie fließend die Sprache dahinglitt.

Während einer solchen einsamen Abschiedsfeier für die entschwundene Alice trug sich folgendes seltsame Vorkommnis zu: Es war Nacht. Die Lampe war angezündet. Er hatte eben mit Trinken begonnen, als er mit einmal das Gefühl hatte, er sei nicht allein. Vorsichtig hob er die Augen und sah drüben im Winkel seiner Kajüte einen unheimlichen Jüngling, jung, dunkel und schön, mit blitzenden Zähnen und glutvollen, geistvollen Augen. Etwas unendlich Anziehendes und zugleich Beängstigendes wohnte in diesen Zügen. Zur Seite des Jünglings aber saß ein kleines goldhaariges Bübchen. Der Jüngling sah zu dem Kleinen hinab, und dieses sah zu ihm empor und lachte zurück, als erwarte es etwas ganz Wunderbares. Der Jüngling lächelte Henri an, richtete wieder den Blick auf das Kindlein, entnahm der oberen linken Westentasche ein altmodisches, scharfgeschliffenes Rasiermesser, klappte es auf, ließ die Klinge vor dem Halse des Kleinen aufblitzen und faßte ihm mit der Hand in die Locken, und das Kleine lachte dazu in seliger Lust. Da bog ihm der Jüngling das Kinn zurück und durchschnitt ihm die Kehle, und das Kind lachte und lachte ...

Henri schrie auf vor Entsetzen und Angst. Es dauerte längere Zeit, bis er, an allen Gliedern zitternd, sich vergewisserte, daß der Mörder und das ermordete Kind sich nicht mehr in der Kajüte befanden. Dann stürzte er hinauf auf Deck, sprang über Bord und eilte durch den Föhrenhain weiter und weiter, lief stundenlang ziellos umher und gelangte schließlich zur Straße der Ölsardinen.

Doc war im Erdgeschoß mit seinen Katzen beschäftigt, als Henri hereinbrach. Während ihm dieser in fliegender Hast von dem Geschehnis berichtete, arbeitete Doc ruhig weiter. Erst als die Erzählung zu Ende war, hob er den Blick, um zu sehen, wieviel wirkliche Furcht und wieviel Theater in Henris Augen zu finden war. Aber da war fast nur Furcht.

»Glaubst du, es war ein Geist?« fragte Henri, »oder ein Hirngespinst? Oder etwas, das irgendwo stattfand? Ein Freudscher Angsttraum, der aus mir hervorstieg? Oder bin ich am Ende geisteskrank? Ich sah alles genau, wie ich es dir erzählt habe; der Mörder saß mir gegenüber, ich hab' ihn so deutlich gesehen, wie ich dich vor mir sehe!«

»Ich weiß nicht ...« machte Doc gedehnt.

»Dann komm, bitte, mit und paß auf, ob es wiederkommt!«

»Wenn ich es sähe«, lehnte Doc ab, »wäre es ein Gespenst, und das wäre mir sehr unangenehm, denn ich glaube nicht an Gespenster. Und wenn du es sehen würdest und ich nicht, wäre es eine Halluzination, und das wäre nun wieder für dich unangenehm.«

»Aber was soll ich tun?« rief Henri, »wenn es noch einmal kommt – ich weiß nicht, was dann geschieht, ich glaube, ich bin auf der Stelle tot. Weißt du, er sah keineswegs wie ein Mörder aus, sondern gütig, und das Kind war so lieb; es war nichts Böses an ihnen. Und doch schnitt er ihm die Kehle durch, ich hab's gesehen!«

»Ich weiß nicht ...« kam es wieder gedehnt von Doc. »Ich bin weder Psychiater noch Hexenverfolger und wünsche keines von beiden zu werden.«

»Heh! Doc!« drang von draußen die Stimme eines jungen Mädchens durchs Fenster, »darf ich hineinkommen?«

»Komm nur!« lud Doc sie ein. Es war eine hübsche, flotte junge Dame. Doc stellte ihr Henri vor und setzte hinzu: »Ein schwieriger Fall! Er hat entweder ein Gespenst gesehen oder hat ein sehr schlechtes Gewissen – er weiß es selber nicht. Erzähl es ihr, Henri!«

Und Henri erzählte, und die Augen der jungen Dame funkelten.

»Das ist ja entsetzlich«, rief sie aus, als er zu Ende war, »ich habe, solange ich lebe, noch nie nur die leiseste Spur von einem Gespenst gesehen. Kommen Sie mit; wir wollen sehen, ob es zurückkommt!«

Doc sah die beiden ungern von dannen ziehen; denn er hatte sich auf das Mädchen gefreut.

Dieses jedoch bekam das Gespenst nie zu Gesicht. Aber da ihr Henri gefiel, blieb sie fünf Monate mit ihm zusammen, bis das beengte Kajütenleben und der Mangel eines WCs sie wieder von dort vertrieben.

23

Schwarzer Trübsinn lastete auf Palace Union. Alle Freude war dahin. Mit zerrissenem Mund und eingeschlagenen Zähnen kehrte Mack vom Laboratorium zurück und wusch sich in einer Art Selbstkasteiung das Gesicht eine Zeitlang nicht. Er kroch ins Bett, zog die Decke über den Kopf und blieb so den ganzen Tag liegen. Sein Herz war zerrissen wie sein Mund. Er überdachte alles, was er in seinem Leben getan hatte, und siehe: Alles war schlecht gewesen! Er war tieftraurig.

Hughie und Jones saßen eine Zeitlang trübsinnig herum, gingen dann in die Hediondo-Konservenfabrik, baten um Arbeit und bekamen welche.

Hedda war so scheußlich zumute, daß er hinauf nach Monterey rannte, mit einem Soldaten Streit anfing und dabei mit Absicht den kürzeren zog. Danach fühlte er sich einigermaßen erleichtert. Er war von einem Menschen verdroschen worden, den er mit Leichtigkeit hätte kaputtschlagen können.

Das einzige glückliche Wesen der Clique war Darling. Sie vertrieb sich die Zeit unter Macks Bett, indem sie seine Schuhe anknabberte. Sie war ein munteres Hündchen mit scharfen Zähnen. Zweimal langte Mack in düstrer Verzweiflung unter das Bett und holte sie sich zur Gesellschaft herauf. Darling jedoch entschlüpfte ihm jedesmal, kehrte zu den Schuhen zurück und fraß sie auf. Eddie schlenderte ins La Ida, wo er mit seinem Freund, dem Barmann, eine Unterredung hatte, aus der für ihn einige Drinks und etliche Nickel heraussprangen, mit denen er den Musikautomaten fünfmal hintereinander *Melancholy Baby* spielen ließ.

Eine schwere Wolke drückte auf Mack und seine Gefährten. Sie fühlten es und wußten, sie hatten ihr Schicksal verdient. Sie waren wieder zu Ausgestoßenen geworden. All ihre guten Vorsätze schienen vergessen; kein Mensch erwähnte, daß sie das Fest zu Ehren Docs hatten veranstalten wollen, und niemand fand für sie ein Wort der Entschuldigung. Abscheulich entstellt lief die Geschichte durch die Flotte Flagge und die Konservenfabriken. Die Betrunkenen im La Ida tratschten, Lee Chong erklärte, er sei finanziell geschädigt, und schließlich hieß es, sie hätten Getränke und Geld gestohlen, seien arglistig ins Laboratorium eingebrochen und hätten es aus purer Bosheit zerstört. Selbst Leute, die es bestimmt besser wußten, vertraten die gleiche Ansicht. Eine Schar Betrunkener aus dem La Ida zog vors Palace und schlug dort einen furchtbaren Krach, um zu beweisen, daß sie nie einer solchen Schandtat an Doc fähig wären. Nur ein Gefühl von Solidarität und die geistige Überlegenheit, die Mack und die Jungens bewahrt hatten, retteten sie vor deren empfindlichen Gegenmaßnahmen. Es gab sehr viele, die sich in dieser Angelegenheit als die Tugendhaften aufspielten und dabei den letzten Rest Tugend seit langem verloren hatten. Am wildesten tat sich ein gewisser Tom Sheligan hervor, der bei dem Fest mit Wonne mitgemacht hätte. Er hatte bloß nichts davon gewußt. Mack und Genossen waren von der Gesellschaft ausgestoßen. Selbst Sam Malloy redete nicht mehr mit ihnen, wenn sie an seinem Wohnkessel vorüberkamen. Da zogen sie sich in sich selbst zurück. Kein Mensch vermochte vorauszusagen, wie sie aus dieser Wolke herauskommen würden. Denn gegen gesellschaftlichen Ausschluß gibt es zwei Arten von Gegenwirkung: Entweder geht der Mensch gereinigt und gütiger daraus hervor, oder er wird schlecht, fordert die Welt heraus und verübt künftig noch schlimmere Taten; letzteres ist die häufigste Folge gesellschaftlicher Brandmarkung.

Mack und Genossen wandelten auf dem schmalen Grat zwischen Böse und Gut. Sie waren lieb und freundlich zu Darling und miteinander verträglich und nachsichtig. Nachdem der erste Schock überstanden war, unterzogen sie das Palace einer Säuberung, wie sie diesem noch nie widerfahren war. Sie rieben die Metallteile des Ofens blank. Sie wuschen all ihre Kleider und Decken. Finanziell standen sie ja nicht schlecht. Hughie und Jones hatten Arbeit und brachten prompt ihre Löhnung nach Hause. Die Lebensmittel kauften sie in der Oberstadt und auf dem Wochenmarkt. Lee Chongs vorwurfsvoller Blick war ihnen unerträglich.

Zu jener Zeit machte Doc eine sehr zutreffende Bemerkung, obwohl er dabei einen Punkt übersah.

Es war am vierten Juli. Doc saß mit Richard Frost im Labor. Sie tranken Bier, hörten eine neue Platte, *Serenade* von Scarlatti, und sahen zum Fenster hinaus. Auf einem dicken Balken vor dem Palace saß Mack mit seinen Gefährten in der hellsten Vormittagssonne, und alle schauten zum Laboratorium hinüber.

»Das sind«, meinte Doc, »in Wahrheit unsere größten Philosophen. Ihnen ist alles bewußt, was je in der Welt geschah, und womöglich auch alles, was noch geschehen wird. Ich glaube, sie überleben die Mißhelligkeiten des Daseins besser als andere. In einer Zeit, da sich die Menschen aus Ehrgeiz, Nervosität, Habsucht, Lüsternheit, Geiz blutig in Fetzen reißen, sind sie gelockert, entspannt. All unsere sogenannten Erfolgreichen sind Leidende, Kranke mit verdorbenen Mägen, verdorbenen Seelen. Allein Mack und die Jungens sind gesund und innerlich merkwürdig sauber. Sie tun, was sie wollen. Sie stillen ihren Appetit, ohne nach jemand zu fragen.«

Er lehrte sein Glas mit Genuß, denn er wollte den Jungens nicht nachstehen. Auch hatte der lange Satz ihm die Kehle ausgetrocknet.

»A-ah!« Er schnippte mit den Fingern. »Es geht doch nichts über so einen ersten Schluck!«

»Ich sehe an ihnen durchaus nichts Besonderes«, nörgelte Richard, »sie haben kein Geld, genau wie alle.«

»Sie könnten Geld scheffeln, wenn sie dafür die Harmonie ihres Lebens zerstören wollten. Mack ist ein

Genie. Wenn sie etwas wollen, sind die Fünf von äußerster Klugheit. Aber sie haben einen zu genauen Einblick in die Natur der Dinge, um sich für irgendwelche Bestrebungen einfangen zu lassen.«

Hätte Doc um die Traurigkeit der Palacebewohner gewußt, er hätte vielleicht anders geredet, aber kein Mensch hatte ihm von dem gesellschaftlichen Boykott erzählt, der über Mack und Genossen verhängt war. Langsam füllte er wieder sein Glas.

»Ich werde es dir beweisen. In einer halben Stunde passiert die Vierte-Juli-Parade die Leuchtturm-Avenue. Die Fünf dort oben brauchen nur die Köpfe zu drehen, um sie zu sehen. Wenn sie aufstehen, können sie den Zug genau verfolgen, und wenn sie zwei Straßen weiter gehen, zieht er ihnen an der Nase vorbei. Du siehst, jetzt sehen sie hierher. Ich wette mit dir zwei Liter Bier: Sie werden nicht einmal die Köpfe hinüberwenden.«

»Und wenn, was beweist das?«

»Was es beweist?« rief Doc. »Daß sie den ganzen Aufzug in- und auswendig kennen. Sie wissen, erst kommt der Wagen des Bürgermeisters, mit flatternden Bändern geschmückt, dahinter auf einem Schimmel der lange Bob mit dem Banner, hinter diesem der Stadtrat, dann zwei Kompanien der Garnison, die ›Elchjäger‹ mit roten Schirmen, die ›Tempelritter‹ mit weißen Straußfedern und Schwertern, die ›Columbusritter‹ mit roten Straußfedern und Schwertern, die Kapelle spielt auf – das kennen die Jungen alles; sie brauchen gar nicht hinzusehen.«

»Den Menschen möchte ich sehen, der bei so einem Vorbeimarsch nicht hinguckt!«

»Also – wetten wir?«

»Gemacht!« rief Richard Frost.

»Mir war von jeher unerklärlich«, führte Doc aus, »daß alles, was wir an Menschen bewundern, Edelmut, Güte, Aufrichtigkeit, Ehrlichkeit, Anstand, Mitgefühl, Herz, in unserm Gesellschaftssystem nur zu Fehlschlägen führt. Während alle Eigenschaften, die wir angeblich verachten, Härte, Raffsucht, Selbstsucht und Charakterlosigkeit, zum Erfolg beitragen. Jenen guten Eigenschaften gilt die Bewunderung der Menschen, doch was sie mit Vorliebe produzieren, sind diese grundschlechten.«

»Wenn einer Hunger hat, vergeht ihm die Lust, gut zu sein«, sprach Richard Frost, und Doc widersprach: »Es handelt sich hier nicht um Hunger, mein guter Junge. Der Verkauf der Seelen, ›um die ganze Welt zu gewinnen‹, erfolgt heutzutage ohne äußeren Druck und einmütig – aber gottlob nicht ganz. Etwas wie Mack und die Jungens lebt überall in der Welt. Ich habe es auf den Aleuten erlebt und bei einem Eisverkäufer in Mexiko. Die Geschichte von dem Fest, das sie mir geben wollten, kennst du. Es ging schief, gewiß. Aber, denke nur: Sie haben mir ein Fest geben wollen, und das kam ihnen aus innerstem Herzen – Horch! Die Kapelle! Sie kommen.« Er füllte hurtig die Gläser und trat mit Richard Frost zum Fenster.

Niedergeschlagen saßen Mack und die Jungens auf ihrem Balken und sahen zum Laboratory hinüber

Von der Leuchtturm-Avenue tönten die Klänge der Stadtmusik; ihr Widerhall scholl von den Häusermauern zurück. Schon kam der Wagen des Bürgermeisters, mit flatternden Bändern geschmückt, um die Ecke. Der Bannerherold auf einem Schimmel und die Kapelle hinter ihm drein, gefolgt von den Soldaten, den Elchjägern, den Tempel- und Columbusrittern. Dick und Doc beugten sich weit zum Fenster hinaus und wandten kaum einen Blick von den fünf Burschen auf ihrem Balken.

Und nicht einer der Fünf wandte sich um. Keiner reckte den Hals. Der Zug rollte vorüber. Sie rührten sich nicht.

Doc leerte sein Glas, schnippte mit Daumen und Zeigefinger und rief: »Es geht doch nichts über den ersten Schluck Bier!«

Richard war schon bei der Tür.

»Welche Sorte trinkst du am liebsten?«

»Keine lieber als die«, gab Doc an, und sein Blick ruhte lächelnd auf Mack und den Jungens.

Es sagt sich so leicht: »Die Zeit heilt alles ... Auch dies wird vorübergehen ... Der Mensch vergißt!« Wenn es dich selber im Grunde nichts angeht, mag solches wohl zutreffen. Steckst du jedoch mittendrin, so fällt es der Zeit gar nicht ein, etwas zu heilen oder vorübergehen zu lassen, und die Menschen vergessen nichts und lassen dich nichts vergessen. Du steckst mitten in etwas drin, das sich nicht ändern will. Doc wußte nichts von dem Kummer, nichts von der nagenden Selbstkritik, die dort oben im Palace Union und Grillroom ihr Wesen trieb. Er hätte sonst sicher etwas dagegen getan. Mack aber und seine Gefährten ahnten nicht, wie gut ihnen Doc gesinnt war; sonst hätten sie sicherlich die Köpfe so hoch wie nur je getragen.

Es war eine scheußliche Zeit. Das Unglück suchte den Leeren Platz heim. Sam Malloy lebte in Unfrieden mit seiner Gattin. Sie heulte die ganze Zeit, und dies hörte sich infolge des Echos im Kessel nicht anders an, als weine ein Mensch unter Wasser. Und es war, als seien an allem, was Übles geschah, nur Mack und die Jungens schuld. Der nette Nachtwächter im Restaurant Flotte Flagge setzte einen Besoffenen an die Luft. Doch während sonst sein Hinausschmiß ein Wunder an Anmut und Leichtigkeit war und dabei keinem ein Haar gekrümmt wurde, griff er diesmal so kräftig zu, daß des Betrunkenen Steißbein dabei in Trümmer ging. Um die juristische Seite dieses Hinauswurfes zu bereinigen, mußte Alfred dreimal nach Salinas vor Gericht, und das mißfiel ihm.

Obendrein verlangte um diese Zeit ein Verband sittenstrenger Klatschbasen von Monterey, es müßten zum Schutze der männlichen Jugend der USA alle Lasterhöhlen polizeilich geschlossen werden. Zwar erfolgten derartige Aktionen jedes Jahr in der toten Saison zwischen dem vierten Juli und der Eröffnung der Landesmesse, während welcher Zeit Dora ihr Haus ohnedies auf acht Tage schloß; schließlich mußten die Mädchen auch einmal verschnaufen und allerhand Instandsetzungsarbeiten ausführen. In diesem Jahre jedoch hatten es die Sittenstrengen auf einen förmlichen Kreuzzug abgesehen. Sie lechzten nach einem Skalp. Sie forschten nach dem Grundbesitzer des Lasterkomplexes, der Höhe der Hausmiete und stellten fest, daß er durch Einstellung der sündigen Praxis wirtschaftlich nicht in Bedrängnis gerate. Aber für Dora wuchs sich das weibliche Tugendverlangen zu einer ernsten Gefahr aus. Und nicht nur für sie. Während des halben Monats, da ihr Lokal gesperrt blieb, fanden in Monterey drei Kongresse statt! Die tiefe Enttäuschung der Kongreßdelegierten sprach sich herum, und so ging Monterey im Jahre darauf fünf großer Kongresse verlustig.

Doch war damit das Maß des Leidens noch nicht erschöpft. Doc mußte, um das bei dem Fest in Scherben gegangene Glas zu ersetzen, ein Bankdarlehen aufnehmen. Ein gewisser Elmer Rechati übernachtete auf den Schienen der Southern Pacific und verlor dabei beide Beine. Ein unerwarteter Wirbelwind zerfetzte die Netze der Fischer, riß drei Fischerboote vom Ufer los und schleuderte sie in traurigem Zustand an den Strand.

Für eine derartige Pechsträhne gab es keine Erklärung. Aber die ganze Stadt fragte sich, welch heimliche Freveltat eine solch unselige Folge von Mißhelligkeiten wohl ausgelöst haben könne. Da schlug sich der eine reuevoll selbst an die Brust, ein anderer fand die Ursache in den Sonnenflecken, und ein dritter stritt auf Grund der Wahrscheinlichkeitsrechnung jeden Kausalzusammenhang ab. Nicht einmal die Herren Ärzte kamen bei der Geschichte auf ihre Rechnung, denn obwohl sich damals eine

Menge Personen krank ärgerten, holten sie keinen Arzt. Denn diesem Übel war kein Kraut und kein Arzt gewachsen. Was aber für Mack und die Jungens das ärgste war: Darling erkrankte! Nach fünf Fiebertagen war das mollige, lebhafte Hündchen nur noch Haut und Knochen. Die leberfarbene Schnauze war rot, der Gaumen weiß, das Körperchen glühte und schlotterte.

Darling verschmähte Essen und Trinken, von Tag zu Tag schrumpfte sie mehr zusammen, bis man wie im Röntgenbild durch die Haut ihres Schwänzchens jeden einzelnen Knorpel sah. Sie hatte anscheinend die Hundestaupe. Ein panischer Schrecken befiel Palace Union und Grillroom. Darlings Dasein war für alle ein Herzensbedürfnis geworden.

Sogleich gaben Hughie und Jones ihre Stellungen auf, um jeden Augenblick bei der Hand zu sein. Abwechselnd hielten sie bei ihr Krankenwache, machten ihr kühlende Umschläge, aber Darling wurde nur immer kränker und schwächer. Schließlich mußten sich, wenn auch nur ungern, Hedda und Jones dazu bequemen, Doc um Beistand zu bitten.

Sie fanden ihn über einer Gezeitentabelle, an der er emsig arbeitete und zugleich ein Hühnerragout verzehrte, das hauptsächlich aus Seegurken bestand. Die Delegation hatte den Eindruck eines etwas kühlen Empfangs.

»Es ist wegen Darling«, entschuldigten sie sich, »sie ist krank.«

»Was fehlt ihr?«

»Mack meint: die Hundestaupe.«

»Davon verstehe ich nichts. Ich bin kein Tierarzt.«

»Aber Sie könnten das arme Tier vielleicht einmal ansehen?« bat Hedda. »Es geht ihr hundeelend.«

Während Doc Darling untersuchte, standen die Fünf im Kreis um ihn herum. Er sah ihr in die Augen, in das Maul, den Hals und fühlte das Fieber hinter den Ohren. Seine Finger glitten über die Rippen, die gleich Dornen hervorstanden, und über das kranke Rückgrat.

»Frißt sie?« fragte er.

»Keinen Bissen«, antwortete Mack.

»Sie müssen sie füttern, meinetwegen gewaltsam – kräftige Suppen, Eier und Lebertran.«

Damit begab er sich wieder zu seinen Tabellen und dem Ragout. Die Zurückbleibenden empfanden sein Verhalten als ausgesprochen kühl.

Aber sie hatten nun wenigstens etwas zu tun. Die Fleischbrühe, die sie kochten, war stark wie Whisky. Sie flößten Darling Lebertran ein, ganz weit nach hinten, so daß wenigstens etwas hinunterrutschte. Sie hielten ihr den Kopf fest und machten aus ihrer Steueraufforderung einen Trichter, durch den sie dem Tiere Suppe ins Maul gossen. Wenn Darling nicht ersticken wollte, mußte sie alles herunterschlucken. Dies wiederholten sie alle zwei Stunden. Bisher hatten sie schichtweise geschlafen: Jetzt wachten die Fünf ununterbrochen. Stumm saßen sie da und warteten auf den Umschwung.

Am Morgen in aller Frühe trat die Krise ein. Die Jungens dösten auf ihren Stühlen. Nur Mack war wach, seinen Blick auf die Geliebte gerichtet. Da sah er, wie ihre Ohren zuckten – jetzt noch einmal – die Brust hob sich –, mit unbeschreiblicher Mühe raffte sie sich auf ihre Beine, die spindeldürren, schleppte sich zur Tür, läpperte vier Schlückchen Wasser und fiel hin.

Mack weckte die andern mit lautem Gebrüll. Er tanzte vor Freude. Alle tanzten und schrien so toll, daß es drüben der Nachtwächter Alfred hörte und dachte, sie gäben ein Fest. Auch Lee, der eben den Abfallkübel vors Haus stellte, hörte den Krach, aber er brummte nur still vor sich hin.

Um neun hatte Darling ein rohes Ei und einen halben Schoppen Schlagsahne verzehrt. Um Mittag nahm sie bereits an Gewicht zu. Am Tag darauf zottelte sie schon ein wenig herum, und zum Wochenende war sie wieder ein richtiger Hund.

Endlich war eine Bresche in den mächtigen Wall des Unglücks geschlagen, und allenthalben verspürte man bald die wohltätigen Folgen. Die zerrissenen Netze wurden geflickt und wieder zum Fang benutzt. Dora erhielt einen Wink, sie könne ihr Restaurant wieder eröffnen. Earl Wakefield fing einen Seeskorpion mit zwei Köpfen und verkaufte ihn dem Museum zum Preis von acht Dollar. Der Bann war gebrochen, des Harrens ein Ende. Bei Doc wurden des Abends wieder Vorhänge vorgezogen, und der Gregorianische Kirchengesang tönte bis zwei Uhr nachts. Dann endete die Musik, und aus dem Hause kam niemand.

Nun erweichte sich auch das Herz Lee Chongs. Als hochherziger Chinese verzieh er Mack und Konsorten, schrieb die Froschschuld, die ihm von Anfang an Kopfweh verursacht hatte, in den Schornstein, und brachte zum Zeichen seiner Vergebung den Jungens ein Fläschchen Old Tennisschuh. Ihre Einkäufe auf dem Wochenmarkt hatten seine Gefühle aufs tiefste verletzt. Nun aber war alles wieder gut. Sein Besuch aber fiel – und dies war ein glückliches Omen – zusammen mit Darlings erster selbständiger Tat seit der Krankheit. Als Lee mit seinem Geschenk das Palace betrat, zerriß sie mit Erfolg Heddas einziges Paar Gummischuhe, wozu ihre beglückten Herrchen begeistert Beifall klatschten.

Noch nie hatte Mack die Flotte Flagge mit unkeuschen Absichten aufgesucht. Es wäre ihm dies wie Blutschande vorgekommen. Er benützte vielmehr im Bedarfsfall ein Haus am Baseball-Park. Als er daher durch Doras Haupteingang eintrat, vermutete niemand etwas anderes, als daß er ein Bier trinken wolle.

»Ist Dora da?« fragte er Alfred.

»Was willst du von ihr?« forschte dieser.

»Ich muß sie etwas fragen.«

»Was?«

»Das geht dich einen Scheißdreck an«, versetzte Mack.

»Okay. Einen Moment. Will sehen, ob sie zu sprechen ist.«

Gleich darauf bat er Mack in Doras Privatbüro.

Die Herrin des Freudenhauses saß an ihrem Rollpult. Auf ihrem Haupt türmte sich das Orangehaar in zahllosen Ringellöckchen. Die Augen waren von einem grünen Schutzschirm beschattet. Vor ihr lag ein altertümliches Hauptbuch für doppelte Buchführung, in dem sie mit einer stumpfen Feder Bilanz zog. Sie trug einen prächtigen rosaseidenen Morgenrock mit Spitzen am Hals und an den Handgelenken. Als Mack eintrat, schraubte sie sich auf ihrem Drehstuhl herum und sah ihn an. Alfred stand in der Tür und wartete. Mack stand neben ihm und wartete, bis er die Tür von außen schloß.

»Womit kann ich Ihnen dienen?« fragte Dora, nachdem sie den Besuch eine Weile, nicht ohne Mißtrauen, gemustert hatte.

»Ja, wissen Sie, Ma'am«, druckste Mack, »Sie haben doch sicher gehört, was wir bei Doc angestellt haben.«

Dora schob den Augenschirm nach hinten und steckte die Feder in ein Fäßchen mit verkleckstеn Glaskügelchen.

»Ja-a, davon habe ich etwas gehört.«

»Wir haben es Doc zuliebe getan. Ob Sie es glauben oder nicht – wir wollten für ihn eine Einladung geben, eine Party. Er ist nur zu spät gekommen und – da ist uns die Sache halt über den Kopf gewachsen.«

»Ich bin davon unterrichtet«, bemerkte Dora fein. »Und was habe ich damit zu tun?«

»Tja«, machte Mack, »ich und die Jungens wollten Sie etwas fragen. Sie wissen, wie viel wir von Doc halten. Nun wollten wir Sie fragen: Was könnten wir Ihrer Ansicht nach tun, um ihm das zu zeigen?«

»Hm«, machte Dora, warf sich in ihrem Drehstuhl zurück, schlug die Beine übereinander, strich ihren

Morgenrock über den Knien glatt, schüttete Zigaretten aus ihrem Päckchen, steckte sich eine an, dachte nach und sprach: »Ihr habt ihm eine Party gegeben, die er nicht bekommen hat. Gebt ihm jetzt eine, die er bekommt!«

»Das Ei des Columbus!« sagte Mack hintennach zu den Jungens, »diese Dora! Eine grundgescheite Person! Jetzt versteh' ich, wieso sie es bis zur Puffmutter gebracht hat, kein Wunder! Ein ganz verflixt gescheites Frauenzimmer!«

24

Mary Talbot, das heißt Mrs. Tom Talbot, war eine aparte Erscheinung. In ihrem roten Haar spielten grünliche Lichter. Ihre Haut war wie Gold, durch welches ein zartes Grün schimmert, ihre Augen grün mit kleinen goldenen Tupfen, ihr Gesicht wie über ein Dreieck entworfen: breite Stirn und Backenknochen, das Kinn schmal, nach unten gespitzt. Ihre Beine und Füße waren die einer Tänzerin, lang und schmal; beim Gehen schienen sie kaum den Boden zu berühren. Wenn Mary erregt war, und das war sie fast immer, schimmerte ihr Gesicht in rötlichem Gold. Ihre Urururururgroßmutter war als Hexe verbrannt worden.

Was Mary Talbot mehr als alles in der Welt liebte, waren Partys, sei es, daß sie selbst eine gab, sei es, daß sie eine solche besuchte. Da jedoch Tom, ihr Gatte, zu wenig verdiente, stiftete sie meist andere Leute an, eine Party zu veranstalten. Sie klingelte eine ihrer Freundinnen an und sagte einfach: »Du! Es wäre an der Zeit, daß du wieder einmal eine Party gibst.«

Mary hatte im Jahr durchschnittlich sechsmal Geburtstag. Sie arrangierte Kostümfeste, Ausflüge und improvisierte sogenannte Überraschungspartys. Der Weihnachtsabend war bei ihr immer besonders anregend. Sie war verrückt nach Partys und steckte mit ihrer Schwärmerei allmählich auch ihren Gatten an.

Wenn Tom bei der Arbeit und Mary allein zu Hause war, veranstaltete sie manchmal einen Tee für die Katzen der Nachbarschaft. Ein Schemel, mit Puppengeschirr gedeckt, war der Teetisch. Katzen gab es genug, und sie führte mit ihnen die niedlichsten Gespräche – stundenlang. Es war eine Art parodistischer Tändelei und bereitete ihr großen Genuß. Es täuschte sie über die Tatsache hinweg, daß sie nichts Hübsches zum Anziehen hatte und im Hause Talbot kein Geld war. Die jungen Leute lebten vis à vis de rien, aber wenn alle Stricke gerissen wären, zauberte Mary aus dem gähnenden Nichts eine Party hervor.

Sie war darin ein Genie. Sie konnte mit ihrer Fröhlichkeit ein ganzes Haus auf den Kopf stellen und handhabte diese Begabung als Waffe gegen die Niedergeschlagenheit, die ihren Tom bedrängte.

Sie hielt es für ihre Pflicht, ihm die Verzagtheit vom Leibe zu halten: »Das weiß doch jeder, daß du noch einmal ganz, ganz großen Erfolg haben wirst!«

Sie selbst hatte jetzt schon Erfolge, denn sie jagte den Trübsinn zum Hause hinaus. Aber er drang immer von neuem ein und quälte Tom, daß er stundenlang vor sich hinbrütete, während sie ihre lustigen Einfälle aufsteigen ließ.

Als wieder einmal der Erste war und die vielen kleinen Rechnungen hereinflatterten und die Miete noch nicht bezahlt war und vom *Collier* ein Manuskript Toms und von *The New Yorker* seine Entwürfe zurückgeschickt worden waren und er von einer Brustfellentzündung schwer geplagt wurde, zog er sich in das gemeinsame Schlafzimmer zurück und legte sich aufs Bett.

Sachte trat Mary ein. Die blaugraue Farbe der Trübsal war durch das Schlüsselloch und die Spalte zwischen Schwelle und Tür bis in den Garten gesickert. Mary trug ein Sträußlein doldenblütiger Schleifenblumen in einer Spitzenmanschette: »Da, riech einmal!« und hielt ihm das Sträußlein vor die Nase.

Stumm sog er den Duft ein.

»Weißt du, was heut für ein Tag ist?« lächelte sie vielverheißend und hatte selbst keine Ahnung; sie wollte nur, es solle ein lichter Tag werden.

Aber Tom antwortete: »Wir wollen uns doch nichts vormachen, Mary. Wir sind erledigt. Wir gehen unter.«

»Wir gehen auf!« rief Mary. »Weißt du nicht, daß wir Zauberer sind? Von jeher! Weißt du noch, wie du zehn Dollar in dem Bibliotheksbuch gefunden hast? Und wie uns dein Vetter fünf Dollar geschickt hat? Uns kann nichts geschehen.«

»Ich kann mich nicht aus dieser verfluchten Gesellschaftsordnung herausschwätzen«, sagte Tom bedrückt, »ich habe es satt, immer zu tun, als ob. Ich brauche endlich einmal etwas Greifbares, ein einziges Mal!«

»Wie wär's mit einer kleinen Party heut abend?«

»Wovon sollen wir eine Party veranstalten? Willst du aus dem Stilleben in der Illustrierten den gekochten Schinken herausschneiden und unsern Gästen vorsetzen? Das Getändel ist mir verleidet. Ich finde es nicht mehr komisch, nur traurig.«

»Die kleine Party heut abend trau' ich mir zu«, beharrte Mary, »mit Leichtigkeit, Tom! Jeder kann kommen, so wie er geht und steht. Kein Frackzwang. Heut ist doch der Gründungstag des internationalen Blütenbundes – hast du das ganz vergessen?«

»Es hat keinen Zweck«, sagte der Mann gequält, »ich kann mich zu so etwas nicht mehr aufschwingen. Geh lieber hinaus, schließ die Tür, laß mich allein, ich halt's nicht mehr aus!«

Sie sah ihm tief in die Augen, erkannte, daß es ihm ernst war, ging still aus dem Zimmer, schloß die Tür hinter sich, und Tom verbarg sein Gesicht in den Armen.

Er hörte sie im Nebenzimmer herumrascheln. Sie dekorierte die Tür mit altem Christbaumschmuck, Glaskugeln, Lametta und malte ein Schild, darauf stand: »Tom, unser Held, sei gegrüßt!« Sie horchte. Nichts regte sich hinter der Tür. Bekümmert zog sie das Fußbänkchen unter dem Sofa hervor, deckte eine Serviette darüber, stellte vier kleine Schalen und Untertassen darauf und ihr Sträußlein in einem Weinglas graziös in die Mitte, ging in die Küche, setzte den Teekessel aufs Feuer und eilte in den Garten.

Randolphs Kätzchen sonnte sich auf dem Gartenzaun.

»Miß Randolph«, lud Mary sie ein, »es kommen

heut ein paar Freundinnen zu mir zum Tee. Kommen Sie auch?« Das Kätzchen rollte sich wollüstig auf den Rücken und dehnte sich. »Nicht später als vier, wenn ich bitten darf. Mein Herr Gemahl und ich müssen abends zur Jahrhundertfeier des Blütenbundes.«

Hinter dem Haus saß Casinis Kitty bei der Brombeerhecke und schnurrte; ihr Schweif bewegte sich heftig.

»Missis Casini –« kam Mary auf sie zu und fuhr im gleichen Moment vor Entsetzen zurück. Kitty Casini spielte mit einer lebenden Maus, schlug nach ihr mit unbewaffneter Pfote, die Maus krümmte sich, wehrte sich voll Verzweiflung; ein Hinterbein hing gelähmt. Die Katze ließ sie ein Stück laufen, doch nicht bis in den Schutz der dichten Hecke – schon war sie wieder über dem Mäuslein, weiße Krallen wuchsen aus ihren Pfoten hervor, schlugen ihm zierlich behende ins Rückgrat, rollten es, drehten es hin und her, und ihr Schweif zuckte vor Spannung und Mordlust.

»Tom! Tom!«

Tom war eben im Einschlafen, als er den Aufschrei Marys vernahm. Er sprang aus dem Bett.

»Was gibt's? Wo bist du?«

Er hörte ihr Schluchzen, lief hinaus in den Garten und sah, was geschehen.

»Dreh dich um, Mary!« rief er und gab dem gemarterten Mäuslein den Tod.

Casinis Kitty war auf den Gartenzaun geklettert und verfolgte sein Treiben voll Zorn. Tom nahm einen Stein, warf nach ihr und traf sie am Bauch, daß sie vom Zaun fiel.

Im Haus weinte Mary leise in sich hinein, überbrühte den Tee und trug ihn auf.

»Setz dich«, bat sie, und Tom lagerte sich auf den Boden neben dem Schemeltisch.

»Darf ich um eine Tasse Tee für Erwachsene bitten?« fragte Tom.

»Ich kann Kitty Casini ja keinen Vorwurf machen«, erklärte Mary, »ich weiß doch, wie Katzen sind. Sie kann nichts dafür. Aber – ach, lieber Tom«, seufzte sie, »so etwas kann man doch unmöglich ein zweites Mal einladen! So gern ich sie an und für sich auch mag, ich bin ihr jetzt lange Zeit böse.«

Sie äugte nach Tom und sah, die Kummerfalten waren von seiner Stirne geschwunden, die Augen waren nicht mehr umflort.

Und sie fuhr fort: »Der Blütenbund nimmt mich die letzte Zeit dermaßen in Anspruch, ich weiß nicht, wo mir der Kopf steht!«

Noch im gleichen Jahr veranstaltete Mary Talbot eine Schwangerschafts-Party, und es hieß allgemein: »Das Kind, das sie bekommt, wird einmal ein lustiges Leben haben!«

25

Ganz Cannery Row und vermutlich ganz Monterey fühlte: Ein Umschwung war eingetreten. Selbstverständlich, man soll nie an Vorzeichen und Vorbedeutungen glauben; das tut doch kein vernünftiger Mensch, daß er sich durch solchen Unsinn beeinflussen läßt! Auch in der Cannery Row ist man nicht abergläubisch, Gott behüte! Man geht nur nicht gerade unter einer Leiter durch oder spannt einen Schirm in der Wohnung auf. Doc war Wissenschaftler vom reinsten Wasser! Aberglauben war für ihn ein Ding der Unmöglichkeit. Nur als er eines Nachts beim Nachhausekommen auf seiner Türschwelle ein Gebinde weißer Rosen fand, berührte es ihn etwas unbehaglich. Und so geht es den meisten Einwohnern der Ölsardinen- und anderer Straßen. Sie glauben nicht dran, und es bewegt sie doch.

In Macks Gemüt bestand kein Zweifel darüber, daß über Palace Union und Grillroom düstere Schicksalswolken verweilt hatten. Er hatte das Unglücksfest von allen Seiten her betrachtet und war zum Ergebnis gelangt, das Unglück sei durch alle Ritzen gedrungen.

Wie Bienenschwärme am Abend habe das Mißgeschick sie überfallen. Er fand, in solchen Fällen sei es das klügste, man lege sich ins Bett, bis alles vorüber ist. Man kommt ja doch nicht dagegen an. Nein, Mack war nicht abergläubisch.

Nun aber durchdrang ein Glücksgefühl Cannery Row und strahlte von dort ins Weite. Doc hatte bei einer ganzen Reihe von Besucherinnen, den feinsten Damen, ein geradezu übernatürliches Glück, ohne daß er sich irgendwelche besondere Mühe gab. Das Pointerjunge im Palace wuchs wie die Stangenbohnen, und da es einen Stammbaum von hundert gut abgerichteten Vorfahren aufwies, fing es mit einem Male an, sich selbst zu erziehen. Pfützen auf dem Fußboden erschienen ihm plötzlich ekelhaft. Es ging vor die Tür. Unverkennbar entwickelte es sich zu einer braven, liebenswürdigen Hündin. Und aus der Hundestaupe war zum Glück kein Veitstanz hervorgegangen, wie das zuweilen geschieht.

Wie ein Gas breitete sich der Segen aus und wirkte weiter bis zu Germans Würstchenstand, ja bis ins Hotel San Carlos. Es spürte ihn Jimmy Brucia und sein singender Barmixer, es spürte ihn auch Enea Sparky, und er blieb im Kampf mit drei neuen Stadtpolizisten Sieger. Der wohltätige Einfluß reichte sogar bis ins Landesgefängnis von Salinas. Gay, der bis dahin das schönste Leben gehabt hatte, weil er den Sheriff im Schachspiel regelmäßig gewinnen ließ, wurde nun keck und gewann jedes Spiel. Zwar ging er dadurch seiner Vorzugsstellung verlustig, fühlte sich aber dafür wieder als ehrlicher Kerl.

Sogar die Seelöwen spürten die Veränderung. Ihr Gebell nahm einen Ton, einen Takt an, der das Herz des heiligen Franziskus erfreut hätte. Und Konfirmandinnen blickten unversehens von ihrem Katechismus auf und kicherten ohne ersichtlichen Grund. Ein Erforscher erdmagnetischer Ströme wäre vielleicht imstande gewesen, den quellenden Ursprung all der Freude- und Glücksausstrahlungen zu lokalisieren. Mittels seiner Wünschelrute hätte ein Rutengänger ihn wohl im Palace Union und Grillroom ermittelt. Bestimmt war dort ein magnetisches Feld, das Kraftzentrum aller Lustigkeit. Jones konnte urplötzlich von seinem Stuhl aufspringen, Kapriolen schießen und sich wieder hinsetzen. Hedda lächelte stillvergnügt vor sich hin. Aber zuweilen schäumte die Freude so allgemein auf, daß Mack sie nur mit der größten Mühe einzudämmen und die gestaute Kraft auf ein bestimmtes Ziel zu lenken vermochte. Eddie, der während der ganzen Zeit Nacht für Nacht im La Ida tätig war, legte einen Weinkeller an, der die höchsten Genüsse verhieß. In seinen Sammelkrug goß er keinen Tropfen Bier mehr, weil dies der Mischung, wie er sich ausdrückte, einen schalen Beigeschmack gab.

Sam Malloy pflanzte rote Winden, die ihm bald den Kessel umrankten, und er hatte ein Sonnensegel ausgespannt, unter dem er an schönen Nachmittagen mit seiner Gemahlin saß. Und sie häkelte eine Bettdecke und schmollte nicht mehr.

Auch in die Flotte Flagge drang Freude ein. Das Geschäft blühte. Phyllis Maes Wunde vernarbte; schon war die Tapfere wieder arbeitsfähig. Eva Flanegan kehrte aus East St. Louis zurück und war glücklich, wieder da zu sein. Es war dort sehr heiß und lang nicht so schön gewesen, wie die Kindheitserinnerung es ihr vorgegaukelt hatte.

Die Party für Doc, in Entwurf und Ausführung, reifte jedoch nicht mit einem Schlag. Gut Ding will Weile haben. Wohl waren alle von der Idee durchdrungen; doch sie ließen sie wie eine Raupe im Kokon ihrer Einbildungskraft sich entwickeln.

Mack, als Realpolitiker, sagte: »Letztes Mal haben wir die Geschichte forciert. Auf diese Weise kommt nie eine anständige Party zustande. Man muß die Sache an sich herankommen lassen.«

»Wann soll sie stattfinden?« fragte Jones ungeduldig.

»Ich weiß nicht«, versetzte Mack.

»Wird es eine Überraschungsparty?« wollte Hedda nun wissen.

»Das wäre wohl am schönsten«, versetzte Mack. Darling brachte ihm einen Tennisball, den sie irgendwo aufgestöbert hatte. Er schleuderte ihn zur Tür hinaus ins Unkraut. Sie schoß hinterher.

»Wenn wir wüßten, wann Doc Geburtstag hat, könnten wir eine Geburtstagsfeier veranstalten«, äußerte Hedda. Mack staunte. Dieser Hedda überraschte doch immer wieder von neuem!

»Donnerwetter, du hast es getroffen, Hedda«, rief er entzückt: »Geburtstagsfeier, Geschenke – das ist das richtige! Jetzt müssen wir bloß noch das Datum herausfinden.«

»Das kann doch nicht schwer sein«, meinte Hughie, »wir fragen ihn einfach.«

»Bloß nicht!« warnte Mack. »Dann riecht er den Braten. Wenn du jemand nach seinem Geburtstag fragst und hast ihm schon einmal ein Fest gegeben wie wir, weiß der Betreffende doch sofort, was du vorhast, und die Überraschung ist zum Teufel. Am besten gehe ich hinüber und beschnuppere ihn ganz unauffällig.«

»Ich geh' mit«, bot Hedda an, aber Mack wies ihn ab:

»Wenn wir zu zweit angerückt kommen, denkt er, wir wollen etwas von ihm.«

»Entschuldige, es war nur wieder so eine Idee von mir«, sagte Hedda.

»Gewiß«, versicherte Mack, »und wenn die Geburtstagsparty geglückt ist, sage ich Doc, du habest die Idee gehabt. Aber im Augenblick ist es günstiger, ich gehe allein.«

»Wie ist er jetzt – nett?« fragte Eddie.

»Aber natürlich! Alles wieder in schönster Ordnung.«

Mack traf Doc im rückwärtigen Teil seines Laboratoriums zu ebener Erde. Er trug einen Laboratoriumsmantel aus Gummi, an den Händen Gummihandschuhe zum Schutz gegen Methanol, und war gerade dabei, in Arterien und Venen von kleinen Katzenhaien Farbstoff zu spritzen. Die blaue Masse befand sich noch in der elektrischen Rollmühle zum Mischen, die rote bereits in der Spritze. Genau, rasch und sicher führten Docs zarte Hände die Nadel an der richtigen Stelle ein; der Drücker preßte die komprimierte Luft, die den Farbstoff in die Blutgefäße drängte. Die präparierten Objekte legte er sauber auf einen Haufen, um sie zum Zweck der blauen Einspritzung gleich bei der Hand zu haben. Kleine Haifische eignen sich gut zu anatomischen Präparaten.

»Na, Doc«, begann Mack, »viel zu tun?«

»Bin zufrieden. Wie geht's dem Hündchen?«

»Famos. Aber ohne dich wäre es tot.«

Komplimente pflegten Doc mißtrauisch zu machen, besonders bei Mack; er kannte ihn zu genau. Vorsicht! wallte es in ihm auf, ebbte jedoch sogleich wieder ab, denn aus Macks Ton klang nichts als reinste Dankbarkeit. Auch wußte Doc, wie sehr der Bursche an Darling hing.

»Wie geht es oben bei euch im Palace?«

»Fein, Doc, fein! Wir haben zwei neue Sessel; die solltest du dir einmal anschauen kommen! Es ist jetzt bei uns wirklich nett.«

»Gern«, nahm Doc die Aufforderung an. »Bringt Eddie noch immer den Krug?«

»Gewiß. Er schüttet aber kein Bier mehr hinein; seitdem schmeckt der Stoff bedeutend besser; er ist auch viel kräftiger!«

»Er war vorher schon kräftig genug«, fand Doc.

Mack wartete geduldig. Doc sollte den Gegenstand, auf den es ankam, selber von ungefähr streifen; dann konnte er keinen Verdacht schöpfen. Das war Macks Methode.

»Ich habe Hedda schon lang nicht mehr gesehen. Fehlt ihm etwas?«

»Nein«, sagte Mack. Nun konnte er loslegen. »Hedda ist soweit in Ordnung, bloß daß Hughie und er sich immerzu in den Haaren liegen; das geht jetzt schon seit einer Woche«, grinste er überlegen, »es ist zum Totlachen, sie streiten sich über etwas, wovon sie beide nicht die Bohne verstehen. Ich misch' mich nicht ein, weil ich auch nichts davon verstehe, aber die zwei sind rein verrückt. Wie die aufeinander loshacken!«

»Worum handelt es sich denn?«

»Ach, um – Hedda kauft doch immerzu solche – wie sagt man nur? Glückskarten, weißt du, mit Sternen und Schicksal und Glücksdatum, und Hughie behauptet, das ist alles Mist, und dann schreit Hedda: ›Hughie, du mußt bloß wissen, wann einer geboren ist, dann weißt du alles.‹ Und Hughie schreit: ›Quatsch, die wollen dir bloß für dein sauer verdientes Geld die Glückskarten aufhängen.‹ Ich versteh' ja nichts von dem Zeug. Hältst du was davon, Doc?«

»Ich bin auf Hughies Seite«, antwortete dieser, hielt die Kugelmühle an, wusch das Rot aus der Farbspritze und füllte sie mit Blau.

»Gestern abend«, fuhr Mack fort, »sind sie wie die Wilden aufeinander los, und dann wollten sie es an mir ausprobieren, wer recht hat. Wann ich Geburtstag hätte, wollten sie wissen. Am zwölften April. Kaum habe ich das gesagt, da rennt Hedda los und kauft für sein gutes Geld so eine Schicksalstabelle oder wie man es nennt. Na, ich muß sagen, ungefähr hat's gestimmt. Aber das ist weiter kein Kunststück, es stand lauter Gutes über mich drin, und von sich selbst glaubt man das Gute natürlich gern. Da stand, ich wär' tapfer und wäre gerissen und ein guter Freund. Aber Hedda behauptet: ›Da stimmt jedes Wort; das Kärtchen hat recht‹, und er hat recht. Wann hast du zum Beispiel Geburtstag?«

Das kam so natürlich heraus; es ergab sich so zwanglos aus dem Zusammenhang, daß kein Mensch etwas dabei hätte finden können. Aber Doc kannte, wie gesagt, Mack zu genau. Sonst hätte er jetzt »am achtzehnten Dezember« geantwortet, was sein Geburtstag war, und nicht den siebenundzwanzigsten Oktober genannt, an dem nicht einmal eine Tante von ihm geboren war.

»Am siebenundzwanzigsten Oktober«, antwortete er, »du kannst ja Hedda fragen, wie dann mein Charakter sein muß und meine Zukunft.«

»Ist ja wahrscheinlich alles Unsinn«, winkte Mack ab, »aber Hedda nimmt alles für bare Münze. Na, lassen wir ihm sein Vergnügen; er kann ja nachsehen, was über dich drinsteht!«

Was mag da nun dahinterstecken? fragte sich Doc, als Mack draußen war. Eine Absicht bestimmt! Er kannte Macks Technik, Methode und Stil. Aber zu welchem Zweck brauchte der Bursche die Information?

Erst viel später, als um ihn herum ein Getuschel begann, reimte sich Doc die Geschichte zusammen. Vorläufig fühlte er nur eine gewisse Erleichterung, denn er hatte erwartet, Mack wolle ihn wieder einmal begaunern.

26

Die beiden Buben spielten zusammen auf der Bootswerft, als eine Katze über den Zaun kletterte. Sogleich machten sie Jagd auf das Tier, hetzten es über die Schienen, füllten sich die Tasche mit Steinen aus der Schotterung, doch war die Katze inzwischen ins hoch aufgeschossene Unkraut entwischt. Sie aber warfen deswegen die Steine nicht weg, denn diese eigneten sich in Größe, Gewicht und Format ganz ausgezeichnet zum Schleudern. Man weiß nie, wozu so ein Stein einmal verwendbar ist. Man kann ihn zum Beispiel sehr gut gegen die Wellblechwand von Morden-Konserven Ltd. in der Straße der Ölsardinen knallen lassen. Und das taten die beiden. Worauf ein Mann zum Fenster des Fabrikbüros hinaussah, zur Tür und ins Freie stürzte. Aber die Buben waren für ihn zu geschwind. Er war noch nicht aus der Tür, als sie sich schon zwischen den Winkelversteifungen einer Schiffsstahlplatte verkrochen hatten.

»Der findet uns in seinem ganzen Leben nicht«, flüsterte Joey.

»Der findet uns in hundert Jahren nicht«, übertrumpfte ihn Willard.

Als sie das Versteckspiel satt hatten, weil niemand sie suchen kam, standen sie auf und schlenderten die Straße der Ölsardinen hinauf, starrten einige Zeit in Lee Chongs Schaufenster auf die dort prangenden Drahtzangen, Bandsägen, Arbeitermützen und Bananen, gingen dann auf die andere Straßenseite und setzten sich auf die Eingangsstufen des Western Laboratory.

Sagte Joey: »Weißt du, der Herr da drin hat Babys in Flaschen.«

»Was für Babys?« fragte Willard.

»Richtige, sie sind bloß noch nicht geboren worden«, antwortete Joey.

»Das glaub' ich dir nicht.«

»Doch, es ist wahr. Der Sprague hat sie selber gesehn. Sie sind nicht größer wie so-o, hat er gesagt. Sie haben schon kleine Hände und Füße, und Augen auch, hat der Sprague gesagt.«

»Auch Haare?«

»Von Haaren hat der Sprague nichts gesagt.«

»Hättest du ihn doch danach gefragt! Ich glaube, der Sprague ist ein Lügner.«

»Paß nur auf, daß er das nicht hört«, warnte Joey.

»Kannst ihm ruhig sagen, ich hätt's gesagt, er ist ein Lügner. Ich habe keine Angst vor dem Sprague. Ich hab' auch keine Angst vor dir. Ich hab' vor niemand Angst, hast du vielleicht was dagegen?«

Joey gab keine Antwort.

»Hä? Ob du etwas dagegen hast?«

»Nein«, sagte Joey, »ich hab' nur gedacht, wir könnten raufgehen und fragen, ob er Babys in Flaschen hat. Vielleicht zeigt er sie uns, wenn er welche hat.«

»Er ist nicht da«, sagte Willard, »wenn er da ist, steht sein Wagen hier. Er ist jetzt fort. Es ist ja doch gelogen. Der Sprague ist ein Lügner. Du bist auch 'n Lügner. Ist dir vielleicht nicht recht?«

Die Luft war drückend, erschlaffend. Man sah ordentlich, wie Willard sich Mühe gab, böse und heftig zu sein.

»Du bist ein feiger Hund. Hast du vielleicht was dagegen?«

Joey gab keine Antwort.

Nun zog Willard andere Saiten auf.

»Wo ist denn dein Vater?« fragte er beiläufig.

»Er ist tot«, sagte Joey.

»Sieh mal an! Das ist mir ja neu!«

Joey konnte nichts antworten. Er wußte genau, daß Willard es wußte. Er aber durfte sich nichts anmerken lassen, er hätte sonst seinen Kameraden verdreschen müssen – und er hatte Angst vor ihm.

»An was ist er denn gestorben?« fragte der Freund.

»Er, er beging – er hat sich getötet.«

»Potz!« Willard schnitt eine Fratze. »Wie hat er denn das angefangen?«

»Er hat Rattengift gegessen.«

Willard platzte heraus: »Hihihihi! Hat er gedacht, er sei eine Ratte?«

Joey kicherte ein bißchen mit. Schon zu viel. Aber er hatte Angst.

»Er hat sicher gemeint, er sei eine Ratte«, schrie Willard, »ist er auch so herumgekrochen – schau her,

Joey: so!? Hat er auch so mit der Nase geschnuppert? Hat er hinten 'nen langen grauen Schwanz gehabt?«

Der Schulfreund kugelte sich vor Lachen.

»Warum ist er denn nicht an 'ne Rattenfalle und hat seinen Kopf hineingesteckt?«

Joey kicherte feig über den Witz, und Willard lachte, bis er nicht mehr konnte und ihm etwas Neues einfiel.

»Wie hat er denn ausgesehen, als er das Rattengift gefressen hat – schau her, Joey, so?«

Er sperrte den Mund auf, schielte mit beiden Augen und ließ die Zunge heraushängen.

»Er war den ganzen Tag krank«, berichtete Joey. »Er ist in der Nacht gestorben, ganz spät. Es hat ihm furchtbar weh getan.«

»Ei, warum hat er es denn getan?« forschte Willard.

»Er hat keine Arbeit bekommen«, antwortete Joey, »er hat fast seit einem Jahr keine Arbeit gehabt, und das Komische war: Am Morgen ist einer gekommen, der hat Arbeit für ihn gehabt.«

Willard fing wieder von vorne an: »Er hat sicher gemeint, er sei eine Ratte«, aber der Witz wirkte nicht mehr, nicht einmal auf ihn selbst.

Joey stand auf, die Hände in der Hosentasche, die Augen zu Boden geschlagen, wobei er eine Kupfermünze gewahr wurde, die sich in den Rinnstein verirrt hatte. Er bückte sich danach, aber ehe er sie noch hatte, stieß ihn Willard zurück und nahm den Penny.

»Ich hab' ihn zuerst gesehen, er ist mein!« schrie Joey.

»Da hol ihn dir doch!« höhnte Willard, »probier es doch mal, los, oder nimm Rattengift!«

27

Mack und die Jungens – das hieß Glückseligkeit und Schönheit und Tugend. Sie saßen im Palace Union und waren der hingeschleuderte Stein, der seine Kreise im Wasser zog und seine Wellen entsandte zur Straße der Ölsardinen und darüber hinaus zum Pacificwäldchen, nach Monterey und bis hinauf zum Carmel.

»Diesmal«, versicherte Mack, »muß er unter allen Umständen seine Party bekommen. Wenn er nicht dabei ist, findet die Feier nicht statt.«

»Wo soll sie stattfinden?« fragte Jones.

Mack schlang die Beine um die Vorderbeine seines Stuhls.

»Darüber hab' ich schon nachgedacht. Wir könnten sie ihm natürlich hier geben, aber wie soll es dann eine Überraschung werden? Er ist auch lieber bei sich zu Hause; da hat er seine Musik.« Er rollte die Augen. »Wenn ich bloß wüßte, wer ihm letztes Mal das Grammo kaputt gemacht hat!« drohte er. »Aber das kann ich euch sagen: Wenn ich sehe, daß einer den Apparat auch nur mit einem Finger berührt, hau' ich ihn zu Birnenmus!«

»Ich bin dafür«, kam Hughie zur Sache, »wir geben die Party bei Doc.«

Es wurden keinerlei Nachrichten über die Feier lanciert, aber ganz Cannery Row wußte Bescheid. Keine Einladungen ergingen, und doch würde niemand fehlen. In aller Bewußtsein war der siebenundzwanzigste Oktober rot angestrichen, und da es eine Geburtstagsfeier sein sollte, dachten alle über Geburtstagsgeschenke nach.

Da waren zunächst Doras Dirnen. Alle waren sie schon im Western Laboratory gewesen, sei es um einen Rat, eine Arznei oder eine freundliche Aussprache dort zu finden. Bei dieser Gelegenheit war ihnen aufgefallen, daß auf dem Bett nur eine strapazierte, zerschlissene Decke voll Flecken, Sand, Haaren, Spelzen und Grannen lag, was daher kam, daß Doc sie oft auf Streifzüge mitnahm. Eine neue zu kaufen kam ihm nicht in den Sinn, denn wenn Geld einging, kaufte er dafür immer wieder Geräte für sein Labor oder neue Platten. Und nun wollten ihm Doras Dirnen aus lauter einzelnen Seidenresten eine neue wunderbare Steppdecke nähen. Da diese Seidenlappen teils von ihrer Unterwäsche, teils aus verschiedenen Morgen- und Abendgewändern herrührten, schillerte das Geburtstagsgeschenk in den verlockendsten Nuancen von Kirschrot, Mauve, Orchidee, Sand-, Sonne- und Fleischfarbe, und die fleißigen Mädchen arbeiteten daran am späten Vor- und frühen Nachmittag, bis die Matrosen und Fischer der Sardinenflotte hereinbrachen. Über ihrem Gemeinschaftswerk schwand alles Gezänke, alles Getratsch, so wie es in einem Freudenhaus sonst gang und gäbe ist.

Da war ferner Lee Chong. Der wählte aus seinen Beständen eine acht Meter lange Feuerwerkschnur und einen Sack kandierte chinesische Lilienzwiebeln. Er war überzeugt, etwas Feineres werde kein Gast als Geburtstagsgabe mitbringen können.

Sam Malloy hatte seine eigene Theorie über Antiquitäten. Er wußte: Alte Möbel, Glas und Töpfe, die man zu ihrer Zeit für wertlos gehalten hatte, wurden später in einem Maße begehrt und teuer bezahlt, das in keinerlei Verhältnis zu ihrer Schönheit oder Nützlichkeit stand. Er kannte zum Beispiel einen Sessel, der es auf seine alten Tage noch bis zu fünfhundert Dollar gebracht hatte. Darum hatte sich Sam auf das Sammeln von Bestandteilen antiker Automobile verlegt und war fest davon überzeugt, seine Sammlung werde eines Tages, nachdem er daran ein Vermögen verdient hatte, in einem der größten Museen auf schwarzen Velourskissen ruhen. Das Problem des Geburtstagsgeschenks hatte er gründlich durchdacht, sich hierauf zu seinen Schätzen begeben, die er hinter dem Wohnkessel in einer Kiste verschlossen hielt, und der Sammlung ein Prachtstück aus dem Jahr 1916 entnommen, eine Verbindungs- und Kolbenstange, garantiert echt! Er rieb sie blank, daß sie wie Alabaster glänzte, verfertigte eine Schachtel in passender Größe und überzog sie mit schwarzem Stoff.

Mack und die Jungens kamen nach mancherlei Kopfzerbrechen darauf, daß Doc die Beschaffung von Katzen, deren er ständig bedurfte, oft noch größeres

Kopfzerbrechen verursachte. Daher liehen sie sich irgendwo eine Katze, die sich in anderen Umständen befand, befestigten sie in einer Falle und stellten dieselbe an die Zypresse am oberen Ende des Leeren Platzes. Ferner errichteten sie in einem Winkel des Palace aus Draht einen Käfig, in welchem die Zahl der wütenden Kater von Nacht zu Nacht anwuchs. Jones mußte täglich zweimal alle Konservenfabriken nach Fischköpfen absuchen, um das Geburtstagsgeschenk bei Kräften zu halten. Fünfundzwanzig Kater, entschied Mack, seien bestimmt die zarteste Aufmerksamkeit, die sie Doc zu seinem Ehrentage erweisen könnten.

»Aber bloß keine Dekorationen«, setzte er hinzu, »diesmal soll es eine gediegene Party werden mit möglichst viel zu trinken!«

Gay hörte sogar im Gefängnis von Salinas von dem geplanten Fest und sprach darüber mit seinem Sheriff, der ihm zu diesem Zweck Ausgang bewilligte. Gay war ja immer so nett zu ihm gewesen; das vergaß dieser Sheriff nicht, zumal, da Neuwahlen bevorstanden und er gern wiedergewählt werden wollte. Gay war imstande, ihm eine beträchtliche Zahl Wählerstimmen zu verschaffen, wenigstens behauptete er es, und da seine Entlassung noch vor dem Wahltag erfolgen sollte, hätte er das Gefängnis Salinas samt dessen Leiter leicht in üblen Ruf bringen können. Aber dazu war Gay nicht fähig. Er borgte sich nur von dem Sheriff zwei Dollar für eine Busrundfahrt.

Henri, der Maler, hatte wieder eine Entdeckung gemacht. Er war dahintergekommen, daß das altmodische Nadelkissen eine einst blühende Kunstform darstellte, die er zu neuem Leben erwecken müsse. Entzückt erkannte er, welche ungeahnten Effekte sich aus farbigen Nadelköpfen herausholen ließen. Da war jedes Gemälde in steter Wandlung begriffen. Jede Umstellung der Nadeln veränderte seine Komposition. Henri war gerade dabei, eine Reihe derartiger Kunstwerke zu einer Sonderausstellung zusammenzufassen, als er von der geplanten Party vernahm. Augenblicklich ließ er die Arbeit im Stich und begann ein ebenso schwieriges wie aufreizendes Nadelkopf-Kunstwerk in kühlen grünen, blauen und gelben Nadeln, betitelt »Paläozoische Reminiszenz«.

Henris Freund Eric, ein gelernter Barbier, sammelte Erstausgaben solcher Autoren, von welchen weder ein zweites Buch noch eine zweite Auflage erschienen war. Sein Geburtstagsgeschenk für Doc bestand in einem Ruderapparat, den er aus der Konkursmasse eines Kunden hatte übernehmen müssen, der ihm drei Jahre lang die Friseurrechnung schuldig geblieben war. Diese Rudermaschine war vortrefflich erhalten, denn wer benutzt schon so ein überflüssiges Möbel!

Die Geburtstagsverschwörung dehnte sich aus, Besuche und Gegenbesuche erfolgten, Geschenke, Getränke, Programm und Beginn wurden eingehend erörtert, doch niemand durfte Doc etwas davon verraten. Daß da irgend etwas im Gange war, was ihn betraf, konnte jedoch seinem Forscherblick nicht entgehen. Wenn er zu Lee in den Laden kam, stockte die Unterhaltung, so daß er zuerst auf die Vermutung kam, man habe etwas gegen ihn, und als ihn mindestens sieben Personen gefragt hatten, was er am siebenundzwanzigsten Oktober vorhabe, kam ihm die Angelegenheit immer merkwürdiger vor. Es war ihm völlig entfallen, daß er dieses Datum als das seines Wiegenfestes genannt hatte. Damals hatte es ihn zwar interessiert, wie das Horoskop eines falschen Geburtstages aussehen werde, aber da Mack nicht mehr darauf zurückkam, hatte er das alles vergessen.

Eines Abends betrat er ein abgelegenes Wirtshaus, in dem sein Lieblingsbier frisch angesteckt und erfahrungsgemäß wohltemperiert war. Er goß das erste Glas hinter die Binde, nahm Platz, freute sich schon auf das zweite und hörte dabei, wie ein Betrunkener zu dem Barmixer sagte: »Du gehst doch auch zu der Party?«

»Was für eine Party?«

Der Betrunkene beugte sich geheimnisvoll vor. »Das mußt du doch wissen: Für Doc, unten in der Cannery Row!« flüsterte er geheimnisvoll, »das wird eine tolle Sache an seinem Geburtstag!«

»Wer kommt denn da hin?«

»Na, wir alle!«

Doc kannte weder den Betrunkenen, noch kannten dieser oder der Barmann ihn. Es freute und rührte ihn zwar, daß man seinen Geburtstag zu feiern gedachte, zugleich aber erbebte er, da er des Festes gedachte, das man ihm mit den Fröschen bereitet hatte. Und nun fiel's ihm wie Schuppen von den Augen. Macks Besuch, das Horoskop, das jähe Schweigen bei Chong – jetzt war das Rätsel gelöst.

Als er am gleichen Abend an seinem Schreibtisch

saß, ging er lange mit sich darüber zu Rate, welche Gegenstände er vor allem unter Verschluß nehmen müsse. Er ahnte, die Party werde ihn teuer zu stehen kommen.

Am folgenden Morgen begann er mit seinen Geburtstagsvorbereitungen. Vor allen Dingen trug er seine wertvollsten Platten und alle zerbrechlichen Instrumente in ein gut verschließbares Hinterzimmer. Da er den Appetit und Durst seiner Gäste kannte und sich schon dachte, keiner werde etwas zu essen mitbringen, und auch annahm, der Vorrat an mitgebrachten Getränken werde bald erschöpft sein, begab er sich auf den Wochenmarkt, wo er nach Rücksprache mit einem kundigen, mitfühlenden Metzger fünfzehn Pfund Ochsenfleisch, zehn Pfund Tomaten, zwölf Kopf Salat, sechs Laib Brot, eine große Büchse Nußbutter, ein Kilo Erdbeergelee, zwanzig Liter Wein und vier Liter Whisky mittlerer Güte zum siebenundzwanzigsten Oktober bestellte. Noch zwei solche Partys, sagte er sich, und mein Western Laboratory kommt unter den Hammer! Zum kommenden Ersten drohten schon Schwierigkeiten mit seiner Bank!

Inzwischen ging das Pläneschmieden in der Row in einem rasenden Crescendo weiter. Wie Doc richtig vermutet hatte, dachte kein Mensch ans Essen, sondern alle an Alkohol. Die Liste der Geschenke wurde immer länger, und die der Einladungen wurde scharf zensiert. Die Freudenmädchen der Flotten Flagge diskutierten ununterbrochen die Kleiderfrage. Da sie nicht beruflich in Erscheinung zu treten gedachten, kamen die blendenden Abendkleider, die ihre Dienstkleidung darstellten, nicht in Frage. Nach endlosem Hin und Her entschied man sich für einfaches Straßenkostüm. Da Dora darauf bestand, daß ein Grundstock von Damen zur Bedienung der Stammgäste zu Hause zu bleiben habe, wurde eine Art Fahrplan entworfen, der pünktliche schichtweise Ablösung des jeweiligen Arbeitskommandos vorsah. Jene, die als erste Schicht die Party besuchen durften, wurden durch das Los bestimmt. Sie hatten den Vorzug, sehen zu können, was für ein Gesicht Doc bei Überreichung der vielfarbigen Steppdecke machen werde. Das Wunderwerk war im Eßzimmer in einen Rahmen gespannt und beinahe fertig. Mrs. Malloy hatte ihre Handarbeit für einige Zeit beiseite gelegt und statt dessen für Docs Biergläser ein halbes Dutzend Untersätzchen gehäkelt. Die erste Erregung in der Row war einer verhaltenen Spannung gewichen. Im Palace Union und Grillroom im Käfig hausten schon fünfzehn Kater. Ihr Gejaule bei Nacht machte Darling ein wenig nervös.

28

Es war unausbleiblich, daß auch der kleine Frankie von der Party vernahm. Denn Frankie wehte wie ein Wölkchen bald da-, bald dorthin, und wo ein Grüpplein tuschelnd beisammenstand, trieb es ihn in die Nähe. Niemand beachtete ihn; man schien ihn gar nicht zu sehen. Horchte Frankie? Wohl kaum. Aber er hörte etwas von einer Party und von Geschenken. In ihm schwoll und quoll ein krankhaftes Suchen und Sehnen nach Selbsterfüllung.

Im Schaufenster von Jacobs Juweliergeschäft stand der herrlichste Ladenhüter, den die Welt je gesehen: eine dunkle Onyxuhr mit goldenem Zifferblatt, aber die eigentliche Herrlichkeit war obenauf der Sankt Georg, der Drachentöter! Der Drache lag mit aufwärtsgereckten Klauen rücklings da; in seiner Brust steckte St. Georgs Speer. Der Heilige selbst ritt mit offenem Visier in voller Rüstung auf einem dicken Gaul mit breitem Hinterteil. Der Speer nagelte den Drachen am Boden fest. Doch das höchste Wunder schien Frankie nicht dies, sondern der Umstand, daß der heilige Kämpe einen Spitzbart trug und Doc ähnlich sah.

Mehrmals in der Woche trieb es den Knaben zur Alvaradostraße, wo er sich vor das Schaufenster stellte und die Herrlichkeiten betrachtete. Er kannte sie schon seit einigen Monaten. Doch seit er von der Party und den Geschenken gehört hatte, träumte er von ihrer Pracht, und im Traum glitt seine Hand über die sanfte, saftige Bronze.

Eine geschlagene Stunde stand Frankie vor der Auslage, ehe er eintrat.

»Und du?« fragte Jacob. Der flüchtige Blick, den er auf den Jungen geworfen, hatte ihm genug gesagt. Er schätzte ihn auf keinen Vierteldollar.

»Was kostet das?« fragte Frankie heiser.

»Was?«

»Das.«

»Die Uhr? Allein kostet sie fünfzig Dollar, mit Aufbau siebzig.«

Wortlos verließ Frankie den Laden, trollte hinunter zum Strand und kroch unter ein umgestülptes Ruderboot.

Sein Blick ging über die kleinen Schaumwellen, aus denen die bronzene Schönheit emporstieg. So stark lebte sie in ihm.

Und es überkam ihn wie Raserei, er müsse die Schönheit besitzen. In seinen Augen war Todesverachtung und Wut.

Den ganzen Tag blieb er unter dem Boot. Erst am Abend kam er hervor, zog wieder zur Alvaradostraße und ging da auf und ab, immerzu.

Leute kamen vom Kino oder gingen ins Kino oder ins Varieté. Frankie aber ging auf und ab und wurde nicht müde, nicht schläfrig, denn in ihm brannte die Schönheit wie Feuer.

Dünner und dünner wurde der Straßenverkehr; die parkenden Wagen, die Menschen verschwanden. Die Stadt ging schlafen.

Ein Polizist faßte Frankie ins Auge.

»Was lungerst du da herum?«

Frankie nahm Reißaus, floh um die Ecke und versteckte sich in dem Gäßchen hinter einer Kehrichttonne. Um halb drei Uhr nachts schlich er sich zur Ladentür von Jacob und versuchte zu öffnen. Sie war geschlossen. Er ging wieder in das Gäßchen, kauerte hinter der Tonne und grübelte. Nicht weit von ihm lag ein fester Klumpen Mörtel. Den hob er auf.

Der Schutzmann berichtete nachher auf dem Polizeirevier, er habe es krachen hören, sei sogleich vor das Geschäft gerannt, habe die Scheibe zerbrochen, den Knaben in eiliger Flucht gesehen, worauf er ihm nachgesetzt habe. Es sei ihm geradezu unverständlich, wieso der Schwächliche in solcher Geschwindigkeit und so weit habe wegrennen können. Das Gewicht der Uhr mit Bronzeaufbau betrug rund fünfzig Pfund. Der Einbrecher wäre ihm beinahe entkommen: »Doch geriet er auf seiner Flucht in eine Sackgasse ...«

Am nächsten Tag rief der Polizeivorsteher Doc an: »Kommen Sie bitte vorbei, ich möchte mit Ihnen reden.«

Man führte den völlig verdreckten Frankie herein. Seine Augen waren rot, wie entzündet, aber sie zuckten nicht, und der Mund war fest. Als er Doc sah, lächelte er sogar; es war wie ein Willkommensgruß.

»Was ist denn los, Frankie?« fragte Doc.

»Er hat heute nacht eingebrochen, bei Jacob, hat was geräubert. Wir haben uns mit seiner Mutter in Verbindung gesetzt. Sie hat erklärt, es geht sie nichts an; der Junge sei dauernd bei Ihnen.«

»Frankie – das hättest du nicht tun sollen«, sagte Doc bedrückt. Das Unentrinnbare lastete wie ein Stein auf seinem Herzen. »Können Sie ihn auf meine Bürgschaft hin laufen lassen?«

»Ich glaube, der Richter wird das nicht tun«, sagte der Vorsteher. »Es liegt schon ein Gutachten über ihn vor, von der Psychiatrischen Klinik. Sie wissen doch, daß er nicht ganz –«

»Ich weiß«, sagte Doc.

»Dann können Sie sich wohl vorstellen, was aus dem Früchtchen wird, wenn er erst in die Pubertätsjahre kommt.«

»Ich kann es mir vorstellen.«

Schwerer noch, schrecklich schwer drückte der Stein auf sein Herz.

»Der Arzt meinte«, erklärte der Vorsteher, »man solle ihn in eine Anstalt geben. Bis jetzt war das nicht möglich, aber nun, wo ein schweres Delikt vorliegt ... Es ist wohl das beste.«

Aus Frankies Augen war der Willkommensgruß geschwunden. Er hatte den Sinn der Worte verstanden.

»Was hat er denn weggenommen?« fragte Doc.

»Eine Uhr mit Bronzestatue.«

»Ich werde den Schaden ersetzen.«

»Wir haben sie schon wieder zurückgebracht. Der

Richter wird sich wohl auf nichts einlassen. Es kann jeden Tag wieder dasselbe passieren. Sie wissen doch selbst ...!«

»Ich weiß«, sagte Doc sanft. »Aber vielleicht hatte er dafür einen Grund. Frankie! Warum hast du sie genommen?«

Frankie sah ihn an, lange.

»Ich liebe dich«, sagte er dann.

Doc rannte hinaus, bestieg seinen Wagen und fuhr, um Seetiere zu sammeln, in die Höhlen unter Point Lobos.

29

Am siebenundzwanzigsten Oktober nachmittags um vier Uhr tat Doc noch eine Qualle, die letzte, in einen Konservierungszylinder, spülte den Formalintiegel aus, reinigte seine Pinzetten, puderte die Gummihandschuhe, zog sie aus, ging in den ersten Stock, fütterte seine Ratten, verwahrte das Mikroskop und die besseren Platten im Hinterzimmer und sperrte ab, denn es war schon vorgekommen, daß Gäste, die einen sitzen hatten, mit den Klapperschlangen spielen wollten. Durch diese und andere vorbeugende Maßnahmen hoffte Doc, ohne der Festesfreude Abbruch zu tun, die mörderischen Auswirkungen der Party auf ein Mindestmaß herunterzudrücken.

Er setzte Kaffee auf, ließ auf dem Plattenspieler die *Große Fuge* ertönen, nahm eine Dusche, und dies in solcher Geschwindigkeit, daß er, ehe noch die Fuge zu Ende war, frisch angezogen bei seiner Tasse Kaffee saß und zum Fenster hinaus über den Leeren Platz zum Palace hinaufsah.

Nichts regte sich.

Doc wußte nicht, wer und wie viele ihn heute

besuchen würden; er wußte nur eines: er wurde beobachtet; schon die ganzen letzten Tage hatte man auffallend unauffällig jeden seiner Schritte verfolgt. Es stand also eine Überraschungsparty bevor. Er war bereit, sich überraschen zu lassen und sich bis dahin so zu verhalten wie an irgendeinem beliebigen Tag.

Er ging demzufolge hinüber zu Chong und kaufte zwei Liter Bier. Eine gewisse Erregtheit, fernöstlich gedämpft, erfüllte den Laden. Aha! dachte Doc, die kommen also auch, begab sich ins Laboratorium zurück, trank das erste Glas Bier gegen den Durst und das zweite zum puren Vergnügen. Platz und Straße lagen noch immer verlassen.

Mack und die Jungens saßen im Palace. Die Tür war geschlossen. Schon seit Mittag dampfte und brodelte auf dem blinkenden Herde der Wasserkessel, denn die fünf wollten der Reihe nach baden. Zum Schluß erhielt auch Darling ihr Bad und sogar ein rotes Band um den Hals.

»Wann wollen wir zu ihm hinüber?« erkundigte sich Hedda.

»Nicht vor acht«, ordnete Mack an, »wir könnten vorher ruhig eine kleine Herzstärkung zu uns nehmen; dagegen wäre nichts einzuwenden.«

»Soll ich nicht auch für Doc ein Fläschchen abfüllen und ihm bringen?« fragte Hughie. Aber Mack fand das überflüssig: »Er hat sich eben bei Lee Bier geholt.«

»Ob er etwas ahnt?« fragte Jones.

»Ausgeschlossen!« rief Mack.

In der Ecke im Käfig entstand zwischen zwei Katern ein Streit, den die übrigen mit Katzenbuckeln, Gemaunz und Gejaule begleiteten. Es waren ihrer nur einundzwanzig. Mehr Liebhaber hatte die schwangere Katze nicht anzuziehen vermocht.

»Wie wir bloß das ganze Viehzeug hinüberschaffen?« überlegte Hedda. »Den Mordskäfig bringt man doch nicht durch die Tür!«

»Er soll nicht hinüber«, bestimmte Mack, »denkt an die Frösche! Wir werden es Doc nur sagen; dann soll er sie sich selber abholen!« Er stand auf und öffnete einen von Eddies Krügen. »Nehmen wir einen zur Stärkung; das wärmt!«

Kurz nach halb sechs schlappte der alte Chinese vom Hügel herab am Palace Union vorbei, kreuzte die Straße der Ölsardinen und verschwand zwischen Hediondo GmbH und Western Laboratory.

Doras Dirnen machten sich ausgangsbereit. Die »Bordwache« war bereits mittels Strohhalmen ausgelost. Ablösung sollte jede Stunde erfolgen. Dora sah einfach pompös aus. Das frischgefärbte Orangehaar türmte sich in unzähligen Locken auf ihrem Haupt. Sie trug ihren Ehering, am Busen eine großmächtige Brillantbrosche und war in ein Weißseidenes mit schwarzem Bambusmuster gehüllt. In den Schlafzimmern ging es ganz anders zu als gewöhnlich. Während die »Bordwache« in die üblichen langen Gewänder gehüllt war, trugen die Dienstfreien kurze bedruckte Kostüme, die ihnen reizend standen. Die Steppdecke lag fix und fertig in einem Pappkarton in der Bar. Aber der Nachtwächter war übler Laune, denn er sollte laut höherer Anweisung nicht auf das Fest. Das Haus durfte nicht ohne Aufsicht sein.

Trotz des Verbots hatte jedes Mädchen ein Viertelfläschchen zu sich gesteckt und lauerte auf die erste Möglichkeit, um sich für die Party zu stärken, ohne daß solches höheren Orts bemerkt wurde. Diese Möglichkeit nahte. Dora rauschte in ihr Privatbüro und verschloß hinter sich die Tür. Hierauf schloß sie den Rollverschluß ihres Sekretärs auf, entnahm der obersten Lade ein Glas und die Whiskyflasche und goß sich ein. Mit leisem Geklingel stieß die Flasche ans Whiskyglas.

Ein Mädchen, das Ohr am Schlüsselloch, hörte das Klingen und gab den andern ein Zeichen. Jetzt riecht sie es nimmermehr, ob eine getrunken hat, jetzt riecht sie selbst!

Die Mädchen stürzten sich in ihre Kammern und sogen an ihren Whiskyfläschchen.

Dämmerung senkte sich über Cannery Row, die graue Frist zwischen dem Licht des Tages und dem der Laternen. Phyllis Mae spähte zwischen den Vorhängen des Empfangszimmers nach ihrem Gegenüber.

»Siehst du ihn?« fragte Doris.

»Ja. Er hat schon Licht. Ich glaub', er liest. Nein, was der alles zusammenliest! So muß er sich doch die Augen verderben – eben trinkt er!«

»Na also! Da können wir ja auch noch eins kippen.«

Phyllis Maes Hand war zwar noch etwas steif, aber im übrigen war Phyllis so gut wie neu und hatte an jedem Finger der Linken einen Stadtrat von Monterey.

»Komisch! Jetzt sitzt er da drüben und hat keine Ahnung, was ihm heut noch beschert wird!«

»Schad', daß er niemals gemütlich zu uns herüberkommt«, sagte Doris betrübt.

»Es gibt viele, die wollen nichts zahlen«, belehrte Phyllis, »sie denken, sie kommen bei feinen Damen billiger weg, aber das bilden sie sich bloß ein.«

»Wenn er sie liebt . . .?«

»Liebt, wen?«

»Die Weiber, die ihn besuchen kommen.«

»Möglich. Ich war ja auch schon bei ihm. Aber meinst du, er hätte mich auch nur angerührt?«

»Er hat halt nicht gewollt. Aber vielleicht, wenn du nicht hier arbeiten würdest, hätt' er dich mit aller Gewalt nicht rausgelassen.«

»Glaubst du, er ekelt sich vor unserm Beruf?«

»Aber nein! Er meint vielleicht nur, eine im Puff hat kein Herz.«

Da nahmen die Mädchen nochmals ein Schlückchen; auch Dora in ihrem Büro goß sich noch einmal ein, trank aus, stellte die Flasche zurück, schloß ihr Rollpult, musterte ihre untadelige Frisur in dem Wandspiegel, betrachtete ihre rotleuchtenden Nägel und begab sich zur Bar.

Alfred, der Nachtmixer und Herausschmeißer, war beleidigt. Er ließ sich's nicht merken; man sah's ihm nicht an, aber er war beleidigt. Dora sah kühl über ihn weg.

»Jetzt denkst du wohl, dir geschieht ein Unrecht«, sagte sie nach längerem beiderseitigem Schweigen.

»Nein. Ist schon gut«, gab Alfred kurz zurück.

»Ist schon gut, ha!« lachte Dora betroffen auf, »das ist ja gut! Ich denk', du bist bei mir in Stellung, Mister Alfred. Wenn dir's nicht mehr paßt, sag's nur.«

»Ist ja gut, ich sag' ja nichts, machen Sie doch keine

Geschichten!« Er stützte sich mit den Ellenbogen auf den Bartisch und betrachtete sich im Spiegel gegenüber. »Ja, gehen Sie und amüsieren Sie sich, ich pass' schon auf alles auf, da brauchen Sie keine Angst zu haben.«

Seine Entsagung erweichte Dora. »Schau, Alfred«, redete sie ihm gut zu, »es ist mir unangenehm, wenn das Haus ohne männlichen Schutz ist. Wenn irgendein Saufkerl den Koller bekommt, wissen die Kinder nicht ein noch aus. Der Abend ist ja noch lang. Später kannst du dann rüberkommen und das Haus vom Fenster aus in den Augen behalten. Wenn was passiert, bist du dann gleich zur Hand. Bist du jetzt zufrieden?«

»Ja. Ich möchte doch so gern dabei sein.« Doras Erlaubnis ließ seinen Unwillen schmelzen. »Ich komm' dann später auf einen Sprung. Gestern abend der Kerl, das war wirklich ein hundsgemein besoffenes Schwein, und weißt du, Dora, seit ich neulich dem alten Krakeeler das Steißbein gebrochen habe, kann ich mich manchmal nicht recht beherrschen, ich vertrag' auch nichts mehr. Ein Punsch, und ich spür's schon.«

»Dir täte eine Erholung gut, Fred. Vielleicht bekomme ich Mack dazu, daß er dich vertritt; dann kannst du ein paar Wochen ausspannen.«

Sie war eine wundervolle Madam, ja, das war Dora.

Im Laboratorium setzte Doc auf das Bier einen kleinen Whisky. Er fühlte sich schon leicht angeheitert. Er freute sich jetzt auf das Fest. Er fand den Gedanken so lieb.

Er spielte den *Canto Indio, Pavane zu Ehren eines unglücklich liebenden Fürstenkindes* und wurde darüber so schwermütig, daß er sich zu der Zugabe *Daphnis und Chloë* veranlaßt sah. In diesem Musikstück kam eine Stelle vor, die erinnerte ihn an die Schlacht von Marathon. Athenische Kundschafter meldeten, eine mächtige Staubwolke wälze sich über die Ebene, und aus der Wolke vernahmen sie das Klirren von Waffen und hörten den Kriegsgesang von Eleusis. Daran erinnerte ihn jene Passage.

Er trank noch einen und sagte sich: Jetzt einen Parademarsch; du mußt die süße Sentimentalität vertreiben! Ich muß? Warum muß? Was ist an sentimentaler Süßigkeit unrecht? Wenn sie mir schmeckt? Und sie schmeckt mir.

»Ich spiele, was mir gefällt!« rief er laut. »Ich spiele, wenn mir's behagt, *Clair de lune* oder *Als Büblein klein an der Mutter Brust.* Ich bin ein freier Mann!« trotzte er und trank noch einen und versöhnte sich mit sich selbst und spielte die *Mondschein-Sonate.* Er sah die Neonlaufschrift von La Ida auf- und abblinken. Dann ging die Mondlaterne vor Dora auf. Ein Schwarm dicker brauner Käfer flatterte gegen das Licht, plumpste zu Boden, zappelte mit den Beinchen und tastete mit den Fühlern herum. Ein Katzenfräulein strich einsam die Dachrinne entlang und suchte ein Abenteuer. Sie wunderte sich, was aus den Katern geworden war, die ihr die Nächte süß und das Leben schmackhaft gemacht hatten.

Mr. Malloy spähte auf Händen und Füßen aus seiner Kesseltür, ob noch niemand zur Party gehe. Im Palace saßen die Jungens voll Ungeduld, die Augen gebannt auf die Zeiger der Weckuhr gerichtet.

30

Obschon die Wesensergründung von Partys und trauten Familienfeiern erst in ihren Anfängen steckt, besteht nirgends ein Zweifel darüber, daß die Party ein Individuum ist, und zwar ein recht verschrobenes Individuum. Auch darüber sind die Gelehrten sich einig, daß keine Party planmäßig verläuft, mit Ausnahme natürlich jener traurigen Veranstaltungen berufsmäßiger Einladungsbestien, doch sind dies eigentlich keine Partys, sondern vielmehr Vorgänge, Akte, in keiner Hinsicht spontaner als der Verdauungsakt und nicht interessanter als dessen Produkt.

Vermutlich gab es in der Cannery Row niemanden, der nicht im Geiste Docs Party vorausgelebt hätte: frohe Begrüßung, Glückwünsche, Staunen, Jubel, Lärm, Lachen und Herzlichkeit. Aber das stimmte alles nicht.

Punkt acht Uhr nahmen Mack und Genossen, geschniegelt und gebügelt, ihre Krüge auf, marschierten über Hühnersteig, Schienenstrang, Leeren Platz, Ölsardinenstraße die Treppe zum Western Biological hinauf und waren scheußlich verlegen. Als

Doc die Tür öffnete, hielt Mack eine kleine Ansprache.

»Eeh, Sie haben doch heut Geburtstag, e-eh, und da dachten ich und die Jungens e-e-eh, wir wollen e-e-eh gratulieren, wir haben auch ein Geschenk, einundzwanzig Kater –«

Hier blieb er stecken. Wie verirrt standen die Fünf auf der Treppe.

»Wollt ihr nicht eintreten?« sagte Doc. »Ich e-e-eh bin ja ganz überrascht, ich hab' gar nicht gewußt, daß ihr wißt, daß ich Geburtstag habe.«

»Es sind lauter Kater«, erklärte Hedda, »wir haben sie bloß nicht mitgebracht.«

Steif saßen sie im Zimmer links. Es herrschte ein längeres Schweigen, bis Doc das Wort ergriff: »Na, wo ihr schon hier seid, wie wäre es jetzt mit einem kleinen Trunk?«

»Wir brachten ein Schlückchen mit«, erklärte Mack und wies auf drei Fünfliterkrüge mit dem Resultat von Eddies mehrtägiger Alkoholsammlung, »ganz ohne Bier drin«, bemerkte er dazu mit Genugtuung.

»Nein, das kann ich nicht zugeben«, zierte sich Doc, »aber ich habe per Zufall ein bißchen Whisky; den müßt ihr mit mir trinken!«

Sie saßen sehr förmlich da und nippten vornehm am Whisky, als Dora mit ihren Damen angerückt kam. Die Steppdecke trugen sie vor sich her. Doc breitete das Wunderwerk über sein Bett; es war eine wahre Pracht.

Auch die Damen genehmigten sich einen kleinen Drink.

Es folgten Mr. und Mrs. Malloy mit ihren Geschenken. »Die wenigsten Leute haben eine Ahnung, was für einen Wert diese Sachen da noch einmal haben werden«, erläuterte Sam Malloy und packte den Kolben und die Verbindungsstange aus. »Davon gibt es auf der ganzen Welt höchstens noch zwei Exemplare.«

Nun strömten die Gäste herein. Henri brachte sein Nadelkissengemälde, Format sechzig auf achtzig Zentimeter, und wollte schon einen Vortrag über diese neue Kunstrichtung vom Stapel lassen – aber da war schon das Eis der Förmlichkeit gebrochen. Day war der Eisbrecher. Er kann mit seiner Frau; auch Lee kam mit Frau, acht Meter Feuerwerkschnur und den chinesischen Lilienzwiebeln. Gegen elf fraß ein Gast die Zwiebeln; die Feuerwerksböller hielten ein bißchen länger. Aus La Ida erschien eine Gesellschaft, die den übrigen nur vom Sehen bekannt war.

Die Party verlor ihre Steifheit. Dora thronte auf einem erhöhten Sitz; ihr Orangehaar flammte. In der Rechten hielt sie ihr Whiskyglas, den kleinen Finger vornehm gespreizt. Sie hatte ein scharfes Auge auf ihre Mädchen und gab acht, daß sie sich benahmen. Doc legte eine Tanzplatte auf den Apparat und begab sich darauf in die Küche, um Steaks zu braten.

Der erste Krach verlief mustergültig. Einer von der La-Ida-Gruppe machte einer von Doras Damen ein unmoralisches Angebot. Auf ihren Protest hin setzten Mack und die Jungens, empört über diesen Hausfriedensbruch, den Fremdling rasch vor die Tür, ohne ihm einen einzigen Knochen im Leib zu zerbrechen, ein Meisterstück, das allgemein höchlichst bewundert wurde.

Doc briet die Steaks an Spießen, schnitt Tomaten in Scheiben und baute einen hohen Brotschnittenturm. Er fühlte sich glücklich und war beruhigt, denn Mack führte in eigener Person die Aufsicht über den Plattenspieler. Er hatte ein ganzes Album Benny Goodmanscher Trios entdeckt; der Tanz begann, und die Party gewann an Breite und Tiefe. Eddie steppte solo im Nebenzimmer.

Doc hatte neben sich auf dem Herd eine Pinte Whisky stehen. Mit jedem Schluck fühlte er sich wohler. Das Fleisch, das er bald darauf auftrug, bildete unstreitig eine der größten Überraschungen der Überraschungsparty. Natürlich hatte kein Mensch Hunger, so daß die Platten im Nu geleert waren.

Das reichliche Mahl versetzte alle in einen Zustand besinnlicher Verdauungsmelancholie. Der Whisky war schon vertilgt, Doc kredenzte den vorsorglich besorgten Wein.

»Doc«, ertönte Doras Stimme vom Thron herab: »Spiel uns doch etwas von deiner schönen Musik. Drüben wird mir von unserm Musikautomaten übel und weh!«

Da ließ Doc Monteverdis *Ardo und Amor* erklingen. Die Gäste saßen gar still; ihre Augen schienen nach innen gekehrt.

Dora trank Schönheit.

Zwei Nachzügler kamen auf Zehenspitzen die Stiege herauf und verharrten lautlos beim Eingang.

Doc lauschte in golden verklärter Melancholie.

Die Töne verklangen.

Die Gäste saßen in tiefem Schweigen.

Und Doc entnahm seinen Regalen ein Buch, schlug es auf und las mit wohlklingender, tiefer Stimme die Verse:

Immer noch
Erwacht in mir der Zitronenbrüstigen Bild
Wenn in goldenen Tinten das blühende Nachtgefild
Aller Sterne ob ihrem Antlitz zieht
Und ihr Leib ganz in Flammen blüht
Der Liebe Speer in der Wunde glüht
O du Frischeste du mein Liebeslied –
Dann brennt glühend mein Herz, läg's auch begraben
im Schnee.

Immer noch
Käme mein lotosäugiges Mädchen mir wieder
Von Liebe schwer ihre sanften Glieder
Immer noch böt' ich ihr dar
Meiner Arme dürstendes Zwillingspaar
Und tränke von ihrem Munde den schweren Wein
Wie summend die Bienen im flüsternden Hain
Raubt der Seerosen Honigseim.

Immer noch
Läge ich da mit Augen weit offen
Aus den Wangengrübchen steigt Freude Erhoffen
Malt rosig ihr Ohr und bleich ihre Stirn
Denn mein Fieber ist ferne wie fernster Firn.
Würd' meine Liebe doch zu ihr hinfinden.
Sie fesseln mit ihren Blumengewinden
Wie Nacht an die Brüste des Tages sich saugt.

Immer noch
Kreisend in meinem Blick der vergeht
Ihr schwindend Gesicht immer neu ersteht
O golden Gelock an der Wangen Folie
Geschmiegt ein Blütenblatt der Magnolie –
In das schmiegsamste Pergament schreibe ich
Was auf den Lippen brennt dichte ich dir
    Sonette von Küssen, bis ich erschöpft vom Reimen.

Immer noch
Malt sich mir Liebestod im Lidergeflacker dieses Weibes
In dem scheuen Schauen und der Hinfälligkeit ihres
    Leibes
Wenn gebrochen ich von dem Weh der Lust
Fühlte der Brüstlein roten Blust
Wie ahnte ich mich da geborgen
Am urewigen Quell gestillt mein Sorgen
    Wie an den Purpurlippen, da sie mich noch tränkten.

Immer noch
Sickert mir zu ihre Schwäche aus diesen zwei Bronnen
Wie ihre Stärke vordem. Tief versonnen
Gleich in Silber geketteten Koboldsklaven
Klinkern die Lider. Aber es hat
Doch kein Prinz aus einer versunkenen Stadt
Wie in feindlichen Hafen sie in sein grimmiges Bette
    geführt.
Ferne Einsame du nur im Traum erspürt
    Umschließt du mich wie ein Gewand mein Kind.

Immer noch
Lieb' ich das seidige Kosen deiner schwarzen Blicke
Ihrer wechselnden Wellen wechselnde Geschicke
Ihrer süßen Schatten huschendes Steigen

Auf und Nieder bezaubernder Reigen
Den frischen Mund, ihren duftenden Hauch
Das Haar das wirr ist wie webender Rauch
Und die Finger die wie über Wellen tasten.

Immer noch
Gedenk' ich, wie es schmeichelnd mir Antwort war
Wenn die Seelen sich einten. Deine Hand tauchte in mein Haar
Und ich sog Erinnern von deinen Lippen
So sank der Mond hinter den Meeresklippen
Und ich sah die Priesterin von Rati liebessatt
Unter güldener Lampe auf schwellender Lagerstatt
Hinsinken um zu schlafen …

»Schwarze Ringelblume«, aus dem Sanskrit übersetzt von Rybáková

Ungehemmt flossen Phyllis Maes Tränen, als Doc innehielt. Doras Taschentuch tupfte an ihre Augen. Hedda war so von den Klängen der Verse benommen, daß er auf ihren Sinn nicht geachtet hatte. Doch über alle war ein Weniges von der Schwermut der Erde gerieselt. Jeder gedachte einer entschwundenen Liebe, jeder an ein Verlangen, das einmal war.

Mack sagte: »Jesus, ist das schön. Ich mußte dabei an eine Dame denken –« Er ließ den Satz unvollendet.

Sie füllten die Gläser mit Wein und fühlten Beruhigung in ihren Herzen. Die Feier entglitt in süße Traurigkeit. Eddie tanzte im Nebenzimmer noch einen Solostep, kehrte zurück und nahm wieder Platz. Die Party stand im Begriff, sich niederzulegen und einzuschlafen, als auf der Treppe sich ein Gepolter erhob und eine rohe Stimme schrie: »Wo sind die Mädchen?«

Fast glücklich sprang Mack auf und ging zur Tür. Auch die Gesichter von Hughie und Jones waren von freudigem Lächeln erhellt. »An was für Mädchen denken die Herren?« fragte Mack sänftlich.

»Das ist doch ein Puff, nicht wahr? Der Chauffeur hat uns gesagt, die Menscher wären hier.«

»Ein kleiner Irrtum, Mister«, klärte Mack den Mann auf; seine Stimme klang wohlgemut.

»Ja, was sind denn das für Menscher, die da?«

Ein Kampf entspann sich. Es war die Mannschaft eines Thunfischdampfers von San Pedro, lauter kampferprobte und harte Gesellen. Beim ersten Ansturm hatten sie die vorderste Front der Palaceclique durchbrochen. Doch schon hatten Doras Dirnen sich je einen Schuh ausgezogen – wer sagt jemals noch ein abfälliges Wort gegen spitze Absätze? Mitten im wütenden Handgemenge hämmerten die Mädchen damit gegen jeden, der ihnen nahte.

Dora war in die Küche gesprungen und schwang, im Nu zurückgekehrt, wutschnaubend den Küchenschleifstein in beiden Händen.

Doc aber ergriff geistesgegenwärtig Sam Malloys antike Verbindungsstange mit Kolben und handhabte sie wie ein Held.

Es war eine prachtvolle Schlacht. Als Hedda ausglitt, bekam er zwei in die Visage, ehe er wieder auf beiden Beinen stand. Krachend stürzte der Franklinofen zusammen.

In einer Ecke zusammengedrängt, verteidigten sich

die Eindringlinge mit schweren Folianten, die sie den Büchergestellen entnahmen, aber so heldenhaft sie sich auch wehrten, Schritt für Schritt gewannen Docs Freunde an Boden.

Die beiden Frontfenster gingen in Trümmer.

Dieser glückliche Umstand brachte den Sieg. Denn nun vernahm Alfred, der Nachtmixer der Flotten Flagge, den Lärm, eilte herbei und griff den Feind mit einem Baseballschlagholz im Rücken an.

Über die Treppe wogte der Kampf und tobte über die Gasse hinüber zum Leeren Platz. Die Eingangstür hing wieder nur in einer einzigen Angel.

Docs Hemd war zerfetzt; von seiner schlanken Schulter tropfte das Blut einer Kratzwunde.

Die Feinde waren bereits bis in die Mitte des Platzes gedrängt, als Polizeisirenen ertönten. Kaum fand die Geburtstagsgesellschaft Zeit, zurück ins Labor zu stürzen, die Lichter zu löschen, als schon ein Polizeiwagen um die Ecke flitzte. Die Polizisten fanden den Kampfplatz leer und verödet. Während die Gäste im Finstern, selig kichernd und trinkend, beisammen hockten, zog das Aufgebot unverrichteter Dinge ab.

In der Flotten Flagge erfolgte die erste Ablösung. Das neue Kontingent jubelte in bacchantischer Lust durch Docs Haus. Jetzt wurde die Party erst richtig. Die Polizisten kamen noch einmal, revidierten das Haus, befeuchteten ihre durstigen Kehlen und hielten mit. Unterdessen nahmen Mack und die Jungens das Polizeiauto, fuhren damit zur Schenke von Jimmy Brucia und kehrten mit Wein und Jimmy zurück.

Vom einen bis zum andern Ende der Ölsardinenstraße dröhnte der Höllenlärm, und bald wies die Party alle Merkmale eines Volksaufstands auf; Doc dachte unwillkürlich an Barrikadenkämpfe. Die Mannschaft des Thunfischdampfers kehrte demütig wieder und wurde auf ihr Bitten hin in den fröhlichen Kreis aufgenommen, ja, es fehlte sogar nicht an Umarmungen und Stimmen lauter Bewunderung ihres heroischen Kampfesmuts. Eine Dame, die fünf Straßen weiter wohnte, beschwerte sich telephonisch bei der Polizei über die nächtliche Ruhestörung, ersuchte um Hilfe, die man ihr zusagte, aber nicht schickte. Die Polizisten meldeten dem Revier, ihr Auto sei leider gestohlen. Es fand sich später unten am Strand.

Mit untergeschlagenen Beinen und stillem Grinsen saß Doc auf seinem Tisch und spielte auf seinen Knien Klavier. Mack und Phyllis führten einen indianischen Ringkampf auf, und durch die zerbrochenen Fenster blies lau vom Meerbusen her der Nordwest. Diesen Moment hielt einer der Anwesenden für geeignet, in der Bibliothek die acht Meter lange Böllerschnur anzuzünden.

31

Ein Eichhörnchen mit stattlicher Krone geriet auf den Leeren Platz in der Straße der Ölsardinen und wühlte sich dort in der Malvenwildnis tief in das schwarze lockere Erdreich. Es war ein idealer Aufenthaltsort. In frischem tiefem Grün wucherte die Wildmalve und stellte in der Zeit der Reife ihre blühenden Röslein verführerisch aus. Der Boden war gerade richtig, nicht zu knollig und nicht zu krümelig; die unterirdischen Gänge brachen nicht ein. Das Eichhörnchen hatte immer die Backentaschen voll Futter, wurde rundlich und glatt; seine Öhrlein waren sauber und wohlgeformt und die Augen so schwarz wie Nadelköpfe aus Jett; sie hatten auch just das gleiche Format. Die Vorderbeine mit den Wühlhändchen waren kräftig; auf dem Rücken glänzte das Fell braun, und auf der Brust schimmerte es schön weich wie bei einem jungen Reh. Die Zähne waren lang, gelb und gekrümmt, der Schweif buschig – kurz, es war ein prächtiges Eichhörnchen in seines Lebens Maienblüte. So war es vom Land auf den Leeren Platz gelangt, und da es denselben für gut befand, begann es seinen Bau bei einer kleinen Erhebung, von der herab es sich des schönsten Durchblicks durch die Malven auf Cannery Row erfreute und die Beine von Mack und den Jungens sah, wenn diese über den Platz zum Palace Union emporstiegen. Es konnte auch Lastwagen auf der Straße sehen, wühlte sich tiefer und tiefer in die kohlschwarze Erde und wurde immer zufriedener, denn unter dem Humus gab es stattliche Felsen. Wenn es seine Vorratskammer im Schutze dieses Gesteins anlegte, durfte der Regen noch so toll niederprasseln – er schwemmte den Keller nicht weg. Wahrlich, es war ein Platz wie geschaffen zur Niederlassung. Hier konnte man Kinder und ganze Tochterfamilien in die Welt setzen und den Bau nach allen Richtungen hin erweitern.

Als Hörnchen zum ersten Mal den Kopf aus der Höhle streckte, ging eben die Sonne auf, und ihre Strahlen rieselten grün durch die Malven bis in das Erdloch, darinnen sich Hörnchen behaglich dehnte und reckte.

Nachdem es die große Vorratskammer mit den vier Notausgängen gegraben hatte, fing es an, Vorräte anzulegen. Es biß nur einwandfreie Malvenstengel ab, gab ihnen genau die erforderliche Länge und stapelte sie so auf, daß sie weder in Gärung gerieten noch sauer werden konnten.

Auf Streifzügen hatte Hörnchen noch weitere Vorzüge der neuen Wohnung entdeckt. Es gab weit und breit keine Gärten, so daß niemand imstande war, ihm Fallen zu stellen. Katzen gab es, sogar in Mengen, aber sie stopften sich derart mit Fischköpfen, Gräten, dem

Abfall aus den Konservenfabriken, voll, daß sie längst aufs Jagen verzichtet hatten. Der Boden war genügend porös, daß das Wasser nie stockte, und so arbeitete denn der Eichhörnchenjüngling, bis seine Vorratskammer gefüllt war. Danach legte er Seitenkämmerlein an, mehr und mehr. Hier sollten einmal die Kinder und Enkel hausen; in einigen Jahren konnten es Tausende sein. Seine Nachkommenschaft sollte sich von dem alten gemütlichen Stammhaus aus nach allen Richtungen ausbreiten!

Erst als die Brunstzeit nahte, wurde er ein wenig ungeduldig. Es ließ sich kein Weibchen blicken. Am Morgen saß er im Höhleneingang und stieß ein durchdringendes Gequieke aus – menschlichen Ohren unhörbar, doch deutlich bis tief in den Schoß der Erde für andere Hörnchen vernehmbar. Aber noch immer erschien kein weibliches Wesen.

Schließlich, im Schweiße der Ungeduld, rannte er auf der ganzen Parzelle herum, bis er an einen andern Eichhörnchenbau geriet. Er guckte hinein und quiekte und lockte. Er hörte ein Rascheln, witterte Weibchenduft, und auf einmal schoß aus dem Loch ein schreckliches, altes Rieseneichhorn hervor; das biß und malträtierte ihn derart, daß er sich nur noch mit Mühe nach Hause in seine Hauptkammer schleppte. Er brauchte drei Tage Erholung. An seiner Vorderpfote fehlten seit jenem Abenteuer zwei Zehen.

Und wieder harrte und quiekte er vor seinem herrlichen Bau in der herrlichsten Gegend, doch was er ersehnte, wollte nicht kommen.

Nachdem er noch einige Zeit gequiekt hatte, zog er aus. Er zog zwei Straßen weiter den Hügel hinauf. Es zog ihn zu einem Daliengarten, in dem es weibliche Eichhörnchen gab und man jede Nacht Fallen aufstellte.

32

Docs Erwachen erfolgte etwa so langsam und schwerfällig wie das Auftauchen und Herausklettern eines schweren Dicken aus einem Schwimmbassin. Immer wieder taumelte sein Bewußtsein unter die Oberfläche zurück. In seinem Bart haftete Lippenschminke. Er tat ein Auge auf; die Farbenpracht seiner Steppdecke sprang hinein – da schloß er es schleunigst wieder. Als er es etwas später abermals öffnete, drückte sein Blick sich an der Decke vorbei und stieß in der Zimmerecke auf den zerbrochenen Spiegel, prallte von da zurück zu dem umgestülpten Tisch, in dessen Rund Trinkgläser ruhten, zu dem über den Boden verspritzten Wein und zu den Büchern, die da lagen wie gefallene Engel.

Fetzen zerknitterten roten Papiers waren im ganzen Zimmer verstreut; es roch nach Feuerwerksböllern. Durch die Küchentür sah er die Teller mit Beefsteakknochen kunterbunt aufeinandergetürmt, die Spieße wie mit Talg überzogen. Hunderte von Zigarettenstummeln lagen zertreten am Boden. In den Feuerwerksgestank dufteten nicht viel feiner Whisky- und Weinreste und allerhand Moschus- und Patschulimischungen. Einen Moment verweilte sein Blick auf einem Häufchen Haarnadeln.

Er drehte sich auf die Seite, stützte sich auf den Ellenbogen und sah zum zerbrochenen Fenster hinaus. Cannery Row lag friedlich besonnt. Die Wohnkesseltür war offen, der Palaceeingang geschlossen. Zwischen dem Unkraut des Leeren Platzes schlief ein Gast den Schlaf des Gerechten. Die Flotte Flagge war zu. Doc stand auf. Auf dem Weg zur Toilette steckte er in der Küche den Gasboiler an.

Er saß auf dem Bettrand, zog die Strümpfe über die Zehen und hörte, während sein Blick auf dem Trümmerwerk ruhte, von der Oberstadt her das Geläute der Kirchenglocken. Als das Wasser im Boiler zu sieden begann, ging er ins Bad, nahm eine heiße Dusche, rieb sich ab, zog ein Flanellhemd und Strandhosen an und ging über die Straße. Lee Chong hatte geschlossen, sah jedoch, wer vor der Tür stand, öffnete und entnahm seinem Eisschrank, ohne zu fragen, zwei Flaschen Bier.

»Wa' es schön?« fragte er, als Doc bezahlte.

»Sehr schön«, antwortete dieser, kehrte mit dem Bier in sein Labor zurück, bestrich zwei Brote mit Nußbutter und verzehrte sie zu dem kühlen Morgentrunk.

In tiefer Ruhe lag die Straße der Ölsardinen. Kein Mensch kam vorüber. In seinem Schädel hörte Doc eine Musik wie von Bratschen und Celli. Er aß, trank und lauschte, ging, als er fertig war, in die Küche, machte den Ausguß von Tellern und Platten frei, ließ heißes Wasser laufen, schüttelte Seifenflocken hinein, daß der weiße Schaum aufwallte, las alle unzerbrochenen Gläser zusammen und stellte sie in das Seifenwasser. Die Teller voll Sauceresten und Fett stapelte er auf dem Herd zusammen und machte auf dem Küchentisch Platz für frischgewaschene Gläser. Hierauf öffnete er die Tür des vorsorglich verschlossenen Hinterzimmers und holte von dort ein Album Gregorianischer Kirchenmusik.

Er legte ein *Pater Noster* und *Agnus Dei* auf und schaltete ein. Körperlos reine, engelhafte Stimmen erfüllten die wüste Stätte mit unsäglicher Süßigkeit. Dabei setzte Doc seine Arbeit fort, sorgte jedoch behutsam dafür, daß die Gläser nicht gegeneinanderklirrten und die Musik nicht beeinträchtigten. Die Knabenstimmen trugen die Melodien hinauf und hinab, schlicht und einfach und dennoch in einer Fülle, wie sie keinem andern Gesang innewohnt. Als die Platte zu Ende war, trocknete Doc sich die Hände und stellte ab. Dabei gewahrte er das Buch.

Es war halb unter sein Bett geraten. Er hob es auf und ließ sich damit auf dem Bettrand nieder. Erst las er für sich, bald bewegten sich seine Lippen. Dann las er laut. Langsam, nach jeder Verszeile innehaltend, sprach er die Worte:

Immer noch
Ist es wie Kommen und Reden von Weisen auf hoher
 Warte
Die ihre Jugend versinnen. O wie ich harrte
Vergebens meines Mädchens Gekose wie war es weiser
Vor dem Einschlafen wenn sein Gemurmel leiser
Die Farben vermengte und
Es kleine weise Worte und witzige Worte versprengte
 Wie Wasser vertraut, auch das geweihte.

Im Ausguß der weiße hohe Schaum kühlte ab, die Blasen zerplatzten, er dickte ein. Unter den Stützpfeilern des Vorbaues warf eine Springflut die klatschenden Wellen hoch wie seit langem nicht.

Immer noch
Dünkt mich ich liebe Rosen Zypressen
Weitsichtig Gebirg und niederer Hügel Vergessen
Das Rauschen der See. Nie aber war ich so reich
Als fremdartige Augen kamen und Hände Maifaltern
  gleich
Und früh schon war es, da der Zauber begann
Lerchen hoben sich hoch aus dem Thymian
  Und Kinder kamen baden im Silberwasser.

Immer noch
Dünkt mich ich habe den heißen Geschmack aus dem
  Leben gepreßt
Grüngoldne Pokale hob ich beim Fest
Nur für kurze vergeßne versunkene Zeit
Dann hatte ich Tränen mein Mädchen war weit
  Doch ewiges Licht strömte aus ewigem Wort.

Er fuhr sich mit der Hand über die Augen. Und es hetzten und huschten die weißen Ratten in ihren Käfigen, und hinter dem Glas ihrer Gelasse ruhten die Klapperschlangen sehr still. Ihre verschleierten Augen starrten düster ins Weite.

Tortilla Flat

Inhalt

Vorwort

Diese Geschichte berichtet von Danny und Dannys Freunden und Dannys Haus. Sie erzählt, wie dies alles eins wurde, so daß man in Tortilla Flat, wenn man von Dannys Haus spricht, nicht jenes einstmals weißgestrichene, von alten, ungestutzten kastilianischen Rosen bewachsene Haus meint. Nein, wer von Dannys Haus spricht, meint eine Einheit, deren Teile Menschen waren, von denen jugendliche Frische und Lebensfreude, Menschenliebe und schließlich eine mystische Trauer ausging. Denn Dannys Haus war König Artus' Tafelrunde nicht unähnlich, und Dannys Freunde dürfen wohl mit ihren Rittern verglichen werden. Und unsere Geschichte erzählt, wie diese Gruppe ins Leben trat, wie sie erblühte und sich in Schönheit und Weisheit entfaltete. Sie handelt von den Abenteuern der Freunde Dannys, von dem Guten, das sie stifteten, von ihren Gedanken und ihrem Streben. Und am Schluß berichtet sie, wie der Talisman verlorenging und die Gruppe zerfiel.

In Monterey, jener alten Stadt an der kalifornischen Küste, ist dies alles wohlbekannt, oft erzählt und bisweilen ausgeschmückt worden. Und es mag gut sein, diesen Ablauf schwarz auf weiß festzuhalten, damit künftige Gelehrte, wenn sie die Legenden vernehmen, nicht etwa wie von König Artus und Robin Hood sagen: »Es hat nie einen Danny und keine Gruppe von Freunden Dannys und kein solches Haus gegeben. Danny ist eine Naturgottheit, und seine Freunde sind Sinnbilder des Windes, des Himmels, der Sonne.« Unsere Geschichte ist dazu da, jetzt und für immer das spöttische Lächeln von den Lippen säuerlicher Gelehrter zu verbannen.

Monterey liegt an einem Hügelhang, eine blaue Bucht zu Füßen und einen dunklen Kiefernwald im Rücken. Die unteren Teile der Stadt sind von Amerikanern italienischer Herkunft bewohnt, die sich mit Fischfang und Herstellung von Fischkonserven ernähren. Aber auf dem Hügel, wo der Wald und die Stadt ineinander übergehen, wo die Straßen noch nichts von Asphalt wissen und es an den Ecken keine Straßenlaternen gibt, haben sich die alteingesessenen Bewohner von Monterey verschanzt wie in alten Zeiten die Briten in Wales. Dies sind die Paisanos.

Sie wohnen in alten, zwischen unkrautbewachsenen Höfen errichteten Holzhäusern, umstanden von den Kiefern des Waldes. Die Paisanos sind frei von Handelsgeist und unberührt von den komplizierten Systemen des amerikanischen Geschäftslebens, und da sie nichts besitzen, was gestohlen, ausgebeutet oder mit Hypotheken belastet werden könnte, haben diese Unternehmen sie ziemlich in Ruhe gelassen.

Was ist ein Paisano? Eine Mischung aus spanischem,

indianischem, mexikanischem und erlesenem kaukasischem Blut. Seine Vorfahren haben seit ein bis zwei Jahrhunderten in Kalifornien gelebt. Er spricht Englisch mit dem Akzent eines Paisano und Spanisch mit dem gleichen Akzent. Stellt man ihm eine Frage ob seiner Rasse, so pocht er entrüstet auf sein spanisches Blut und krempelt den Ärmel hoch, um zu zeigen, daß die weiche Innenseite seines Armes fast weiß ist. Wenn seine Hautfarbe einer stark gebräunten Meerschaumpfeife gleicht, so erklärt er dies damit, daß er sonnenverbrannt sei. Er ist ein Paisano und lebt in jenem Hügelbezirk oberhalb der Stadt Monterey, der den Namen Tortilla Flat führt, obwohl er nichts weniger als »Flachland« ist, wie der Name besagt.

Danny war ein Paisano und in Tortilla Flat aufgewachsen; jedermann mochte ihn gut leiden, aber er zeichnete sich durch nichts Besonderes vor der anderen lärmenden Jugend des Ortes aus. Fast allen Bewohnern des Flat war er durch Bande des Blutes oder durch gemeinsame Romantik verwandt. Sein Großvater war ein Mann von Bedeutung und Besitzer zweier Häuschen in Tortilla Flat, geachtet um seines Reichtums willen. Wenn der heranwachsende Danny lieber im Walde schlief, auf Ranches arbeitete und einer widerstrebenden Welt Nahrung und Wein mühsam entwand, so lag dies nicht an einem Mangel an einflußreichen Verwandten. Danny war klein und dunkel und eine hochgespannte Seele. Mit fünfundzwanzig Jahren waren seine Beine gekrümmt wie die Knie eines Pferdes.

Als Danny dieses Alter erreicht hatte, wurde der

Krieg gegen Deutschland erklärt. Er und sein Freund Pilon (»Pilon« bedeutet, nebenbei bemerkt, soviel wie ein besonderer Pfiff und Vorteil, der bei einem Handel herausschaut) besaßen zwei Gallonen Wein, als sie vom Kriege vernahmen. Der große Joe Portagee sah die Flaschen zwischen den Kiefern schimmern und gesellte sich zu Danny und Pilon.

Als der Wein in den Flaschen abnahm, ergriff Patriotismus die drei Männer. Und als der Wein ihre Kehlen hinabgeflossen war, wanderten sie den Hügel hinunter, Arm in Arm, begeistert für Kameradschaft und Sicherheit, und so durchzogen sie Monterey. Vor einer Rekrutenwerbestelle ließen sie laut Amerika hochleben und forderten Deutschland heftig heraus. Sie bedrohten das Deutsche Reich unter solchem Geheul, daß der Werbesergeant erwachte, seine Uniform anzog und auf die Straße trat, um sie zum Schweigen zu bringen. Dann blieb er da, um sie einzuschreiben.

Der Sergeant stellte sie vor seinem Schreibpult in einer Reihe auf. Sie bestanden alle vorgeschriebenen Prüfungen, mit Ausnahme der der Nüchternheit, und dann begann der Sergeant seine weiteren Fragen bei Pilon.

»In welche Truppe willst du eintreten?«

»Das schert mich keinen Pfifferling«, gab Pilon wohlgemut zurück.

»Ich glaube, wir brauchen Leute wie dich bei der Infanterie.« So wurde Pilon als Infanterist eingetragen.

Dann wandte der Sergeant sich an den großen Joe,

genannt Big Joe, gerade als der Portagee nüchtern wurde. »Wohin möchtest du?«

»Ich möchte heim«, wimmerte Big Joe kläglich.

Der Sergeant nahm ihn auch in die Infanterie auf. Zum Schluß wandte er sich an Danny, der stehend eingeschlafen war. »Und wohin willst du?«

»W-w-was?«

»Ich meine, zu welcher Waffe?«

»Was heißt das – Waffe?«

»Ich will wissen: Was kannst du tun?«

»Ich – ich kann alles.«

»Was hast du bisher getan?«

»Ich bin Mauleselschinder.«

»So, so. Und wie viele Maulesel kannst du treiben?«

Danny beugte sich vor und fragte leichthin und mit Berufsmiene zurück: »Wie viele habt Ihr?«

»Etwa dreißigtausend«, antwortete der Sergeant. Danny machte eine Handbewegung. »Bindet sie aneinander«, meinte er.

So wurde Danny nach Texas geschickt, um für die Dauer des Krieges Maulesel abzurichten. Pilon marschierte mit der Infanterie in Oregon umher, während Big Joe, wie wir noch sehen werden, im Gefängnis landete.

1

Wie Danny, aus dem Kriege heimgekehrt, sich als Erben fand, und wie er gelobte, die Hilflosen zu schützen

Als Danny aus der Armee heimkam, erfuhr er, er habe geerbt und sei Eigentümer geworden. Der Viejo, sein Großvater, war gestorben und hatte Danny seine beiden Häuschen in Tortilla Flat hinterlassen.

Als Danny dies vernahm, drückte ihn die Verantwortung eigenen Besitzes ein wenig nieder. Ehe er hinging, um sein Eigentum zu besichtigen, kaufte er eine Gallone Rotwein und trank ihn fast ganz allein aus. Nun verließ ihn die Last des Verantwortungsgefühls, und das Allerschlimmste seiner Natur kam an die Oberfläche. Er lief laut rufend umher, zerbrach ein paar Stühle in einem Wettbüro auf der Alvarado Street und hatte zwei kurze, aber ruhmreiche Prügeleien. Niemand achtete viel auf Danny. Schließlich trugen ihn seine schlotternden, krummen Knie zur Werft, wohin in dieser frühen Morgenstunde italienische Fischersleute in Gummistiefeln gelaufen kamen, um sich aufs Meer zu begeben.

Da überwältigte Rassenvorurteil Dannys Vernunft. Er bedrohte die Fischersleute. Er schimpfte sie »sizilianische Bastarde« und »Abschaum der Gefängnisinsel« und »hündischer als Hunde«. *»Chinga tu madre, Piojo«*, rief er. Dann steckte er den Daumen in die Nase und machte eine unzüchtige Bewegung am Unterkörper. Die Fischersleute lachten nur, legten ihre Ruder ein und sagten: »Heda, Danny! Wann bist du nach Hause gekommen? Komm heut abend zu uns. Wir haben neuen Wein.«

Danny war außer sich und rief: *»Pon un condo a la cabeza.«*

»Leb wohl, Danny«, riefen sie zurück. »Auf Wiedersehen heut abend.« Sie kletterten in ihre kleinen Boote und ruderten auf die Barkassen zu, setzten ihre Maschinen in Gang und fuhren in kurzen Zügen davon.

Danny war empört. Er ging nach der Alvarado Street zurück, zerbrach im Vorbeigehen zwei Fenster und fiel beim zweiten Häuserblock einem Polizisten in die Hände. Dannys große Achtung vor dem Gesetz veranlaßte ihn, ruhig mitzugehen. Wäre er nicht erst soeben nach dem Sieg über Deutschland aus der Armee entlassen worden, so wäre er zu sechs Monaten verurteilt worden. Unter diesen Umständen begnügte sich der Richter mit dreißig Tagen.

So hockte Danny einen Monat lang auf seiner Pritsche im Stadtgefängnis von Monterey. Bisweilen zeichnete er unanständige Bilder an die Gefängniswand, zu anderen Stunden dachte er über seine soldatische Laufbahn nach. Die Zeit schlich elend langsam dahin, solange Danny in seiner Zelle war. Hie und da wurde ein Betrunkener für die Nacht hineingesteckt, aber im Ganzen stockte das Verbrechertum in Monterey, und Danny blieb einsam. Im Anfang plagten ihn die Wanzen ein wenig, aber als sie sich an seinen Geruch gewöhnt hatten und er sich an ihre Stiche, kamen sie ganz friedlich miteinander aus.

Nun heckte er ein satirisches Spiel aus. Er fing eine Wanze, drückte sie platt gegen die Wand, zog einen Kreis herum und nannte sie »Major Clough«. Darauf fing er andere und gab ihnen Namen aus dem Stadtrat. Nach einer Weile war die eine Wand ganz mit angedrückten Wanzen dekoriert, und alle trugen Namen von Würdenträgern des Ortes. Er zeichnete ihnen Ohren und Schwänze und stattete sie mit großen Nasen und Schnurrbärten aus. Tito Ralph, der Gefängniswärter, war entrüstet; aber er zeigte es nicht an, weil Danny weder den Friedensrichter, der ihn verurteilt, noch jemanden von den Polizeibeamten mit angeprangert hatte. Danny hegte gewaltigen Respekt vor dem Gesetz.

Eines Abends, als es in der Zelle einsam war, kam Tito Ralph, mit zwei Flaschen Wein beladen, herein. Eine Stunde später ging er mehr holen, und Danny begleitete ihn. Sie blieben im Wirtshaus Torrelli und bestellten noch mehr, bis Torrelli sie hinauswarf. Danach begab sich Danny in den Kiefernwald und schlief ein. Tito Ralph fand stolpernd den Weg zurück und erstattete Bericht, Danny sei entflohen. – Als um die Mittagszeit die strahlende Sonne Danny weckte, beschloß er, sich den ganzen Tag verborgen zu halten, um der Verfolgung zu entgehen. Er lief weiter, vom Gebüsch gedeckt. Zwischen dem Unterholz spähte er hinaus wie ein gejagter Fuchs. Nachdem am Abend alles nach der Regel erledigt war, kam er heraus und ging seinen Geschäften nach.

Diese waren recht geradlinig. An der Hintertür eines Restaurants fragte er den Koch: »Habt Ihr etwas altes Brot für meinen Hund?«, und während der leichtgläubige Mann es einpackte, mauste er zwei Scheiben Schinken, vier Eier, ein Hammelkotelett und einen Fliegenschläger.

»Ich werde es später bezahlen«, versicherte er.

»Ist nicht nötig für Abfall. Ich hätte das Zeug fortgeworfen, wenn du es nicht genommen hättest.«

Nun fühlte sich Danny wieder wohler im Gedanken an seinen Diebstahl. Wenn die guten Leute so dachten, so war er, oberflächlich betrachtet, schuldlos. Er ging zu Torrelli zurück, verhandelte die vier Eier, das Hammelkotelett und den Fliegenschläger gegen ein Wasserglas voll Traubensaft und zog sich ins Gehölz zurück, um sich das Nachtessen zu bereiten.

Die Nacht war finster und feucht. Die Nebel hingen wie schlaffe Gaze an den dunklen Kiefern, die die Grenzen von Monterey landeinwärts bewachen. Danny lief mit gesenktem Kopf dem Schutz des Waldes zu. Vor ihm entdeckte er eine andere eilende Gestalt, und als die Entfernung kürzer wurde, erkannte er den hastigen Gang seines alten Freundes Pilon. Danny war großherzig; aber er rief sich ins Gedächtnis, daß er all sein Essen, mit Ausnahme der Tüte mit hartem Brot und der zwei Schinkenscheiben, verkauft hatte.

Ich will an Pilon vorbeigehen, beschloß er. Er geht daher wie einer, der gebratenen Truthahn und dergleichen im Leibe hat.

Da bemerkte Danny plötzlich, daß Pilon seinen Rock liebevoll über der Brust zusammenzog.

»Ai, Pilon, amigo!« rief Danny.

Pilon stampfte noch rascher voran. Nun begann Danny, im Trab zu laufen. »Pilon! Freundchen! Wohin läufst du so geschwind?«

Pilon ergab sich in das Unvermeidliche und wartete. Danny näherte sich behutsam, aber sein Ton war enthusiastisch. »Ich hab' dich gesucht, mein liebster, himmlischer Freund, denn, schau her, ich habe zwei große Schnitten von einem Schweinchen des lieben Herrgotts und eine Tüte duftendes Weißbrot. Komm meine Beute teilen, du Knirpslein.«

Pilon zuckte die Schultern. »Wie du meinst«, murmelte er wütend. So schritten sie selbzweit tiefer in den Wald hinein. Pilon war verdutzt. Schließlich blieb er stehen und versuchte, seinem Freunde ins Gesicht zu sehen.

»Danny«, fragte er traurig, »woher wußtest du, daß ich eine Flasche Branntwein unter dem Rock trage?«

»Branntwein?« schrie Danny auf. »Du hast Branntwein? Vielleicht für ein krankes altes Mütterchen«, setzte er naiv hinzu. »Oder vielleicht willst du ihn für des Herrn Jesu Wiederkehr aufbewahren. Wer bin ich, dein Freund, um zu ahnen, für wen der Branntwein bestimmt ist? Ich bin ja nicht einmal sicher, ob du welchen hast. Außerdem bin ich nicht durstig. Ich möchte deinen Branntwein nicht anrühren. Ich lade dich zu meinem großen Schweinebraten ein, aber was den Branntwein betrifft, so gehört er dir allein.«

Pilon antwortete in strengem Ton. »Danny, ich habe nichts dagegen, meinen Branntwein mit dir zu teilen, gleich und gleich, aber es ist meine Pflicht, dafür zu sorgen, daß du nicht allen austrinkst.«

Bei dieser Wendung wechselte Danny den Gesprächsgegenstand. »Hier in dieser Lichtung wollen wir unser Schweinchen braten, und du kannst die Zuckerbrötchen aus dieser Tüte aufrösten. Stell den Branntwein hier ab, Pilon. Er steht besser da, wo wir ihn und einander sehen können.«

Sie errichteten ein Feuer, brieten die Schinkenscheiben und aßen das harte Brot. Der Branntwein in der Flasche verminderte sich rasch. Als sie gegessen hatten, kauerten sie am Feuer nieder und nippten vorsichtig, wie erschöpfte Bienen, an der Flasche. Der Nebel legte sich um sie und färbte ihre Kleider grau vor Feuchtigkeit. Der Wind blies schwermütig durch die Bäume.

»Wo ist Arthur Morales?« fragte Danny, die Arme mit den Handflächen nach oben vorwärts streckend. »Tot in Frankreich«, beantwortete er seine eigene Frage, indem er die Handflächen nach unten kehrte und die Arme in Verzweiflung sinken ließ. »Gestorben fürs Vaterland. Begraben unter fremder Erde. Fremde Menschen werden über sein Grab schreiten und nicht wissen, daß Arthur Morales dort liegt.«

Wieder hob er die Handflächen gen Himmel.

»Wo ist Pablo, dieser brave Kerl?«

»Im Gefängnis«, erwiderte Pilon. »Hat eine Gans gestohlen und im Gebüsch versteckt; und diese Gans hat Pablo gebissen, so daß er aufschrie und dadurch erwischt wurde. Jetzt sitzt er für sechs Monate im Kittchen.«

Danny seufzte und suchte abermals einen neuen Gesprächsgegenstand. Er war sich freilich klar darüber, daß er den einzigen Bekannten, der sich zur Zielscheibe seines Redebedürfnisses eignete, schon reichlich ausgenützt hatte. Dennoch war das Gefühl der Einsamkeit noch in ihm und verlangte nach einem Auslaß. »Hier sitzen wir«, begann er endlich.

»... gebrochenen Herzens«, fiel Pilon im gleichen Rhythmus ein.

»Nein, dies ist kein Gedicht«, seufzte Danny. »Hier sitzen wir, heimatlos. Unser Leben haben wir dem Vaterland dargebracht, und nun haben wir kein Dach über dem Haupt.«

»Das hatten wir nie«, erinnerte ihn Pilon tröstlich. Danny trank verträumt weiter, bis Pilon ihn an den Ellbogen stieß und ihm die Flasche abnahm. »Dabei kommt mir die Geschichte von dem Mann in den Sinn«, sagte Danny, »der zwei Hurenhäuser besaß ...« Einen Augenblick saß er mit offenem Munde, dann rief er: »Pilon! Pilon! Mein herzallerliebster kleiner Freund! Das hatte ich ganz vergessen. Ich habe geerbt! Ich bin Besitzer von zwei Häusern!«

»Hurenhäusern?« fragte Pilon hoffnungsvoll. »Ach, du bist ein betrunkener Lügner«, setzte er dann hinzu.

»Nein, Pilon, ich spreche die Wahrheit. Der Viejo ist gestorben. Ich bin sein Erbe. Ich, sein Lieblingsenkel.«

»Du bist sein einziger Enkel«, bemerkte Pilon realistisch. »Wo liegen die Häuser?«

»Du kennst doch das Haus des Viejo in Tortilla Flat, Pilon?«

»Hier in Monterey?«

»Jawohl, hier in Tortilla Flat.«

»Taugen sie was, diese Häuser?«

Danny lehnte sich, erschöpft vor Erregung, zurück. »Ich weiß nicht. Hatte vergessen, daß sie mir gehören.«

Pilon saß still und versunken da. Sein Gesicht nahm einen traurigen Ausdruck an. Er warf eine Handvoll Kiefernnadeln ins Feuer und beobachtete, wie die Flammen wütend daran emporzüngelten und erstarben. Lange blickte er Danny in tiefer Sorge ins Gesicht, und dann seufzte er laut auf; und nach einer kleinen Weile seufzte er abermals. »Nun ist es vorbei«, sagte er trauernd. »Jetzt sind die großen Zeiten dahin. Deine Freunde werden trauern, aber es wird ihnen nichts helfen.«

Danny setzte die Flasche nieder, Pilon nahm sie und behielt sie auf seinem Schoß.

»Nun, was ist denn vorüber?« fragte Danny. »Was meinst du?«

»Es ist nicht das erste Mal«, fuhr Pilon fort. »Wenn man arm ist, so denkt man: ›Wenn ich Geld hätte, so würde ich's mit meinen guten Freunden teilen.‹ Aber wenn dann das Geld kommt – fort ist die Barmherzigkeit. So ist's mit dir, du mein einstiger Freund. Du stehst jetzt hoch über deinen Freunden. Du bist Eigentümer. Nun wirst du deine Freunde vergessen, die alles mit dir teilten, sogar ihren Branntwein.« Seine Worte brachten Danny auf. »So bin ich nicht«, rief er. »Ich werde dich nie vergessen, Pilon.«

»Das meinst du jetzt«, erwiderte Pilon kühl. »Aber wenn du zwei Häuser zum Wohnen und Schlafen hast, dann sollst du sehen. Pilon wird ein armer Paisano bleiben, du aber wirst mit dem Bürgermeister speisen.«

Danny stand unsicher auf und hielt sich an einen Baum gelehnt aufrecht. »Pilon, ich schwöre dir, was mein ist, ist auch dein. Wenn ich ein Haus habe, so hast du auch ein Haus. Gib mir was zu trinken.«

»Ich muß das sehen, um es zu glauben«, sagte Pilon mit mutloser Stimme. »Es wäre ein Weltwunder. Die Menschen würden tausend Meilen weit gelaufen kommen, um es zu sehen. Übrigens ist die Flasche leer.«

2

Wie sich Pilon vom Geltungsbedürfnis verlocken ließ, auf Dannys Gastfreundschaft zu verzichten

Der Rechtsanwalt verabschiedete sich von ihnen vor der Eingangstür zum zweiten Hause und bestieg seinen Ford, um den Hügel hinab nach Monterey zurückzurattern.

Danny und Pilon standen vor dem ungestrichenen Pfahlzaun und betrachteten voll Bewunderung das Besitztum, ein niedriges Haus, dessen verblichener weißer Anstrich voller Streifen war und dem die blinden Fensterscheiben ohne Vorhänge ein kahles und verlassenes Aussehen gaben. Aber am Gartentor wuchs ein großer kastilianischer Rosenstrauch empor, und auf dem vorderen Hof blühten zwischen dem Unkraut uralte Geranien. »Dies ist das bessere von beiden«, sagte Pilon. »Es ist größer als das andere.«

Danny hielt einen neuen Dietrich in der Hand. Auf den Zehenspitzen durchschritt er den baufälligen Vorraum und schloß die Vordertür auf. Die große Stube war ganz wie zu der Zeit, da der Viejo dort gelebt hatte. Der »Rote Rosen-Kalender« von 1906 und das seidene Fähnchen waren noch an der Wand, dazu ein Bild des »Fighting Bob Evans«, zwischen dem Oberbau eines Schlachtschiffs hervorspähend; da war noch der Strauß roter Papierrosen, aufgereihter verstaubter roter Pfeffer und Knoblauch, der festgefügte Ofen und die abgenutzten Schaukelstühle.

Pilon schaute durch die Tür. »Drei Zimmer«, sagte er atemlos, »und ein Bett und ein Ofen. Oh, Danny, hier werden wir glücklich sein.«

Vorsichtig betrat Danny das Haus. An den Viejo hatte er bittere Erinnerungen. Pilon stürzte ihm voran in die Küche. »Ein Schüttstein mit einem Wasserhahn«, rief er aus. Er versuchte, am Griff zu drehen. »Kein Wasser. Danny, du mußt sorgen, daß die Gesellschaft das Wasser anstellt.«

Sie standen da und lächelten einander zu. Pilon beobachtete, wie die Sorgen des Besitzes sich über Dannys Züge breiteten. Nie mehr im Leben würde dies Gesicht sorglos in die Welt blicken. Jetzt, da er selbst Fenster besaß, würde Danny keine Fensterscheiben mehr zerschlagen. Pilon hatte recht gehabt – er war über seine Gefährten erhoben. Er reckte die Schultern, um der Kompliziertheit des Lebens gewachsen zu sein. Aber ein Schmerzensschrei entschlüpfte ihm, ehe er für immer von seinem alten, einfachen Dasein Abschied nahm.

»Pilon«, sagte er traurig, »ich wollte, es gehörte dir und ich könnte bei dir einziehen und wohnen.«

Während Danny nach Monterey ging, um die Wasserleitung in Ordnung bringen zu lassen, wanderte Pilon in dem von Unkraut wirr überwachsenen Hinterhof umher. Dort standen Obstbäume, knorrig und schwarz vor Alter und Vernachlässigung und zum

Teil niedergebrochen. Ein Stoß verrosteter Faßreifen war da, ein Aschenhaufen und eine durchweichte Matratze. Pilon blickte über den Zaun in Mrs. Morales' Hühnerhof, und nach kurzer Überlegung machte er im Zaun ein paar Löcher als Einschlupf für die Hennen. Sie werden sich gern zwischen diesem hohen Unkraut Nester machen, dachte er fürsorglich. Er überlegte weiter, wie er eine Falle bauen könnte für den Fall, daß auch die Hähne hereinkämen, die Hennen belästigten und von den Nestern abhielten. Wir werden hier glücklich leben, dachte er wieder.

Danny kam empört aus Monterey zurück. »Diese Gesellschaft – sie verlangt eine Anzahlung«, berichtete er.

»Anzahlung?«

»Jawohl. Sie verlangen drei Dollar, ehe sie das Wasser anstellen.«

»Drei Dollar«, sagte Pilon streng, »dafür kriegen wir drei Gallonen Wein. Und wenn wir damit fertig sind, werden wir einen Eimer Wasser von Missis Morales nebenan borgen.«

»Aber wir haben keine drei Dollar für Wein.«

»Ich weiß«, antwortete Pilon. »Vielleicht können wir ein bißchen Wein von Missis Morales borgen.«

So verging der Nachmittag. »Morgen werden wir uns einrichten«, erklärte Danny. »Morgen werden wir putzen und scheuern. Und du, Pilon, wirst das Unkraut jäten und den Kehricht in die Abfallgrube werfen.«

»Das Unkraut?« rief Pilon entsetzt. »*Dieses* Unkraut

aber nicht.« Und er setzte Danny seine Ideen wegen der Hühner von Mrs. Morales auseinander.

Danny war sofort einverstanden. »Freundchen«, sagte er, »wie froh bin ich, daß du bei mir wohnen willst. Jetzt will ich ein bißchen Holz sammeln, und du kannst unterdessen etwas zum Nachtessen besorgen.«

Pilon dachte an den Branntwein, und er fand diese Zumutung unbillig. Ich werde sein Schuldner, dachte er bitter. Meine Freiheit ist dahin. Bald werde ich um dieses Wucherns und seines Hauses willen zum Sklaven werden. Trotzdem ging er fort, um etwas zum Essen zu suchen.

Etwa zwei Häuserblocks weit, dicht am Rand des Kiefernwaldes, sah er einen halb ausgewachsenen Haushahn den Straßenboden kratzen. Er war in dem Alter, wo die Stimme bricht und Beine, Hals und Brust nackt sind. Vielleicht, weil er so liebevoll an Mrs. Morales' Hühner gedacht hatte, erregte das Hähnchen Pilons Mitgefühl. Langsam ging er auf den dunklen Wald zu, und der Hahn lief vor ihm her.

Armes barfüßiges Flügeltierchen, dachte Pilon bei sich. Wie kalt muß es frühmorgens für dich sein, wenn der Tau fällt und die Luft sich in der Morgendämmerung abkühlt. Der liebe Gott meint es nicht immer sehr gut mit euch Tierlein. Und weiter sann er: Hier spielst du nun auf der Straße, du Kleiner. Eines Tages wird ein Auto dich überfahren; und wenn du gleich tot bist, so ist es noch gut abgelaufen. Es kann dir auch einen Flügel oder ein Bein brechen. Dann könntest du dein Leben nur noch elend hinschleppen. Das Leben ist zu schwer für dich, armes Kerlchen.

Langsam und vorsichtig bewegte er sich vorwärts. Hie und da versuchte das Hähnchen, sich rückwärts zu retten, aber immer war Pilon gerade da, wo es hinwollte. Endlich verschwand es im Wald, und Pilon schlenderte hinterdrein.

Zu Pilons Seelenrettung sei gesagt, daß kein Schmerzenslaut sich dem Hähnchen entrang. Das Tierlein, dem Pilon voraussagte, daß ihm ein Leben in Schmerzen beschieden sein könnte, starb friedlich – oder wenigstens still. Dies ist ein Ruhmestitel für Pilons Methode.

Zehn Minuten später tauchte er wieder aus dem Walde auf und wanderte zurück, auf Dannys Haus zu. Gerupft und in seine Teile zerlegt, war das Hähnchen in seinen Taschen untergebracht. Wenn es für Pilon eine Regel des Verhaltens gab, an die er sich strenger hielt als an alle andern, dann war es diese: niemals und unter keinen Umständen Federn, Kopf oder Füße mit heimnehmen, denn wenn es dieser beraubt ist, kann kein Hahn oder Huhn wiedererkannt werden.

Am Abend machten sie sich im Ofen ein Feuer aus Kiefernzapfen. Die Flammen schlugen in den Kamin hinauf. Danny und Pilon, satt, warm und glücklich, saßen in den Schaukelstühlen und wippten sanft hin und her. Zum Essen hatten sie ein Stückchen Kerze gebraucht, jetzt aber erleuchteten die knisternden Flammen des Herdfeuers die Dunkelheit der Stube. Um ihr Wohlgefühl vollkommen zu machen, begann ein Regen auf das Dach niederzuprasseln. Er sickerte nur ein wenig durch, und dies an Stellen, wo sie ohnehin nicht zu sitzen beabsichtigten.

»Oh, hier ist gut sein«, meinte Pilon. »Denk an die Nächte, wo wir draußen in der Kälte schliefen. So muß man leben.«

»Ja, und wie merkwürdig«, setzte Danny hinzu, »jahrelang hatte ich kein Haus, und jetzt habe ich zwei. Ich kann nicht in zwei Häusern schlafen.«

Pilon hatte einen Widerwillen gegen Vergeudung. »Eben dies hat mich auch beschäftigt. Warum willst du das andere Haus nicht vermieten?«

Dannys Füße prallten auf den Fußboden. »Pilon«, rief er aus. »Warum habe ich nicht daran gedacht!« Der Gedanke leuchtete ihm ein. »Aber wer wird es mieten wollen, Pilon?«

»Ich«, erklärte Pilon. »Ich werde dir zehn Dollar monatlich als Mietzins bezahlen.«

»Fünfzehn«, beharrte Danny. »Es ist ein gutes Haus. Es ist fünfzehn Dollar wert.«

Unter Murren willigte Pilon ein. Aber er hätte sich auch mit viel mehr einverstanden erklärt, denn er nahm wahr, wie sehr es einen Menschen erhebt, wenn er im eigenen Hause wohnt. Und Pilon sehnte sich nach diesem Hochgefühl.

»Also abgemacht«, schloß Danny den Handel ab. »Du mietest mein Haus. Oh, ich werde dir ein guter Hausherr sein, Pilon. Ich werde dich nicht drükken.«

Pilon hatte, das Jahr ausgenommen, in dem er in der Armee gedient, noch nie im Leben fünfzehn Dollar besessen. Aber, dachte er, noch ein Monat würde vergehen, ehe die Miete fällig war, und wer wußte, was alles in einem Monat passieren konnte.

Zufrieden schaukelten sie sich weiter vor dem Feuer. Nach einer Weile ging Danny für ein paar Augenblicke hinaus und kam mit einigen Äpfeln zurück. »Der Regen hätte sie doch verdorben«, bemerkte er entschuldigend. Pilon, der nicht zurückstehen wollte, stand auf, zündete die Kerze an, ging ins Schlafzimmer und kehrte mit einer Waschschüssel nebst Krug, zwei roten Glasvasen und einem Bouquet aus Straußenfedern zurück. »Es taugt nichts, so viel Zerbrechliches herumstehen zu haben«, erklärte er. »Wenn die Dinge kaputtgehen, wird man traurig. Viel besser, man hat sie nicht erst besessen.« Nun nahm er noch die Papierrosen von der Wand. »Eine Aufmerksamkeit für Señora Torrelli«, rief er zurück, als er sich schon unter der Tür befand. Kurz darauf kehrte er wieder ins Häuschen, durchnäßt von Kopf bis Fuß, aber mit triumphierender Miene, denn er hatte einen Krug mit einer Gallone Rotwein in der Hand. Ein wenig später rauften sie heftig miteinander, aber es war ihnen gleich, wer gewann, denn sie waren todmüde von den Erregungen des Tages. Der Wein machte sie schwindlig, und sie schliefen auf dem Fußboden ein. Das Feuer erstarb, und der Ofen knisterte im Auskühlen. Die Kerze neigte sich vornüber und erlosch im eigenen Fett, mit kleinen, bläulich flammenden Todeszuckungen. Das Haus war finster und still und friedlich.

3

Wie Pilon mit dem Gift der Besitzgier zu ringen hatte und der böse Geist eine Zeitlang Gewalt über ihn bekam

Am folgenden Tag zog Pilon in das andere Haus. Es glich genau dem Dannys, nur war es kleiner. Auch dort wuchs ein roter kastilianischer Rosenbusch über dem Eingang, und es hatte den gleichen unkrautüberwachsenen Hof, alte, kahle Obstbäume, rote Geranien und Mrs. Sotos Hühnerhof nebenan.

Danny, nun er ein Haus zu vermieten hatte, war ein großer Mann geworden, und Pilon war auf der sozialen Leiter ein Stück gestiegen, da er imstande war, ein Haus zu mieten.

Unmöglich zu sagen, ob Danny wirklich einen Mietzins erwartete oder ob Pilon vorhatte, welchen zu bezahlen. Wenn ja, so erlebten beide eine Enttäuschung. Danny fragte nie danach, und ebensowenig rührte Pilon daran. Die beiden Freunde waren viel zusammen. Kam etwa Pilon mit einem Krug Wein oder einem Stück Fleisch heim, so konnte er sicher sein, daß Danny ihm einen kleinen Besuch machen kam. War Danny ein andermal ebenso glücklich oder schlau, so verbrachte Pilon eine lärmende Nacht bei ihm. Der arme Pilon hätte gern bezahlt, wäre er je im

Besitz von Geld gewesen, was aber nie der Fall war, oder jedenfalls nie lange genug, um damit den Weg bis zu Danny zu finden. Pilon war eine ehrliche Haut. Es betrübte ihn bisweilen, an Dannys Gutherzigkeit und seine eigene Armut zu denken.

Eines Abends fand er sich als Besitzer eines Dollars, den er auf so sonderbare Art erworben hatte, daß er es sofort zu vergessen suchte, aus Furcht, die Erinnerung daran könnte ihn verrückt machen.

Vor dem Hotel »San Carlos« hatte ein Mann ihm den Dollar in die Hand gedrückt und gesagt: »Lauf, mir vier Flaschen Ingwerbier holen. Im Hotel ist es ausgegangen.« Solche Vorkommnisse waren sozusagen Wunder, dachte Pilon bei sich. Man soll sie gläubig hinnehmen und nicht darüber grübeln und Fragen stellen. Er begab sich auf den Weg zu Danny, um ihm den Dollar zu bringen, aber unterwegs erstand er eine Gallone Wein, und mit diesem lockte er zwei Mädchen in sein Haus.

Danny hörte im Vorbeigehen den Lärm und gesellte sich fröhlich dazu. Pilon fiel ihm um den Hals und stellte Danny alles zur Verfügung. Nachher, als sich Danny mit der Hälfte des Weines eines der Mädchen bemächtigt hatte, gerieten sie in eine großartige Prügelei. Danny verlor dabei einen Zahn, und Pilons Hemd bekam einen Riß. Die Mädchen standen kreischend daneben, und wer von den Kämpfenden gerade unterlag, dem gaben sie noch einen Fußtritt. Endlich stand Danny vom Boden auf und gab einem der Mädchen einen Stoß in die Magengegend. Dieses lief unter Tönen wie ein quakender Frosch zur Tür hinaus, und das andere Mädchen stahl zwei Kochtöpfe und folgte ihr nach.

Pilon und Danny vergossen einige Tränen über die Treulosigkeit der Frauen.

»Du ahnst nicht, was für Dirnen Weiber sind«, bemerkte Danny weise.

»Ich weiß«, versicherte Pilon.

»Nein, du weißt es nicht.«

»Lügner!«

Sie fingen wieder eine Prügelei an, aber es kam nichts dabei heraus.

Hiernach war es Pilon im Gedanken an den unbezahlten Mietzins etwas wohler zumute. War er nicht seinem Hausherrn gegenüber der Gastgeber gewesen?

Einige Monate gingen ins Land. Wieder begann Pilon sich Sorgen wegen des Hauszinses zu machen. Und mit der Zeit wurden diese Sorgen ihm unerträglich. Schließlich trieb ihn die Verzweiflung, zwei Tage lang für Chin Kee Fische zu putzen, womit er zwei Dollar verdiente. Am Abend band er sich sein rotes Taschentuch um den Hals, setzte sich den hoch in Ehren gehaltenen Hut seines Vaters auf und begab sich hügelan, um Danny die beiden Dollar als Anzahlung zu bringen.

Aber unterwegs fiel ihm ein, doch lieber zwei Gallonen Wein zu kaufen.

Es ist besser so, dachte er. Gebe ich ihm bares Geld, so kann ich damit nicht ausdrücken, was für warme Gefühle der Freundschaft ich für ihn hege. Und ich werde ihm sagen, die beiden Gallonen Wein hätten fünf Dollar gekostet. Dies war töricht, und Pilon wußte es wohl, aber er redete sich trotzdem hinein.

Niemand in Monterey kannte die Weinpreise besser als Danny. Pilon trottete glücklich einher. Er war in gehobener Stimmung und trug die Nase hoch in der Richtung auf Dannys Haus zu. Seine Füße trugen ihn, wenn auch nicht sehr sicheren Ganges, doch in der rechten Richtung vorwärts. Unter jedem Arm hatte er eine große Papiertüte, und in jeder derselben befand sich eine Gallone Wein.

Die Abenddämmerung ergoß einen purpurnen Schein; es war die köstliche Stunde, in der die Schläfrigkeit des Tages vorbei ist und die Freuden und das Geplauder des Abends noch nicht begonnen haben. Die Kiefern hoben sich tiefschwarz vom Himmel ab, und alle Gegenstände am Boden verfinsterten sich mit der einbrechenden Dunkelheit; aber der Himmel war von jener trauererfüllten Helligkeit, wie die Erinnerung sie an sich hat. Träge flogen die Möwen von den Fischkonservenfabriken in Monterey heim, die sie tagsüber besucht hatten.

Pilon liebte Schönheit und Mystik. Er hob das Gesicht zum Himmel empor, und seine Seele wuchs über ihn hinaus in den Nachglanz der Sonne. Jener nicht gerade vollkommene Pilon, der auf Listen sann und gerne raufte, trank und fluchte, trabte langsam weiter; indessen erhob sich ein sehnsuchtsvoller und strahlender Pilon hoch hinauf zu den Seemöwen, die in der Abendluft ihre zarten Schwingen badeten. Dieser Pilon war eine schöne Seele, und seine Gedanken unbefleckt von Selbstsucht und Begierde. Und diese Gedanken waren wert, gekannt zu werden.

Gottvater lebt in diesem Abend, dachte er. Diese Vögel flattern um seine Stirne. Ihr lieben Vögel, ihr Seemöwen – wie lieb ich euch alle habe! Eure sanften Schwingen streicheln mein Herz, wie die Hand eines milden Herrn über das volle Bäuchlein seines Hundes gleitet, oder wie die Hand Christi sich auf die Häupter der Kindlein legte. Liebe Vögel – fliegt und nehmt mein geöffnetes Herz mit zu Unserer Lieben Frauen, der lieblich trauernden Gottesmutter. Und er sagte die zartesten Worte, die er kannte, vor sich hin: *»Ave Maria, gratia plena ...«*

Die Füße des bösen Pilon rührten sich nicht mehr. In der Tat, in diesem Augenblick hatte der schlimme Pilon zu existieren aufgehört. (Höre es, Engel mit dem aufzeichnenden Griffel!) Eine reinere Seele als die Pilons in diesem Moment hat es nie gegeben – noch gibt es sie oder wird es sie je geben. Galvez' böse Bulldogge näherte sich den verlassenen Beinen Pilons in der Finsternis, beschnüffelte sie und lief davon, ohne zu beißen.

Eine geläuterte und gerettete Seele ist in verdoppelter Gefahr, denn alles in der Welt ist gegen sie verschworen. »Selbst die Halme unter meinen Knien«, gesteht der heilige Augustinus, »rufen, um mich vom Gebet abzulenken.«

Pilons Seele war nicht einmal gegen seine eigenen Erinnerungen gefeit; denn während er die Vögel beobachtete, fiel ihm ein, daß Mrs. Pastano manchmal Seemöwen für ein leckeres Gericht verwendete; der bloße Gedanke daran machte ihn hungrig – und der Hunger ließ ihn taumelnd vom Himmel auf die Erde zurückkommen. Pilon tappte weiter, wieder eine sonderbare Mischung aus Gut und Böse, während Galvez' scharfe Bulldogge knurrend kehrtmachte, ärgerlich, daß sie sich die gute Gelegenheit mit Pilons Beinen hatte entgehen lassen. Pilon krümmte die Arme, um das Gewicht der Flaschen weniger zu spüren.

Es ist eine in vielen Geschichten bezeugte Wahrheit, daß die Seele, die des höchsten Guten fähig ist, auch dem größten Übel hörig sein kann. Was gibt es Unfrömmeres als einen abtrünnigen Priester? Oder Fleischlicheres als eine Jungfrau, die keine Jungfrau mehr ist? Und doch mag dies nur äußerlich sein.

Der eben aus allen Himmeln gefallene Pilon war, ohne es zu wissen, von besonderer Empfindsamkeit gegen jeden bitteren Wind, jedem üblen Einfluß, den die Nacht gegen ihn braute. Wohl bewegte er sich leiblich immer noch auf Dannys Haus zu, aber ohne klare Absicht oder Überzeugung. Sein Empfinden wartete auf ein Signal, sei es noch so winzig, um sich zur Umkehr ermuntert zu fühlen. Schon überlegte Pilon, wie großartig er sich mit zwei Gallonen Wein betrinken und, was noch mehr war, wie lange er betrunken bleiben könnte.

Inzwischen war es fast völlig dunkel geworden. Die schmutzige Straße war nicht mehr zu sehen, ebensowenig die Gräben zu beiden Seiten. Man ziehe keine moralischen Schlußfolgerungen aus dem Umstand, daß in diesem Augenblick, da Pilons Impulse um Haaresbreite zwischen Großmut und Selbstsucht hin und her schwankten, zufällig Pablo Sanchez im Graben neben der Straße saß und sich wünschte, er hätte eine Zigarette und ein Glas Wein.

Oh, diese Gebete von Millionen Menschen – wie müssen sie einander auf dem Wege zu Gottes Thron bekämpfen und gegenseitig aufheben!

Pablo vernahm zuerst Schritte, dann unterschied er verschwommen eine Gestalt, bis er Pilon erkannte. »Heda, *amigo*«, rief er begeistert. »Was für eine Last trägst du?« Pilon blieb ganz starr stehen und richtete den Blick auf den Graben. »Ich dachte, du seiest im Gefängnis«, sagte er streng. »Ich hörte so etwas von einer Gans.«

»Da war ich auch, Pilon«, gab Pablo heiter zurück. »Aber ich wurde nicht gern gesehen. Der Richter sagte, das Urteil wirke an mir nichts Gutes, und die Polizei fand, ich äße mehr als für drei Mann. Daher«, endete er mit Stolz, »bin ich bedingt entlassen.«

Pilon fühlte sich von seiner Selbstsucht erlöst. Zwar brachte er den Wein nicht zu Danny in dessen Haus, aber er lud auf der Stelle Pablo ein, ihn mit ihm in der gemieteten Behausung zu teilen. Wenn sich einem auf dem Lebensweg zwei Pfade der Großmut eröffnen, wer wagte zu richten, welcher der bessere ist?

Frohgelaunt betraten Pilon und Pablo das Häuschen. Pilon zündete eine Kerze an und stellte zwei Fruchtschalen statt Gläser auf.

»Gesundheit!« sagte Pablo anstoßend.

»Salud«, erwiderte Pilon.

Ein paar Minuten später ertönte es von Pablo: *»Salud!«*

»Dummkopf!« war Pilons Antwort.

Ein Weilchen schwiegen sie. *»Su servidor«,* begann Pablo von neuem.

»Ins Rattenloch mit dir«, klang es von Pilon zurück.

Zwei Gallonen sind sehr viel Wein, sogar für zwei Paisanos. Sinnbildlich könnte man etwa folgende Skala aufstellen: Bis kurz unter dem Flaschenhals der ersten Flasche: ernste und gesammelte Unterhaltung. Zwei Zoll tiefer: lieblich-traurige Erinnerungen. Drei Zoll weiter: Die Gedanken schweifen zu einstigen erfreulichen Liebschaften und einen Zoll tiefer zu vergangenen bitteren Liebeserfahrungen. Neige des ersten Flaschenkrugs: unbestimmte, grundlose Traurigkeit – Schulter des zweiten: düstere, unheilige Verstimmung; zwei Fingerbreit weiter unten: ein Lied vom Sterben oder von großer Sehnsucht. Um einen Daumen tiefer: alle Lieder, die jeder der Trinkenden kennt. Hier verschwindet die Abstufung, denn die Spuren gehen auseinander, und nichts ist mehr gewiß. Von diesem Punkte an ist alles möglich.

Aber zurück zur ersten Stufe, der ernsten und gesammelten Unterhaltung, denn von hier führte Pilon seinen Schlag.

»Pablo«, begann er, »wird es dir nie über, in Gräben zu nächtigen – naß und heimatlos, einsam, ohne Freunde?«

»Nein«, bekannte Pablo.

Pilon gab seiner Stimme einen mild überredenden Unterton. »Das dachte ich auch, Freundchen, als ich ein Dreckfink im Graben war; auch ich war zufrieden – wußte ich doch nicht, wie süß es ist, ein Häuschen, ein Dach und ein Gärtchen zu haben. Ach, Pablo, wahrhaftig, dies heißt leben!«

»Ganz nett«, gab Pablo zu.

Pilon stieß weiter vor. »Schau, Pablo, wie wäre es, wenn du einen Teil meines Häuschens mieten würdest? Nie mehr brauchtest du auf dem kalten Boden zu liegen. Nie mehr auf dem harten Sand unter der Werft, wo einem die Krabben in die Schuhe kriechen. Wie wäre es, wenn du hierher zu mir zögest?«

»Oh, gern«, meinte Pablo.

»Sieh, du brauchst mir nur fünfzehn Dollar im Monat zu bezahlen. Das ganze Haus, mein Bett ausgenommen, stünde dir zur Verfügung, ebenso der Garten. Denk darüber nach. Und wenn dir jemand einen Brief zu schreiben wünscht, so könntest du eine Adresse angeben!«

»Jawohl«, sagte Pablo. »Das ist großartig.«

Ein Seufzer der Erleichterung entwand sich Pilons Brust. Er hatte nicht gewußt, wie schwer die Schuld an Danny ihn bedrückt hatte. Der Umstand, daß er ziemlich sicher war, Pablo würde den Mietzins nie bezahlen, verringerte seine Genugtuung nicht. Sollte Danny je das Geld verlangen, könnte Pilon fortan sagen: »Ich werde bezahlen, sobald Pablo gezahlt hat.«

Inzwischen waren sie auf der nächstunteren Stufe angelangt, und Pilon erinnerte sich, wie glücklich er einst als kleiner Bub gewesen. »Keine Sorgen, Pablo, zu jener Zeit. Ich kannte keine Sünde. Ich war sehr glücklich.«

»Nie mehr sind wir seither glücklich gewesen«, stimmte Pablo traurig zu.

4

Wie Jesus Maria Corcoran, ein guter Mensch, gegen seinen Willen zum Träger des Übels wurde

Das Leben glitt für Pilon und Pablo sanft dahin. Morgens, wenn die Sonne sich hell von den Kiefern abhob, wenn unten in der blauen Bucht das Wasser sich glitzernd kräuselte, erhoben sie sich gemach und nachdenklich aus ihren Betten.

So ein sonniger Morgen ist eine Zeit der stillen Freuden. Wenn der Tau auf den Malvenstauden funkelt, trägt jedes Blatt Juwelen von lauterster Schönheit, wenn sie auch nicht kostbar sind. Diese Stunde ist nicht zum Hasten und Jagen da. Die Gedanken gehen langsam und tief, wie in Gold getaucht, in den strahlenden Morgen hinein. Pablo und Pilon schlenderten in ihren blauen Baumwollhosen und blauen Hemden kameradschaftlich zu dem Rinnsal hinter dem Hause, und nach einer Weile kehrten sie zurück und setzten sich in die Sonne vor dem Hauseingang, lauschten dem Klang der Fischerhörner in den Straßen von Monterey und plauderten in gelassenem, halb schläfrigem Ton über die Ereignisse von Tortilla Flat; denn an jedem Tag, um den die Welt sich vorwärts bewegt, passiert tausenderlei in Tortilla Flat.

In ungestörtem Frieden saßen sie in der kleinen Halle. Nur ihre Zehen zuckten, wenn die Fliegen sich darauf niederließen.

»Wenn alle Tautropfen Diamanten wären«, meinte Pablo sinnend, »dann wären wir reich. Wir könnten unser Leben lang betrunken sein.«

Aber Pilon, dem der Fluch des Realismus lästig anhing, setzte hinzu: »Dann hätte jedermann Überfluß an Diamanten. Sie hätten keinen Preis mehr, aber Wein wird immer Geld kosten. Wenn es nur, gleich jetzt, einen ganzen Tag lang Wein regnen wollte und wir einen Tank hätten, um ihn aufzufangen.«

»Aber guten Wein«, warf Pablo dazwischen, »nicht so elendes Spülicht, wie du neulich heimgebracht hast.«

»Ich hab' ihn nicht bezahlt«, erklärte Pilon, »jemand hatte ihn im Gras neben dem Tanzsaal versteckt. Was kann man von gefundenem Wein erwarten?«

Wieder saßen sie still und wehrten mit trägen Handbewegungen die Fliegen ab. »Cornelia Ruiz hat gestern den schwarzen Mexikaner aufgeschlitzt«, bemerkte Pilon.

Pablo schlug die Augen halb interessiert auf. »Prügelei?« fragte er.

»Nein – der Schwarze wußte nicht, daß Cornelia gestern mit einem andern Mann angebändelt hatte, und versuchte, bei ihr einzusteigen. Darum hat Cornelia das Messer gezogen.«

»Er hätte es wissen müssen«, ließ sich Pablo in tugendhaftem Ton vernehmen.

»Nun, er war eben unten in der Stadt, als Cornelia

sich mit dem andern einließ. Der Schwarze probierte, durchs Fenster hineinzuklettern, als er die Tür verschlossen fand.«

»Der Schwarze ist ein Narr«, erklärte Pablo. »Ist er tot?«

»I bewahre. Sie hat ihn nur an den Armen geritzt. Cornelia war nicht böse. Sie wollte bloß nicht, daß der Schwarze hereinkam.«

»Cornelia ist recht unbeständig«, meinte Pablo. »Aber sie läßt immer noch Messen für ihren Vater lesen, der vor zehn Jahren gestorben ist.«

»Wird sie wohl nötig haben«, bemerkte Pilon trokken. »Er war ein Bösewicht und ist doch nie ins Gefängnis gekommen, und er ging nie zur Beichte. Als der alte Ruiz im Sterben lag, besuchte ihn der Priester und wollte ihm die heilige Tröstung bringen; und Ruiz legte ihm die Beichte ab. Cornelia sagt, als der Priester die Krankenstube verließ, sei er weiß wie Wildleder gewesen. Hinterher aber verbreitete der Priester, er glaube nicht die Hälfte von dem, was Ruiz ihm gebeichtet habe.«

Mit einem katzenartigen Zugriff tötete Pablo eine Fliege, die sich auf seinem Knie niedergelassen hatte. »Ruiz war von jeher ein Schwindler«, antwortete er. »Seine Seele wird vieler Messen bedürfen. Aber glaubst du, daß einer Messe Kraft innewohnt, wenn das Geld dafür aus den Taschen der Männer kommt, die voll süßen Weines in Cornelias Haus schlafen?«

»Eine Messe ist eine Messe«, gab Pilon zurück. »Wo du den Batzen herhast, interessiert den Mann nicht, der dir ein Glas Wein verkauft. Und Gott interessiert es nicht, wie die Messe bezahlt wird. Er hört sie einfach gern, so wie du gern Wein trinkst. Pater Murphy ging immerfort fischen, und monatelang roch das Heilige Sakrament nach Makrelen, aber deshalb war es nicht weniger heilig. Dergleichen zu erklären ist Sache der Priester. Wir brauchen uns darüber kein Kopfzerbrechen zu machen. Ich möchte lieber wissen, wo wir ein paar Eier zum Essen bekommen können. Es wäre jetzt die richtige Zeit, ein Ei zu verspeisen.«

Pablo zog seinen Hut über die Augen, um sie vor der Sonne zu schützen. »Charlie Meeler hat mir erzählt, daß Danny mit Rosa Martin, der Portagee, geht.«

Beunruhigt sprang Pilon auf. »Vielleicht will das Mädchen Danny heiraten. Diese Portagees sind immer aufs Heiraten aus, und sie sind sehr hinter Geld her. Sind sie erst verheiratet, dann kann es kommen, daß sie uns wegen der Miete plagen. Diese Rosa wird neue Kleider haben wollen. Das wünschen sich die Frauen immer. Ich kenne sie.«

Auch Pablo sah ärgerlich drein. »Und wenn wir nun hingingen und mit Danny redeten«, schlug er vor.

»Vielleicht hat Danny ein paar Eier. Die Hühner von Missis Morales legen gut.«

Sie zogen ihre Schuhe an und gingen langsam auf Dannys Haus zu. Pilon bückte sich, hob einen Bierflaschenverschluß auf und warf ihn mit einem Fluch wieder hin. »Ein schlechter Kerl muß ihn dahin geworfen haben, um die Leute zu foppen.«

»Ich habe das gestern abend versucht«, sagte Pablo.

Er blickte in einen Farmhof, in dem Grünkorn reifte, und merkte sich im stillen, wie weit es war.

Sie fanden Danny, halb verdeckt vom Rosenbusch, vor der Vordertür sitzend, mit schnellen Bewegungen der Zehen die Fliegen abwehrend.

»Ai, *amigos*«, grüßte er sie nachlässig.

Sie setzten sich neben ihn und entledigten sich ihrer Hüte und Schuhe. Danny holte einen Tabaksbeutel und etwas Papier hervor und reichte Pilon beides. Dieser tat ein bißchen schockiert, machte aber keine Bemerkung dazu.

»Cornelia Ruiz hat den schwarzen Mexikaner aufgeschlitzt«, erzählte er.

»Davon hab' ich gehört«, gab Danny zurück.

»Diese Weiber«, sagte Pablo in scharfem Ton. »Heutzutage ist kein Verlaß mehr auf sie.«

»Es ist gefährlich, mit ihnen anzubändeln«, ließ sich Pilon vernehmen. »Ich habe mir sagen lassen, hier auf dem Flat sei eine junge Portagee, die einem Mann einen Denkzettel geben kann, wenn er sich die Mühe gibt, ihn sich zu holen.«

Pablo schnalzte verächtlich mit der Zunge. Mit den Händen machte er eine abweisende Gebärde. »Was kann ein Mann dabei tun?« fragte er. »Gibt es keine, der man trauen kann?«

»Das Mädchen heißt Rosa«, nahm Pilon wieder das Wort. »Ihren Geschlechtsnamen möchte ich nicht nennen.«

»Oh, ihr meint Rosa Martin«, sagte Danny ohne viel Interesse. »Nun, was kann man von einer Portagee erwarten?«

Pablo und Pilon seufzten erleichtert auf.

»Wie steht es mit Missis Morales' Hühnern?« fragte Pilon scheinbar beiläufig.

Danny schüttelte traurig den Kopf. »Ihre Hühner sind allesamt tot. Mrs. Morales hatte Bohnen in Töpfe eingelegt, diese sind explodiert, und Mrs. Morales hat die Hühner mit den Bohnen gefüttert; daran sind sie sämtlich zugrunde gegangen.«

»Und was ist dann aus ihnen geworden?« wollte Pablo wissen.

Danny winkte abwehrend mit zwei Fingern. »Jemand sagte Mrs. Morales, sie solle die Hühner nicht essen, sonst würde sie krank. Aber wir haben sie sauber ausgenommen und dem Metzger verkauft.«

»Ist jemand daran gestorben?« erkundigte sich Pablo.

»Nein. Ich glaube, es war weiter nichts mit ihnen los.«

»Vielleicht hast du mit dem Geld von den Hühnern ein bißchen Wein gekauft?« suchte Pablo auf den Busch zu klopfen.

Danny lächelte ihn spöttisch an. »Das hat Missis Morales getan, und ich war gestern abend bei ihr eingeladen. Sie ist in mancher Hinsicht eine hübsche Frau und gar nicht so alt.«

Wieder überkam Unruhe Pablo und Pilon.

»Mein Vetter Weelie sagt, sie sei fünfzig Jahre alt«, warf Pablo erregt hin.

Danny streckte beide Hände von sich. »Und was hat es zu sagen, wie alt an Jahren sie ist?« bemerkte er philosophisch. »In der steckt Leben. Das Haus gehört ihr, und sie hat zweihundert Dollar auf der Bank liegen.« Hierauf wurde Danny ein wenig verlegen. »Ich möchte Missis Morales etwas schenken.«

Pilon und Pablo blickten auf ihre Füße und machten die höchsten geistigen Anstrengungen, um das Kommende von sich abzuhalten. Aber es war vergeblich.

»Hätte ich nur ein wenig Geld«, fuhr Danny fort, »dann würde ich ihr eine Schachtel mit Süßigkeiten kaufen.« Er sah seine Mieter bedeutungsvoll an, aber keiner antwortete ihm. »Ich würde nur ein oder zwei Dollar brauchen«, gab er zu verstehen.

»Chin Kee trocknet Tintenfische«, bemerkte Pilon. »Vielleicht könntest du einen halben Tag für ihn Fische zerschneiden.«

Danny antwortete scharf: »Es wäre unschicklich für einen Mann, der Besitzer von zwei Häusern ist, Fische zu zerschneiden. Aber vielleicht, wenn ich je ein bißchen Mietzins bekäme ...«

Pilon erhob sich ärgerlich. »Immer dieser Mietzins«, rief er zornig aus. »Du würdest uns auf die Straße setzen, ja in den Rinnstein jagen, während du in deinem weichen Bett schläfst. Komm, Pablo«, sagte er verdrossen, »wir werden das Geld für diesen Elenden, diesen Wucherer besorgen.«

Und beide machten sich auf und davon.

»Wo sollen wir das Geld hernehmen?« fragte Pablo.

»Keine Ahnung«, antwortete Pilon. »Vielleicht fragt er nicht wieder danach.« Aber die Unmenschlichkeit dieses Verlangens verwundete ihren inneren Frieden tief. »Wir werden ihn ›alter Wucherer‹ nennen, wenn wir ihn wiedersehen. Jahrelang waren wir befreundet. War er in Not, so haben wir ihm zu essen gegeben. Wenn er fror, so haben wir ihn gekleidet.«

»Wann war das?« fragte Pablo.

»Nun, wir hätten es getan, hätte er etwas gebraucht und hätten wir es gehabt. Solche Freundschaft hegten wir für ihn. Und jetzt zerstört er diese Freundschaft um einer Schachtel Süßigkeiten willen, die er einer dicken alten Frau schenken möchte.«

»Zuckerzeug soll gar nicht gesund sein«, meinte Pablo. Solche Gemütserregungen setzten Pilon sehr zu. Er hockte in dem Graben neben der Straße nieder, begrub das Kinn in seinen Händen und gab sich der Verzweiflung hin.

Pablo kauerte neben ihm, aber nur um auszuruhen, denn seine Freundschaft für Danny war nicht so alt und edel wie die Pilons.

Auf dem Boden des Grabens wuchs zum Ersticken dicht ausgetrocknetes Gras und Buschwerk. Als Pilon so voll Kummer und Groll hinunterstarrte, bemerkte er plötzlich, daß in dem Gebüsch ein menschlicher Arm steckte, und er unterschied neben diesem einen halbgefüllten Gallonenkrug mit Wein. Er packte Pablo am Arm und gab ihm ein Zeichen.

Pablo sah verdutzt hin. »Vielleicht ein Toter, Pilon.«

Pilon kam wieder zu Atem, und sein klarer Blick stellte sich wieder ein. »Wenn der Mann tot ist, so hilft ihm der Wein auch nicht mehr. Er kann sich nicht damit begraben lassen.«

Der Arm rührte sich, schob die Zweige beiseite und ließ das schmuddlige Gesicht und die roten Bartstoppeln Jesus Maria Corcorans sehen. »Ach du, Pilon, und du, Pablo«, murmelte er verträumt. *»Que tomas?«* Pilon kletterte den Grabenrand hinunter neben ihn. »*Amigo*, Jesus Maria! Du bist krank!«

Jesus Maria lächelte freundlich. »Nur betrunken«, lallte er. Er hob sich auf die Knie. »Kommt und nehmt einen Trunk, Freunde. Schlürft tief, es ist noch viel da.« Pilon zog die Flasche auf Ellbogenhöhe zu sich herauf. Er tat vier große Züge daraus und gab sie mit einem Rest von etwa einem Schoppen wieder frei. Dann nahm Pablo sie ihm ab und spielte damit, wie ein Kätzchen mit einer Feder. Mit dem Ärmel wischte er sich die Mundwinkel rein. Dann beroch er den Wein. Nun nahm er drei oder vier winzige Schlucke zum Versuch und ließ die Tropfen, sich selbst Tantalusqualen bereitend, im Munde herumlaufen. *»Madre de Dios, que vino!«* rief er dann aus. Endlich hob er den Flaschenkrug und ließ den Rotwein glücklich die Kehle hinuntergleiten. Pilon hatte die Hand längst wieder ausgestreckt, als Pablo Atem schöpfte. Mit freundlich bewundernder Miene wandte sich Pilon wieder seinem Freunde Jesus Maria zu. »Hast du in den Wäldern einen Schatz entdeckt?« fragte er. »Oder ist ein bedeutender Mann gestorben und hat dich in seinem Testament genannt, Freundchen?«

Jesus Maria war ein Menschenfreund und von nie versagender Güte. Er räusperte sich und spuckte aus. »Gebt mir zu trinken«, bat er. »Meine Kehle ist trokken. Dann will ich euch erzählen, wie alles gekommen ist.« Er trank versonnen, wie ein Mann, der so viel Wein besitzt, daß er sich dazu Zeit nehmen und ohne

Reue sogar ein wenig verschütten darf. »Vorgestern abend«, berichtete er dann, »schlief ich am Strande ein, dort am Meer. Im Laufe der Nacht spülten die leichten Wellen ein Ruderboot ans Ufer. Oh, ein allerliebstes Schifflein, und richtig mit Rudern versehen. Ich stieg ein und ruderte es nach Monterey hinunter. Es wäre wohl zwanzig Dollar wert gewesen. Aber an dem Tage war der Geschäftsgang flau, und ich bekam nur sieben.«

»Hast du noch Geld übrig?« warf Pilon aufgeregt dazwischen.

»Ich erzähle euch den ganzen Hergang«, antwortete Jesus Maria würdevoll. »Ich kaufte zwei Gallonen Wein und verbarg sie hier im Walde, und dann ging ich mit Arabella Groß spazieren. In Monterey kaufte ich ihr einen Seidenschlüpfer. Er gefiel ihr gut – ganz weich war er und zartrosa. Dann besorgte ich noch einen Schoppen Whisky für Arabella, und nach einer Weile trafen wir einige Soldaten, mit denen sie weiterging.«

»Oh, diese Diebin – und dein gutes Geld!« rief Pilon entsetzt aus.

»Nein«, wehrte Jesus Maria träumerisch ab. »Es war sowieso Zeit für sie, zu gehen. – Und hernach kam ich hierher und legte mich schlafen.«

»Du hast also kein Geld mehr?«

»Weiß nicht – will nachsehen.« Jesus Maria wühlte in seiner Rocktasche und förderte drei zerknitterte Dollarscheine und ein Zehncentstück ans Tageslicht.

»Heute abend«, erklärte er, »will ich für Arabella so ein kleines Ding für weiter oben kaufen.«

»Du meinst so kleine Seidentäschchen mit Bändchen daran?«

»Jawohl«, sagte Jesus Maria, »und nicht einmal so klein, wie du vielleicht denkst.« Er hustete, um sich die rauhe Kehle zu klären.

Sofort war Pilon von Sorge erfüllt. »Das kommt von der Nachtluft«, bedeutete er. »Es ist nicht gesund, im Freien zu schlafen. Komm, Pablo, wir nehmen ihn in unser Haus und kurieren ihn von seiner Erkältung. In dieser Verfassung ist der Boden für eine Lungenkrankheit bereitet, aber wir werden ihn heilen.«

»Was redest du da?« fragte Jesus Maria. »Ich bin ganz wohlauf.«

»Das meinst du so«, antwortete ihm Pilon. »Das dachte Rudolfo Kelling auch. Und doch warst du vor einem Monat bei seinem Begräbnis. Auch Angelina Vasquez meinte dies. Sie ist vorige Woche gestorben.«

Jesus Maria erschrak. »Woran liegt das wohl?«

»Am Schlafen in der Nachtluft«, gab Pilon im Ton eines Weisen zurück. »Das halten deine Lungen nicht aus.«

Pablo wickelte den Weinkrug in ein großes Blatt, das ihn so verhüllte, daß jeder Vorübergehende sich vor Neugier verzehren mußte, bis er herausgefunden, was darin versteckt sei.

Pilon ging dicht neben Jesus Maria und faßte ihn bisweilen leicht unter den Ellbogen, um ihn daran zu mahnen, daß er nicht wohl sei. Sie nahmen ihn in ihr Haus, bereiteten ihm eine Lagerstätte, und obwohl es ein warmer Tag war, deckten sie ihn mit einer alten Wolldecke zu. Pablo erging sich in beweglichen Worten über jene Armen, die an Tuberkulose litten und dahinsiechten. Und dann erhob Pilon seine Stimme zu lieblichen Klängen. Er sprach ehrfurchtsvoll von der Lebensfreude, die ihnen das Häuschen geschenkt. Wenn es tief Nacht sei, und alles Geschwätz verstummt und aller Wein verronnen, und draußen tödliche Nebel sich wie die Geister riesiger Blutegel zu Boden senkten, dann brauche man nicht hinaus, um sich in den üblen Dünsten eines Grabens niederzulegen. Nein, man schlüpfe in ein tiefes, weiches, warmes Bett und schlafe darin wie ein kleines Kind.

Bei dieser Wendung schlief Jesus Maria ein. Pilon und Pablo mußten ihn wecken, um ihm zu trinken zu geben. Dann ergriff Pilon wieder das Wort und schilderte herzbewegend, wie sie des Morgens im warmen Nest liegen blieben, bis die Sonne hoch genug stehe, um ihren Dienst zu verrichten. Man brauche nicht schlotternd in der Dämmerstunde herumzuwandern und in die Hände zu schlagen, damit sie nicht erfrören.

Endlich machten Pilon und Pablo einen konzentrischen Angriff auf Jesus Maria, wie zwei Airedaleterrier sich auf der Jagd in stillschweigender Übereinkunft auf ihre Beute stürzen. Sie verpachteten ihm den Mitgenuß des Hauses für fünfzehn Dollar monatlich. Glücklich ging er darauf ein. Sie schüttelten einander alle die Hand. Der Weinkrug wurde ausgewickelt. Pilon nahm einen tiefen Schluck, denn er wußte, daß das Schwerste ihm noch bevorstand. Er brachte es sehr liebevoll und beiläufig vor, während Jesus Maria aus der Flasche trank.

»Und du brauchst jetzt nur drei Dollar anzuzahlen.«

Jesus Maria setzte den Flaschenkrug vom Munde ab und starrte ihn entsetzt an. »Nein«, brauste er auf. »Ich habe Arabella Groß versprochen, ihr so ein kleines Ding zu kaufen. Ich werde den Mietzins bezahlen, wenn es an der Zeit ist.«

Pilon machte sich klar, daß er einen Fehler begangen hatte. »Als du am Meeresstrand lagst«, begann er von neuem, »hat Gott dir das Schiffchen zugetrieben. Glaubst du, der liebe Gott habe das getan, damit du einem schlampigen Mädchen aus der Konservenfabrik seidene Schlüpfer kaufen könntest? Nein, Gott tat es, um dich vom Tode durch Schlafen auf dem kalten Boden zu erretten. Meinst du, daß Gott sich für Arabellas Brüste interessiert? Übrigens sind wir zufrieden, wenn du zwei Dollar bei uns hinterlegst. Für einen Dollar kannst du so ein Ding kaufen, groß genug für zwei Kuheuter.«

Jesus Maria wehrte sich noch immer.

»Ich will dir was sagen«, fuhr Pilon fort. »Wenn wir Danny nicht zwei Dollar bezahlen, werden wir allesamt auf die Straße gesetzt, und dann bist du schuld daran. Dann hast du es auf dem Gewissen, wenn wir im Graben schlafen müssen.«

Unter diesen Schüssen aus so vielen Richtungen brach Jesus Marias Widerstand zusammen. Er reichte Pilon zwei von den zerknitterten Dollarscheinen.

Im gleichen Augenblick verschwand das Spannungsgefühl aus dem Raum, und Frieden und eine ruhige, warme Kameradschaft traten an seine Stelle. Pilon atmete auf. Pablo nahm die Wolldecke und legte sie auf sein eigenes Bett zurück. Und nun entspann sich eine Unterhaltung.

Nachdem die erste Begierde gestillt war, nippten sie den Wein aus Fruchtschalen.

»Warum braucht Danny so nötig zwei Dollar?« erkundigte sich Jesus Maria.

Pilon wurde vertraulich. Seine Hände wirbelten wie ein Mottenpaar in der Luft herum, als hinderten nur Handgelenke und Arme sie, zur Tür hinauszufliegen. »Unser Freund Danny hat sich mit Missis Morales eingelassen. Bitte, halte ihn nicht für einen Narren. Missis Morales hat zweihundert Dollar auf der Bank. Danny möchte ihr eine Schachtel mit Süßigkeiten kaufen.«

»Zuckerzeug soll gar nicht gesund sein«, wiederholte Pablo sein Sprüchlein. »Man kriegt Zahnweh davon.«

»Das ist Dannys Sache«, entschied Jesus Maria. »Wenn er Missis Morales Zahnschmerzen verursachen will, so hat er es zu verantworten. Was gehen euch Missis Morales' Zähne an?«

Eine Wolke der Sorge verbreitete sich über Pilons Gesicht. »Aber wenn Danny Missis Morales das Zuckerzeug schenkt, so wird er auch davon essen. Das bedeutet, daß die Zähne unseres Freundes leiden werden.«

Pablo schüttelte bekümmert den Kopf. »Es wäre doch schlimm, wenn Dannys Freunde, von denen er abhängig ist, an seinen Zahnschmerzen schuld wären.«

»Was sollen wir dann tun?« fragte Jesus Maria,

obgleich sie alle drei genau wußten, was sie tun würden. Sie warteten höflich, jeder dem anderen den Vorrang lassend, auf die unvermeidliche Eröffnung. Das Schweigen hielt an. Pilon und Pablo empfanden, der Vorschlag dürfe nicht von ihnen ausgehen, denn wenn man es logisch überlegte, könnte es den Anschein erwecken, als hätten sie ein eigensüchtiges Interesse im Spiel.

Jesus Maria schwieg mit Rücksicht auf seine Gastgeber, aber als ihr Stummbleiben ihm zu Bewußtsein brachte, was von ihm verlangt wurde, trat er sofort in die Bresche.

»Eine Gallone Wein ist auch ein hübsches Geschenk für eine Dame«, sagte er sinnend.

Pilon und Pablo staunten über seinen glänzenden Einfall. »Wir können Danny nahelegen, lieber Wein zu kaufen, weil es für seine Zähne besser ist.«

»Vielleicht achtet aber Danny nicht auf unsere Warnung. Gebt ihr ihm erst das Geld in die Hand, so weiß niemand, was er damit anfängt. Es könnte sein, daß er dann doch Zuckerzeug kauft, und dann haben wir unsere Zeit und unsere Sorgen verschwendet.«

Sie hatten Jesus Maria auserkoren, ihr Sprecher für neue Einfälle zu sein und in peinlichen Lagen den nötigen Anstoß zu geben. »Und wenn wir nun den Wein selber einkauften und Danny brächten, dann wäre es ohne Gefahr«, fuhr er fort.

»Das ist das Wahre«, rief Pilon aus. »Jetzt haben wir's!«

Jesus Maria lächelte bescheiden, als sie ihm das Verdienst daran zuschoben. Er war sicher, daß früher oder später jemand im Zimmer diesen grundsätzlichen Vorschlag hätte machen müssen.

Pablo goß den letzten Rest Wein in die Fruchtschalen, und von der Anstrengung ermüdet, schlürften sie ihn langsam aus. Sie waren stolz darauf, daß sich die Idee so logisch entwickelt hatte und daß sie einer so menschenfreundlichen Absicht diente.

»Und jetzt bin ich hungrig«, erklärte Pablo.

Pilon stand auf, ging zur Tür und blickte nach der Sonne. »Es ist Mittag vorbei. Pablo und ich werden zu Torrelli gehen und den Wein besorgen, und du, Jesus Maria, gehst indessen nach Monterey und beschaffst etwas zu essen. Vielleicht gibt Missis Bruno auf der Werft dir einen Fisch. Am Ende kriegst du auch irgendwo ein bißchen Brot.«

»Ich möchte lieber mit euch gehen«, warf Jesus Maria kleinlaut ein, denn ihm stieg der Argwohn auf, eine andere Gedankenfolge könne sich ebenso logisch und ebenso unabänderlich in den Köpfen seiner Freunde entwickeln.

»Nein, Jesus Maria«, entgegneten sie ihm fest. »Es ist jetzt gegen zwei Uhr, oder nicht weit davon. In einer Stunde ist es drei Uhr. Dann treffen wir dich hier und essen miteinander. Vielleicht reicht es zu einem Gläschen Wein dazu.«

Jesus Maria begab sich widerstrebend auf den Weg nach Monterey, während Pablo und Pilon glückselig den Hügel hinunter auf das Wirtshaus Torrelli zugingen.

5

Wie der heilige Franz eine Umkehr bewirkte und Pilon, Pablo und Jesus Maria sanft bestrafte

Der Nachmittag trat so unmerklich ein, wie das Alter einen Glücklichen überschleicht. Im Sonnenlicht funkelte ein wenig mehr Gold. Das Blau der Bucht vertiefte sich, vom Küstenwind gekräuselt. Die einsamen Fischer, die des Glaubens waren, die Fische bissen nur während der Flut an, verließen ihre Felsensitze, und andere nahmen, in der Meinung, die Fische zur Zeit der Ebbe besser zu ködern, ihre Plätze ein. Um drei Uhr wechselte der Wind und blies leicht von der Bucht herauf, allerhand Seetanggerüche mit sich führend. Die Netzflicker auf den freien Plätzen von Monterey legten ihre Spindeln nieder und drehten sich Zigaretten. Durch die Straßen der Stadt fuhren wohlbeleibte Damen, in deren Blick die müde Weisheit lag, die uns oft aus den Augen der Schweine anblickt, in überladenen Automobilen dem Strand und dem prickelnden Wacholderschnaps des Hotel »Del Monte« zu. Auf der Alvarado Street hing Hugo Machado, der Schneider, über seine Werkstatt ein Schild mit der Aufschrift: »In fünf Minuten zurück«, und ging für den Rest des Tages heim.

Die Bäume bewegten langsam und genießerisch ihre Zweige. In Hunderten von Hühnerhöfen klagten die Hühner in gelassenem Ton über ihr kümmerliches Los. Pilon und Pablo saßen unter einem kastilianischen Rosenbusch mit hellroten Blüten, tranken geruhsam Wein und ließen den Spätnachmittag so allmählich herankommen, wie das Haar zu wachsen pflegt.

»Es ist gewiß gut, Danny nicht zwei Gallonen Wein zu bringen«, meinte Pilon. »Er weiß sich beim Trinken wenig zu beherrschen.«

Pablo stimmte zu: »Er sieht gesund aus. Aber täglich hört man vom Tode von Menschen seines Typs. Denk an Rudolfo Kelling. Oder an Angelina Vasquez.«

Pilons Realismus wagte einen schüchternen Durchbruch. »Rudolfo ist in den Steinbruch oberhalb von Pacific Grove gefallen«, bemerkte er mit mildem Vorwurf.

»Angelina hat vergifteten Büchsenfisch gegessen. Aber«, fügte er begütigend hinzu, »ich weiß, was du sagen willst. Und es sind schon viele an den Folgen übermäßigen Weingenusses gestorben.«

In ganz Monterey rüsteten sich die Leute auf den Abend. Mrs. Guttierez tat spanischen Pfeffer in ihre Gewürzsauce. Rupert Hogan, der Spirituosenverkäufer, mischte ein wenig Wasser unter den Wacholderschnaps und stellte ihn zum Ausschank nach Mitternacht auf die Seite. In den Whisky für die ersten Abendstunden tat er eine Prise Pfeffer. Im Tanzpavillon »El Paseo« öffnete Bullet Rosendale eine Schachtel mit Salzbrezeln und arrangierte sie wie ein grobes braunes Spitzenmuster auf den Schauplatten. Die »Palace Drug Company« zog die Markisen hoch. Eine kleine Gruppe Menschen, die den Nachmittag vor dem Postgebäude verbracht hatte, begrüßte Freunde und begab sich zum Bahnhof, um den Schnellzug der Del-Monte-Bahn von San Francisco einfahren zu sehen. Gesättigt flogen die Seemöwen von den Uferstellen mit den Fischkonservenfabriken fort und auf die Felsenspitze zu. Die Pelikane schlugen in ganzen Reihen mit ihren Ruderfüßen hartnäckig auf das Wasser, um sich die Schlafstätte für die Nacht zu wählen. Auf den Fischerbooten der Italiener rollten die Leute ihre Fangnetze auf lange Stangen auf. Die kleine neunzigjährige Alma Alvarez brachte der Heiligen Jungfrau an der Außenmauer der San-Carlos-Kirche ihr tägliches Sträußchen rosaroter Geranien. In dem methodistischen Nachbardorf Pacific Grove traf sich eine Gruppe von Mitgliedern des »Christlichen Frauenvereins für Mäßigkeit« zu einer Aussprache beim Tee und lauschte den Worten einer kleinen Dame, die, energisch und anschaulich ausgemalt, die Laster und die Prostitution von Monterey schilderte. Sie war der Meinung, ein Komitee solle diese Plätze besichtigen, um genau festzustellen, wie schrecklich die geschilderten Zustände tatsächlich seien. Sie hätten die Lage schon oft genug beschrieben und bedürften neuer Tatsachen für ihre Darstellung.

Nun senkte sich die Sonne gen Westen, und ihre Farbtöne gingen in Orange über. Unter dem Rosenbusch in Torrellis Vorgarten waren Pilon und Pablo eben mit der ersten Gallone Wein fertig. Torrelli trat aus dem Haus und durchschritt das Gärtchen, ohne auf seine ersten Gäste zu achten. Diese warteten, bis er auf dem Wege nach Monterey außer Sicht war, um dann ins Haus zu gehen und in bewußter Übung ihrer Kunst Mrs. Torrelli ein Nachtessen abzulisten. Sie tätschelten ihr die Hüften, nannten sie »süßes Täubchen« und erwiesen ihr kleine persönliche Huldigungen, nach denen sie geschmeichelt und ein wenig zerzaust zurückblieb.

Mittlerweile war der Abend über Monterey angebrochen, und die Lichter wurden angezündet. Die Fenster erglühten in leisem Widerschein. Über dem Theater von Monterey malte die Reklamebeleuchtung die Worte »Kinder der Hölle« immer wieder von vorn. Eine kleine fanatische Gruppe von Fischern, die fest daran glaubten, daß die Fische am Abend anbeißen, ließ sich auf den kalten Meeresfelsen nieder. Ein leichter Nebel trieb durch die Straßen und blieb an den Schornsteinen hängen, und ein feiner Geruch von brennendem Kiefernholz erfüllte die Luft.

Pablo und Pilon gingen zu ihrem Rosenstrauch zurück und setzten sich auf den Boden, aber sie waren nicht mehr so zufriedenen Gemüts wie bisher. »Hier ist es kühl«, sagte Pilon und nahm einen Schluck Wein, um sich zu erwärmen.

»Wir sollten heimgehen, dort ist es warm«, schlug Pablo vor.

»Aber wir haben kein Holz für den Ofen.«

»Nun«, antwortete Pablo, »wenn du den Wein nimmst, treffe ich dich an der Straßenecke.« Dort erschien er auch eine halbe Stunde später.

Pilon wartete geduldig, denn er wußte, es gibt gewisse Dinge, die auch Freunde nicht ändern können. Im Warten spähte Pilon wachsam die Straße hinunter in der Richtung, in der Torrelli fortgegangen, denn dieser war ein tatkräftiger Mann, dem Erklärungen, mochten sie noch so wohlüberlegt und schön gesetzt sein, keinen Pfifferling wert waren. Zudem wußte Pilon, daß Torrelli das übertriebene und einfach Don Quichotische Ideal der Italiener von ehelichen Beziehungen hatte. Doch er spähte umsonst. Kein Torrelli kam zornentbrannt heim. Ein Weilchen später gesellte sich Pablo wieder zu ihm, und Pilon bemerkte mit Befriedigung, daß er einen Arm voll Holzscheite von Torrellis Brennholzvorrat mitbrachte.

Pablo enthielt sich jeder Erklärung seines jüngsten Abenteuers, bis sie bei ihrem Häuschen ankamen. Dann machte er sich Dannys Worte zu eigen: »In der steckt Leben – ein Prachtweibchen!«

Pilon nickte im Dunkel mit dem Kopf und erwiderte ruhig und philosophisch: »Selten findet man alles bei einem einzigen Kauf – Wein, Essen, Liebe und Brennstoff. Wir müssen aber auch an Torrelli denken, Freund Pablo. Er ist ein Mann, den man kennen muß. Wir sollten ihm einmal ein kleines Geschenk machen.«

Pilon sorgte für ein knisterndes Feuer in dem eisernen Ofen. Die beiden Freunde zogen ihre Stühle dicht heran und hielten ihre Fruchtschalen dagegen, um den Wein ein wenig anzuwärmen. Für diesen Abend hatten sie ein geweihtes Licht, denn Pablo hatte eine Kerze gekauft, um sie zu Ehren des heiligen Franziskus zu brennen, nachdem er lange durch anderes abgelenkt war, bis dieser fromme Plan Gestalt gewonnen hatte. Jetzt brannte das dünne Wachslicht wunderschön in dem Seeohr-Schneckenhäuschen, das ihm als Leuchter diente, und warf Pablos und Pilons Schatten an die Wand, daß sie tanzten.

»Möchte wissen, was aus diesem Jesus Maria geworden ist«, äußerte Pilon.

»Er hatte versprochen, längst zurück zu sein«, gab Pablo zurück. »Ich weiß nicht, ob man ihm trauen kann oder nicht.«

»Vielleicht ist ihm etwas zugestoßen, was ihn zurückhält, Pablo. Jesus Maria mit seinem roten Bart und seinem weichen Herzen ist fast immer in Schwierigkeiten durch das Weibervolk.«

»Er hat ein Gehirn wie eine Heuschrecke. Singt und spielt und macht Sprünge. Gar kein Ernst in ihm.«

Sie brauchten nicht lange zu warten. Noch waren sie kaum an der zweiten Fruchtschale Wein, da taumelte Jesus Maria ins Häuschen. Er hielt sich zu beiden Seiten der Tür fest, um nicht hinzufallen. Sein Hemd war zerrissen und sein Gesicht blutüberströmt. In dem zitternden Kerzenlicht sah man, daß ein Auge blau unterlaufen war und Böses ahnen ließ.

Pablo und Pilon stürzten zu ihm. »Unser Freund! Er ist verwundet! Vielleicht von einer Klippe gefallen! Oder von einem Eisenbahnzug überfahren!«

Sie riefen dies ohne den mindesten spöttischen Unterklang, aber für Jesus Maria war es wie tödlicher Hohn. Aus dem Auge, in dem für solche Dinge immer noch Willenskraft lebte, blickte er sie zornfunkelnd an.

»Eure Mütter waren beide Kühe ohne Euter«, polterte er.

Voll Entsetzen über die Vulgarität dieser Beschimpfung prallten sie zurück. »Unser Freund ist geistesgestört.«

»Wahrscheinlich ist ihm ein Kopfknochen gebrochen.«

»Schenk ihm ein bißchen Wein ein, Pablo.«

Jesus Maria saß trübsinnig am Feuer und liebkoste seine Fruchtschale, während seine Freunde geduldig auf die Erklärung der Tragödie warteten. Aber Jesus Maria schien es lieber zu sein, seine Freunde in Unwissenheit über sein Mißgeschick zu lassen. Trotzdem Pilon sich mehrmals räusperte und Pablo Jesus Maria Blicke der Sympathie und des Verständnisses für die bevorstehende Eröffnung zuwarf, saß dieser vergrämt da und starrte auf den Ofen, den Wein und die geweihte Kerze, bis schließlich diese unhöfliche Verschlossenheit Pilon zu einer ebenso groben Unhöflichkeit antrieb. Später verstand er selbst nicht mehr, wie er sich hatte hinreißen lassen können.

»Schon wieder diese Soldaten?« fragte er.

»Ja«, erwiderte Jesus Maria grollend. »Diesmal kamen sie zu früh.«

»Es müssen ihrer zwanzig gewesen sein, um dich so zuzurichten«, meinte Pablo, um dem Freunde einen kleinen Zuspruch zu gewähren. »Jeder weiß, daß du Prügeleien schlecht gewachsen bist.« Und nun blickte Jesus Maria schon ein wenig glücklicher drein.

»Ihrer vier waren es«, berichtete er. »Arabella Groß hat auch mitgemacht. Sie hat mich mit einem Stein auf den Kopf getroffen.«

Eine Welle moralischer Entrüstung stieg in Pilon auf. »Ich möchte dich nicht erinnern«, sagte er streng, »wie deine Freunde dich vor dieser Fabrikschlampe gewarnt haben.« Er suchte sich zu besinnen, ob er Jesus Maria wirklich gewarnt hatte, und es war ihm, als habe er es getan.

»Diese wohlfeilen weißen Mädchen sind bösartig«, fiel Pablo ein. »Aber sag' – hast du ihr das kleine Ding zum Umbinden geschenkt?«

Jesus Maria griff in seine Tasche und zog einen zerknitterten rosa Büstenhalter heraus. »Es war noch nicht der rechte Augenblick«, gab er zur Antwort. »Ich steuerte gerade darauf los; außerdem waren wir noch gar nicht im Wald angelangt.«

Pilon zog die Nase kraus und schüttelte den Kopf, doch nicht ohne einen Anflug von duldsamer Trauer. »Du hast Whisky getrunken.«

Jesus Maria nickte.

»Woher stammte der Whisky?«

»Von jenen Soldaten«, gestand Jesus Maria. »Sie hatten ihn unter einer Schleuse versteckt. Arabella wußte, wo, und hat es mir gesagt. Aber die Soldaten bemerkten uns mit der Flasche.«

Allmählich gewann die Geschichte Gestalt. So hatte Pilon es gern. Es verdarb eine Geschichte, wenn alles zu rasch ans Tageslicht kam. Der Wert einer Erzählung lag in den nur halb gesagten Dingen, die der Hörer aus seiner eigenen Lebenserfahrung ergänzen mußte.

Er nahm den rosa Büstenhalter von Jesus Marias Schoß und ließ die Finger darübergleiten, während seine Augen sinnend umherschweiften. Plötzlich blitzte ein Freudenschein in ihnen auf.

»Ich weiß«, rief er aus. »Wir schenken das Ding Danny als Geschenk für Missis Morales.«

Mit Ausnahme Jesus Marias waren die Anwesenden hochbeglückt von diesem Einfall, und der Besitzer des Gegenstandes fühlte sich hoffnungslos überstimmt. Pablo füllte ihm mit feinsinnigem Verständnis für seine Niederlage die Fruchtschale frisch mit Wein.

Nach einer kleinen Weile begannen alle drei zu lächeln. Pilon erzählte eine äußerst komische Geschichte, die seinem Vater passiert war. Die Stimmung der kleinen Gesellschaft ging wieder hoch. Jesus Maria führte einen Schiebetanz auf, um zu beweisen, daß er nicht ernstlich verletzt sei. Der Wein im Krug wurde immer weniger, aber noch ehe er zu Ende war, wurden die drei Freunde schläfrig. Pilon und Pablo taumelten in ihre Betten, und Jesus Maria streckte sich behaglich neben dem Ofen auf dem Fußboden aus.

Das Feuer verglomm. Die Schlafgeräusche erfüllten das Häuschen. Einzig im Vorderzimmer bewegte sich ein winziger Gegenstand. Mit unglaublicher Geschwindigkeit ließ die geweihte Kerze ihr lanzenförmig zugespitztes Flämmchen empor- und wieder niederzüngeln.

Dieses Kerzchen gab später Pilon und Pablo und Jesus Maria allerhand sittliche Lehren zum Nachdenken. Ein einfacher Wachsstock mit einem mitten hindurchgehenden Faden – ein solches Ding, sollte man meinen, sei bestimmten physikalischen Gesetzen unterworfen, und nicht anderem. Sein Verhalten, so mußte man annehmen, war von gewissen Regeln der Wärmelehre und der Verbrennung bestimmt. Man zündet den Docht an; das Wachs erwärmt sich und schmilzt. Die Kerze brennt eine Anzahl Stunden, verlöscht, und das ist alles. Das kleine Ereignis ist vorbei. Nach einem Weilchen ist die Kerze vergessen, und es ist, als habe sie nie existiert.

Hat man vergessen, daß die Kerze geweiht war? Daß Pablo sie in einer Anwandlung von Gewissenserleuchtung, oder vielleicht rein religiöser Erhebung, dem heiligen Franziskus gewidmet hatte? An diesem Punkte erhebt sich das Wachsstöckchen in eine Sphäre außerhalb des Bereichs der physikalischen Naturgesetze.

Die Kerze strebte mit ihrer wie eine Lanze hochgestreckten Flamme gen Himmel – einem Künstler gleich, der sich verzehrt, um das Göttliche zu erreichen. Draußen regte sich ein Wind und blies durch die Mauerspalten. Die Kerze sackte seitlich zusammen. Ein Seidenkalender, auf den eine liebliche Mädchengestalt gemalt war, aus einem amerikanischen Beauty-Rosenbusch hervorblickend, bewegte sich ein Stückchen weg von der Wand und geriet in die wie ein Speer gereckte Flamme. Das Feuer verschlang die Seide und raste zur Zimmerdecke hinauf. Ein loses Stück Tapete fing einen Funken auf und fiel brennend in einen Stoß Zeitungen.

Vom Himmel blickten die Heiligen und Märtyrer

mit ernster und gestrenger Miene auf das Schauspiel hinunter. War es doch eine geweihte Kerze. Sie gehörte dem heiligen Franz. Noch heute abend sollte Sankt Franziskus an ihrer Stelle eine neue dicke Kerze bekommen.

Wäre es möglich, die Tiefe des Schlafes zu messen, so müßte gerechtigkeitshalber gesagt werden, daß Pablo, der an dem Brand schuld war, noch tiefer schlief als seine beiden Freunde. Da es aber dafür keinen Maßstab gibt, kann nur berichtet werden, daß er einen sehr, sehr festen Schlaf schlief.

Die Flammen schlugen die Wände hinauf, fanden kleine Löcher im Dach und züngelten in die Nacht hinaus. Das Häuschen war vom Geknatter des Feuers erfüllt. Jesus Maria wälzte sich unruhig herum und begann, noch schlafend, seinen Rock abzuziehen. Da fiel ihm eine brennende Schindel ins Gesicht. Mit einem Schrei sprang er auf und sah voll Entsetzen das Feuer rings um sich herum.

»Pilon!« rief er. »Pablo!« Er stürzte ins andere Zimmer, zerrte seine Freunde aus den Betten und stieß sie zum Hause hinaus. Pilon erwischte mit den Fingern den rosa Büstenhalter und nahm ihn mit.

Nun standen sie draußen vor dem brennenden Hause und blickten auf die von Flammen umrahmte Tür. Sie unterschieden auf dem Tisch den Weinkrug mit noch etwa zwei Zoll hoch Wein darin.

Pilon ahnte den wilden Heldenmut, der Jesus Maria gepackt hatte. »Nein«, schrie er, »tu es nicht – er muß mit dem Brand verlorengehen; uns zur Strafe dafür, daß wir ihn drinnen gelassen haben.«

Da ertönten Sirenen, und der Lärm der Feuerwehrwagen, die vom Spritzenhaus in Monterey hügelan gefahren kamen, erreichte ihr Ohr. Die großen roten Wagen kamen näher, und die Scheinwerfer blitzten zwischen den Kiefern umher.

Hastig wandte sich Pilon an Jesus Maria. »Lauf zu Danny und sag ihm, daß sein Haus brennt. Lauf schnell, Jesus Maria.«

»Warum gehst du nicht selbst?«

»Hör zu«, erklärte ihm Pilon. »Danny weiß nicht, daß du einer der Mieter in seinem Hause bist. Über Pablo und mich könnte er ein bißchen ärgerlich sein.«

Diese Logik leuchtete Jesus Maria ein, und er rannte zu Dannys Haus. Es war finster.

»Danny!« rief er. »Danny! Dein Haus brennt!«

Keine Antwort.

Wieder rief er: »Danny!«

Endlich ging im Nebenhaus von Mrs. Morales ein Fenster auf. Mit gereizter Stimme fragte Danny: »Was, zum Teufel, wollt ihr?«

»Dein Haus brennt – das, in dem Pilon und Pablo wohnen.«

Einen Augenblick antwortete Danny nicht. Dann fragte er: »Ist die Feuerwehr dort?«

»Ja!« tönte es von Jesus Maria zurück.

Inzwischen hatte sich der ganze Himmel erhellt. Man hörte das Krachen des brennenden Holzes. »Nun«, sagte Danny, »wenn die Feuerwehr dort ist, so kann ich weiter nichts tun. Was erwartet Pilon von mir?«

Jesus Maria hörte das Fenster mit einem Knall

zuschlagen, wandte sich um und trabte zu der Brandstelle zurück. Es war eine unpassende Zeit, Danny zu rufen, sagte er sich, aber wer hatte das wissen können? Wenn Danny es nicht beizeiten erfahren hätte, wäre er vielleicht böse geworden. Jesus Maria war zufrieden, daß sie es ihm jedenfalls mitgeteilt hatten. Die weitere Verantwortung lag bei Mrs. Morales.

Das Haus war klein und luftig und die Wände dürr. Seit dem Brand der Altstadt Chinatown hatte es kaum ein so rasch um sich greifendes und verzehrendes Feuer gegeben. Die Feuerwehrleute untersuchten die glühenden Wände und begannen, die Bäume und Sträucher der Nachbarschaft zu bespritzen. In weniger als einer Stunde war von dem Haus nichts mehr übrig. Dann erst wurden die Schläuche angesetzt, um die Funken und verkohlten Teile auf dem Aschenhaufen vollends zu löschen.

Pablo, Pilon und Jesus Maria standen Schulter an Schulter und beobachteten den ganzen Vorgang. Die Hälfte der Bevölkerung von Monterey und Tortilla Flat, Danny und Mrs. Morales ausgenommen, umstand glückselig die Feuerstätte und betrachtete den Schaden. Endlich, als alles vorbei war und sich von dem schwarzen Haufen nur noch Rauchwolken erhoben, kehrte sich Pilon schweigend ab.

»Wohin willst du?« rief ihn Pablo an.

»In den Wald«, antwortete Pilon, »um auszuschlafen. Ich rate dir, das gleiche zu tun. Es wird gut sein, wenn Danny uns noch ein Weilchen nicht sieht.« Sie nickten ernsthaft und folgten ihm in den Kiefernwald. »Es ist eine Lehre für uns«, bemerkte Pilon. »Wir haben jetzt gelernt, daß man Wein nie über Nacht in einem Haus lassen soll.«

»Das nächste Mal«, seufzte Pablo hoffnungslos, »wirst du ihn hinausstellen, und jemand wird ihn stehlen.«

6

Wie drei arme Sünder durch Reue Frieden erlangten, und wie Dannys Freunde einander Kameradschaft schwuren

Als die Sonne sich über die Kiefern erhoben hatte, der Boden erwärmt war und der Morgentau auf den Geranienblättern trocknete, begab sich Danny in den Vorraum seines Häuschens und sann, in der Sonne sitzend, über verschiedene Ereignisse nach. Er zog die Schuhe ab und bewegte die Zehen auf den sonnenerwärmten Planken. In einer früheren Morgenstunde war er unten gewesen und hatte den schwarzen Haufen Asche und geschmolzener Röhren besichtigt, der das einzige war, was von seinem zweiten Häuschen übriggeblieben. Er hatte sich ein wenig in den vorschriftsmäßigen Zorn über seine nachlässigen Freunde hineingesteigert und ein paar Augenblicke über die Unbeständigkeit alles irdischen Eigentums nachgedacht, die geistigen Besitz um so wertvoller macht. Einige Gedanken hatte er dem Verlust seines Ansehens als Besitzer eines Mietshauses gewidmet; und als die ganze Skala notwendiger und wohlanständiger Empfindungen durchlaufen und abgetan war, gab er sich zum Schluß seinem echten Gefühl hin: der Erleichterung, wenigstens die eine Last los zu sein.

Wenn das Häuschen noch dort stünde, dachte er, so würde ich nach dem Mietzins trachten. Meine Freunde sind mir gegenüber kühl geworden, weil sie mir Geld schuldeten. Jetzt können wir wieder frei und glücklich miteinander sein.

Aber Danny war sich auch bewußt, daß er seine Freunde ihr Vergehen ein bißchen fühlen lassen mußte, sonst würden sie ihn für weichlich halten. Darum überlegte er, während er so am Eingang seines Häuschens saß und mit Handbewegungen, die mehr Warnung als Drohung bedeuteten, die Fliegen abwehrte, was er seinen Freunden alles sagen müsse, ehe er sie wieder in den innersten Bezirk seiner Zuneigung aufnahm. Er hatte ihnen zu zeigen, daß er nicht der Mann war, der mit sich spielen ließ. Aber er sehnte sich, es hinter sich zu haben und wieder der alte Danny zu sein, dem jedermann gut war und den man suchte, wenn einer eine Gallone Wein oder ein Stück Fleisch hatte ergattern können. Als Besitzer zweier Häuser hatte er für reich gegolten, und dadurch waren ihm allerlei Leckerbissen entgangen.

Pilon und Pablo und Jesus Maria Corcoran schliefen lange auf den Kiefernnadeln des Waldes. Die furchtbaren Aufregungen der Nacht lagen ihnen noch in den Gliedern, und sie fühlten sich müde. Schließlich aber schien ihnen die Mittagsglut der Sonne ins Gesicht, die Ameisen krochen ihnen über den Körper, und zwei bläuliche Eichelhäher standen ganz in ihrer Nähe auf dem Waldboden und schimpften heftig mit ihnen.

Was sie aber endgültig aus dem Schlaf aufrüttelte,

war eine Picknick-Gesellschaft, die sich an der anderen Seite des Buschwerks niedergelassen und einen großen Lunchkorb geöffnet hatte, aus dem herzbewegliche Düfte zu ihnen herüberwehten. Die drei Gesellen erwachten und richteten sich auf – und mit einem Schlage wurde ihnen die Größe der Situation klar.

»Wie hat das Feuer angefangen?« fragte Pablo in klagendem Ton – und keiner wußte Bescheid.

»Vielleicht«, äußerte Jesus Maria, »wäre es gescheiter, wir gingen eine Zeitlang in eine andere Stadt. Zum Beispiel Watsonville oder Salinas – das sind hübsche Städtchen.«

Pilon zog den Büstenhalter aus der Rocktasche und ließ wieder die Finger über die weiche Seide gleiten. Er hielt ihn gegen die Sonne und sah hindurch.

»Das wäre nur ein Hinausschieben«, entschied er. »Ich finde, es wäre das Beste, wir gingen zu Danny und beichteten ihm unsere Schuld, wie kleine Kinder ihrem Vater. Dann kann er nichts gegen uns sagen, ohne daß es ihm hinterher leid täte. Und außerdem – haben wir nicht dies Geschenk für Missis Morales?«

Die Freunde nickten zustimmend. Pilons Blicke schweiften durch das dichte Gebüsch und spähten nach der Picknick-Gesellschaft, besonders nach dem großen Lunchkorb, aus dem ein durchdringender Geruch von gebackenen Eiern zu ihnen drang. Pilons Nase zog sich kraus wie die eines Kaninchens. Er lächelte still und verträumt. »Ich gehe ein Stück weit, Freunde. Nach einem Weilchen treffe ich euch am Steinbruch. Aber wenn es anders zu machen ist, bringt lieber den Korb nicht mit.« In trauriger Stimmung beobachteten sie Pilon, wie er aufstand und zwischen den Bäumen hindurch rechtwinklig zu der Picknick-Gesellschaft und dem Korb vorwärts ging. Pablo und Jesus Maria waren nicht überrascht, als sie ein paar Augenblicke später einen Hund bellen und einen Hahn krähen hörten und dazwischen ein hohes, schrilles Gelächter, das Schnurren einer Wildkatze und einen kurzen Aufschrei und Hilferuf vernahmen. Aber die Teilnehmer der Picknick-Gesellschaft waren überrascht und hingerissen. Die zwei Herren und zwei Damen ließen ihren Lunchkorb stehen und gingen diesen vielfältigen Lauten nach. Pablo und Jesus Maria gehorchten Pilon und nahmen den Korb nicht mit. Aber ihre Hüte und Hemden wiesen noch lange danach die Spuren der gebackenen Eier auf.

Etwa um drei Uhr nachmittags wanderten die drei Büßer langsam auf Dannys Haus zu. Sie hatten die Arme voll Versöhnungsgaben: Orangen, Äpfel und Bananen, Gläser mit Oliven und Mixed Pickles, belegte Brötchen mit Schinken und mit Eiern, mehrere Flaschen Sodawasser, eine Pappmachéschale mit Kartoffelsalat und eine Nummer der »Evening Post« vom Samstag.

Danny sah sie kommen, und im Aufstehen suchte er sich auf alles zu besinnen, was er ihnen zu sagen hatte. Sie stellten sich in einer Reihe vor ihm auf und ließen die Köpfe hängen.

»Hündische Burschen«, sprach Danny sie an; »Diebe an anständiger Leute Haus«; er nannte sie »Kuttelfischgezücht« und ihre Mütter Kühe und ihre Väter alte Schafböcke.

Pilon öffnete die Tüte, die er in der Hand hatte, und ließ die Schinkenbrote sehen. Danny fuhr fort, er habe kein Vertrauen mehr zu seinen Freunden, ein Reif sei auf seinen Glauben an sie gefallen, und seine Freundschaft sei mit Füßen getreten worden. – Jetzt begann sein Gedächtnis nachzulassen, denn Pablo zog zwei gebackene Eier aus seinem Busen. Danny aber nahm sich zusammen und ging bis zu der »großen« Generation zurück; er pries die Tugend ihrer Frauen und die Kraft ihrer Männer.

Nun zog Pilon den rosa Büstenhalter aus der Tasche und ließ seinen Glanz scheinbar achtlos zwischen den Fingern spielen.

Darüber vergaß Danny alles. Er setzte sich in der Vorhalle nieder, seine Freunde setzten sich zu ihm, und sie öffneten gemeinsam die Pakete. Eine Stunde später, als sie sich behaglich in der Vorhalle zurücklehnten und sich fast ausschließlich der Verdauung hingaben, fragte Danny nebenbei, als handle es sich um etwas weit Entferntes: »Wie fing das Feuer an?«

»Wir wissen es nicht«, erklärte Pilon. »Wir legten uns schlafen, und dann brach es aus. Vielleicht haben wir Feinde.«

»Oder vielleicht«, meinte Pablo mit frommer Miene, »hatte Gott seine Hand im Spiel.«

»Wer kann sagen, warum der liebe Gott so oder so handelt?« rundete Jesus Maria das Gespräch ab.

Als Pilon ihm den Büstenhalter überreichte und bedeutete, daß es ein Geschenk für Mrs. Morales sei, wurde Danny sehr zurückhaltend. Er beäugte skeptisch das kleine Ding. Sein Gefühl sagte ihm, daß seine Freunde Mrs. Morales zu schmeicheln suchten. »Sie ist nicht die Frau, der man Geschenke anbietet«, sagte er schließlich. »Allzu oft sind wir dank der Seidenstrümpfe, die wir ihnen schenken, an Frauen gebunden.«

Er mochte seinen Freunden nicht anvertrauen, daß sich in seine Beziehung zu Mrs. Morales eine Kühle eingeschlichen hatte, seit er nicht mehr Besitzer zweier Häuser war; ebensowenig wollte er, aus Ritterlichkeit Mrs. Morales gegenüber, durchblicken lassen, wie angenehm ihm diese Kühle war. »Ich werde das Ding beiseite legen«, meinte er; »eines Tages kann es jemandem nützlich sein.«

Nach Einbruch der Dunkelheit gingen sie ins Haus und machten im Ofen ein Feuer aus Kiefernzapfen. Um seine Verzeihung zu erweisen, holte Danny ein Quartmaß Traubenmost herbei und teilte es samt dem wärmenden Feuer mit seinen Freunden.

Sie hatten sich schnell auf das neue Leben umgestellt. »Zu schade, daß Missis Morales' Hühner alle tot sind«, bemerkte Pilon.

Auch dies störte das Glück nicht.

»Sie wird am Montag zwei Dutzend neue kaufen«, berichtete Danny.

Pilon lächelte zufrieden. »Die Hennen von Missis Soto taugen gar nichts«, erzählte er. »Ich sagte ihr, sie solle ihnen Austernschalen geben, aber sie hat nicht auf mich gehört.«

Sie tranken das Quartmaß Traubenmost aus – gerade genug, um sie den Zauber der Kameradschaft empfinden zu lassen.

»Es tut wohl, Freunde zu haben«, meinte Danny. »Wie einsam ist man in der Welt ohne Freunde, mit denen man seinen Traubenmost teilen kann!«

»Oder seine belegten Brötchen«, warf Pilon rasch ein.

Pablo war seiner Gewissensbisse noch nicht ganz ledig, denn er ahnte etwas von den Zusammenhängen der himmlischen Politik, die das Niederbrennen des Hauses verursacht hatte.

»In der ganzen Welt gibt es wenige Freunde, wie du einer bist, Danny. Und nicht vielen ist ein solcher Trost beschieden.«

Ehe Danny vollständig in den Wogen der Freundschaft versank, ließ er noch einen Warnungsruf ertönen. »Ich wünsche, daß ihr alle meinem Bett fern bleibt«, befahl er. »Dies ist das Eine, das ich für mich allein haben muß.«

Obwohl keiner etwas davon hatte verlauten lassen, wußten sie alle vier, daß sie von jetzt an in Dannys Haus wohnen würden.

Pilon seufzte hoch erleichtert auf. Es war aus mit den Sorgen um den Mietzins; aus mit der Verantwortlichkeit um der Geldschulden willen. Er war kein Mieter mehr, sondern Gast. Im stillen dankte er dem Himmel für die Feuersbrunst im anderen Hause.

»Wir werden hier alle glücklich sein, Danny«, versicherte er. »An den Abenden werden wir um das Feuer sitzen, und unsere Freunde werden mit uns plaudern kommen. Und bisweilen werden wir vielleicht ein Glas Wein zur Besiegelung unserer Freundschaft trinken.«

Plötzlich ließ sich Jesus Maria im Überschwang der Dankbarkeit zu einem übereilten Versprechen hinreißen. Der Traubenmost war daran schuld, dazu die Nacht mit dem Brand und all die gebackenen Eier. In dem Gefühl, große Gaben empfangen zu haben, wollte er gern selbst ein Gebender sein.

»Es sei unsere Pflicht und Schuldigkeit, dafür zu sorgen, daß für Danny immer etwas zu essen im Hause ist«, deklamierte er.

»Nie soll unser Freund hungern dürfen.«

Pilon und Pablo blickten erschrocken auf – aber es war zu spät. Das Gelöbnis war ausgesprochen. Eine schöne, großherzige Regung, und niemand konnte das Gesagte ungestraft wieder aufheben. Sogar Jesus Maria begriff, nachdem es heraus war, die Großartigkeit seiner Erklärung. Die einzige Hoffnung war, daß Danny sie wieder vergessen würde.

Denn wenn er die Durchführung erzwingen wollte, so wäre es schlimmer als Mietschulden, überlegte Pilon bei sich selbst. Es wäre Sklaverei.

»Das schwören wir, Danny«, sagte er.

Feuchten Auges saßen sie um den Ofen, und die Liebe, die sie füreinander hegten, war fast unerträglich.

Pablo wischte sich mit dem Handrücken die Tränen aus den Augen, und er sprach Pilons Worte nach. »Wir werden hier alle glücklich sein.«

7

Wie Dannys Freunde zu einer Hilfskraft Gottes wurden. Wie sie dem armen Piraten beistanden

Viele Leute sahen den Piraten alle Tage; manche lachten über ihn, andere betrachteten ihn mit Mitleid, aber niemand kannte ihn näher, und niemand mischte sich in seine Angelegenheiten. Er war ein großer, breitschultriger Mann mit einem mächtigen, buschigen Bart. Er trug Hosen aus Baumwollköper und ein blaues Hemd, aber keinen Hut. In der Stadt trug er Schuhe. Die Augen des Piraten zogen sich zusammen, wenn ihm erwachsene Menschen begegneten; es war der lauernde Blick eines Tieres, das davonlaufen möchte, wenn es wagen könnte, seinen Rücken lang genug zu strecken. An diesem Gesichtsausdruck erkannten die Paisanos von Monterey, daß sein Kopf mit dem Wachstum des übrigen Körpers nicht Schritt gehalten hatte. Den Namen »Pirat« hatte man ihm um seines Bartes willen angehängt. Täglich sah man ihn seinen Karren mit Knüppelholz durch die Straßen fahren, bis er die Ladung verkauft hatte. Und stets folgten ihm wie ein Schwarm an seinen Fersen seine fünf Hunde.

Enrique wirkte trotz seines buschigen Schweifes wie

ein Spürhund. Pajarito war braun und hatte ein kraushaariges Fell – das einzige Kennzeichen, das man an ihm wahrnahm. Rudolph war ein Hund, von dem die Vorübergehenden sagten: »Es ist ein amerikanischer Hund.« Fluff war ein Mops, und Señor Alec Thompson schien ein Airedaleterrier zu sein. Sie liefen in geschlossener Gruppe hinter ihm her, sehr respektvoll und sehr um sein Wohl besorgt. Wenn er sich, vom Karrenschieben ermüdet, zur Rast niedersetzte, suchten sie alle ihm auf dem Schoß zu sitzen und sich von ihm die Ohren kraulen zu lassen.

Einige Leute hatten den Piraten frühmorgens auf der Alvarado Street gesehen; andere hatten ihn beim Sammeln von Knüppelholz beobachtet; manche wußten, daß er Kienholz verkaufte; aber niemand außer Pilon wußte alles, was der Pirat tat. Pilon kannte jedermann und wußte alles und alles von jedermann.

Der Pirat wohnte in einem verlassenen Hühnerstall im Hofe eines verfallenen Hauses in Tortilla Flat. Er hätte es für anmaßend gehalten, in dem Hause selbst zu wohnen. Die Hunde schliefen um ihn und auf ihm, und der Pirat hatte das gern, denn seine Hunde hielten ihn selbst in den kältesten Nächten warm. Waren seine Füße kalt, brauchte er sie nur an den warmen Bauch Señor Alec Thompsons zu halten. Der Hühnerstall war so niedrig, daß der Pirat auf Händen und Knien hineinkriechen mußte.

Jeden Morgen früh, lange vor Tagesanbruch, kroch der Pirat aus seiner Geflügelbehausung heraus, gefolgt von seinen Hunden, die ihr Fell schüttelten und die kalte Nachtluft einsogen. Dann begab sich die ganze Gesellschaft nach Monterey und arbeitete sich durch eine Allee hindurch. Die Hintertüren von fünf Restaurants gingen nach dieser Allee. Durch jede von ihnen trat der Pirat in die warme, von Speisegerüchen erfüllte Restaurationsküche ein. Überall drückten ihm die Köche mürrisch Pakete mit Abfall in die Hand. Sie wußten selbst nicht, warum sie es taten.

Nachdem der Pirat an allen Hintertüren gewesen und die Arme voller Bündel hatte, ging er den Hügel hinauf zurück zur Munroe Street und betrat eine leere Parzelle, und die Hunde umschwärmten ihn in großer Erregung. Nun öffnete er die Päckchen und fütterte die Hunde. Für sich selbst nahm er aus jedem Paket ein Stück Brot oder Fleisch, aber er las nicht das Beste für sich aus. Die Hunde setzten sich rund um ihn herum, leckten sich ungeduldig die Schnauze und scharrten mit den Füßen, während sie auf die Fütterung warteten. Das Überraschende war, daß sie nie um ihr Futter kämpften. Niemals kämpften die Hunde des Piraten miteinander, aber dafür fingen sie mit allem, was auf vier Beinen durch die Straßen von Monterey wanderte, Streit an. Es war ein köstlicher Anblick, zu sehen, wie sie ihrer fünf auf Foxterrier und Spitze Jagd machten, als wären es Hasen.

Bis sie ihr Mahl beendet hatten, war es heller Tag. Der Pirat saß auf dem Boden und beobachtete, wie der Morgendunst in Himmelsbläue überging. Unter sich sah er mit Holz beladene Schoner in See stechen. Vom China Point vernahm er das feine Klingen des Bojeglöckchens. Um ihn herum saßen die Hunde und knabberten an den Knochen. Es war, als ob der Pirat mehr auf den Tag lausche als ihn mit Augen wahrnehme; seine Blicke schweiften nicht umher, und doch war er ganz gespannte Aufmerksamkeit. Seine großen Hände streckten sich nach den Hunden aus und wühlten in ihren zottigen Fellen. Nach etwa einer halben Stunde ging der Pirat zur Ecke der leeren Parzelle, hob die Säcke, die seinen Wagen deckten, und grub seine Axt aus, die er jeden Abend in die Erde vergrub. Nun schob er den Karren den Hügel hinan in den Wald hinein, wo er einen toten Baum voller Kienholz fand. Bis zur Mittagszeit hatte er eine Ladung Knüppelholz geschnitten und zog damit, von seinen Hunden begleitet, durch die Straßen, bis er sie für fünfundzwanzig Cent verkauft hatte.

Dies alles ließ sich leicht beobachten, aber was er mit dem Vierteldollar machte, konnte niemand sagen. Nie gab er Geld aus. Nachts begab er sich, von seinen Hunden vor Gefahr beschützt, in den Wald und vergrub die am Tage verdiente Münze neben Hunderten von anderen. Irgendwo mußte er einen großen Geldhort besitzen.

Es war Pilon, dieser Schlaukopf, dem keine Einzelheiten am Leben seiner Gefährten entgingen und der doppelt entzückt war, wenn er eines jener Geheimnisse aufdecken konnte, an dem sich die Leute den Kopf zerbrachen – Pilon war es, dem es dank logischer Überlegungen gelang, hinter das Mysterium des Piratenhortes zu komme. Dies war sein Gedankengang: Jeden einzigen Tag hat der Pirat einen Vierteldollar eingenommen. Wenn es zwei Zehner und ein Nickelfünfer sind, geht er damit in einen Laden und wechselt sie gegen eine Münze von fünfundzwanzig Cent ein. Er gibt niemals Geld aus. Also muß er es verstecken.

Pilon versuchte, sich den Geldwert des Schatzes zu errechnen. Schon jahrelang lebte der Pirat so. Sechs Tage in der Woche schnitt er Knüppelholz, und sonntags ging er in die Kirche. Seine Kleidung erhielt er an den Hintertüren der Häuser, seine Nahrung an denen der Gaststätten. Eine Weile rätselte Pilon an großen Zahlen herum, und schließlich gab er es auf. Der Pirat muß wenigstens hundert Dollar besitzen, dachte er.

Mit diesen Gedanken hatte sich Pilon eine Zeitlang beschäftigt. Aber erst nach dem törichten und begeisterten Versprechen, für Dannys Ernährung zu sorgen, begannen sie, persönliche Bedeutung für ihn zu gewinnen.

Ehe er der Sache nähertrat, durchlief Pilons Gemüt eine lange und gründliche Vorbereitung. Der Pirat tat ihm furchtbar leid. Armer, kleiner Halbnarr, dachte er bei sich selbst. Gott hat ihm nicht genug Verstand zum Leben gegeben. Ja, er wohnt im Schmutz eines Geflügelstalles. Lebt von Abfällen, die eigentlich nur noch für Hunde gut genug sind. Seine Kleider sind fadenscheinig und zerlumpt. Und weil er keinen richtigen Verstand hat, versteckt er sein Geld.

Als dieser Unterbau aus Mitgefühl errichtet war, ging Pilon zu einem Lösungsversuch über. Wäre es nicht verdienstlich, fragte er sich, für ihn das zu tun, wozu er selbst nicht imstande ist? Ihm warme Kleidung zu kaufen und eine für Menschen geeignete Ernährung zu verschaffen? – Aber – so unterbrach er sich selbst, ich habe nicht das Geld, um dies alles zu tun, was mir so dringlich am Herzen liegt. Wie ist dies Werk der Barmherzigkeit zu leisten?

Jetzt dämmerte etwas in ihm auf. Wie eine Katze, die einem Sperling eine Stunde lang aufgelauert hat, war Pilon plötzlich zum Zugriff bereit. Ich hab's! blitzte es in seinem Gehirn auf. Der Pirat hat Geld, aber nicht den Verstand, um es zu gebrauchen. Ich hingegen habe den Verstand! Ich werde diesen in seinen Dienst stellen. Freigebig werde ich meine Verstandeskräfte ihm zugute kommen lassen! Dies wird meine Barmherzigkeit an diesem armen Halbnarren sein.

Es war eines der feinsten Gedankengebäude, die Pilon je entworfen und aufgebaut hatte. Und ihn überkam der Drang des Künstlers, sein Werk mitzuteilen. Ich werde es Pablo sagen, dachte er. Dann jedoch fragte er sich, ob er dies wagen dürfe. War Pablo absolut ehrlich? Würde er nicht einen Teil des Geldes für seine eigenen Zwecke gebrauchen wollen? Pilon beschloß, diese Gefahr lieber nicht auf sich zu nehmen – jedenfalls in diesem Stadium noch nicht.

Es ist erstaunlich, daß jede noch so schwarze und üble Sache ihre schneeweiße Kehrseite hat – wie das weiße Bäuchlein eines Tieres. Und traurig ist es, wenn man entdecken muß, daß die verborgenen Teile von Engeln aussätzig sind. Ehre und Frieden unserem Pilon, weil er die Welt lehrte, das Gute, das noch in jeder Übeltat liegt, zu enthüllen und kundzutun. Auch war er nicht so blind, daß er, wie so viele Heilige, die schlimme Seite des Guten übersehen hätte. Mit Betrübnis muß zugegeben werden, daß Pilon weder so töricht noch so selbstgerecht oder auf himmlischen Lohn erpicht war, um ein Heiliger zu werden. Ihm genügte es, das Gute zu tun und als Lohn den Glanz der menschlichen Bruderschaft wahrzunehmen, die er zustande gebracht.

Noch am selben Abend stattete er dem Geflügelstall, in dem der Pirat mit seinen Hunden lebte, einen Besuch ab. Danny, Pablo und Jesus Maria sahen ihn, während sie um den Ofen saßen, davongehen, ohne etwas dazu zu bemerken. Denn, so sagten sie sich feinfühlig, entweder hatte ein Liebeshauch Pilon erfaßt, oder er wußte, wo ein wenig Wein aufzutreiben war. Im einen wie im anderen Fall war es nicht ihre Sache, sich einzumischen, bis er sie etwa selbst einweihen sollte.

Es war schon ziemlich finstere Nacht, aber Pilon hatte eine Kerze bei sich, denn es konnte gut sein, das Gesicht des Piraten zu beobachten, während er mit ihm plauderte. Außerdem hatte Pilon in einer Papiertüte eine große runde Zuckerstange; Susie Francisco, die in einer Bäckerei arbeitete, hatte sie ihm zum Dank für einen Rat, wie sie Charlie Guzmans Liebe gewinnen könne, geschenkt. Charlie war Post- und Telegraphenbote und fuhr ein Motorrad, und Susie hatte sich eine Männermütze zugelegt, die sie auf dem Rücksitz aufsetzen konnte für den Fall, daß Charlie sie je fragen sollte, ob sie mit ihm fahren wolle. Pilon dachte, der Pirat würde die Zuckerstange vielleicht gerne haben wollen.

Es war eine sehr dunkle Nacht. Pilon tastete sich die Straße entlang, die von leeren Parzellen und von mit Unkraut überwachsenen, vernachlässigten Gärten umsäumt war.

Galvez' böse Bulldogge kam knurrend aus Galvez' Garten, und Pilon sprach beruhigend auf sie ein. »Lieber Hund«, sagte er freundlich, »schöner Hund« – beides greifbare Lügen. Der Bulldogge schienen sie jedoch Eindruck zu machen, denn sie zog sich in Galvez' Garten zurück.

Endlich kam Pilon zu dem verlassenen Besitztum, in dem der Pirat wohnte. Jetzt war ihm bewußt, daß er vorsichtig sein mußte, denn es war bekannt, daß des Piraten Hunde, wenn sie jemand im Verdacht hatten, ihrem Herrn übel zu wollen, ihn wie Furien verteidigten. Beim Betreten des Hofes vernahm Pilon ein tiefes, grollendes Knurren aus dem Geflügelstall.

»Pirat«, rief er, »hier ist dein guter Freund Pilon, der mit dir reden kommt.«

Es folgte Schweigen, das Knurren der Hunde hörte auf. »Pirat, hier ist nur Pilon.«

Eine tiefe, verdrießliche Stimme antwortete: »Geh fort. Ich schlafe jetzt. Die Hunde schlafen auch. Es ist finster, Pilon. Geh zu Bett.«

»Ich habe eine Kerze in der Tasche«, rief Pilon. »Sie wird deine dunkle Wohnung taghell erleuchten. Ich habe auch eine dicke Zuckerstange für dich.«

Vom Hühnerstall her ließ sich ein leises Aufschlagen von Füßen vernehmen. »So komm«, sagte der Pirat. »Ich werde den Hunden sagen, daß alles in Ordnung ist.«

Im Vorwärtsgehen mitten durch das Unkraut hindurch konnte Pilon den Piraten sanftmütig zu seinen Hunden sprechen hören: Er erklärte ihnen, daß es nur Pilon sei, der niemandem ein Leid zufügen würde. Vor der in Dunkel gehüllten Tür bückte sich Pilon, strich ein Zündholz an und entzündete seine Kerze.

Der Pirat hockte auf dem Lehmboden, alle Hunde um ihn herum. Enrique knurrte und mußte wiederum beruhigt werden. »Der da ist nicht so weise wie die andern«, meinte der Pirat scherzend. In seinen Augen lag der Blick eines belustigten Kindes. Wenn er lächelte, leuchteten seine großen weißen Zähne im Kerzenschein. Pilon hielt ihm die Tüte hin. »Hier ist feines Zuckerzeug für dich.«

Der Pirat nahm das Papier und schaute hinein; dann lächelte er hocherfreut und zog die Zuckerstange hervor. Die Hunde blickten alle mit einer Art Grinsen auf ihn, bewegten die Füße und leckten sich die Schnauze. Der Pirat brach die Zuckerstange in sieben Teile. Das erste Stück reichte er Pilon als seinem Gaste. »Jetzt Enrique«, sagte er dann. »Jetzt Fluff. Jetzt Señor Alec Thompson.« Jeder Hund erhielt seinen Anteil, verschlang ihn und schaute nach mehr aus. Zuallerletzt aß der Pirat sein eigenes Stück und hielt seine Hände vor den Hunden hoch. »Nichts mehr, seht ihr«, sagte er. Augenblicklich legten sich die Hunde um ihn herum nieder.

Pilon setzte sich auf den Fußboden und befestigte die Kerze vor sich. Der Pirat sah ihn befangen und fragend an. Pilon saß schweigend da, um dem Piraten

Zeit zu geben, sich viele Fragen durch den Kopf gehen zu lassen. Endlich begann er:

»Deine Freunde machen sich Sorgen um dich.«

Die Augen des Piraten füllten sich mit Erstaunen. »Um mich? Meine Freunde? Was für Freunde?«

Pilon dämpfte seine Stimme. »Du hast viele Freunde, die deiner gedenken. Sie besuchen dich nicht, weil du stolz bist. Sie meinen, es könnte deinen Stolz verletzen, wenn sie dich hier im Geflügelstall wohnen sähen, in Lumpen gekleidet und dich von Abfall für die Hunde ernährend. Aber deine Freunde sind besorgt, so schlecht zu leben könne dich krank machen.«

Der Pirat folgte seinen Worten mit atemlosem Staunen, und sein Verstand suchte sich über das unerhört Neue klar zu werden, das er von Pilon vernahm. »Ich habe solche Freunde?« sagte er höchst verwundert. »Und das wußte ich nicht! Und ich mache diesen Freunden Sorgen? Das habe ich nicht gewußt, Pilon. Ich hätte sie nicht betrübt, wenn ich es gewußt hätte.« Er schluckte, um die Gemütsbewegung zu meistern, die ihm bis zum Halse stieg. »Siehst du, Pilon, die Hunde sind gerne hier. Und deswegen bin ich auch gern hier. Ich wußte nicht, daß ich meinen Freunden Kummer machte.« Tränen traten in des Piraten Augen.

»Und doch«, hub Pilon wieder an, »beunruhigt deine Lebensweise deine Freunde.«

Der Pirat blickte zu Boden und versuchte, klar zu denken, aber wie stets, wenn ein Problem an ihn herantrat, wurde in seinem Denken alles grau, und es kam ihm von dort keine Hilfe; vielmehr übermannte ihn ein Gefühl der Hilflosigkeit. Schutzsuchend sah er sich nach seinen Hunden um, aber sie hatten sich wieder schlafen gelegt, denn dies alles ging sie nichts an. Endlich blickte er Pilon ernsthaft in die Augen. »Du mußt mir sagen, was ich tun soll, Pilon. Ich wußte nichts von alledem.«

Es war allzu leicht. Pilon schämte sich ein wenig, daß es so leicht war. Er zauderte, ja, fast hätte er es aufgegeben. Aber hinterher würde er sich über sich selbst ärgern. »Deine Freunde sind arm«, erklärte er. »Sie würden dir gerne helfen, aber sie haben kein Geld. Wenn du Geld versteckt hast, so bringe es ans Tageslicht. Kauf dir Kleider. Iß anderes, als was die Leute übriglassen. Bring das Geld aus seinem Versteck, Pirat.«

Pilon hatte dem Piraten fest ins Gesicht gesehen, während er zu ihm sprach. Er beobachtete, wie sein Blick sich voll Argwohn senkte und dann finster wurde. In einem einzigen Augenblick erfaßte Pilon zweierlei: erstens, daß der Pirat tatsächlich sein Geld versteckt hielt, und zweitens, daß es nicht leicht sein würde, an dieses heranzukommen. Das Letztere befriedigte ihn. Die Sache mit dem Piraten war zu einem taktischen Problem geworden, wie Pilon es liebte. Nun blickte der Pirat ihn wieder an, und in seinen Augen lag etwas wie Schlauheit, verdeckt durch eine gespielte Treuherzigkeit. »Ich habe nirgends Geld«, versicherte er.

»Aber, lieber Freund, ich habe dich täglich einen Vierteldollar für dein Holz einnehmen und dich niemals Geld ausgeben sehen.«

Diesmal kam dem Piraten Hilfe vom Verstand. »Ich gebe es einer armen Frau«, behauptete er, »ich habe nirgends Geld.« Dies sagte er in einem Ton, der jede weitere Unterhaltung über den Gegenstand ausschloß.

So muß es mit List geschehen, dachte Pilon. Nunmehr mußte also diese Gabe, die sich in ihm so zugespitzt hatte, ins Spiel treten. Er stand auf und hob seine Kerze. »Ich hatte nur vor, dir zu sagen, wie deine Freunde sich um dich sorgen«, bemerkte er in tadelndem Ton. »Wenn du nicht versuchen willst, dem abzuhelfen, so kann ich nichts für dich tun.«

Der milde Ausdruck kehrte ins Gesicht des Piraten zurück. »Erzähle ihnen, daß ich gesund bin«, bat er. »Sage ihnen, sie möchten mich besuchen kommen. Ich werde nicht zu stolz sein. Es wird mich jederzeit freuen, sie bei mir zu sehen. Willst du ihnen dies von mir ausrichten, Pilon?«

»Ich werde es ihnen berichten«, erwiderte Pilon mit ablehnender Miene. »Aber deine Freunde werden nicht zufrieden sein, wenn du ihnen ihre Sorge nicht abnimmst.« Mit diesen Worten blies Pilon seine Kerze aus und trat in die Finsternis. Er wußte nun, daß der Pirat ihm nie verraten würde, wo der Hort sei. Er mußte heimlich entdeckt und mit Gewalt fortgeholt werden, um dann dem Piraten alles Gute zu verschaffen. Dies war der einzige Weg.

Daher machte sich Pilon daran, den Piraten zu beobachten. Er folgte ihm in den Wald, wenn er Holz sammelte. Spätabends lag er draußen vor dem Hühnerstall auf der Wacht. Er sprach lang und eindringlich mit ihm, aber es kam nichts dabei heraus. Er war von der Entdeckung des Schatzes so weit entfernt wie nur je. Entweder war er in dem Geflügelstall vergraben oder tief im Walde versteckt, und der Pirat suchte ihn nur nachts auf.

Diese langen, fruchtlosen Wachen erschöpften Pilons Geduld. Er erkannte, daß er Rat und Hilfe brauchte. Wer konnte ihm beides besser geben als seine Kameraden, Danny, Pablo und Jesus Maria?

Pilon zog sie ins Vertrauen, nicht ohne sie zuerst vorzubereiten, wie er selbst der Vorbereitung bedurft hatte. Die Armut des Piraten, seine Hilflosigkeit, und zum Schluß – die Lösung. Als er bei dieser angelangt war, gerieten seine Freunde in philanthropischen Überschwang. Sie klatschten Beifall. Ihre Gesichter erstrahlten vor Güte. Pablo meinte, es dürften wohl hundert Dollar in dem Hort sein.

Als ihre Freude sich soweit gelegt hatte, daß sie in eine praktisch verwertbare Begeisterung überging, begannen sie Pläne zu machen.

»Wir müssen ihn beobachten«, schlug Pablo vor.

»Das habe ich doch getan«, wandte Pilon ein. »Er muß sich in der Nacht davonschleichen, und dann kann man ihm nicht zu dicht folgen, denn seine Hunde bewachen ihn wie die Teufel. So leicht wird es nicht sein.«

»Hast du alles versucht, um ihn zu überreden?« fragte Danny.

»Jawohl, alles.«

Schließlich war es Jesus Maria, dieser human denkende Mann, der einen Ausweg fand. »Es ist schwierig, solange er im Hühnerstall wohnt«, meinte er. »Aber wenn er nun hierher zu uns zöge? Entweder würde seine Geheimnistuerei unter unserer guten Behandlung zusammenbrechen, oder es wäre leichter festzustellen, wann und wohin er nachts ausgeht.«

Die Freunde dachten gründlich über diesen Vorschlag nach. »Manchmal sind die Speisereste, die er aus den Restaurants bekommt, noch beinahe heil. Ich habe ihn mit einem Beefsteak gesehen, an dem nur ein kleines Stück fehlte.«

»Das könnte soviel wert sein wie zweihundert Dollar«, äußerte Pilon.

Danny äußerte seine Bedenken. »Aber die Hunde – er würde sie mitbringen.«

»Es sind gute Hunde«, bemerkte Pilon. »Sie gehorchen ihm aufs Wort. Wenn du eine Linie um eine Ecke ziehst und sagst: ›Halte deine Hunde innerhalb dieser Linie‹, dann wird er es ihnen bedeuten, und die Hunde werden sich daran halten.«

»Eines Morgens habe ich den Piraten mit fast der Hälfte eines Kuchens gesehen«, warf Pablo hin; »er war nur ein bißchen feucht von Kaffee.«

Die Frage erledigte sich von selbst. Das Haus löste sich in ein Komitee auf, und dieses ging den Piraten besuchen.

Der Hühnerstall war vollgepfercht, als sie alle hineingekrochen waren. Der Pirat versuchte seine Glückseligkeit unter einem rauhen Ton zu verbergen.

»Das Wetter war schlecht«, sagte er zur Einleitung eines Gesprächs. Und: »Ihr werdet es kaum glauben, aber ich habe an Rudolphs Hals eine Zecke gefunden, so groß wie ein Taubenei.« Dann sprach er, wie es sich für einen Gastgeber geziemt, geringschätzig von seiner Wohnung. »Sie ist zu klein«, klagte er, »und nicht würdig, daß man seine Freunde darin empfängt. Aber sie ist warm und heimelig, besonders für die Hunde.«

Nun ergriff Pilon das Wort. Er schilderte, wie seine Freunde sich bald zu Tode grämten; wenn er aber bei ihnen wohnen würde, so könnten sie wieder gemütsruhig schlafen.

Für den Piraten war dies ein gewaltiger Schock. Er blickte auf seine Hände. Und dann sah er trostsuchend auf seine Hunde, aber ihr Blick begegnete dem seinen nicht. Schließlich wischte er sich das Glücksgefühl mit dem Handrücken aus den Augen und strich sich die Hand an seinem großen schwarzen Bart wieder trocken. »Und die Hunde?« fragte er mit sanfter Stimme. »Wollt ihr die Hunde auch nehmen? Seid ihr auch Freunde meiner Hunde?«

Pilon nickte.

»Gewiß, auch die Hunde. Wir werden eine ganze Ecke für sie freimachen.«

Der Pirat besaß viel Stolz. Er fürchtete, er möchte sich unziemlich benehmen. »Geht jetzt fort«, bat er. »Geht heim. Morgen werde ich zu euch kommen.«

Seine Freunde verstanden seine Gefühle. Sie krochen aus der Tür und ließen ihn allein.

»Der da wird bei uns glücklich sein«, sagte Jesus Maria.

»Armer, einsamer Tropf«, seufzte Danny. »Hätte ich davon gewußt, so hätte ich ihn längst eingeladen, auch ohne Schatz.«

Wie eine Flamme brannte die Freude in ihnen allen. Bald hatten sie sich an die neue Beziehung gewöhnt. Danny zeichnete mit einem Stück blauer Kreide auf dem Fußboden in einer Ecke des Wohnzimmers ein Kreissegment, um den Teil abzugrenzen, wo die Hunde sich aufzuhalten hatten, wenn sie im Hause waren. In dieser Ecke schlief auch der Pirat, zusammen mit seinen Tieren. Mit fünf Menschen und fünf Hunden begann das Haus etwas eng zu werden. Aber von Anfang an hatten Danny und seine Freunde sich klar gemacht, daß ihnen die Einladung an den Piraten von jenem übermüdeten und besorgten Schutzengel eingegeben war, der über ihren Geschikken wachte und sie vor dem Übel behütete.

Jeden Morgen, lang ehe seine Freunde wach waren, erhob sich der Pirat aus seiner Ecke und machte, von seinen Hunden gefolgt, seine Runde an den Türen der Restaurants und an den Landungsplätzen. Er gehörte zu denen, für die jedermann Freundlichkeit empfand. Die Pakete wurden größer. Die Paisanos merkten seine Großmut und unterstützten sie. Er erhielt frische Fische, halbe Pasteten, unberührte Laibe harten Brotes und Fleisch, für das nur ein wenig Soda nötig war, um das Grüne fortzunehmen. Sie fingen an, wirklich zu leben. Daß sie seine Gaben annahmen, rührte den Piraten tiefer als irgend etwas anderes, was sie für ihn hätten tun können. Mit wahrer Andacht sah er sie die Speisen verzehren, die er ihnen brachte.

Wenn sie abends um den Ofen saßen und die Ereignisse von Tortilla Flat mit den matten Stimmen satter Götter besprachen, wanderten die Augen des Piraten von Mund zu Mund, und seine eigenen Lippen bewegten sich, im Flüsterton die Worte seiner Freunde nachsprechend. Eifersüchtig lehnten die Hunde sich an ihn.

Dies waren seine Freunde, sagte er sich in der Nacht, wenn seine Hunde sich an ihn schmiegten, damit sie alle warm hätten. Diese Menschen liebten ihn so sehr, daß es sie beunruhigt hatte, ihn allein zu wissen. Der Pirat mußte sich dies oft wiederholen, war es doch etwas Erstaunliches, etwas ganz Unglaubliches. Sein Karren stand jetzt in Dannys Hof, und jeden Morgen schnitt er sein Knüppelholz und verkaufte es. Aber abends war er so besorgt, er könne etwas von dem versäumen, was seine Freunde sprachen, oder nicht dabeisein, um den warmen Strom des Gemeinschaftsgefühls in sich aufzunehmen, daß er mehrere Tage seinen Hort nicht aufgesucht hatte, um seine Münzen einzulegen.

Seine Freunde waren gut zu ihm. Sie behandelten ihn mit erlesener Höflichkeit, aber immer wachte irgendein Auge über ihn. Wenn er seinen Karren in den Wald zog, ging einer der Freunde mit ihm und saß während seiner Arbeit auf einem Baumstumpf neben ihm. Ging er abends zu guter Letzt noch zur Wassergrube, so leisteten ihm Danny oder Pablo oder Pilon oder Jesus Maria Gesellschaft. Nachts mußte er so leise gewesen sein, wenn er schattenhaft hinausschlich, daß nicht ein Hauch von ihm bemerkbar war.

Eine Woche lang beschränkten sich seine Freunde darauf, ihn zu beobachten. Schließlich aber wurde ihnen diese Tatenlosigkeit über. Indessen wußten sie, daß direktes Handeln nicht in Betracht kam. Daher tauchte eines Abends als Gesprächsstoff die Frage auf, ob es wünschenswert sei, sein Geld zu verstecken.

Pilon war es, der diese Unterhaltung einleitete. »Ich hatte einen Onkel, einen richtigen Geizhals, der sein Gold im Walde vergrub. Eines Tages ging er danach sehen – weg war es. Jemand hatte es gefunden und gestohlen. Er war schon ein alter Mann und all sein Geld futsch – es endete damit, daß er sich aufgehängt hat.« Mit Befriedigung beobachtete Pilon den ängstlichen Ausdruck, den das Gesicht des Piraten annahm.

Auch Danny hatte es wahrgenommen, und er fuhr fort: »Der Viejo, mein Großvater, dem dieses Haus gehörte, hatte ebenfalls Geld versteckt. Wieviel weiß ich nicht, aber er stand im Ruf eines reichen Mannes, es müssen also drei- oder vierhundert Dollar gewesen sein. Der Viejo hat ein tiefes Loch gegraben, sein Geld hineingelegt und es dann zugedeckt; zuletzt streute er Kiefernnadeln über den Erdboden, bis er dachte, niemand könne sehen, daß an dieser Stelle irgend etwas geschehen war. Aber als er wieder hinkam, war das Loch aufgerissen und das Geld fort.«

Der Pirat folgte mit den Lippen seinen Worten. Schrecken malte sich in seinem Gesicht. Seine Finger kraulten Señor Alec Thompson am Nacken. Die Freunde tauschten einen Blick und ließen den Gesprächsgegenstand zunächst wieder fallen. Sie wandten sich dem Liebesleben Cornelia Ruiz' zu.

In der darauffolgenden Nacht schlich sich der Pirat

aus dem Haus, gefolgt von allen Hunden. Eilends erreichte er, sicheren Fußes über Holzblöcke und durch Gestrüpp gleitend, den Wald. Pilon stolperte hinter ihm her. Aber als er gut zwei Meilen hinter sich hatte, fühlte er sich geschunden und von Ranken und Dornen zerrissen. Er hielt inne, um einen Augenblick auszuruhen; und gleich darauf merkte er, daß alle Geräusche vor ihm aufgehört hatten. Er wartete, horchte und kroch umher, aber der Pirat war und blieb verschwunden.

Nach Verlauf von zwei Stunden kehrte Pilon langsam und müde zurück. Er fand den Piraten daheim, in festem Schlaf mitten unter seinen Hunden. Als Pilon eintrat, hoben die Tiere die Köpfe, und er glaubte einen Augenblick, etwas wie ein spöttisches Lächeln an ihnen wahrzunehmen.

Am nächsten Morgen fand an der Wassergrube eine Beratung statt.

»Es ist unmöglich, ihm zu folgen«, berichtete Pilon. »Er war plötzlich ins Nichts verschwunden. Er sieht im Finstern. Er kennt jeden Baum im Walde. Wir müssen ein anderes Mittel ausfindig machen.«

»Vielleicht genügt einer allein nicht«, meinte Pablo. »Wenn wir alle hinter ihm her gingen, würden wir seine Spur vielleicht nicht verlieren.«

»Wir wollen heute abend wieder davon sprechen«, schlug Jesus Maria vor, »nur müssen wir stärker auftragen. Eine mir bekannte Dame hat mir ein bißchen Wein versprochen«, fügte er bescheiden hinzu. »Wenn der Pirat etwas getrunken hat, wird er vielleicht nicht so leicht verschwinden.«

Dabei blieb es.

Jesus Marias Dame spendete ihnen eine ganze Gallone Wein. Womit hätte man das Entzücken des Piraten vergleichen können, als er an jenem Abend eine Fruchtschale voll Wein in der Hand hielt und, unter seinen Freunden sitzend, daran nippte und ihrem Geplauder lauschte? Selten war solche Freude in des Piraten Leben gekommen. Er wünschte sich, diese lieben Menschen an seine Brust drücken und ihnen sagen zu können, wie sehr er sie liebte. Aber tun konnte er dies nicht, denn sie hätten ihn für betrunken gehalten. Er sehnte sich danach, etwas ganz Großes zu tun, um ihnen seine Liebe zu beweisen.

»Gestern abend sprachen wir vom Geldvergraben«, begann Pilon. »Heute mußte ich an einen Vetter von mir denken, einen gescheiten Kerl. Wenn in der ganzen Welt jemand imstande war, Geld so zu verbergen, daß niemand es finden konnte, so war er es. Also nahm er sein Geld und versteckte es. Vielleicht habt ihr ihn schon gesehen: den kleinen Mann, der sich an den Landungsplätzen herumdrückt und um Fischköpfe bettelt, von denen er sich Suppe kocht. Das ist mein Vetter. Jemand hat sein vergrabenes Geld gestohlen.«

Wieder traten Furcht und Sorge in das Gesicht des Piraten.

Eine Geschichte überbot die andere, und in jeder verfolgten Übel aller Art diejenigen, die ihr Geld versteckten.

»Es ist besser, sein Geld dicht bei sich zu haben, hie

und da etwas davon auszugeben und seine Freunde ein wenig daran teilhaben zu lassen«, schloß Danny.

Sie hatten den Piraten genau beobachtet und gesehen, wie mitten in der schlimmsten Geschichte die Angst aus seinem Gesicht wich und einem erleichterten Lächeln Platz machte. Er nippte jetzt wieder an seinem Wein, und seine Augen strahlten vor Freude.

Die Freunde waren in Verzweiflung. Alle Pläne waren fehlgeschlagen. Es tat ihnen im Herzen weh. Nach so viel Güte und Barmherzigkeit mußte dies passieren. Der Pirat war, sie wußten nicht wie und warum, dem Guten ausgewichen, das sie ihm hatten erweisen wollen. Sie tranken ihren Wein aus und gingen verstimmt zu Bett.

Nur wenig von dem, was sich in der Nacht zutrug, entging Pilon.

Seine Ohren schienen wach zu bleiben, während sein übriger Körper schlief. So merkte er, wie der Pirat sich mit seinen Hunden verstohlen aus dem Hause schlich.

Rasch sprang er auf, um seine Freunde zu wecken, und im nächsten Augenblick liefen alle vier in der Richtung auf den Wald zu hinter dem Piraten her. Es war stockfinster, als sie die Kiefernwaldung betraten. Die vier Freunde liefen gegen Bäume und verfingen sich in Beerenranken; aber eine ganze Zeitlang konnten sie den Piraten vor sich her laufen hören. Sie folgten ihm so weit wie Pilon am Abend zuvor, bis plötzlich Stille eintrat und nur noch das Rauschen des Waldes und ein leise wehender Nachtwind hörbar waren. Sie suchten den Wald und alle Plätze mit Buschwerk ab, aber wiederum blieb der Pirat verschwunden.

Endlich fanden sie frierend und verzweifelt wieder zusammen und schleppten sich mühselig und müde bis nach Monterey. Es dämmerte bereits, als sie heimkamen.

Schon glänzte das erste Tageslicht auf der Bucht. Aus den Häusern von Monterey stieg der Rauch der Morgenfeuer vor ihnen auf.

Glückstrahlend trat der Pirat in die Vorhalle und begrüßte sie. Mürrisch strichen sie an ihm vorbei und betraten einer hinter dem anderen die Wohnstube. Auf dem Tisch lag ein großer Leinensack.

Der Pirat folgte ihnen. »Ich habe dich belogen, Pilon«, gestand er. »Ich sagte dir, ich hätte kein Geld, weil ich mich fürchtete. Damals wußte ich noch nichts von meinen Freunden. Nun habt ihr erzählt, wie oft verstecktes Geld gestohlen wird, und wieder fürchtete ich mich. Erst gegen Abend fand ich einen Ausweg. Bei meinen Freunden wird mein Geld sicher sein. Niemand kann es stehlen, wenn meine Freunde es mir aufbewahren.«

Entsetzt starrten die vier Männer ihn an.

»Bring dein Geld in den Wald zurück und vergrabe es«, fuhr Danny ihn an. »Wir wünschen es nicht zu bewachen.«

»Nein«, erklärte der Pirat. »Ich würde mich nicht mehr sicher fühlen, wenn ich es aufs neue versteckte. Aber ich werd' glücklich sein, wenn ich weiß, daß meine Freunde es für mich verwahren. Ihr werdet es mir nicht glauben, aber während der beiden vergangenen Nächte ist mir jemand gefolgt, der mein Geld stehlen wollte.«

So fürchterlich dieser Schlag war – Pilon, dieser Schlaukopf, suchte ihm zu entgehen. »Ehe du dieses Geld in unsere Hände legst, willst du vielleicht etwas herausnehmen«, sagte er einschmeichelnd.

Der Pirat schüttelte den Kopf. »Nein. Das kann ich nicht. Es ist versprochen. Ich habe fast tausend Fünfundzwanzigcentstücke. Wenn es tausend sind, werde ich dem heiligen Franz von Assisi einen goldenen Leuchter kaufen.

Ich hatte einmal einen guten Hund, und er wurde mir krank. Damals habe ich einen goldenen Kerzenhalter von tausend Tagen gelobt, wenn der Hund gesund würde. Und« – er streckte seine großen Hände aus – »der Hund ist gesund geworden.«

»Einer von diesen Hunden?« fragte Pilon.

»Nein. Er wurde später von einem Lastwagen überfahren.«

Nun war alles vorbei – alle Hoffnung auf andere Verwendung des Geldes dahin. Verdrießlich hoben Danny und Pablo den schweren Sack mit Silbermünzen, trugen ihn ins andere Zimmer und legten ihn in Dannys Bett unter das Kopfkissen. Mit der Zeit würde es ihnen ein gewisses Vergnügen bereiten, das Geld unter diesem Kissen zu wissen, aber fürs erste war es eine bittere Niederlage. Auf der ganzen Welt gab es nichts, was sie dagegen tun konnten. Der günstige Augenblick war eingetreten – und nun war er nutzlos verstrichen.

Vor ihnen stand der Pirat mit Tränen des Glücks in den Augen, denn nun hatte er seinen Freunden seine Liebe bewiesen.

»Wenn ich denke«, sagte er, »wie ich all diese Jahre hindurch in jenem Hühnerstall wohnte und keine Freunde kannte! Jetzt aber – jetzt bin ich überglücklich.«

8

Wie Dannys Freunde in der St.-Andreas-Nacht nach einem geheimnisvollen Schatz suchten. Wie Pilon ihn fand und wie später ein paar Tuchhosen zweimal den Besitzer wechselten

Wäre er ein Held gewesen, so wäre es dem Portagee in der Armee elend schlecht ergangen. Daß er Big Joe Portagee war und ein gutes Training im Gefängnis von Monterey hinter sich hatte, rettete ihn nicht nur vor dem Schmerz enttäuschter Vaterlandsliebe – es bestärkte ihn auch in seiner Überzeugung, so gut, wie der Mensch seine Tage zur Hälfte schlafend und zur Hälfte wachend verbringe, gezieme es sich auch, seine Jahre abwechselnd im Gefängnis und in der Freiheit zu verleben. Während des Krieges hatte Joe Portagee indessen bedeutend mehr Zeit im Gefängnis als draußen verbracht.

Im bürgerlichen Leben wird man bestraft für das, was man tut. Aber die Armeegesetze fügen einen neuen Grundsatz hinzu: Sie bestrafen einen Mann für das, was er nicht tut. Joe Portagee kam nie ganz dahinter. Er putzte sein Gewehr nicht, rasierte sich nicht, und ein- oder zweimal kam er aus dem Urlaub nicht zurück. Mit diesen Mängeln paarte sich bei Big Joe eine Neigung, sich genial herauszureden, wenn ihm eine Aufgabe gestellt wurde. Für gewöhnlich verbrachte er etwa die Hälfte seines Lebens im Gefängnis; während seiner Militärzeit von zwei Jahren jedoch achtzehn Monate. Das Leben in den Militärgefängnissen behagte ihm keineswegs. Im Gefängnis von Monterey war er an Muße und Kameradschaft gewöhnt. In der Armee gab es während der Haftzeit nur Arbeit. In Monterey hatte es gegen ihn stets nur eine Anklage gegeben: Betrunkenheit und unschickliches Benehmen. Die Anklagen in der Armee aber brachten ihn in solche Verwirrung, daß sein Verstand daran wahrscheinlich für immer Schaden genommen hatte.

Als der Krieg vorbei war und die Truppen entlassen wurden, hatte Big Joe immer noch sechs Monate abzusitzen. Die Anklage hatte gelautet: »Betrunkenheit während des Dienstes. Schlagen nach einem Sergeanten mit einem Petroleumkanister. Verleugnen seiner Identität (er hatte sich an nichts erinnern können und darum alles abgeleugnet). Stehlen von zwei Gallonen gekochter Bohnen und Davonreiten auf dem Pferd des Majors.«

Wäre der Waffenstillstand nicht schon unterzeichnet gewesen, so wäre Big Joe wahrscheinlich erschossen worden. Er kehrte erst lange, nachdem dic anderen Veteranen zurückgekommen waren und alle Früchte des Sieges verzehrt hatten, nach Monterey heim.

Als Big Joe dem Zuge entstieg, war er in einen Militärmantel, einen Waffenrock und ein paar Hosen aus blauem Tuch gekleidet.

Die Stadt hatte sich nicht sehr verändert, die Prohibition ausgenommen, und diese war für das Wirtshaus Torrelli ohne Folgen. Joe verhökerte seinen Mantel gegen eine Gallone Wein und machte sich auf die Suche nach seinen Freunden. Es waren noch kaum ein paar Stunden vergangen, da war der Wein verschwunden, und Geld hatte er keins. Dann wollten die Blutsaugerinnen ihn wieder loswerden, aber er wollte nicht hinaus. Es gefiel ihm ganz gut, wo er war.

Als sie ihn schließlich mit Gewalt hinauswerfen wollten, zerbrach Big Joe in einer Anwandlung gerechten und fürchterlichen Zornes sämtliche Möbel und Fenster und jagte halb angekleidete Mädchen schreiend in die Nacht hinaus; zuletzt ließ er sich noch einfallen, das Haus in Brand zu stecken. Es war gefährlich, Joe in Versuchung zu führen, denn er besaß nicht die geringste Widerstandskraft.

Das Ende war, daß ein Polizist sich seiner annahm und ihn abführte. Der Portagee seufzte beglückt auf. Nun fühlte er sich wieder zu Hause.

Nach einer kurzen Gerichtsverhandlung ohne Geschworene, in der er zu dreißig Tagen Gefängnis verurteilt wurde, dehnte sich Joe wohlig auf seiner lederbezogenen Lagerstätte und verbrachte das erste Zehntel seiner Haftzeit in tiefem Schlaf.

Der Portagee war gern im Gefängnis von Monterey. Es war ein Ort für Begegnungen. Wenn er lange genug blieb, sah er alle seine Freunde ein und aus gehen. Die Zeit verging ihm schnell. Er war ein wenig traurig, als er wieder gehen mußte, aber diese Betrübnis wurde durch den Gedanken gemildert, daß es ganz leicht war, wieder hineinzukommen.

Er wäre gern wieder in jenes Lokal gegangen, aber er hatte weder Geld noch Wein. Darum suchte er die Straßen nach seinen alten Freunden ab: nach Pilon und Danny und Pablo, doch ohne sie zu finden. Der Polizeisergeant sagte, sie seien schon lange nicht mehr auf seinen Listen gewesen.

»Dann müssen sie tot sein«, sagte der Portagee.

Trübselig schlenderte er zu Torrelli, aber dieser war unfreundlich gegen Leute, die weder Geld noch Tauschwaren besaßen, und bot Big Joe wenig Trost. Immerhin erwähnte er, Danny habe ein Haus in Tortilla Flat geerbt und wohne dort samt all seinen Freunden.

Da verspürte Big Joe Anhänglichkeit und ein Verlangen, seine Freunde zu sehen. Am Abend wanderte er nach Tortilla Flat, um Danny und Pilon aufzusuchen. Es dämmerte schon, als er durch die Straßen ging und auf dem Wege Pilon traf, der geschäftig vorwärts eilte.

»Heda, Pilon! Ich wollte dich eben besuchen.«

»Guten Tag, Joe Portagee«, antwortete Pilon kurz angebunden. »Wo bist du gewesen?«

»In der Armee«, gab Joe zur Auskunft.

Pilon war mit seinen Gedanken woanders. »Ich muß weiter.«

»So komme ich mit dir«, erklärte Joe.

Pilon blieb stehen und musterte ihn. »Weißt du nicht, was heute für ein Abend ist?« fragte er.

»Nein. Was denn?«

»Es ist St.-Andreas-Nacht.«

Nun wußte der Portagee Bescheid. Dies war die Nacht, in der jeder Paisano, der nicht im Gefängnis saß, ruhelos durch den Wald wanderte. Die Nacht, in der alle vergrabenen Schätze ein feines phosphoreszierendes Licht an die Erdoberfläche sandten. Und es gab viele Schätze in den Wäldern. Im Verlauf von zweihundert Jahren war Monterey häufig überfallen worden, und jedesmal hatten die Leute Kostbarkeiten in der Erde vergraben.

Es war eine helle Nacht. Pilon hatte seine alltägliche rauhe Schale abgestreift, wie es hie und da vorkam. Heute abend war er ein Idealist, ein freigebig Schenkender. Er war auf dem Wege zu einem guten Werk.

»Du darfst mit mir kommen, Big Joe Portagee, aber wenn wir einen Schatz entdecken, so muß die Entscheidung, was wir damit machen, mir überlassen sein. Wenn du damit nicht einverstanden bist, kannst du auf eigene Faust suchen gehen und einen Schatz für dich selbst finden.«

Joe war es nicht gewohnt, selber planmäßig vorzugehen. »Ich möchte dich begleiten, Pilon«, sagte er. »Aus dem Schatz mache ich mir nichts.«

Als sie den Wald betraten, senkte sich die Nacht vollends hernieder. Ihre Füße ertasteten die mit Kiefernnadeln bestreuten Pfade. Nun war Pilon sicher, daß es eine makellose Nacht wurde. Hohe Nebel bedeckten den Himmel, und dahinter leuchtete der Mond hervor, so daß der Wald mit dunstigem Schimmer erfüllt war. Die scharfen Umrisse, die wir mit dem Bild der Wirklichkeit verbinden, waren wie ausgelöscht. Die Baumstämme ragten nicht wie schwarze hölzerne Säulen empor, sondern waren zu weichen, körperlosen Schatten geworden. Die Stellen mit Strauchwerk waren formlos und schienen in dem wundersamen Licht die Gestalt beständig zu verändern. Gespenster hatten es heute leicht, unter den Menschen umherzuwandeln, ohne ihren Unglauben fürchten zu müssen; denn es war eine verwunschene Nacht, und wer dies nicht empfunden hätte, wäre gefühllos gewesen.

Bisweilen stießen Pilon und Big Joe auf andere Suchende, die unter den Kiefern im Zickzack rastlos hin und her gingen. Sie hielten die Köpfe gesenkt und bewegten sich schweigend und grußlos durch den Wald. Wer hätte sagen können, es seien lauter Lebende? Joe und Pilon war bekannt, daß manche von ihnen die Geisterschatten jener Dahingeschiedenen waren, die einst ihre Schätze hier begruben; in der St.-Andreas-Nacht kehrten sie auf die Erde zurück, um zu sehen, ob ihre Schätze in Ruhe gelassen worden waren. Pilon trug ein Amulett seines Heiligen über seinen Kleidern um den Hals gehängt, so daß er sich nicht vor Geistern zu fürchten brauchte. Big Joe hielt im Gehen die Finger im Zeichen des heiligen Kreuzes. Wenn sie auch leise erschauerten, so waren sie sich doch bewußt, daß der Schutz, der über ihnen waltete, der unheimlichen Nacht mehr als gewachsen war.

Während sie so dahingingen, erhob sich ein Wind und blies den Nebel wie eine dünne Schicht grauer Wasserfarbe gegen den bleichen Mond. Die Bewegung des Nebels verlieh dem Walde gleitende Formen, so daß die einzelnen Bäume sich wie verstohlen regten und das Gebüsch sich geräuschlos gleich großen dunklen Katzen bewegte. In den Baumwipfeln raunte es von Wahrsagen und Todesprophezeiungen. Pilon wußte, daß es nicht gut sei, auf dieses Raunen der Bäume zu lauschen. Aus dem Wissen um die Zukunft kam nichts Gutes, und zudem war dieses Geflüster unheilig. So wandte er sein Hörvermögen davon ab.

Nun begann auch er im Zickzack durch den Wald zu gehen, und Big Joe hielt sich wie ein großer, wachsamer Hund dicht neben ihm. Einsame, schweigsame Männer glitten an ihnen vorüber, ohne sich mit Grüßen aufzuhalten. Die Toten streiften lautlos vorbei, auch sie ohne Gruß.

Von der Landspitze, tief unter ihnen, ertönte die Nebelsirene, und es klang wie eine Wehklage um all die guten Schiffe, die am »eisernen Riff« zugrunde gegangen waren oder eines Tages dort kentern würden.

Pilon schauderte, und es überlief ihn kalt, trotzdem die Nacht warm war. Mit verhaltenem Atem betete er flüsternd ein Ave Maria.

Eben kamen sie an einem grauen Manne vorbei, der mit gesenktem Haupt einherging, ohne sie zu grüßen.

Schon war eine Stunde vergangen, und noch immer wanderten Pilon und Big Joe so ruhelos umher wie die Toten, mit denen die Nacht erfüllt war.

Plötzlich blieb Pilon stehen. Seine Hand fand Big Joes Arm. »Siehst du?« flüsterte er.

»Wo?«

»Hier, geradeaus!«

»Jjjaa – ich glaube.«

Es dünkte Pilon, er sähe eine sanfte blaue Lichtsäule sich etwa drei Meter vor ihnen aus dem Erdboden erheben.

»Big Joe«, flüsterte er, »such mir zwei Stecken, je etwa drei bis vier Fuß lang. Ich möchte nicht fortblicken. Sonst könnte ich es aus den Augen verlieren.«

Wie ein lauernder Hund stand er da, während Big Joe eilfertig nach Stecken suchen ging. Pilon hörte ihn zwei kleine tote Äste von einer Kiefer abbrechen. Er vernahm das Geräusch, als Big Joe die Zweige entfernte. Immer noch starrte Pilon auf die nebelhaft bleiche Lichtsäule vor ihm. Sie schimmerte so schwach, daß auf Augenblicke alles zu entschwinden schien. Manchmal war er unsicher, ob überhaupt etwas zu sehen war. Er rührte seine Augen nicht weg, als Big Joe ihm die Stecken in die Hand gab. Pilon legte sie kreuzweise im rechten Winkel übereinander und schritt langsam voran, das Kreuz vor sich hinhaltend. Sobald er sich völlig näherte, schien das Licht zu verblassen, aber er erkannte, woher es gekommen war, und unterschied einen Eindruck von vollkommener Rundung auf den Kiefernnadeln.

Pilon legte sein Kreuz auf die eingedrückte Stelle und sagte: »Alles, was hier liegt, gehört kraft meiner Entdeckung mir zu eigen. Fort mit euch, böse Geister. Fort mit euch, Geister der Menschen, die diesen

Schatz vergraben haben: *In Nomen Patris et Filius et Spiritu Sancti.*« – Hierauf entrang sich ihm ein tiefer Seufzer, und er setzte sich am Boden nieder.

»Wir haben ihn gefunden, o mein Freund, Big Joe«, rief er. »Seit vielen Jahren suche ich danach, nun endlich habe ich den Schatz gefunden.«

»Laß uns graben«, sagte Big Joe.

Aber Pilon schüttelte ungeduldig den Kopf. »Solange alle Geister frei schweifen? Solange es schon gefährlich ist, sich hier aufzuhalten? Du bist ein Narr, Big Joe. Wir müssen bis morgen früh hier sitzen bleiben. Dann werden wir die Stelle bezeichnen, und morgen abend werden wir graben. Niemand anders kann jetzt, da wir die Stelle mit dem Kreuz bedeckt haben, das Licht sehen. Morgen abend wird keine Gefahr mehr sein.«

Nun sie auf den Kiefernnadeln saßen, schien die Nacht noch schauriger, aber von dem Kreuz ging etwas wie ein warmer Hauch von Heiligkeit und Sicherheit aus, wie von einem kleinen Freudenfeuer auf dem Erdboden. Mit einem Feuer war ihm auch gemeinsam, daß es sie nur vorn erwärmte. Ihnen im Rücken war die Kälte und das Unwesen, das sich im Walde herumtrieb.

Pilon stand wieder auf, um einen großen Kreis um die ganze Stelle zu ziehen, und zwar so, daß er darin war, als er die Kreislinie schloß. »Mögen keine bösen Geister diese Linie überschreiten, im Namen des Allerheiligsten Jesus«, sagte er feierlich. Dann setzte er sich wieder hin. Danach fühlten sich beide wohler. Sie konnten die gedämpften Tritte der umherwandernden Geister hören; sie sahen den leisen Lichtschein, der von den durchsichtigen Gestalten ausstrahlte, während sie vorübergingen; aber die schützende Kreislinie war undurchdringlich.

»Was willst du mit dem Geld machen?« wollte Big Joe wissen.

Pilon sah ihn verächtlich an. »Du hast noch nie nach Schätzen gesucht, Big Joe Portagee, denn du weißt nicht, wie man sich dabei verhalten muß. Ich darf diesen Schatz nicht für mich selbst begehren. Wenn ich mit der Absicht, ihn für mich zu sichern, darangehe, dann gräbt der Schatz sich tiefer und tiefer in die Erde wie eine Meermuschel, und ich werde ihn dann niemals finden. Nein, so geht es nicht. Ich grabe für Danny nach dem Schatz.«

Pilons ganzer Idealismus stieg in ihm hoch. Er erzählte Big Joe, wie gut Danny zu seinen Freunden sei. »Und wir tun nichts für ihn«, fuhr er fort. »Wir bezahlen keinen Mietzins. Manchmal betrinken wir uns und zerbrechen seine Möbel. Wir streiten mit Danny, wenn wir ärgerlich sind, und beschimpfen ihn. Oh, wir sind eine schlimme Gesellschaft, Big Joe. Darum haben wir alle, Pablo und Jesus Maria und der Pirat und ich, uns zusammengesetzt und beraten und Pläne gemacht. Wir sind heute alle im Walde, um nach Schätzen zu suchen. Der Fund soll Danny gehören. Er ist so gut, Big Joe. So gütig ist er, und wir so schlechte Gesellen. Aber wenn wir ihm einen großen Sack voll Kostbarkeiten bringen, wird er sich freuen. Weil mein Herz von Selbstsucht frei ist, vermag ich den Schatz zu finden.«

»Willst du gar nichts davon behalten?« fragte Big Joe ungläubig. »Nicht einmal so viel, um eine Gallone Wein zu kaufen?«

In Pilon war heute kein Flecken von dem bösen Pilon. »Nein, kein einziges Stückchen Gold! Nicht einen einzigen roten Heller! Alles für Danny, jedes bißchen für ihn!«

Joe war enttäuscht. »Ich bin den ganzen Weg mit dir gekommen, und nun soll ich nicht einmal ein Glas Wein dafür haben«, murrte er.

»Wenn Danny das Geld bekommt«, deutete Pilon zartfühlend an, »kauft er vielleicht etwas Wein dafür. Natürlich werde ich ihm dies nicht nahelegen, denn der Schatz soll ganz und gar Danny gehören. Aber ich denke, er wird wohl ein wenig Wein kaufen, und wenn du gut zu ihm bist, bekommst du gewiß auch ein Glas voll.«

Big Joe fühlte sich getröstet, denn er kannte Danny seit langem. Er hielt es für möglich, daß Danny sehr viel Wein kaufen würde.

Die Nacht verging allmählich. Der Mond ging unter, und über dem Wald lag verschwommene Finsternis. Schrill ertönten die Nebelsirenen. Die ganze Nacht hielt Pilon sich fleckenlos rein. Er predigte Big Joe ein wenig, wie es Neubekehrte gern tun.

»Es lohnt sich, gut und großmütig zu sein«, sagte er. »Solche Taten dienen nicht nur den himmlischen Freuden; sie belohnen sich sogar bald hienieden. Man empfindet eine goldene Wärme, wie wenn man gutes heißes Essen im Magen hat. Der Geist Gottes umhüllt einen wie mit einem weichen Kamelhaarmantel. Ich bin nicht immer gut gewesen, Big Joe Portagee. Ich bekenne es freimütig.«

Big Joe wußte dies nur allzu gut.

»Ja, ich bin schlecht gewesen«, rief Pilon verzückt aus. Er genoß diese Stimmung durch und durch. »Ich habe gelogen und gestohlen. Ich war ein Wüstling. Ich habe Ehebruch getrieben und den Namen Gottes unnütz im Munde geführt.«

»Ich auch«, sagte Big Joe glückselig.

»Und was war die Folge, Big Joe? Ich fühlte mich niederträchtig. Ich wußte, daß ich zur Hölle fahren würde. Jetzt aber erkenne ich, daß kein Sünder so schlecht ist, daß ihm nicht vergeben werden kann. Obwohl ich noch nicht zur Beichte gegangen bin, fühle ich, daß mein innerer Wandel Gott wohlgefällig ist, denn seine Gnade ist über mir. Wenn auch du, Big Joe, dein Leben ändern würdest, wenn du der Trunkenheit und den Prügeleien und den Mädchen dort im Hause von Dora Williams entsagen könntest, dann würdest du gewiß das gleiche erleben wie ich.«

Aber Big Joe war eingeschlafen. Er konnte nie lange wach bleiben, wenn er nicht in Bewegung war.

Die Gnade wirkte nicht so stark in Pilon, nachdem er Big Joe nicht mehr davon erzählen konnte, aber er blieb sitzen und beobachtete den Schatzort, während der Himmel sich grau färbte und hinter dem Nebel die Dämmerung durchbrach. Er sah, wie die Kiefern Gestalt annahmen und aus der Dunkelheit auftauchten. Der Wind ließ nach, bläuliche Häschen wagten sich aus dem Gebüsch hervor und hüpften zwischen den Kiefernnadeln herum. Pilons Augen waren schwer, aber er fühlte sich glücklich. Als es hell war, stieß er Big Joe Portagee mit dem Fuß.

»Es ist Zeit, nach Dannys Haus zu gehen; es ist Tag.« Pilon warf das Kreuz fort, das nun nicht mehr nötig war, und verwischte die Kreislinie. »Nun«, sagte er, »wir dürfen die Stelle nicht bezeichnen, aber wir müssen sie uns an den Bäumen und Felsen merken.«

»Warum graben wir nicht jetzt?« fragte Big Joe.

»Damit jedermann aus Tortilla Flat uns helfen käme«, antwortete Pilon spöttisch.

Sie suchten sich die Umgebung genau einzuprägen, immer wiederholend: »Hier stehen rechts drei Bäume nebeneinander und zwei links. Dort unten liegt die Stelle mit Gesträuch, und hier ist ein Felsen.« Endlich verließen sie den Schatz, im Gehen die Beschreibung des Weges vor sich her sagend.

In Dannys Haus fanden sie ihre Freunde ermüdet heimgekehrt. »Habt ihr etwas gefunden?« fragten die Freunde.

»Nein«, antwortete Pilon rasch, um einem Geständnis von Big Joe zuvorzukommen.

»Nun, Pablo meinte das Licht zu sehen, aber es verschwand, ehe er hinkam. Und der Pirat hat den Geist einer alten Frau erblickt, die seinen Hund bei sich hatte.« Ein Lächeln breitete sich im Gesicht des Piraten aus. »Die Alte hat mir gesagt, mein Hund sei jetzt glücklich.«

»Hier ist Big Joe Portagee, aus der Armee zurück«, verkündete Pilon.

»Guten Tag, Joe!«

»Ihr habt es nett hier«, bemerkte der Portagee und ließ sich behaglich auf einem Stuhl nieder.

»Halte dich voll meinem Bett fern«, warnte ihn Danny, denn er wußte, daß Joe Portagee gekommen war, um bei ihm zu wohnen. Die Art, wie er mit übergeschlagenen Beinen auf dem Stuhl saß, zeigte an, daß er sich auf Bleiben einrichtete.

Der Pirat machte sich auf den Weg, nahm seinen Karren und begab sich in den Wald, um sein Holz zu schneiden. Die andern fünf legten sich in die den Nebel durchbrechende Sonne und waren in kurzem eingeschlafen. Es war vorgerückter Nachmittag, ehe einer von ihnen erwacht war. Endlich rührten sie sich, streckten die Arme, setzten sich auf und sahen gleichgültig nach der Bucht unten, wo ein braunes Öltankschiff sich langsam auf das Meer hinaus bewegte. Der Pirat hatte die erhaltenen Tüten auf dem Tisch gelassen, und die Freunde öffneten sie und entnahmen ihnen das Essen, das er mitgebracht.

Big Joe ging den Pfad hinunter bis zu dem eingesunkenen Tor. »Auf Wiedersehen später«, rief er Pilon zu. Pilon beargwöhnte ihn ängstlich, bis er sich überzeugt hatte, daß Big Joe sich auf dem Weg den Hügel hinunter in der Richtung nach Monterey befand und nicht hinauf dem Kiefernwalde zu. Die vier Freunde setzten sich zusammen und beobachteten träumerisch das Herannahen des Abends. Zur Dämmerstunde kehrte Joe Portagee zurück. Er und Pilon verhandelten im Garten, außer Hörweite für die Insassen des Hauses.

»Wir wollen Werkzeug von Missis Morales entleihen«, sagte Pilon. »In ihrem Hühnerstall stehen eine Schaufel und eine Spitzhacke.«

Als es dunkelte, brachen sie auf. »Wir gehen ein paar Mädchen, Freundinnen von Joe Portagee, besuchen«, erklärte Pilon. Sie schlichen sich in Mrs. Morales' Garten und borgten sich ihre Werkzeuge. Gleich darauf hob Joe Portagee aus dem wuchernden Unkraut neben der Straße einen Gallonenkrug mit Wein.

»Du hast den Schatz verkauft«, rief Pilon zornentbrannt. »Du bist ein Verräter, du Hundsfott!«

Aber Joe beruhigte ihn mit sicherer Miene. »Ich habe ihnen nicht gesagt, wo der Schatz ist«, erwiderte er mit einer gewissen Würde. »Folgendes habe ich gesagt: ›Wir haben einen Schatz gefunden, aber er ist für Danny. Wenn Danny ihn in Händen hat, werde ich einen Dollar von ihm borgen und den Wein bezahlen.‹«

Pilon war überwältigt.

»Und sie haben dir geglaubt und dir den Wein überlassen?« fragte er.

»Nun ...« – Big Joe zögerte. »Ich habe etwas zurückgelassen zum Beweis, daß ich den Dollar bringen würde.« Wie ein Blitz fuhr Pilon herum und Big Joe an die Kehle.

»Was hast du dort gelassen?«

»Nur eine kleine Wolldecke, Pilon«, jammerte Joe. »Eine einzige.«

Pilon versuchte, ihn zu schütteln, aber Big Joe war so schwer, daß Pilon damit nur sich selbst schüttelte. »Was für eine Wolldecke?« schrie er. »Sag mir, was für eine Wolldecke du gestohlen hast!«

Big Joe heulte: »Nur eine von Danny. Eine einzige. Er hat zwei. Ich habe bloß die kleine, dünne genommen. Tu mir nicht weh, Pilon. Die andere war größer. Danny bekommt sie zurück, wenn wir den Schatz haben.«

Pilon wirbelte ihn herum und versetzte ihm ebenso wohlgezielte wie wütende Fußtritte. »Du Schweinehund«, fuhr er ihn an. »Du dreckiger Dieb. Du wirst die Wolldecke zurückbringen, oder ich schlage dich windelweich.«

Big Joe suchte ihn zu besänftigen. »Ich dachte daran, wie wir uns für Danny mühen«, flüsterte er. »Ich dachte: Danny wird so froh sein, er kann sich dann hundert neue Wolldecken kaufen.«

»Halt den Mund«, herrschte ihn Pilon an. »Du wirst genau dieselbe Wolldecke zurückbringen, oder ich verprügle dich mit einem Felsstück.« Er hob den Krug hoch, entkorkte ihn und trank einige Schlucke, um seine verstörte Gemütsverfassung wiederherzustellen. Dann aber stieß er den Korken wieder ein und verweigerte Big Joe auch das kleinste Tröpfchen. »Um dieses Diebstahls willen mußt du das Graben jetzt allein besorgen. Nimm das Werkzeug auf und komm mit mir.«

Big Joe schluchzte wie ein kleines Kind und gehorchte. Gegen den gerechten Zorn Pilons konnte er nicht aufkommen.

Sie suchten lange nach dem Schatz. Es war schon spät, als Pilon auf drei Bäume in einer Reihe zeigte.

»Dort!« rief er.

Sie suchten, bis sie die eingedrückte Stelle am

Boden fanden. Der Mond leuchtete ihnen ein wenig, denn heute nacht war der Himmel nebelfrei. Nun er nicht zu graben brauchte, legte sich Pilon eine neue Theorie für die Freilegung des Schatzes zurecht. »Manchmal ist das Geld in Säcken«, überlegte er, »und die Säcke sind aufgeweicht. Wenn man senkrecht nach unten gräbt, könnte etwas verlorengehen.« Er zog einen weiten Kreisbogen um die eingedrückte Stelle. »So, jetzt ziehe rundum einen Graben, und dann werden wir auf den Schatz stoßen.«

»Willst du denn gar nicht graben?« fragte Big Joe.

Pilon brach in Zorn aus. »Bin ich ein Wolldeckendieb? Bestehle ich das Bett meines Freundes, der mir Obdach gibt?«

»Fällt mir nicht ein, die ganze Arbeit allein zu machen.« Pilon ergriff einen jener Kiefernstecken, die noch gestern das Kreuz gebildet hatten. Er näherte sich mit unheilverkündender Gebärde dem Portagee. »Dieb«, zischte er. »Du Dreckskerl von einem ungetreuen Freund. Nimm sofort die Schaufel wieder auf.«

Big Joes Mut war zunichte, und er bückte sich nach der am Boden liegenden Schaufel. Wäre Joe Portagees Gewissen nicht so schlecht gewesen, so hätte er vielleicht Einwendungen gemacht; aber angesichts der gerechten Sache Pilons und des drohenden Kiefernsteckens war seine Furcht groß.

Big Joe fand das Graben grundsätzlich widerwärtig.

Der Rhythmus der sich bewegenden Schaufel hatte keinen Reiz für ihn. Das Ziel der Arbeit, nämlich Erde von einer Stelle fortzunehmen und auf eine andere zu werfen, war für einen Menschen, der sich mit größeren Geschichten abgab, albern und nutzlos. Selbst lebenslanges Schaufeln konnte praktisch zu nichts führen. Big Joes Reaktion war freilich etwas einfacher. Er schaufelte nicht gern. Er war in die Armee eingetreten, um zu kämpfen, und hatte nichts getan als schaufeln.

Aber Pilon stand über ihm, und der Graben breitete sich rund um den Schatzort aus. Es half nichts, Kranksein, Hunger oder Schwäche vorzuschützen. Pilon war unerbittlich, und Joes Vergehen mit dem Diebstahl der Wolldecke war gegen ihn. Obwohl er jammerte, klagte und seine Hände hochhielt, um zu zeigen, wie zerschunden sie waren, stand Pilon über ihm und zwang ihn zum Graben.

Um Mitternacht war der Graben drei Fuß tief. Er grub weiter. In Monterey krähten die Hähne. Der Mond versank hinter den Bäumen. Endlich gab Pilon Befehl, auf den Schatz loszugehen. Die Erde spritzte nur noch langsam hoch, denn Big Joe war erschöpft. Unmittelbar vor Tagesgrauen stieß seine Schaufel auf etwas Hartes.

»Hurra«, rief er aus, »wir haben ihn, Pilon!«

Der Fund war groß und viereckig. Wie wild gruben sie im Finstern weiter, denn sie konnten ihn noch nicht sehen.

»Vorsicht«, mahnte Pilon, »daß du nichts kaputtmachst.«

Es war Tag, als sie ihn hoben. Pilon fühlte etwas wie Metall und beugte sich im grauen Morgenlicht hinunter, um näher hinzusehen. Es war ein stattlicher Würfel aus Zement mit einer runden braunen Platte obenauf. Darauf war eine Inschrift, und Pilon buchstabierte:

»Geodätische Vermessungsstelle + 1915 + 600 Fuß über dem Meeresspiegel.«

Pilon saß in der Grube, und die Schultern fielen ihm vor Enttäuschung herab.

»Kein Schatz?« fragte Big Joe in klagendem Ton.

Pilon antwortete nicht. Der Portagee untersuchte den Zementwürfel, und über dem Nachdenken zog er die Stirne kraus. Dann wandte er sich dem ganz gebrochenen Pilon zu. »Vielleicht können wir das gute Stück Metall entfernen und verkaufen.«

Pilon hob den Kopf aus seiner Niedergeschlagenheit. »Jonny Pom-pom hat so ein Vermessungszeichen gefunden«, sagte er mit der Gelassenheit, die eine große Enttäuschung verleiht. »Jonny Pom-pom nahm das Metallstück ab und versuchte es zu verkaufen. Es steht ein Jahr Gefängnis auf dem Ausgraben eines solchen Zeichens«, stöhnte er auf. »Ein Jahr Gefängnis und zweitausend Dollar Buße.« In seinem Schmerz hatte Pilon nur noch den einen Wunsch, sich von dem Ort dieser tragischen Begebenheit so weit wie möglich weg zu begeben. Er stand auf, suchte sich große Blätter, um den Flaschenkrug mit Wein einzuwickeln, und machte sich den Hügel hinunter davon.

Big Joe trabte sorgenvoll hinter ihm her.

»Wohin gehst du?« fragte er.

»Weiß nicht«, antwortete Pilon.

Es war heller Tag, als sie zum Strande kamen. Aber Pilon unterbrach seinen Lauf nicht. Am Wasserrand kämpfte er sich über den harten Sand vorwärts, bis

Monterey weit hinter ihm lag und nur noch die Sanddünen des Strandes und die sich kräuselnden Wellen der Bucht Zeugen seines Kummers waren. Endlich setzte er sich in den trockenen Sand und ließ sich von der Sonne durchwärmen. Joe Portagee hockte neben ihm nieder; er fühlte sich gewissermaßen für Pilons stummen Schmerz verantwortlich.

Pilon nahm den Weinkrug aus seiner Blätterumhüllung, entkorkte ihn und tat einen tiefen Zug, und da Leid ein allgemeines Mitgefühl zu erzeugen pflegt, reichte er dem Missetäter Joe dessen eigenen Wein.

»Was für Luftschlösser wir bauen!« rief Pilon aus. »Wie wir uns von unsern Träumen leiten lassen! Ich hatte mir vorgestellt, wie wir Danny Säcke voll Geld ins Haus bringen würden. In Gedanken sah ich, was für ein Gesicht er machen würde. Er hätte gestaunt! Lange Zeit hätte er es nicht glauben können.« – Er nahm Joe Portagee die Flasche ab und nahm einen gewaltigen Schluck.

»Mit alledem ist es aus – wie fortgeblasen über Nacht.« Jetzt durchglühte die Sonne den Strand. Trotz seiner Enttäuschung fühlte Pilon sich von einer verräterischen Regung übermannt – von einer selbstbetrügerischen Versuchung, etwas Gutes in der Situation zu sehen.

Big Joe trank auf seine stille Art mehr als seinen Anteil an dem Wein. Empört nahm Pilon ihm die Flasche fort und tat einen Zug nach dem andern.

»Wenn man alles bedenkt«, meinte er philosophisch, »so ist es vielleicht nicht so sicher, daß es zu Dannys Bestem gewesen wäre, hätten wir Gold gefunden. Er ist sein Leben lang arm gewesen. Reichtum hätte ihn verrückt machen können.«

Big Joe nickte mit ernsthafter Miene. Der Wein in der Flasche verminderte sich rasch.

»Glücklichsein ist mehr wert als Reichtum«, fuhr Pilon fort. »Wenn wir Danny glücklich zu machen suchen, wird es besser sein, als ihm Geld zu geben.«

Big Joe nickte wieder und zog seine Schuhe ab. »Ihn glücklich machen. Ja, das ist's.«

Traurigen Blickes sah Pilon ihn an. »Du bist ein Schweinehund, nicht wert, unter Menschen zu leben«, sagte er in mildem Ton. »Du, der du Dannys Wolldecke gestohlen hast, solltest in einem Stall eingesperrt sein und nur Kartoffelschalen zu essen bekommen.«

Die warme Sonne machte sie schläfrig. Leise plätscherten die kleinen Wellen am Ufer entlang. Pilon zog die Schuhe ab.

»Dem Gottlosen der Rest«, sagte Big Joe, und sie leerten den Krug bis zur Neige.

Das Wasser in der Bucht bewegte sich so leise, daß es sich hob und senkte wie Meeresdünung ohne Wind.

»Eigentlich bist du kein schlechter Kerl«, begann Pilon. Aber Joe Portagee lag bereits in tiefem Schlaf. Pilon nahm seinen Rock ab und zog ihn sich übers Gesicht. Ein paar Augenblicke später war auch er eingeschlummert. Die Sonne setzte ihren Lauf am Himmel fort, und die Flut spulte über das Ufer und ebbte ab. Ein Schwarm Regenpfeifer streifte an den Schlafenden vorbei. Ein Hund beschnüffelte sie. Zwei Muscheln sammelnde ältere Damen sahen die Gestalten am Boden und liefen hastig vorbei, aus Furcht, die Männer könnten voll Leidenschaft erwachen, sie verfolgen und sich an ihnen vergehen. Eine Schande, sagten sie untereinander, daß die Polizei nichts unternahm, um dergleichen zu kontrollieren. »Sie sind betrunken«, tuschelte die eine.

Die andere spähte das Ufer hinauf nach den Schlummernden. »Ja, betrunkene Bestien.«

Als endlich die Sonne hinter den Kiefern von Monterey verschwand, erwachte Pilon. Der Mund war ihm trocken wie Alaun; der Kopf tat ihm weh, und er war steif vom harten Sand. Big Joe schnarchte weiter.

»Joe«, rief Pilon, aber der Portagee war jenseits von jedem Anruf. Pilon stützte sich auf die Ellbogen und starrte aufs Meer hinaus. Ein bißchen Wein täte meinem trockenen Mund gut, dachte er. Er drehte den Krug um, aber es kam kein Tröpfchen mehr heraus, womit er seine durstige Zunge hätte netzen können. Dann kehrte er seine Taschen um in der Hoffnung, daß sich irgendein Wunder ereignet hätte, während er schlief; aber es war nicht der Fall. Er fand ein zerbrochenes Taschenmesser, für das man ihm schon zwanzigmal ein Glas Wein verweigert hatte; einen Angelhaken an einem Korken, ein Stück schmutzigen Bindfaden, einen Hundezahn und mehrere Schlüssel, die, soweit Pilon wußte, nirgends hinpaßten. Alles zusammen genommen, ergab es nichts, was Torrelli des Besitzens wert erscheinen konnte – nicht einmal in einer Anwandlung von Verrücktheit.

Prüfend blickte Pilon auf Big Joe. Armer Kerl, dachte er. Wenn Joe Portagee aufwacht, wird ihm der

Mund so trocken sein wie mir. Er wird froh sein, wenn ich ein bißchen Wein für ihn habe. Er rüttelte Joe mehrmals heftig, und als dieser nur etwas vor sich hin brummte und dann weiterschnarchte, suchte Pilon seine Taschen ab. Er fand einen messingnen Hosenknopf, einen kleinen Metalldeckel mit der Inschrift: »Gute Küche beim Holländer«, vier oder fünf abgebrochene Zündhölzchen und ein Stückchen Kautabak.

Pilon stand wieder auf. Es half also nichts. Er mußte hier am Ufer dahinsiechen, während sein Hals mächtig nach Wein begehrte.

Nun bemerkte er die Tuchhosen, die der Portagee anhatte, und strich mit den Fingern darüber. Feines Tuch, dachte er. Warum soll dieser Schmutzfink von Portagee solch gutes Tuch tragen, während all seine Freunde in Baumwollköper umhergehen? Dann erinnerte er sich, wie schlecht Joe die Hosen saßen, wie eng sie ihm um die Taille waren, sogar dann noch, wenn er zwei Knöpfe offenließ, und daß zwischen dem Hosensaum und dem Schuhrand eine Lücke von einigen Zoll klaffte. Jemand mit anständiger Figur würde um diese Hosen sehr froh sein.

Big Joes Verbrechen an Danny fiel ihm ein, und er wurde zum Racheengel. Wie durfte dieser große schwarze Portagee es wagen, so frech gegen Danny zu sein! Wenn er aufwacht, werde ich ihn verprügeln! – Aber, überlegte der auf Feineres eingestellte Pilon weiter, sein Vergehen war Diebstahl. Würde es ihm nicht eine gute Lehre sein, am eigenen Leibe zu spüren, wie es tut, wenn man bestohlen wird? Wozu ist eine Strafe gut, wenn man nichts daraus lernt? Die Lage spitzte sich großartig zu, und Pilon empfand einen wahren Triumph: Wenn er mit ein und derselben Handlung Danny rächen, Big Joe in Zucht nehmen, ihm eine moralische Lehre beibringen und obendrein ein wenig Wein ergattern könnte – wer dürfte ihn da tadeln?

Er versetzte dem Portagee einen kräftigen Stoß, und dieser schob ihn beiseite mit einer Handbewegung, als sei er eine Fliege. Pilon zog ihm gewandt die Hosen ab, rollte sie zusammen und schlenderte an den Dünen entlang zurück.

Torrelli war nicht zu Hause, aber Mrs. Torrelli öffnete ihm die Tür. Er tat zuerst sehr geheimnisvoll, aber endlich hielt er die Hosen hoch, um sie ihr zu zeigen.

Sie schüttelte entschieden den Kopf.

»Aber schauen Sie nur«, redete Pilon ihr zu. »Sie sehen nur auf die Flecken und schmutzigen Stellen. Betrachten Sie hier unten das feine Tuch! Wirklich, Señora! Sie müssen sie nur von den Flecken reinigen und bügeln lassen! Eines Tages kommt Torrelli herein. Er ist wortkarg und verdrossen. Und dann zeigen Sie ihm diese feine Hose! Sie sollen sehen, wie seine Augen aufleuchten! Wie glücklich er sein wird! Er wird Sie auf den Schoß nehmen! Wie wird er Sie anlächeln, Señora! Ist so viel Glück mit einer Gallone Wein zu teuer bezahlt?«

»Der Hosenboden ist dünn«, sagte sie.

Er hielt ihn gegen das Licht. »Kann man etwa durchsehen? Nein! Nur die unangenehme Steifheit ist nicht mehr darin! Die Hosen sind in vorzüglichem Zustand.«

»Nein«, erwiderte sie fest.

»Sie sind grausam gegen Ihren Mann, Señora. Sie entziehen ihm etwas, das ihn glücklich machen würde. Ich wäre nicht überrascht, wenn er zu anderen Frauen ginge, die nicht so herzlos sind. – Meinetwegen für ein Quartmaß, ja?«

Schließlich brach ihre Widerstandskraft zusammen, und sie gab ihm das Quartmaß Wein. Pilon trank ihn sofort aus. »Sie versuchen, den Preis für eine Freude zu drücken. Ich sollte wenigstens eine halbe Gallone dafür bekommen.«

Mrs. Torrelli blieb steinhart. Pilon konnte ihr keinen Tropfen mehr abhandeln. Brütend saß er in der Küche. »Eine Wuchernatur ist sie. Sie hat mich um Joes Hosen betrogen.«

Pilon dachte traurig an seinen Freund draußen am Strande. Was konnte er tun? Wenn er in die Stadt kam, würde er verhaftet werden. Und was hatte diese Blutsaugerin getan, um dieses Paar Hosen zu verdienen? Sie hatte versucht, die Hosen von Pilons Freund für ein elendes Quartmaß elenden Weines zu kaufen. Pilon fühlte hellen Zorn gegen sie aufflammen.

»Ich gehe gleich fort«, sagte er. Mrs. Torrelli hing die Hosen in einen kleinen Alkoven hinter der Küche.

»Leben Sie wohl«, rief Mrs. Torrelli über die Schulter zurück. Sie ging in die Speisekammer, um das Nachtessen zu richten.

Im Vorbeigehen nahm Pilon aus dem Alkoven nicht

nur die Hosen, sondern auch Dannys Wolldecke an sich.

Darauf ging er am Strand entlang zurück auf die Stelle zu, wo er Big Joe verlassen hatte. Er sah ein Freudenfeuer lustig auf dem Sand brennen, und als er näher kam, unterschied er kleine dunkle Gestalten, die vor den Flammen vorbeizogen. Es war mittlerweile finster geworden, und er ließ sich von dem Feuerschein leiten. Dicht herangetreten, erkannte er, daß es Pfadfinderinnen waren. Müde näherte er sich.

Ein Weilchen konnte er Big Joe nicht sehen, aber am Ende entdeckte er ihn, halb vom Sand verhüllt; vor Kälte und Angst schien ihm die Sprache vergangen. Pilon schritt festen Fußes auf ihn zu und hielt ihm die Hosen vor Augen.

»Nimm sie, Big Joe, und freue dich, daß du sie wiederhast.«

Joe klapperten die Zähne. »Wer hat mir die Hosen gestohlen? Pilon? Ich liege seit Stunden hier und konnte wegen dieser Mädchen nicht fort.«

Pilon stellte sich höflich zwischen Big Joe und die Mädchen, die um das Feuer herumliefen. Der Portagee bürstete mit der Hand den kalten, feuchten Sand von seinen Beinen und zog seine Hosen an. Sie schritten nebeneinander am dunklen Ufer Monterey zu, wo die Lichter wie lauter Perlenschnüre am Hügel glitzerten. Die Dünen sanken zusammen, wie müde Hunde, die sich zur Ruhe begeben, und die Wellen schlugen gleichmäßig und leise zischend an. Die Nacht war kalt und fremd, alles warme Leben schien erstorben. Es war wie eine bittere Mahnung an den Menschen, damit er sich bewußt werde, daß ein jeder in der Welt alleinsteht, allein auch unter Gefährten; daß er von nirgends Trost zu erwarten hat.

Pilon brütete noch vor sich hin, und Joe Portagee ahnte etwas von der Tiefe seiner Gefühle. Endlich hob Pilon den Kopf und blickte seinen Freund an. »Wir haben hieraus zu lernen, daß es große Torheit ist, einer Frau zu trauen«, sagte er.

»Hat eine Frau mir die Hosen weggenommen?« fragte Big Joe aufgeregt. »Wer war es? Zum Teufel mit ihr!«

Aber Pilon schüttelte traurig den Kopf wie weiland Jehova, als er am siebenten Tage ausruhte und die Welt als Bürde empfand. »Sie ist bestraft; man könnte auch sagen, sie hat sich selbst bestraft, und das ist immer das beste. Sie hatte deine Hosen; sie hat sie aus Habgier gekauft, und nun hat sie sie nicht mehr.«

Dies war zu hoch für Big Joe. Es gab Geheimnisse, die man besser auf sich beruhen ließ; und dies war gerade, was Pilon wünschte. Big Joe sagte bescheiden: »Danke, Pilon, daß du mir meine Hosen zurückgeholt hast.« Aber Pilon war so in seine Philosophie versunken, daß ihm nicht einmal Danksagungen etwas bedeuteten.

»Es hat nichts zu sagen«, antwortete er. »An der ganzen Sache hat einzig die Lehre, die wir daraus ziehen können, einen Wert.«

Sie stiegen vom Ufer den Hügel hinan und kamen

an dem wie Silber glänzenden Turm des Gaswerks vorbei. Big Joe Portagee fühlte sich glücklich, mit Pilon zusammensein zu dürfen. Hier ist ein Mensch, der um seine Freunde besorgt ist. Sogar wenn man schläft, ist er wachsam, daß einem nichts zustößt. Und er beschloß, eines Tages etwas Nettes für Pilon zu tun.

9

Wie Danny sich in einen Staubsauger verstrickte und wie seine Freunde ihn erretteten

Dolores Engracia Ramirez wohnte am oberen Ausläufer von Tortilla Flat in einem eigenen Häuschen. Sie verrichtete Hausarbeit für einige Damen in Monterey und gehörte zu den einheimischen »Töchtern des goldenen Westens«. Sie war nicht hübsch, diese Paisana mit dem hageren Gesicht, aber in ihrer Gestalt und in ihren Bewegungen lag eine gewisse Üppigkeit, und ihre Stimme hatte einen etwas heiseren Klang, den manche Männer vielversprechend fanden. In ihren Augen war bisweilen eine gleichsam hinter einem Nebel schlummernde Leidenschaft wahrzunehmen, die für fleischlich gesinnte Männer Anziehungskraft hatte und geradezu aufreizend auf sie wirkte. In Augenblicken der Schroffheit war sie nicht begehrenswert, aber häufig hatte sie liebessüchtige Anwandlungen, so daß man sie »Liebchen Ramirez von Tortilla Flat« nannte.

Es war amüsant zu beobachten, wie manchmal die kleine Bestie in ihr herauskam. Wie sie sich dann zur Vordertür ihres Häuschens hinauslehnte! Wie schläfrig ihre Stimme schnurrte! Wie ihre Hüften sich sanft bewegten, bald gegen den Zaun gedrückt, bald wie eine Uferwelle im Sommer zurückweichend, und dann wieder an den Zaun gepreßt! Wer in der weiten Welt konnte so viel verhaltene Bedeutung in Worte legen wie: *»Ai, Amigo. A'onde vas?«*

Freilich war für gewöhnlich ihre Stimme schrill, ihr Gesicht hart und scharf wie eine Axt, ihre Gestalt plump und ihre Absichten selbstsüchtig. Ihr sanfteres Selbst gewann nur ein- oder zweimal in der Woche die Oberhand, und zwar in der Regel am Abend.

Als Liebchen hörte, Danny habe geerbt, freute sie sich sehr für ihn. Sie träumte davon, die Dame seines Herzens zu werden, wie es sich jedes andere weibliche Wesen in Tortilla Flat erträumte. Abends lehnte sie sich zu ihrer Vordertür hinaus und wartete auf den Augenblick, wo Danny vorbeikommen und in ihre Falle gehen würde. Aber lange fing sie mit ihrem Köder nur arme Indianer oder Paisanos, die keine Hausbesitzer waren und deren Kleider manchmal aus besseren Garderoben entflohen zu sein schienen.

Liebchen war nicht zufrieden. Ihr Haus lag am Hügel oberhalb von dem Dannys, in einer Richtung, die er nicht oft einschlug. Liebchen konnte ihm nicht nachlaufen, denn sie war eine Dame und richtete ihr Verhalten streng nach den Regeln der Schicklichkeit. Sollte aber Danny etwa jetzt vorbeikommen, und würden sie miteinander plaudern als die alten Freunde, die sie waren; käme er etwa herein, um der Geselligkeit halber ein Gläschen Wein mit ihr zu trinken, und sollte dann, wenn die Natur sich als stärker erwies, ihre weibliche Widerstandskraft unterliegen, dann war der Bruch mit der Schicklichkeit nicht so schwerwiegend. Aber undenkbar war es, daß sie ihr Spinnennetz an der Vordertür hätte verlassen können.

Viele Monate hindurch wartete sie vergeblich des Abends, und dann nahm sie vorlieb mit dem, was in Baumwollköper vorbeiging. Aber in Tortilla Flat gab es nur eine beschränkte Zahl von Fußwegen, und es war unvermeidlich, daß Danny früher oder später einmal an Dolores Engracia Ramirez' Tür vorbeikam; und so geschah es.

Während der ganzen Zeit, in der sie einander gekannt, war der Augenblick seines Vorüberschlenderns für Liebchen noch nie so günstig gewesen; denn eben an jenem Morgen hatte Danny ein Fäßchen mit kupfernen Schindelnägeln gefunden, das die Zentraleinkaufsgesellschaft verloren hatte. Danny erachtete sie als Strandgut, weil kein Mitglied der Gesellschaft in der Nähe war. Er nahm die Kupfernägel aus dem Fäßchen und tat sie in einen Sack. Hernach borgte er sich den Karren des Piraten und ließ ihn von diesem ziehen, um das gerettete Gut zur Westlichen Einkaufsgesellschaft zu bringen, wo er das Kupfer für drei Dollar verkaufte. Das Fäßchen überließ er dem Piraten.

»Du kannst etwas darin aufbewahren«, sagte er ihm. Das machte den Piraten überglücklich.

Nun ging Danny, die drei Dollar in der Tasche, den Hügel hinab, genau auf Torrellis Haus zielend.

Dolores' Stimme ertönte so tief und lieblich wie das Gesumm einer Hummel: *»Ai, amigo, a'onde vas?«*

Danny blieb stehen. Er fühlte all seine Pläne umstürzen.

»Wie geht's, Liebchen?«

»Was macht es aus, wie es mir geht? Das interessiert niemanden von meinen Freunden«, gab sie in schlauer Berechnung zurück. Dabei bewegten sich ihre Hüften in anmutigen Bogen.

»Was willst du damit sagen?« fragte Danny.

»Nun, ist etwa mein Freund Danny mich je besuchen gekommen?«

»Ich bin jetzt hier, um dir aufzuwarten«, erwiderte er ritterlich.

Sie öffnete das Tor ein wenig. »Willst du um alter Freundschaft willen zu einem Gläschen Wein hereinkommen?« Danny trat ins Haus. »Was hast du im Walde gemacht?« suchte sie ihn liebreizend auszuholen.

Jetzt beging Danny einen Fehler. Ruhmredig erzählte er von seinem Handel droben auf dem Hügel und prahlte mit seinen drei Dollar.

»Natürlich habe ich nicht mehr als zwei Fingerhut Wein«, warf sie hin.

Sie saßen in Liebchens Küche und tranken ein Glas Wein miteinander. Ein Weilchen später machte Danny in aller Ritterlichkeit einen kräftigen Angriff auf ihre Tugend und begegnete dabei einem unerwarteten Widerstand, der zu ihrer Leiblichkeit und ihrem Rufe in keinem Verhältnis stand. Die böse Lust war in ihm erwacht. Zorn packte ihn. Erst beim Abschied war der Weg für ihn frei.

Die heisere Stimme sagte: »Vielleicht möchtest du

mich heute abend besuchen, Danny«, und dabei verschwammen Liebchens Augen in einem Nebel verträumten Lockens. »Man hat Nachbarn«, deutete sie zartfühlend an.

Nun verstand er und versprach: »Ich komme wieder.«

Es war um die Mitte des Nachmittags. Danny ging die Straße hinunter und steuerte wieder auf das Wirtshaus Torrelli zu; das in ihm erwachte Tier hatte die Natur gewechselt: aus einem wilden, knurrenden Wolf war ein großer, zottiger, sentimentaler Bär geworden. Ich will diesem netten Liebchen etwas Wein mitbringen, dachte er.

Wen mußte er auf dem Wege hinunter treffen? Niemand anderen als Pablo, der zwei Stangen Kaugummi bei sich hatte. Er gab Danny eine und ging im gleichen Schritt mit ihm weiter. »Wohin willst du?«

»Es ist jetzt nicht der Augenblick für Freundschaft«, entgegnete Danny schroff. »Zuerst gehe ich ein wenig Wein kaufen, um ihn einer Dame zu bringen. Du kannst meinetwegen mit mir kommen, aber nur ein Glas davon haben. Ich habe es satt, Wein für die Damen zu kaufen, nur damit ihn dann meine Freunde austrinken.«

Pablo gab zu, daß dies unerträglich wäre. Was ihn betraf, so lag ihm nichts an Dannys Wein, sondern nur an seiner Gesellschaft.

Bei Torrelli kaufte Danny eine Gallone Wein und ließ jedem von ihnen davon ein Glas einschenken. Danny mußte gestehen, daß es seinen Freund schäbig behandeln hieß, wenn er ihm ein einziges Glas anbot.

Unter leidenschaftlichem Protest Pablos tranken sie ein zweites Glas.

Für Frauen ist es nicht gut, zuviel Wein zu trinken, dachte Danny. Sie schnappen leicht über, und zudem schläfert es die Sinne ein, die man an seiner Dame quicklebendig finden möchte. So tranken sie noch ein paar Glas mehr. Eine halbe Gallone Wein war ein großartiges Geschenk, zumal Danny vorhatte, zur Stadt hinunter zu gehen und noch ein anderes Angebinde zu kaufen. Sie maßen eine halbe Gallone ab, und was darüber war, tranken sie zusammen. Dann versteckte Danny den Krug im Gestrüpp.

»Ich möchte, daß du das Geschenk mit mir kaufen kommst, Pablo«, sagte er.

Pablo verstand die Gründe für diese Aufforderung. Halb war es Verlangen nach Pablos Gesellschaft, halb Besorgnis, den Wein dort zu lassen, wenn Pablo frei umherging. Aufrecht, mit gut gespielter Würde schritten sie den Hügel hinunter nach Monterey.

Mr. Simon, der Inhaber des Juwelier- und Pfandgeschäfts »Simon's Investment«, hieß sie in seinem Laden willkommen. Der Name der Firma zeigte an, welche Art Waren diese Handelsgesellschaft feilbot. Saxophone, Radioapparate, Messer, Angelruten und alte Münzen waren in der Auslage zu sehen; alles aus zweiter Hand, aber tatsächlich alles »besser als neu«, weil die Gegenstände frisch erhandelt waren.

»Womit kann ich dienen?« fragte Mr. Simon. »Soll ich etwas vorlegen?«

»Ja, bitte.«

Der Ladeninhaber begann allerlei Gegenstände aufzuzählen, bis er mitten in einem Wort innehielt, als er wahrnahm, daß Danny einen großen Staubsauger aus Aluminium betrachtete. Der Staubbeutel war blau und gelb gewürfelt, das elektrische Kabel lang und schwarz und glatt. Mr. Simon ging darauf zu, rieb den Staubsauger mit der Hand und trat bewundernd wieder etwas zurück. »Vielleicht ein Staubsauger?« schlug er vor.

»Wieviel?«

»Dieser hier kostet vierzehn Dollar.«

Dies sollte kein fester Preis sein, sondern mehr ein Versuchsballon, um herauszufinden, wieviel Geld Danny hatte. Und Danny begehrte das Ding zu kaufen, denn es war groß und glänzend. Keine Frau in Tortilla Flat hatte so etwas. In diesem Augenblick vergaß er, daß es in Tortilla Flat keine Elektrizität gab. Er legte seine zwei Dollar auf den Ladentisch und verhielt sich während der nun folgenden Explosion abwartend: Empörung, Wut, dann Trauer, Wehklage über Armut, Ruin und Betrogensein – der Mann pries die Politur, den bunten Beutel, die extra lange Schnur – man solle nur allein den Metallwert bedenken! Es endete damit, daß Danny mit dem Staubsauger im Arm abzog.

Nachmittags nahm Liebchen häufig zum Zeitvertreib den Staubsauger hervor und lehnte ihn an einen Stuhl. Wenn Freundinnen zum Zuschauen da waren, schob sie ihn hin und her, um zu zeigen, wie leicht er ging. Dabei summte sie vor sich hin, mit der Stimme den Motor nachahmend.

»Mein Freund ist ein reicher Mann«, rühmte sie. »Ich glaube, bald werden hier überall elektrische

Drähte bis zu mir ins Haus kommen, und dann geht es zipzap, zipzap, und rein ist das ganze Haus.«

Ihre Freundinnen suchten das Geschenk herabzusetzen, indem sie sagten: »Zu schade, daß du den Apparat nicht anstellen kannst!« oder: »Ich habe immer gefunden, wenn man Besen und Schaufel richtig gebraucht, putzt es gründlicher.«

Aber ihr Neid konnte gegen den Staubsauger nichts ausrichten. Als Besitzerin desselben erklomm Liebchen den höchsten Platz auf der gesellschaftlichen Stufenleiter von Tortilla Flat. Leute, die ihren Namen nicht kannten, sprachen von ihr als der »Frau mit der Auskehrmaschine«. Oft, wenn ihre Feinde an ihrem Häuschen vorbeikamen, konnte man durchs Fenster sehen, wie Liebchen den Apparat hin und her schob und gleichzeitig ein lautes Summen ertönen ließ. Ja, nach dem täglichen Ausfegen des Hauses schob sie den Staubsauger hin und her in dem Gedanken, daß er mit Elektrizität natürlich noch besser reinigen würde, daß man aber nicht alles haben könne.

In vielen Häusern war man neidisch auf sie. Ihre Manieren verfeinerten sich, um der Besitzerin eines Staubsaugers würdig zu sein, und sie trug ihr Kinn so hoch, wie es sich für eine solche Person gehörte. Ihre Unterhaltung war darauf zugeschnitten.

»Ramon ist heute morgen vorbeigekommen, als ich gerade beim Staubsaugen war.«

»Louise Meater hat sich heute vormittag in den Finger geschnitten, keine drei Stunden nachdem ich meinen Staubsauger gebraucht hatte.«

Trotz ihrer gesellschaftlichen Erhöhung vernachlässigte sie Danny nicht. Wenn er in der Nähe war, vibrierte ihre Stimme vor Rührung. Sie bewegte sich hin und her wie eine vom Wind geschüttelte Kiefer. Jeden Abend verbrachte er in Liebchens Haus. Zuerst taten seine Freunde, als bemerkten sie seine Abwesenheit nicht, denn es ist jedermanns gutes Recht, seine kleinen Privatangelegenheiten zu haben. Aber nachdem Wochen so dahingegangen waren und Danny unter den Aufregungen dieses Lebens matt und bleich wurde, kamen seine Freunde zu der Überzeugung, daß Liebchens Dankbarkeit für den Staubsauger Dannys leiblichem Wohlsein nicht zuträglich war. Und sie begannen Eifersucht zu empfinden, weil die neue Neigung sein Gemüt so gefangennahm.

Während seiner Abwesenheit machten Pilon und Pablo und Jesus Maria Corcoran einer nach dem anderen Angriffe auf sein Liebesnest; Liebchen zeigte sich zwar für Komplimente empfänglich, aber sie blieb nichtsdestoweniger dem Manne treu, der ihre Stellung so erfreulich gehoben hatte. Sie trachtete danach, die Freundschaft der anderen zu bewahren für den Fall, daß sie ihrer bedürfen sollte, denn sie kannte die Unbeständigkeit des Glücks; aber sie weigerte sich standhaft, mit seinen Freunden zu teilen, was gegenwärtig Danny gehörte.

Hierauf organisierten sich die Freunde in der Verzweiflung zu einer Gruppe, deren Zweck und Ziel Liebchens Vernichtung war.

Es mag sein, daß Danny in der Tiefe seiner Seele der Zärtlichkeiten Liebchens und der Aufmerksamkeiten, die der Ritterdienst an ihr erforderte, müde wurde. Wenn ein solcher Wandel in ihm vorging, so gestand er es sich nicht ein.

Eines Tages um drei Uhr nachmittags kehrten Pilon, Pablo und Jesus Maria, in einiger Entfernung gefolgt von Big Joe Portagee, nach dreivierteltägiger heftiger Anstrengung triumphierend heim. Ihre Kampagne hatte Pilons unerbittliche Logik, die geniale Erfindungsgabe Pablos und die Sanftmut und Menschenliebe Jesus Maria Corcorans ins Spiel gesetzt und aufs äußerste angespannt. Nur Big Joe hatte nichts beigesteuert.

Jetzt aber kehrten sie wie vier Jäger von ihrer Jagd um so glücklicher zurück, als ihr Sieg schwer errungen war. In Monterey jedoch kam ein armer, verdutzter Italiener allmählich zu der Erkenntnis, er sei beschwindelt worden.

Pilon hatte einen Gallonenkrug Wein zwischen Efeugerank versteckt bei sich. Vergnügt betraten sie hintereinander Dannys Haus und setzten die Gallone auf den Tisch.

Danny, eben aus tiefem Schlaf erwacht, lächelte still, stand vom Bett auf und stellte die Fruchtschalen bereit. Dann schenkte er den Wein in die Schalen. Seine vier Freunde plumpsten in die Stühle, denn sie waren von des Tages Mühe erschöpft.

Bis zum Spätnachmittag, dieser eigentümlichen Zwischenzeit, blieben sie ruhig beim Trunk sitzen. Fast jedermann in Tortilla Flat hält dann in seiner Beschäftigung inne, stellt Betrachtungen über die Geschehnisse des eben vergangenen Tages an und überlegt, was mit dem Abend anzufangen sei. Es gibt in dieser Nachmittagsstunde immer viel zu erörtern.

»Cornelia Ruiz hat sich heute morgen einen neuen Liebsten zugelegt«, bemerkte Pilon. »Er hat einen Kahlkopf. Sein Name ist Kilpatrick. Cornelia sagt, der andere sei drei Nächte nicht nach Hause gekommen, und das gefiel ihr nicht.«

»Cornelia gehört zu den Frauen, die allzu leicht wechseln«, sagte Danny. Zufrieden dachte er daran, wie gesichert seine eigene Beziehung war – aufgebaut auf dem Felsen des Staubsaugers.

»Cornelias Vater war noch schlimmer«, entgegnete Pablo. »Er sagte nie die Wahrheit. Einmal hat er einen Dollar von mir geborgt. Ich habe mit Cornelia darüber gesprochen, aber sie tut nichts in der Sache.«

»Zwei von einem Stamm. ›Sage mir, wo du herkommst, und ich will dir sagen, wer du bist‹«, erklärte Pilon mit tugendhafter Miene.

Danny füllte die Schalen wiederum mit Wein, und nun war der Gallonenkrug leer. Er betrachtete ihn bedauernd.

Jesus Maria, der Freund der Menschlichkeit, durchbrach mit leiser Stimme das Schweigen. »Ich habe Susie Francisco gesehen, Pilon. Sie sagte, dein Rezept hätte sich trefflich bewährt. Sie ist schon dreimal mit Charlie Guzman auf seinem Motorrad mitgefahren. Die beiden ersten Male, als sie ihm die Liebestinktur eingab, wurde ihm schlecht, und sie dachte schon, sie tauge nichts. Jetzt aber sagt Susie, du könntest jederzeit Zuckerstangen von ihr haben.«

»Was war in dem Getränk?« wollte Pablo wissen.

Pilon hüllte sich in Geheimnis. »Ich darf nicht alles verraten. Wahrscheinlich war es der Saft der Gifteiche, wovon Charlie Guzman schlecht wurde.«

Die Gallone Wein war zu schnell verschwunden. Jeder der sechs Freunde empfand einen so heftigen Durst, daß er zur schmerzhaften Begierde wurde. Pilon warf seinen Freunden einen verstohlenen Blick zu, den sie erwiderten. Die Verschwörung war reif.

Pilon räusperte sich. »Was hast du getan, Danny, daß die ganze Stadt über dich lacht?«

Bestürzt sah Danny auf. »Was willst du damit sagen?«

Pilon kicherte. »Es wird allgemein erzählt, du habest einer Dame einen Staubsauger geschenkt, aber der Apparat könne nicht in Betrieb gesetzt werden, ohne daß man elektrische Drähte ins Haus legte. Solche Drähte kosten viel Geld. Manche Leute finden, dies sei ein sehr komisches Geschenk.«

Es wurde Danny unbehaglich zumute. »Die Dame freut sich sehr an ihrem Staubsauger«, sagte er in Verteidigungsstellung.

»Warum auch nicht?« gab Pablo zu. »Sie hat einigen Leuten erzählt, du habest ihr versprochen, Drähte in ihr Haus legen zu lassen, damit sie den Apparat in Betrieb nehmen kann.«

Danny sah immer verstörter aus. »Hat sie das selbst gesagt?«

»Jawohl, so wird erzählt.«

»Fällt mir nicht ein«, rief Danny.

»Wenn es nicht so komisch wäre, so wäre es mir peinlich, meinen Freund so ausgelacht zu sehen«, bemerkte Pilon. »Was willst du tun, wenn sie die Drähte verlangt?« fragte Jesus Maria.

»Ich werde ›Nein‹ sagen«, gab Danny zur Antwort. Pilon lachte. »Ich wollte, ich könnte dabeisein. Es ist nicht so einfach, dieser Dame ›Nein‹ zu sagen.« Danny fühlte, daß seine Freunde etwas gegen ihn im Schilde führten. »Was soll ich tun?« fragte er hilflos. Pilon erwog die Sache gründlich und nahm seinen ganzen Realismus zusammen, um ihr gerecht zu werden. »Wenn die Dame den Staubsauger nicht hätte«, gab er zu verstehen, »dann würde sie auch die Drähte nicht verlangen.«

Die Freunde nickten zustimmend.

»Daher«, fuhr Pilon fort, »wäre es das Richtige, den Staubsauger zu entfernen.«

»Oh, sie würde es nie zulassen, daß ich ihn ihr wieder fortnehme«, antwortete Danny abwehrend.

»Dann wollen wir dir helfen. Ich werde den Apparat fortholen, und zur Entschädigung kannst du der Dame eine Gallone Wein bringen. Sie wird nie erfahren, wohin der Staubsauger gekommen ist.«

»Jemand in der Nachbarschaft wird beobachten, daß du ihn fortnimmst.«

»O nein, Danny. Bleibe du hier, ich gehe den Apparat holen.«

Danny seufzte erleichtert auf, daß seine guten Freunde sich dieses Problems annahmen. In Tortilla Flat passierte nicht viel, ohne daß Pilon davon wußte. Er merkte sich im stillen alles haargenau, was er mit Augen und Ohren wahrnahm. So wußte er auch, daß Liebchen jeden Nachmittag um vier Uhr und dreißig

Minuten einkaufen ging. Er verließ sich auf diese fast unabänderliche Gewohnheit, um seinen Plan zur Ausführung zu bringen.

»Es ist besser, wenn du nicht das Geringste davon weißt«, bedeutete er Danny.

Im Hofe stand für Pilon ein Sack aus grobem Sackleinen bereit. Er schnitt mit seinem Messer einen üppigen Zweig von dem Rosenbusch ab und steckte ihn in den Sack.

Bei Liebchens Haus angelangt, fand er sie nicht daheim, ganz wie er erwartet und gehofft hatte. In Wirklichkeit gehört der Apparat Danny, beschwichtigte er sich selbst.

Ins Haus eintreten, den Staubsauger in den Sack stecken und den Rosenzweig kunstgerecht an der Sacköffnung befestigen, war das Werk eines Augenblickes.

Als er aus dem Hof hinaustrat, traf er Liebchen. Höflich nahm Pilon den Hut ab.

»Ich wollte im Vorübergehen einen Augenblick hineinschauen«, sagte er.

»Kannst du ein bißchen bleiben, Pilon?«

»Danke, nein. Ich habe unten in Monterey zu tun, und es ist spät.«

»Wohin willst du mit diesem Rosenstock?«

»Ein Mann in Monterey will ihn kaufen. Sieh, wie stark er ist.«

»Komm ein andermal, um ein wenig zu bleiben, Pilon.« Während er gemessen die Straße entlang ging, vernahm er keinen Schmerzensschrei. Vielleicht wird sie ihn noch eine Zeitlang nicht vermissen, dachte er.

Nun war die eine Hälfte des Problems gelöst, doch es blieb noch die andere. Was kann Danny mit dem Staubsauger machen? fragte sich Pilon. Wenn er ihn behält, so wird Liebchen wissen, daß er ihn an sich genommen hat. Darf ich ihn fortwerfen? Nein, denn das Ding ist wertvoll. Das beste wäre, ihn loszuwerden und doch einen Vorteil davon zu haben.

Damit löste sich das ganze Problem. Pilon steuerte auf Torrellis Wirtshaus unten zu.

Es war ein großer, glänzender Staubsauger. Als Pilon den Hügel wieder hinanstieg, hatte er in jeder Hand eine Gallone Wein.

Die Freunde empfingen ihn schweigend, als er Dannys Haus betrat. Er setzte den einen Krug auf den Tisch und den anderen auf den Fußboden.

Glücklich scharten sie sich um den Tisch, denn der Durst plagte sie wie brennendes Feuer. Als die erste Gallone ausgetrunken war, hielt Pilon seine gläserne Schale gegen das Kerzenlicht und sah hindurch. »Was geschieht, ist an sich ohne Belang«, philosophierte er. »Doch aus allem, was geschieht, kann man eine Lehre ziehen. Diesmal können wir lernen, daß ein Geschenk, besonders, wenn es für eine Dame bestimmt ist, nie so beschaffen sein sollte, daß es ein zweites nach sich zieht. Außerdem können wir lernen, daß es nicht gut ist, zu kostbare Geschenke zu machen, denn sie erregen Habgier.«

Nachdem nun der erste Krug geleert war, blickten die Freunde Danny fragend an. Er hatte sich sehr still verhalten, aber nun erkannte er, daß seine Freunde etwas von ihm erwarteten.

»Diese Frau war voller Leben«, sagte er abwägend. »Sie war sehr sympathischer Natur. Aber Gott verdamm' es – ich hab' es über!« Er nahm den zweiten Krug und entkorkte ihn.

Der Pirat, der in der Ecke unter seinen Hunden saß, lächelte in sich hinein und flüsterte bewundernd: »Gott verdamm' es, ich hab' es über!« Das war großartig, dachte der Pirat.

Sie hatten den zweiten Krug noch nicht beendet und überhaupt erst zwei Lieder gesungen, als der junge Johnny Pom-pom hereintrat. »Ich komme vom Wirtshaus Torrelli«, sagte er. »Torrelli ist wie toll! Er brüllt und haut mit den Fäusten auf den Tisch!«

Die Freunde sahen mit gelindem Interesse auf. »Es muß etwas passiert sein. Vermutlich etwas, was Torrelli verdient hat.«

»Er hat oft seinen guten Kunden ein Gläschen Wein abgeschlagen.«

»Was ist los mit Torrelli?« fragte Pablo.

Johnny Pom-pom nahm eine Schale mit Wein in Empfang. »Torrelli sagt, er habe von Pilon einen Staubsauger gekauft, und als er ihn in die Lichtleitung eingeschaltet hätte, wollte er nicht laufen. Darauf hat er ihn untersucht und gefunden, daß er keinen Motor hat. Er schwört, er werde Pilon umbringen.«

Pilon sah entsetzt drein. »Ich wußte nicht, daß der Apparat einen Defekt hatte«, sagte er. »Aber ich war es nicht, der gesagt hat, Torrelli habe verdient, was ihm passiert ist. Der Apparat war drei oder vier Gallonen wert, und dieser elende Torrelli wollte mir nicht mehr als zwei dafür geben.«

Danny empfand noch immer ein Dankgefühl für Pilon. Er kostete schmatzend den Wein. »Dieses Zeug von Torrelli wird immer schlechter. Bestenfalls ist es Spülicht für die Schweine, aber in letzter Zeit ist es so schlecht geworden, daß nicht einmal Charlie Marsh davon trinken würde.«

»Ich denke«, beschloß Danny das Gespräch, »wir werden künftig unseren Wein woanders kaufen, wenn Torrelli nicht einlenkt.«

10

Wie die Freunde einen Korporal trösteten und zum Entgelt eine Lehre über Elternmoral davontrugen

Jesus Maria Corcoran war ein Schrittmacher für Menschlichkeit. Wo er Leiden wahrnahm, suchte er es zu lindern; Kummer half er besänftigen, und jedes Glück teilte er. Es gab nichts Hartes und keine Heimsuchungen in der Seele Jesus Marias. Sein Herz war offen für jeden, der Bedarf danach hatte. Seine materiellen und geistigen Mittel standen jedem zur Verfügung, der mit dem einen oder anderen weniger gesegnet war als Jesus Maria.

Er war es, der José de la Nariz zehn Meilen weit heimtrug, als José das Bein gebrochen hatte. Als Mrs. Palochico ihre Lieblingsziege, die brave Spenderin von Milch und Käse, verloren hatte, war es Jesus Maria, der die Spuren des Tieres bis zu Big Joe Portagee verfolgte, dem Mörder Einhalt gebot und Big Joe veranlaßte, sie zurückzubringen. Jesus Maria endlich war es, der Charlie Marsh aus dem Graben holte, wo er in seinem eigenen Dreck lag – eine Tat, die nicht nur ein warmes Herz, sondern auch starke Eingeweide brauchte.

Zu Jesus Marias Fähigkeit, Gutes zu vollbringen,

kam noch die Gabe, in Lagen zu geraten, wo es nötig war, Gutes zu tun.

Er genoß einen solchen Ruf, daß Pilon eines Tages sagte: »Wenn Jesus Maria zur Kirche ginge, hätte Monterey einen Heiligen mehr im Kalender.«

Aus der Tiefe seiner Seele schöpfte Jesus Maria einen Schatz an Güte, der sich von innen erneuerte, wenn er sich in sich selbst zurückzog.

Jesus Maria hatte die Gewohnheit, täglich zum Postamt zu gehen: erstens, weil er dort viele Bekannte traf, und zweitens, weil man an der windigen Ecke des Postgebäudes viele Mädchenbeine beobachten konnte. Man sehe nichts Vulgäres in diesem Interesse. Ebensogut könnte man einen Menschen tadeln, der Gemäldesammlungen oder Konzerte besucht. Jesus Maria hatte Freude am Betrachten der Mädchenbeine.

Eines Tages hatte er zwei Stunden lang gegen das Postgebäude gelehnt gestanden, doch mit sehr geringem Erfolg, als er Zeuge einer mitleiderregenden Szene wurde. In der Seitenstraße sah er einen Polizisten einen etwa sechzehnjährigen Jungen abführen; der Junge trug, in ein graues Tuch gehüllt, ein kleines Kind.

Der Polizist sagte: »Es ist mir gleich, wenn ich dich nicht verstehen kann. Du darfst nicht den ganzen Tag im Rinnstein sitzen. Wir werden schon herausfinden, was mit dir los ist.«

Der Junge entgegnete auf spanisch mit eigenartigem Tonfall: »Aber Señor, ich tue doch nichts Unrechtes. Warum führen Sie mich ab?«

Nun erblickte der Polizist Jesus Maria.

»Heda, Paisano«, rief er ihn an. »Wovon redet dieser Cholo?«

Jesus Maria trat heran und fragte den Jungen: »Kann ich dir mit etwas dienen?«

Wie befreit brach der Angeredete in einen Wortschwall aus. »Ich bin zur Arbeit hergekommen. Leute in Mexiko hatten mir gesagt, hier gebe es Arbeit. Aber ich habe keine gefunden. Ich hatte mich zum Ausruhen niedergesetzt, als dieser Mann kam und mich fortschleppte.« Jesus Maria nickte und wandte sich dem Polizisten zu.

»Hat der Kleine etwas verbrochen?«

»Nein, aber ungefähr drei Stunden im Rinnstein der Alvarado Street gesessen.«

»Er ist ein Freund von mir«, erklärte Jesus Maria. »Ich will mich weiter um ihn kümmern.«

»Nun, sorgt, daß er sich nicht wieder in den Rinnstein setzt.«

Hierauf gingen Jesus Maria und sein neuer Freund den Hügel hinan. »Ich bringe dich in das Haus, wo ich wohne. Dort sollst du etwas zu essen bekommen. Was ist das für ein Kindchen?«

»Meins«, antwortete der Junge. »Ich bin ein Caporal, und dies ist mein Sohn. Jetzt ist er krank. Aber wenn er groß ist, wird er ein General werden.«

»Was fehlt ihm, Señor Caporal?«

»Weiß nicht. Er ist eben krank.« Er zeigte ihm das Gesicht des Kindchens, das wirklich sehr krank aussah. Jesus Marias Mitgefühl wuchs. »Das Haus, in dem ich wohne, gehört meinem Freunde Danny, einem wahrhaft guten Menschen, Señor Caporal. Einer, zu dem man Vertrauen haben kann, wenn man in Not ist. Wir gehen also dorthin, und Danny wird uns Unterschlupf geben. Meine Freundin Missis Palochico hat eine Ziege. Wir werden ein wenig Milch für das Kindchen von ihr borgen.«

Zum erstenmal glitt ein Lächeln über das Gesicht des Korporals. »Es tut gut, Freunde zu finden«, sagte er. »In Torreón habe ich viel Freunde, die sich bettelarm machen würden, um mir zu helfen.« Er sah Jesus Maria an und fuhr ein wenig ruhmredig fort: »Ich habe reiche Freunde, aber natürlich wissen sie nicht, daß ich in Not bin.«

Pilon öffnete das Tor zu Dannys Hof, und sie traten miteinander ein. Danny, Pablo und Big Joe saßen im Wohnzimmer, in Erwartung des täglichen Speisungswunders. Jesus Maria schob den Jungen in die Stube. »Ein junger Soldat, ein Korporal«, stellte er vor. »Hat ein kleines Kind bei sich, und dieses Kind ist krank.«

Dienstfertig sprangen die Freunde auf. Der Korporal schlug das Tuch vom Gesicht des Kindchens zurück. »Es ist krank, das kann man sehen«, meinte Danny. »Vielleicht sollten wir einen Arzt rufen.«

Aber der Soldat schüttelte den Kopf. »Keine Ärzte. Habe die Ärzte nicht gern. Dieses Kindchen schreit nicht und wird nicht viel essen. Vielleicht erholt es sich in der Ruhe.«

In diesem Augenblick betrat Pilon die Stube und betrachtete das Kindchen. »Es ist krank«, stellte er fest. Sofort nahm Pilon die Sache in die Hand. Jesus Maria schickte er zu Mrs. Palochico, um Ziegenmilch zu borgen, Big Joe und Pablo eine Apfelkiste holen, sie mit Heu auspolstern und mit einem Mantel aus Schafwolle füttern. Danny bot sein Bett an, was aber abgelehnt wurde. Der Korporal stand im Wohnzimmer und lächelte diese guten Menschen freundlich an. Endlich lag das Kindchen in der Apfelkiste, aber seine Augen waren teilnahmslos, und es weigerte sich, Milch zu trinken.

Eben kam der Pirat mit einem Päckchen Makrelen herein. Die Freunde kochten die Fische und machten sich an die Mahlzeit. Das Kindchen wollte nicht einmal Makrelen essen. Alle Augenblicke sprang einer der Freunde auf und sah nach dem Kleinen. Als das Essen vorbei war, setzten sie sich um den Ofen und bereiteten sich auf einen ruhigen Abend vor.

Der Korporal hatte sich schweigsam verhalten und nichts von sich selbst erzählt. Dies verletzte die Freunde ein wenig, aber sie waren überzeugt, daß er zur rechten Zeit sprechen würde. Pilon, dem Kenntnisse immer Goldes wert waren, suchte den verschlossenen Korporal ein bißchen anzubohren.

»Man sieht nicht häufig einen jungen Soldaten mit einem kleinen Kind«, meinte er, um taktvoll ein Gespräch einzuleiten.

Der Korporal strahlte vor Stolz.

Pablo setzte hinzu: »Das Kindchen ist wohl im Garten der Liebe gefunden worden. Dies sind die besten Kinder, denn es ist nur Gutes in ihnen.«

»Wir sind auch Soldaten gewesen«, bemerkte Danny. »Wenn wir sterben, werden wir auf Kanonenwagen zu Grabe gefahren, und eine Artillerie-Korporalschaft wird Ehrensalven darüber abgeben.«

Sie warteten, ob der Korporal auf diese Anregungen eingehen würde. Er bezeugte mit den Blicken seine Erkenntlichkeit. »Ihr wart gut zu mir«, sagte er. »So lieb und gut, wie meine Freunde in Torreón sein würden. Dies ist mein Kind – das Kindchen meiner Frau.«

»Und wo ist deine Frau?« fragte Pilon.

Das Lächeln wich aus dem Gesicht des Korporals. »Sie ist in Mexiko«, antwortete er. Dann wurde er wieder lebhaft. »Ich habe einen Mann kennengelernt, der mir etwas Merkwürdiges gesagt hat. Man könne aus kleinen Kindern machen, was man wolle. Er sagte: ›Du brauchst dem Kindchen nur recht oft zu sagen, was du möchtest, daß es einmal tut, und wenn es dann groß ist, wird es das tun.‹ Darum sage ich meinem Kindchen immer aufs neue: ›Du wirst ein General werden.‹ Glaubt ihr, daß es so kommen wird?«

Die Freunde nickten höflich. »Vielleicht«, nahm Pilon das Wort. »Ich habe von diesem Brauch noch nie gehört.«

»Ich sage ihm zwanzigmal am Tage: ›Manuel, eines Tages wirst du ein General werden. Du wirst große Epauletten und eine Schärpe haben. Dein Degen wird aus Gold sein. Du wirst ein Rassepferd reiten. Was für ein Leben wird das sein, Manuel!‹ – Der Mann sagte, er würde bestimmt ein General, wenn ich ihm dies so einprägte.«

Danny erhob sich und ging zu der Apfelkiste.

»Du wirst ein General werden«, sprach er zu dem

Kinde. »Wenn du erwachsen bist, wirst du ein bedeutender General sein.«

Die anderen gingen geschlossen an die Kiste, um zu sehen, ob der Spruch eine Wirkung auf das Kind hätte.

Der Pirat flüsterte: »Du wirst ein General werden«, und hätte gern gewußt, ob man die gleiche Methode auch auf Hunde anwenden könne.

»Das Kind ist wirklich krank«, bemerkte Danny. »Wir müssen es warm halten.«

Darauf gingen sie an ihre Plätze zurück.

»Deine Frau ist in Mexiko ...« fing Pilon in fragendem Ton wieder an.

Der Korporal zog die Augenbrauen zusammen und dachte eine Weile nach, dann strahlte er auf. »Ich will es euch erzählen. Es ist etwas, wovon man zu Fremden nicht spricht, aber ihr seid meine Freunde.

Ich diente als Soldat in Chihuahua und war fleißig und reinlich und hielt mein Gewehr gut geölt, darum wurde ich zum Korporal befördert. Und dann nahm ich ein schönes Mädchen zur Frau. Ich will nicht behaupten, sie habe mich nicht der Tressen wegen geheiratet. Aber sie war sehr schön und jung. Sie hatte helle Augen, gute weiße Zähne und langes, glänzendes Haar. Und bald darauf wurde das Kindchen geboren.«

»Das ist gut«, meinte Danny. »Ich hätte es auch so gemacht. Es geht nichts über kleine Kinder.«

»Ja«, sagte der Korporal. »Ich freute mich mächtig. Wir ließen das Kind taufen, und ich trug eine Schärpe, obgleich im Armeereglement nichts davon steht. Als wir aus der Kirche kamen, sah ein Capitan mit Epauletten, einer Schärpe und einem silbernen Degen meine Frau. Nicht lange danach ging meine Frau auf und davon. Da ging ich zu dem Capitan und sagte: ›Geben Sie mir meine Frau zurück!‹, und er antwortete: ›Du scheinst dein Leben gering einzuschätzen, wenn du so zu deinem Vorgesetzten sprichst.‹« Nach diesen Worten streckte der Korporal die Hände aus und zuckte die Schultern, um seine ohnmächtige Entsagung anzudeuten.

»Oh, dieser Dieb!« rief Jesus Maria.

»Du hast deine Freunde zusammengetrommelt. Ihr habt den Hauptmann umgebracht«, mutmaßte Pablo.

Der Korporal wurde befangen. »Nein. Es war nichts zu machen. In der ersten Nacht schoß jemand durchs Fenster auf mich. Am zweiten Tag ging eine Feldflinte aus Versehen los, und der Schuß kam so dicht an mir vorbei, daß der Windstoß mich umwarf. Daher ging ich einfach fort und nahm mein Kindchen mit mir.«

Auf den Gesichtern der Freunde malte sich Zorn, und ihre Augen funkelten gefährlich. In seiner Ecke brummte der Pirat, und die Hunde knurrten.

»Wir hätten dort sein müssen«, rief Pilon. »Wir hätten gesorgt, daß der Capitan gewünscht hätte, er wäre nie geboren. Mein Großvater hat von einem Priester Unbill erlitten und ihn nackt an den Pfosten eines Pferchs gebunden und ein Kälbchen dazu eingesperrt. Oh, es gibt schon Mittel und Wege.«

»Ich war ja nur ein Caporal«, sagte der Junge. »Ich mußte davonlaufen.« Tränen der Scham traten ihm in die Augen. »Ein Caporal kann sich nicht helfen, wenn der Capitan gegen ihn ist. Also lief ich mit dem kleinen Manuel fort. In Fresno lernte ich jenen weißen Mann kennen, der mir sagte, ich könne aus Manuel machen, was ich wolle. Zwanzigmal am Tage spreche ich zu meinem Kindchen: ›Du wirst ein General werden. Du wirst Epauletten und einen goldenen Degen tragen.‹«

Dies war ein Drama, im Vergleich zu dem die Abenteuer einer Cornelia Ruiz uninteressant und leer waren. Eine Situation, die den Einsatz der Freunde erfordert hätte. Aber der Schauplatz war so weit weg, daß ein Eingreifen unmöglich war. Bewundernd blickten sie auf den Korporal. So jung und schon so viel erlebt!

»Ich wünschte nur«, stieß Danny empört hervor, »wir wären jetzt in Torreón. Pilon würde einen Plan für uns entwerfen. Zu schade, daß wir nicht hingehen können.«

Big Joe Portagee war wach geblieben, was ein Zeichen der Anerkennung und des Hingerissenseins von der Geschichte des Korporals war. Er ging zu der Apfelkiste und schaute hinein. »Du wirst ein General werden«, sagte er. Und dann, zu den andern gewandt: »Seht her! Das Kindchen macht so komische Bewegungen.« Die Freunde scharten sich rundum. Der Todeskampf hatte begonnen. Die Füßchen stießen krampfhaft nach unten und oben, die Händchen krallten sich hilflos zusammen, und der ganze kleine Körper zuckte erschaudernd.

»Einen Arzt!« rief Danny. »Wir müssen einen Arzt haben.« Aber sie waren sich alle bewußt, daß es zu spät sei. Der nahende Tod trägt ein Gewand, das niemand verkennt. Unter ihren Augen wurde das Kindchen steif, und der Kampf war aus. Der Mund blieb offenstehen, der Kleine war tot. Danny deckte mit einer gütigen Geste die Apfelkiste mit einem wollenen Tuch zu. Der Korporal stand kerzengerade da und starrte vor sich hin, so von Entsetzen gepackt, daß er weder zu sprechen noch zu denken vermochte.

Jesus Maria legte ihm die Hand auf die Schulter und führte ihn zu einem Stuhl.

»Du bist so jung«, tröstete er ihn. »Du wirst noch viele Kinder haben.«

Der Korporal stöhnte: »Nun ist er tot. Nun wird er nie ein General mit Schärpe und Degen werden.«

Die Freunde hatten Tränen in den Augen. In der Ecke heulten alle Hunde jämmerlich. Der Pirat verbarg seinen Kopf im Fell von Señor Alec Thompson.

In sanftem Ton, fast als spräche er einen Segen, sagte Pilon: »Nun mußt du den Capitan selbst umbringen. Wir ehren dich für deinen edlen Racheplan. Aber dies ist nun vorbei, und du mußt selbst Rache nehmen, und wir werden dir helfen, wenn wir können.«

Der Korporal sah sie verständnislos an. »Rache?« fragte er. »Den Capitan umbringen? Wie meint ihr das?«

»Nun, es war doch klar, was du vorhattest. Das Kindchen sollte heranwachsen und ein General werden, und im rechten Augenblick würde dieser den Capitan zu finden wissen und schließlich seinem Leben ein Ende machen. Es war ein guter Plan: langes

Zuwarten und dann den Schlag führen. Wir, deine Freunde, ehren dich dafür.«

Verblüfft blickte der Korporal auf Pilon. »Was soll das heißen? Ich habe mit diesem Capitan nichts zu schaffen. Er ist ein Capitan.«

Die Freunde beugten sich vor.

Pilon rief: »Was hatte denn aber der Plan mit dem Kind, das ein General werden sollte, zu bedeuten? Wozu das?«

Der Korporal wurde ein bißchen verlegen. »Es ist die Pflicht eines Vaters, das Beste für sein Kind zu wollen. Ich wünschte, daß es Manuel besserginge als mir.«

»Ist das alles?« rief Danny aus.

»Nun«, sagte der Korporal, »meine Frau war sehr hübsch, und sie war keine Hergelaufene. Sie war eine ordentliche Frau, und der Capitan hat sie für sich genommen. Er hatte nur kleine Epauletten und eine kleine Schärpe, und sein Degen war nur silberfarben. Bedenkt« – der Korporal streckte die Hände aus –, »wenn so ein Capitan mit den kleinen Epauletten und der kleinen Schärpe meine Frau für sich nehmen konnte, was könnte dann ein General mit einer großen Schärpe und einem goldenen Degen sich nehmen!«

Es bedurfte eines langen Schweigens, damit Danny und Pilon und Pablo, Jesus Maria, der Pirat und Big Joe Portagee diesen Grundsatz in sich verarbeiten konnten. Als sie ihn verdaut hatten, überließen sie Danny das erste Wort.

»Es ist bedauernswert«, hub Danny endlich an, »daß

so wenigen Eltern das Wohlergehen ihrer Kinder am Herzen liegt. Wir beklagen es nun noch viel mehr, daß der Kleine gestorben ist, denn mit einem solchen Vater – was für ein glückliches Leben wäre ihm da beschieden gewesen!«

Sämtliche Freunde nickten feierlich.

»Was hast du nun vor?« fragte Jesus Maria, der sich als sein Entdecker fühlte.

»Nach Mexiko zurückzukehren«, antwortete der Korporal. »Ich bin mit Leib und Seele Soldat. Vielleicht, wenn ich mein Gewehr gut geölt halte, kann ich eines Tages selbst Offizier werden. Wer kann das wissen?«

Die sechs Freunde sahen ihn bewundernd an. Sie waren stolz darauf, einen solchen Menschen kennengelernt zu haben.

11

Wie unter den schwierigsten Umständen die Liebe über Big Joe Portagee kam

Liebe empfinden war für Big Joe Portagee eins mit aktiv werden. Folgendes ist eine seiner Liebesgeschichten.

In Monterey hatte es geregnet. Den ganzen Tag lang tropfte das Wasser von den hohen Kiefern. Dic Paisanos von Tortilla Flat verließen ihre Häuser nicht; dafür stieg aus jedem Schornstein eine blaue Säule mit dem Rauch des brennenden Kiefernholzes auf, so daß die Luft rein und frisch und voller Wohlgeruch war.

Um fünf Uhr nachmittags hielt der Regen etwas an, und Big Joe Portagee, der sich tagsüber unter einem Ruderboot an der Bucht aufgehalten hatte, kroch hervor und begab sich den Hügel hinauf auf den Weg nach Dannys Haus. Er fror und war hungrig.

Als er am äußersten Rand von Tortilla Flat angelangt war, öffnete der Himmel seine Schleusen, und Regenströme stürzten hernieder. Im Handumdrehen war Big Joe völlig durchnäßt. Er lief ins nächste Haus, um Schutz vor dem Regen zu suchen; und es traf sich, daß dieses Haus von Tia Ignacia bewohnt wurde.

Sie war eine Dame von etwa fünfundvierzig Jahren, längst verwitwet, und konnte auf gewisse Erfolge zurückblicken. Für gewöhnlich war sie schweigsam und ablehnend, denn sie hatte mehr Indianerblut in den Adern, als in Tortilla Flat für wohlanständig galt.

Als Big Joe eintrat, hatte sie eben eine Gallone Rotwein geöffnet und war im Begriff, sich als Magenmedizin ein Glas voll einzuschenken. Sie versuchte, den Krug unter einen Stuhl zu stoßen, aber es gelang ihr nicht. Big Joe stand im Türrahmen, und das Wasser tropfte von ihm auf den Fußboden.

»Komm herein und trockne dich«, sagte Tia Ignacia.

Big Joe trat ins Zimmer, den Blick fest auf die Flasche gerichtet, wie ein Terrier eine Wanze beobachtet. Der Regen trommelte auf das Dach. Tia Ignacia schürte das Feuer in ihrem festen Ofen auf.

»Möchtest du ein Glas Wein trinken?« fragte sie.

»O ja«, antwortete Big Joe. Noch bevor er das erste Glas gelehrt hatte, blieben seine Blicke wieder an dem Flaschenkrug haften. Er trank drei Glas Wein, ehe er sich entschloß, ein Wort zu sprechen, und ehe der wolfsähnliche Ausdruck aus seinen Augen entwich.

Tia Ignacia sah ein, daß ihr frisch angebrochener Krug für sie verloren war. So trank sie mit, weil dies das einzige Mittel war, um wenigstens etwas für sich selbst zu retten. Erst als er das vierte Glas Wein in Händen hielt, entspannte sich Big Joe etwas und begann sich wohl zu fühlen.

»Dieser Wein ist nicht von Torrelli«, bemerkte er.

»Nein, ich beziehe ihn von einer befreundeten italienischen Dame.« Sie füllte das Glas wieder.

Der Abend brach herein. Tia Ignacia zündete eine Petroleumlampe an und legte Holz aufs Feuer. Wenn es um den Wein doch geschehen ist, dann sei's meinetwegen, dachte sie. Ihre Augen verweilten mit kritisch abschätzenden Blicken auf der riesigen Gestalt Big Joe Portagees: Eine warme Aufwallung durchflutete ihre Brust. »Armer Mann, du hast draußen im Regen gearbeitet«, begann sie. »Nimm deinen Rock ab und trockne ihn.«

Big Joe sagte selten die Unwahrheit. Dafür arbeitete sein Verstand nicht schnell genug. »Ich habe an der Bucht unter einem Ruderboot gelegen und geschlafen«, antwortete er.

»Aber du bist ganz naß, armer Kerl.« Sie sah ihn erwartungsvoll an, um die Wirkung von so viel Liebenswürdigkeit auf ihn zu beobachten. Aber in Big Joes Gesicht spiegelte sich nichts als Befriedigung darüber, daß er dem Regen entronnen war und Wein trinken konnte. Er streckte ihr sein Glas hin, damit sie es wieder fülle. Da er den ganzen Tag nichts gegessen hatte, wirkte der Wein stark auf ihn.

Tia Ignacia nahm den Faden von neuem auf. »Es ist nicht gesund, in einem nassen Rock zu sitzen. Du wirst dich erkälten. Komm, ich will dir den Rock abziehen helfen.«

Big Joe setzte sich behaglich in seinem Stuhl zurück. »Mir ist sehr wohl so«, beharrte er.

Tia Ignacia goß sich abermals ein Glas Wein ein. Das Feuer knisterte und bildete ein tröstliches Gegengeräusch gegen das Aufschlagen des Regens auf das Dach.

Big Joe gab sich nicht die mindeste Mühe, freundlich oder gar ritterlich zu sein, ja überhaupt von seiner Gastgeberin Notiz zu nehmen. Er trank seinen Wein in großen Schlucken, lächelte einfältig den Ofen an und schaukelte ein wenig in seinem Stuhl.

Zorn und Verzweiflung wurden in Tia Ignacia wach. Dieses Schwein, dachte sie, dieses große, dreckige Tier. Ich hätte besser getan, eine Kuh aus dem Regen zu mir ins Haus zu nehmen. Ein anderer Mann würde mir wenigstens ein paar freundliche Worte gönnen.

Big Joe hielt ihr wiederum sein Glas zum Füllen hin. Jetzt raffte sich Tia Ignacia zu einem heldenhaften Versuch auf. »In einem warmen Häuschen herrscht bei solchem Wetter Glück und Behagen«, sagte sie. »Wenn der Regen niederprasselt und drinnen der Ofen gemütlich brennt, sollten sich freundliche Gefühle in den Menschen regen. Ist dir nicht freundlich zumute?«

»Doch«, sagte Big Joe.

»Vielleicht tut das grelle Licht deinen Augen weh«, sagte sie in zimperlichem Ton. »Soll ich das Licht löschen?«

»Mich stört es nicht«, gab Big Joe zur Antwort. »Meinetwegen kann es ausgemacht werden, um Petroleum zu sparen.«

Sie blies das Lampenlicht aus, und das Zimmer

versank in Dunkelheit. Dann ging sie zu ihrem Stuhl zurück und wartete, ob seine Artigkeit erwachen würde. Sie vernahm das leise Schaukeln seines Stuhles. Aus dem knisternden Ofen kam ein wenig Licht und beleuchtete die blankpolierten Möbelecken. Die Wärme machte das Zimmer beinahe hell. Nun bemerkte Tia Ignacia, wie das Schaukeln des Stuhles aufhörte, und sie wappnete sich, den Angreifer abzuwehren. Aber nichts geschah.

»Wenn man denkt, du könntest jetzt draußen in diesem Sturm sein, in einem Schuppen vor Kälte schlotternd oder unter einem Boot im kalten Sand liegend. Aber nein, du sitzt in einem guten Stuhl, trinkst guten Wein und bist in Gesellschaft einer Dame, die dir wohlgesinnt ist.«

Von Big Joe kam keine Antwort. Sie konnte ihn weder hören noch sehen. Tia Ignacia trank ihr Glas aus. Sie vergeudete ihre Tugend an den Wind. »Meine Freundin Cornelia Ruiz hat mir erzählt, daß ihre besten Freunde aus Regen und Kälte zu ihr kommen. Sie macht es ihnen behaglich, und dann sind sie gut Freund miteinander.«

In der Richtung von Big Joe her ließ sich ein Klirren vernehmen. Sie sagte sich, er habe sein Glas fallen lassen, aber dem Geräusch der Scherben folgte keine Bewegung. Vielleicht ist er krank, dachte sie, vielleicht sogar ohnmächtig. Sie sprang auf, strich ein Zündholz an und hielt es an den Lampendocht. Dann wandte sie sich zu ihrem Gast.

Joe schlief einen gewaltigen Schlaf. Die Füße hielt er vor sich ausgestreckt, den Kopf hintenüber gelehnt, und der Mund stand ihm weit offen. Es war Big Joe einfach unmöglich, sich warm und behaglich zu fühlen, ohne darüber einzuschlafen.

Es dauerte einen Augenblick, bis Tia Ignacia ihre aufsteigenden Gefühlswallungen zusammenfassen konnte. Sie hatte eine starke Portion indianischen Blutes geerbt. Sie schrie nicht auf. Nein, obwohl sie vor Wut kochte, ging sie zu ihrem Holzkorb, nahm einen passend erscheinenden Knüppel heraus, wog ihn in der Hand, legte ihn zurück und ergriff einen anderen. Dann kehrte sie sich langsam zu Joe Portagee um. Der erste Schlag traf ihn an der Schulter und schlug ihn aus dem Stuhl zu Boden.

»Schwein!« schrie Tia Ignacia. »Du Drecksbündel! Hinaus in den Schlamm mit dir!«

Big Joe kugelte über den Fußboden. Der nächste Schlag machte einen Riß in seinen Hosenboden. Jetzt wachte er rasch auf.

»Huh«, machte er. »Was ist los? Was soll das heißen?«

»Ich werde dich lehren«, schrie sie. Sie riß ihre Tür auf und lief zu ihm zurück. Unter ihren Prügeln stolperte Big Joe auf die Füße. Der Knüppel hämmerte auf seinen Rücken, seine Schultern und seinen Kopf. Er rannte zur Tür hinaus, den Kopf mit den Händen schützend.

»Bitte nicht«, flehte er. »Nur dies nicht! Was ist denn los?«

Die Furie verfolgte ihn wie eine wildgewordene Hornisse den Gartenweg hinunter in die vom Regen aufgeweichte Straße. Ihre Wut war fürchterlich. Unter fortwährenden Schlägen folgte sie ihm die Straße entlang.

Er packte sie und hielt sie fest, während sie leidenschaftlich mit den Armen kämpfte, um ihn weiter prügeln zu können.

»O du großes Drecksbündel!« rief sie. »Du Untier!«

Er konnte sie nicht loslassen, ohne sich neuen Schlägen auszusetzen, und hielt sie darum dicht an sich. Und wie er so dastand, überkam Big Joe Portagee die Liebe. Der Kopf sauste ihm; es rumorte in seinem Körper wie eine mächtige Flut und schüttelte ihn, wie ein Tropensturm den Palmenwald erschüttert. Er hielt sie einen Augenblick fest umklammert, bis ihr Zorn nachließ.

Während der Nacht patrouilliert in Monterey ein Polizist auf dem Motorrad durch die Straßen, um dafür zu sorgen, daß den Guten kein Leid geschehe. Jake Lake fuhr jetzt umher; sein geölter Regenmantel glänzte matt wie Basalt. Er fühlte sich unglücklich und ungemütlich. Auf den gepflasterten Straßen war es nicht so schlimm, aber ein Teil seines Weges führte ihn in die durchweichten Straßen von Tortilla Flat, wo der gelbliche Schlamm abscheulich aufspritzte. Er ließ sein Blinklicht rundum aufleuchten. Der Motor keuchte vor Anstrengung.

Plötzlich stieß Jake Lake einen Ruf des Erstaunens aus und hielt sein Motorrad an. »Was, zum Teufel – schockschwerenot, was ist das?«

Big Joe faßte ihn um den Hals. »Oh, du bist es, Jake? Sag, Jake, wenn du uns doch ins Kittchen bringst, könntest du nicht einen Augenblick warten?«

Der Polizist kehrte sein Motorrad um. »Macht, daß ihr von der Straße wegkommt! Sonst wird euch jemand überfahren!«

Der Motor ratterte durch den Schlamm, und das Funkeln einer Laterne verschwand um die Ecke. Der Regen schlug sanft gegen die Bäume von Tortilla Flat.

12

Wie Dannys Freunde dem Piraten ein Gelübde halten halfen und wie die Hunde des Piraten zum Lohn für ihre Bravheit eine Vision hatten

Jeden Nachmittag schob der Pirat seinen leeren Karren den Hügel hinauf in Dannys Hof. Er stellte ihn gegen den Zaun und bedeckte ihn mit einem Sack; dann vergrub er seine Axt in die Erde, weil sie, wie jedermann weiß, eingegraben viel schwieriger zu stehlen ist. Zuletzt ging er ins Haus, griff in ein Leinensäckchen, das er an einem Band um den Hals trug, holte den am Tage verdienten Vierteldollar heraus und gab ihn Danny. Dann gingen Danny und der Pirat und wer von den Freunden sonst gerade im Hause war feierlich ins Schlafzimmer, vorsichtig über das Bettzeug schreitend, das auf dem Fußboden umherlag. Unter den Augen der Paisanos griff Danny unter sein Kissen, holte den groben Leinensack hervor und legte den neuen Vierteldollar hinein. Diesen Brauch übten sie nun schon lange.

Der Feldsack war sozusagen das symbolische Zentrum ihrer Freundschaft geworden – der Vertrauensmittelpunkt, um den die Bruderschaft kreiste. Sie waren alle stolz auf das Geld und stolz darauf, daß sie nie ihr Spiel damit getrieben hatten. Daß das Geld sicher in ihrer Hut war, hatte allmählich einen festen Grund der Selbstachtung und der inneren Genugtuung in ihnen geschaffen. Es ist ein wunderbares Gefühl für einen Menschen, zu wissen, daß man ihm vertrauen kann. In der Vorstellung der Freunde handelte es sich längst nicht mehr um bares Geld. Wohl hatten sie sich eine Zeitlang in ihren Träumen ausgemalt, wieviel Wein man dafür kaufen könnte, aber nach einer Weile betrachteten sie es nicht mehr als gesetzliches Zahlungsmittel. Der Hort war zum Zweck des Kaufs eines goldenen Leuchters angelegt, und dieser zunächst in ihrer Phantasie vorhandene Kerzenhalter war das Eigentum des heiligen Franz von Assisi. Einen Heiligen betrügen ist viel schlimmer als sich dem Gesetz gegenüber Freiheiten herausnehmen.

Eines Abends erfuhren sie dank jener schnellen und genauen Geheimtelegraphie, deren Wesen niemand kennt, daß beim Carmel ein Küstenkutter der Zollwache gegen einen Felsen gefahren war. Big Joe Portagee war in eigenen Geschäften unterwegs, aber Danny, Pablo und Pilon, Jesus Maria, der Pirat und seine Hunde machten sich hocherfreut auf den Weg über die Hügelkette; denn wenn es etwas gab, was sie gern taten, dann war es, am Strande nützliche Dinge auflesen. Sie fanden, daß dies die spannendste Beschäftigung auf der ganzen Welt sei. Obgleich sie ein wenig spät hinkamen, holten sie die verlorene Zeit wieder ein. Die ganze Nacht rannten die Freunde suchend am Strand hin und her und sammelten eine

Menge Wrackgut ein: eine Büchse mit fünf Pfund Butter, mehrere Kisten mit Konserven, einen durchweichten Regenmantel, zwei Tuchjacken, ein Wasserfaß von einem Rettungsboot und ein Maschinengewehr. Als der Tag anbrach, hatten sie einen stattlichen Haufen in ihrem Gewahrsam.

Sie erlösten dafür von einem der Aufseher die runde Summe von fünf Dollar, denn alle diese schweren Sachen über sechs Meilen weit das steile Hügelgelände hinauf nach Tortilla Flat zu schleppen, kam nicht in Frage.

Weil der Pirat seine tägliche Menge Holz nicht hatte schneiden können, bekam er seinen Vierteldollar von Danny und tat ihn in sein Leinensäckchen. Dann begaben sie sich müde, aber mit einem warmen und erwartungsvollen Glücksgefühl geraden Weges über die Hügel nach Monterey.

Es war Nachmittag, als sie wieder bei Dannys Haus anlangten. Der Pirat öffnete dem Ritus gemäß sein Säckchen und übergab Danny den Vierteldollar. Das ganze Trüppchen ging ins andere Zimmer hinüber. Danny griff unter das Kissen – und seine Hand kam leer heraus. Er warf das Kissen zurück, darauf die Matratze, und dann wandte er sich langsam seinen Freunden zu, mit Augen, die an Wildheit denen eines Tigers glichen. Er schaute von einem Gesicht zum anderen, und in jedem lag so viel Schmerz und Entrüstung, daß es unmöglich Heuchelei sein konnte.

»Nanu«, sagte er, »nanu!« Der Pirat begann zu weinen. Danny legte ihm den Arm um die Schulter.

»Nicht weinen, Freundchen«, sagte er bedeutungsvoll. »Du wirst dein Geld wiederbekommen.«

Schweigend verließen die Paisanos den Raum. Danny ging in den Hof, las einen schweren Kiefernstecken von drei Fuß Länge auf und schwang ihn versuchsweise. Pablo ging in die Küche und kam mit einem alten Büchsenöffner mit schartiger Spitze zurück. Jesus Maria holte aus dem Keller den Griff einer alten Hacke. Der Pirat sah verstört zu. Dann traten sie alle wieder zusammen und setzten sich ruhig hin.

Der Pirat wies mit dem Daumen den Hügel hinunter. »Er?« fragte er.

Danny nickte langsam. Sein Blick war verschleiert; es lag etwas Unversöhnliches darin. Sein Kinn stach spitzig hervor, und als er auf seinem Stuhl saß, bewegte sich sein ganzer Körper leise, wie eine Klapperschlange, die zubeißen will.

Der Pirat ging in den Hof und grub seine Axt aus.

Lange saßen sie so im Hause. Es wurde kein Wort gewechselt, aber eine Welle kalter Wut breitete sich schleichend im Raume aus. Die Atmosphäre im Hause war dem Augenblick vergleichbar, da die brennende Zündschnur sich dem an einen Felsen gelegten Dynamit nähert.

Der Nachmittag neigte sich dem Ende zu; die Sonne verschwand hinter dem Hügel. Ganz Tortilla Flat schien voller Geheimnis und Erwartung zu sein.

Nun hörten sie seinen Schritt auf der Straße, und ihre Hände verkrampften sich um ihre Waffen. Joe Portagee schritt unsicher zum Vorraum hinauf und durch die Vordertür ins Haus hinein. Er trug eine

Gallone Wein in Händen. Seine Augen wanderten unruhig von einem Gesicht zum anderen, aber die Freunde saßen still da und vermieden, ihn gerade anzusehen.

»Hallo!« sagte Big Joe.

»Hallo«, gab Danny zurück. Er stand auf und streckte sich langsam. Auch jetzt noch sah er Big Joe nicht an, ging auch nicht direkt auf ihn zu, sondern in einem Winkel, als wolle er an ihm vorbei. Sobald er dicht bei ihm stand, schlug er mit der Schnelligkeit einer beißenden Schlange zu. Der Knüppel sauste wohlgezielt auf Big Joes Hinterkopf nieder, und Joe sank vollkommen erledigt um.

Dann nahm Danny mit Vorbedacht den Riemen einer Reitpeitsche aus der Tasche und band die Daumen des Portagee aneinander. »Jetzt Wasser«, befahl er.

Pablo goß einen Eimer Wasser über Big Joes Gesicht. Dieser kehrte den Kopf weg und reckte den Hals wie ein Hündchen, und dann öffnete er die Augen und sah seine Freunde halb betäubt an. Sie sprachen kein Wort zu ihm. Danny maß die Entfernung zu ihm so sorgfältig ab wie ein Golfspieler, ehe er den Ball antreibt. Sein Stock fuhr auf Big Joes Schulter nieder, und nunmehr gingen die Freunde kalt und methodisch weiter vor. Jesus Maria übernahm die Beine, Danny Brust und Schultern. Big Joe heulte und kugelte sich am Boden. Sie bedeckten seinen Körper vom Halse abwärts mit Schlägen. Jeder Hieb traf eine neue Stelle und zerbeulte sie. Joes Schreien war ohrenbetäubend. Der Pirat stand, seine Axt in den Händen, hilflos dabei.

Endlich, als sein ganzer Oberkörper eine einzige Beule war, hielten sie inne. Pablo kniete mit seinem Büchsenöffner neben Joes Kopf. Pilon zog dem Portagee die Schuhe ab und griff wieder nach seinem Stock.

Joe brüllte vor Angst. »Es ist vor der Vordertür vergraben«, schrie er. »Um der Liebe Christi willen, schlagt mich nicht tot!«

Danny und Pilon gingen zur Vordertür hinaus, und in ein paar Minuten kamen sie mit dem Leinensack zurück. »Wieviel hast du herausgenommen?« fragte Danny. Seine Stimme war vollkommen tonlos.

»Bloß vier, so wahr mir Gott helfe. Habe nur vier genommen, und ich werde arbeiten, um sie zurückgeben zu können.«

Danny bückte sich, packte ihn bei den Schultern und drehte ihn mit dem Gesicht nach unten um. Nun bearbeiteten die Freunde seinen Rücken mit der gleichen unseligen Genauigkeit. Das Schreien ließ nach, aber sie hörten erst auf, als sie Big Joe bis zur Bewußtlosigkeit geschlagen hatten. Dann riß ihm Pilon das Hemd ab und entblößte den windelweich geschlagenen Rücken, an dem sich das rohe Fleisch zeigte. Mit dem Büchsenöffner zog er so gewandt feine Risse, daß das Blut hervorquoll. Pablo brachte ihm das Salz und half ihm, es über den ganzen zerschundenen Rücken einzureiben. Zum Schluß warf Danny eine Wolldecke über den ohnmächtig Daliegenden.

»Ich glaube, von nun ab wird er ehrlich sein«, sagte Danny.

»Jetzt sollten wir das Geld zählen«, bemerkte Pilon.

»Wir haben es schon lange nicht mehr gezählt.« Sie öffneten den Gallonenkrug mit Joes Wein und gossen sich die Fruchtschalen voll, denn sie waren müde von der Arbeit und erschöpft von der Gemütsbewegung.

Hierauf zählten sie die Vierteldollarstücke, indem sie Häufchen von je zehn machten; als sie geendet, fingen sie aufgeregt von vorne an. »Pirat«, rief Danny aus, »es sind sieben über tausend! Deine Zeit ist erfüllt! Der Tag ist gekommen, an dem du deinen Leuchter für den heiligen Franziskus kaufen kannst!«

Die Ereignisse des Tages waren zuviel für den Piraten. Er ging in die Ecke zu seinen Hunden, legte den Kopf an Fluff und brach in hysterisches Schluchzen aus. Die Hunde bewegten sich beunruhigt hin und her, leckten seine Ohren und rieben ihre Nasen an seinem Kopf; nur Fluff, augenscheinlich berührt von der Ehre, der Erwählte zu sein, lag still da und schmiegte sich an das dichte Nackenhaar des Piraten.

Danny tat alles Geld in den großen Sack zurück und legte diesen wieder unter das Kopfkissen.

Indessen war Big Joe zu sich gekommen und stöhnte auf, denn das Salz auf seinem Rücken wirkte nach. Die Paisanos beachteten ihn nicht, bis endlich Jesus Maria, ein Raub seiner humanitären Gefühle, Big Joes Daumen losband und ihm eine Schale Wein reichte. »Sogar die Feinde unseres Heilands gewährten ihm kleine Erleichterungen«, entschuldigte er sich.

Dies setzte dem Strafakt ein Ende. Die Freunde machten sich hilfsbereit um Joe zu schaffen. Sie legten ihn auf Dannys Bett und wuschen das Salz aus seinen Wunden, legten ihm kalte Tücher um den Kopf und hielten seine Schale Wein. Big Joe ächzte bei jeder Berührung. Seine Moral blieb wahrscheinlich die gleiche wie vordem, aber man durfte mit Sicherheit prophezeien, daß er die Paisanos in Dannys Haus nie wieder bestehlen würde.

Der hysterische Anfall des Piraten war vorüber. Er trank seinen Wein und hörte glückstrahlend zu, als Danny ihm weitere Pläne entwickelte.

»Wenn wir all dies Geld zur Stadt und auf eine Bank bringen, so wird man dort denken, wir hätten einen Automaten beraubt.«

»Wir müssen dies Geld Pater Ramon übergeben und ihm alles erzählen. Dann wird er den goldenen Leuchter kaufen und weihen, und der Pirat wird den Gottesdienst besuchen. Vielleicht erwähnt es Pater Ramon am Sonntag. Der Pirat muß in der Kirche sein, um es zu hören.«

Pilon sah mißbilligend auf die schmutzigen, zerlumpten Kleider des Piraten. »Morgen«, sagte er sehr bestimmt, »müssen wir die sieben überzähligen Vierteldollarstücke nehmen und anständige Kleider für dich kaufen. Für normale Zeiten mögen diese gut genug sein, aber bei einem solchen Anlaß kannst du nicht wie ein Schmutzigel in die Kirche gehen. Es wäre kein Ruhmestitel für deine Freunde.«

Der Pirat strahlte ihn an. »Morgen werde ich das tun«, versprach er.

Am nächsten Tage wanderte er schon früh, seinem Versprechen getreu, nach Monterey hinunter. Er kaufte mit großer Umsicht ein und handelte an den Preisen mit einer Schlauheit, die niemanden hätte glauben lassen, er habe seit zwei Jahren nichts mehr gekauft. Triumphierend kam er mit einem riesengroßen seidenen Taschentuch, purpurrot und grün, und einem breiten, reichlich mit buntem gläsernem Schmuck verzierten Gürtel zurück. Seine Freunde bewunderten seine Einkäufe.

»Aber was willst du anziehen?« fragte Danny verzweifelt. »In deinen Schuhen sind zwei Löcher, die du um deiner Hühneraugen willen herausgeschnitten hast. Du hast nur zerlumpte Kittel und keinen Hut.«

»Wir müssen ihm von unseren Kleidern leihen«, sagte Jesus Maria. »Ich besitze einen Rock und eine Weste. Pilon hat den guten Hut seines Vaters. Du, Danny, hast ein Hemd und Big Joe seine schönen blauen Tuchhosen.«

»Aber dann können wir nicht mitgehen«, wandte Pilon ein.

»Es ist nicht unser Leuchter«, gab Jesus Maria zu bedenken. »Und es ist nicht gerade wahrscheinlich, daß Pater Ramon etwas Nettes von uns sagen wird.«

Noch am nämlichen Nachmittag wurde der Schatz in das Haus des Priesters überführt. Als sie bei der Geschichte von dem kranken Hunde angelangt waren, besänftigte sich sein Blick. »... und da lag mein gutes Hündchen, Pater«, erzählte der Pirat, »die Nase war ihm trocken, die Augen starrten wie Flaschenköpfe, die aus dem Meer auftauchen, und er stöhnte, weil es ihm in den Eingeweiden weh tat. Da gelobte ich dem heiligen Franz einen goldenen Leuchter. Er ist wirklich mein Schutzheiliger, Pater. Und dann geschah ein Wunder! Denn der Hund wedelte dreimal mit dem Schwanz, und auf der Stelle begann er gesund zu werden. Das war doch eine Wundertat des heiligen Franz, nicht wahr, Pater?«

Der Priester nickte ernsthaft mit dem Kopf. »Ja«, bestätigte er, »es war ein von unserem guten heiligen Franziskus bewirktes Wunder. Ich werde den Leuchter für dich kaufen.«

Der Pirat war überglücklich, denn es ist kein kleines Ding, wenn einem ein Gebet durch ein echtes Wunder erhört wird. Wenn es sich herumsprach, würde der Pirat in Tortilla Flat eine Stufe höher steigen. Schon jetzt blickten seine Freunde mit neuem Respekt auf ihn. Von seiner Intelligenz dachten sie zwar nicht anders als bisher, aber sie wußten nun, daß die ganze Macht des Himmels und die Stärke der Heiligen seinem dürftigen Verstand zur Seite standen.

Sie wanderten nach Dannys Haus zurück, sämtliche Hunde hinter ihnen her. Der Pirat hatte ein Gefühl, als hätten sie in einer goldigen Flut der Glückseligkeit gebadet. Vor Freude überlief es ihn fortwährend heiß und kalt. Die Paisanos freuten sich, daß sie das Geld für ihn aufbewahrt hatten, denn das Ereignis breitete seinen heiligen Schein auch ein wenig über sie. Pilon dachte erleichtert daran, wie gut es sei, daß er das Geld nicht aus seinem ersten Versteck gestohlen hatte. Was für entsetzliche Dinge hätten passieren können, hätte er die einem Heiligen gehörigen Batzen entwendet! Die Freunde waren alle so andächtig, als seien sie in der Kirche. Die fünf Dollar Erlös für das Strandgut hatten Danny wie Feuer in der Tasche gebrannt, aber jetzt wußte er, was er damit zu tun hatte. Pilon und er gingen auf den Markt und kauften sieben Pfund Hamburger Steak, einen Sack Zwiebeln, Brot und eine große Tüte Zuckerzeug. Pablo und Jesus Maria begaben sich zu Torrelli und erstanden zwei Gallonen Wein, von dem sie wirklich und wahrhaftig auf dem Heimweg auch nicht ein einziges Tröpfchen stibitzten.

Als am Abend das Feuer im Ofen brannte und die Tischkerzen angezündet waren, schmausten die Freunde in Hülle und Fülle. Es war ein Gelage zu Ehren des Piraten. Dieser legte große Würde an den Tag. Freilich lächelte er immerfort, wenn er hätte ernst sein sollen, doch er konnte nicht anders.

Nachdem sie gewaltig gegessen, lehnten sie sich in ihren Stühlen zurück und nippten von dem Wein in den Fruchtschalen. »Unser Freundchen« nannten sie den Piraten.

Jesus Maria fragte: »Wie war dir zumute, als dies alles vor sich ging? Als du den Leuchter gelobtest und der Hund gesund zu werden begann, was empfandest du da? Hattest du ein Gesicht?«

Der Pirat strengte sein Gedächtnis an. »Ich glaube nicht. Oder vielleicht hatte ich so etwas wie ein Gesicht – es war mir, ich hätte den heiligen Franz in den Lüften gesehen, strahlend wie die Sonne …«

»Könntest du dich dessen nicht genauer erinnern?« wollte Pilon wissen.

»Ja – ich glaube, ich erinnere mich jetzt –, Sankt Franziskus schaute mich an, und er lächelte – dieser gütige Heilige. Und nun wußte ich, daß das Wunder geschehen war. Er sprach zu mir: ›Sei lieb mit den Hündchen, du Schmutzfink.‹«

»Hat er dich so genannt?«

»Nun, das war ich doch, und er ist kein Heiliger, der lügen würde.«

»Ich glaube nicht, daß du dich auf all das besinnst«, meinte Pablo.

»Nun – vielleicht nicht. Aber eigentlich, glaube ich, doch.« Der Pirat war trunken vor Glück über die ihm erwiesene Ehrung und Aufmerksamkeit.

»Meine Großmutter hatte ein Gesicht der heiligen Jungfrau«, erzählte Jesus Maria. »Sie war todkrank, ich habe sie selber stöhnen hören. Dann rief sie: ›Herrje. Ich sehe die Mutter Gottes. Herrje. Die liebe Maria, die Gnadenreiche.‹«

»Manchen ist es gegeben, solche Gesichte zu haben«, bemerkte Danny.

»Mein Vater war kein besonders guter Mensch. Aber bisweilen erblickte er Heilige, und bisweilen hatte er böse Gesichte. Es hing davon ab, ob er selbst gerade gut oder böse war, wenn er diese Erscheinungen hatte. – Hast du sonst noch je ein Gesicht gehabt, Pirat?«

»Nein«, antwortete der Pirat. »Und ich würde mich fürchten, wenn ich noch mehr hätte.«

Das Fest dauerte lange und verlief nach allen Regeln des Anstandes. Die Freunde empfanden, daß sie an diesem Abend nicht allein waren. Sie fühlten, wie die Augen der Heiligen durch die Wände und die Fenster und durchs Dach hindurch auf sie herabschauten.

»Am Sonntag wird dein Leuchter mit einer Kerze vor dem Altar stehen. Wir können nicht hingehen, denn du wirst unsere Kleider anhaben. Ich behaupte nicht, daß Pater Ramon dich mit Namen erwähnen wird, aber vielleicht wird er etwas von dem Leuchter sagen. Du mußt zu behalten suchen, was er sagt, damit du uns berichten kannst.«

Nun nahm Pilons Gesicht einen strengen Ausdruck an. »Heute, Freundchen, machten sich die Hunde im ganzen Hause Pater Ramons breit. Dies war für heute recht und billig, aber du darfst nicht daran denken, sie am Sonntag mit in die Kirche zu nehmen. Es schickt sich nicht, daß Hunde sonntags in die Kirche gehen. Laß die Hunde zu Hause.«

Enttäuscht blickte der Pirat ihn an. »Sie wollen aber mitgehen«, rief er aus. »Wie kann ich sie allein lassen? Wo sollte ich sie lassen?«

Pablo zeigte sich entsetzt. »In dieser Angelegenheit hast du dich bisher aller Ehren wert benommen, Piratchen. Und zu guter Letzt willst du eine Tempelschändung begehen?«

»Nein«, versicherte der Pirat demütig.

»Dann laß deine Hunde hier, wir werden für sie sorgen. Es wäre ein Sakrilegium, sie mit in die Kirche zu nehmen.«

Es war eigentümlich, mit welcher Nüchternheit sie an diesem Abend tranken. Es dauerte drei Stunden, ehe sie auch nur ein obszönes Lied sangen. Erst sehr spät schweiften ihre Gedanken zu leichtfertigen Frauen ab. Und als sie an Raufen dachten, waren sie schon fast zu schläfrig, um sich noch zu prügeln. Dieser Abend bedeutete einen Meilenstein des Guten in ihrem Leben.

Der Sonntagmorgen war von erregten Vorbereitungen erfüllt. Sie wuschen den Piraten und untersuchten seine Ohren und seine Nasenlöcher. Big Joe, in eine Decke gehüllt, sah zu, wie der Pirat seine blauen Tuchhosen anzog. Pilon holte seines Vaters Hut hervor. Sie überredeten den Piraten, seinen mit Glasperlen besetzten Gürtel nicht über dem Rock zu tragen, und zeigten ihm, wie er diesen offenlassen könne, so daß der gläserne Schmuck hie und da hervorglitzerte. Am meisten Kopfzerbrechen machte ihnen die Frage der Fußbekleidung. Der einzige, der Schuhe in der nötigen Größe für den Piraten besaß, war Big Joe, und diese waren in noch schlimmerem Zustand als die des Piraten. Die Schwierigkeit lag darin, daß er zum Besten seiner Hühneraugen die schon erwähnten Löcher in die Schuhe geschnitten hatte, so daß nun die Zehen hervorblickten. Pilon löste schließlich das Problem vermittels etwas Ofenruß. Gut in die Haut eingerieben, machte der Ruß es fast unmöglich, die Hühneraugenlöcher zu sehen.

Endlich war er fertig. Den Hut von Pilons Vater verwegen auf den Kopf gestülpt, in Dannys Hemd und Joes Hosen, das riesige Taschentuch um den Hals geschlungen, ließ er von Zeit zu Zeit den glitzernden Gürtel sehen. Er machte einige Schritte, damit seine Freunde seine Erscheinung noch einmal prüfen konnten, und diese betrachteten ihn mit kritischen Blicken.

»Heb die Füße auf, Pirat!«

»Zieh die Absätze nicht so nach!«

»Zupfe nicht immer an deinem Taschentuch.«

»Die Leute, die dich dort sehen, werden denken, du seiest nicht gewohnt, gute Sachen zu tragen.«

Endlich kehrte sich der Pirat bittend seinen Freunden zu. »Wenn nur meine Hunde mit mir kommen dürften«, klagte er. »Ich würde ihnen sagen, daß sie nicht in die Kirche hinein dürfen.«

Aber die Paisanos blieben fest.

»Nein«, entschied Danny. »Sie könnten doch auf irgendeine Art eindringen. Wir werden sie an deiner Stelle hier im Hause behalten.«

»Sie werden unzufrieden sein«, sagte der Pirat hilflos. »Vielleicht werden sie sich einsam fühlen.« Nun sprach er zu den Hunden in der Zimmerecke. »Ihr müßt hierbleiben«, sagte er. »Es wäre nicht gut für euch, zur Kirche zu gehen. Bleibt bei meinen Freunden, bis ich wiederkomme.« Damit schlüpfte er hinaus und ließ die Tür hinter sich ins Schloß fallen. Sogleich brach ein wildes Bellen und Heulen, durchs ganze Haus hallend, in der Stube los. Einzig sein festes Vertrauen in das Urteil seiner Freunde verhinderte ein Nachgeben des Piraten.

Wie er so durch die Straßen ging, fühlte er sich ohne seine Tiere entblößt und schutzlos. Es war, als habe er einen seiner fünf Sinne eingebüßt. Er fürchtete sich, allein draußen zu sein. Er konnte überfallen werden. Aber tapfer schritt er weiter, durch die Stadt hindurch und hinaus bis zur San-Carlos-Kirche.

Eben, kurz vor Beginn des Gottesdienstes, öffneten sich die Flügeltüren. Der Pirat entnahm dem Marmorbecken ein paar Tropfen Weihwasser, bekreuzigte sich, beugte die Knie vor der heiligen Jungfrau, betrat die Kirche, verneigte sich vor dem Altar und setzte sich nieder. Die langgestreckte Kirche war ziemlich dunkel, aber der Altar erstrahlte im Kerzenlicht. Vor den Heiligenbildern brannten je zu beiden Seiten die Votivkerzen. Der altvertraute, liebliche Weihrauchduft erfüllte die Kirche. Eine Weile hielt der Pirat die Blicke auf den Altar geheftet, aber dieser war zu fern, zu heilig, daß er sich viel dabei denken konnte – zu unnahbar für einen armseligen Sterblichen. Seine Augen suchten nach etwas Wärmerem, etwas, wovor er nicht zu erschrecken brauchte. Und siehe da, vor der Gestalt des heiligen Franz stand ein schöner goldener Leuchter, in dem eine große Kerze brannte.

Vor Erregung schluchzte der Pirat auf. Und obwohl die Leute hereinströmten und die Flügeltüren geschlossen wurden, der Gottesdienst begann und der Pirat den vorgeschriebenen Ritus mitmachte, konnte er die Augen nicht von seinem Heiligen und dem goldenen Leuchter abwenden. Er vermochte nicht zu fassen, daß er, der Pirat, ihn gestiftet hatte. Er suchte das Gesicht des Heiligen, um zu erspähen, ob Sankt Franziskus sich über den Leuchter freute. Er fühlte ganz bestimmt, daß das Antlitz bisweilen ein wenig lächelte – mit jenem wiederkehrenden Lächeln, in dem sich Gedanken an etwas Erfreulichem spiegeln.

Endlich begann die Predigt. »Es ist etwas Schönes mehr in der Kirche«, sagte Pater Ramon. »Ein Mitglied unserer Kirchengemeinde hat zum Ruhme des heiligen Franz einen goldenen Leuchter gestiftet.« Darauf erzählte er die Geschichte jenes Hundes – und er malte sie absichtlich kühn aus. Seine Blicke sahen prüfend auf die Gesichter der Gemeinde und nahmen da und dort ein leises Lächeln war. »Es ist nichts Komisches daran«, fuhr er fort. »Der heilige Franz liebte die wilden Tiere so sehr, daß er ihnen predigte.« Nun kam er zu der Geschichte des grimmigen Wolfes von Agobio und sprach von den wilden Turteltauben und den Lerchen, seinen Schwestern. Voller Verwunderung folgte der Pirat der Predigt.

Plötzlich ertönte von der Tür her ein Rascheln. Ein wildes Bellen und Kratzen ließ sich vernehmen. Die Türflügel wurden gewaltsam aufgerissen, und herein stürzten Fluff und Rudolph, Enrique, Pajarito und Señor Alec Thompson. Sie schnüffelten mit der Nase und schossen dann geschlossen auf den Piraten zu. Bellend und winselnd sprangen sie auf ihn und umschwärmten ihn.

Der Priester hielt mit Reden inne und blickte streng auf den Tumult hinunter. Hilflos und in Todesangst erwiderte der Pirat seinen Blick. Alles war umsonst, der Frevel am Heiligtum war begangen.

Dann mußte Pater Ramon lachen, und die Gemeinde lachte mit.

»Bring die Hunde hinaus«, sagte er, »laß sie warten, bis wir fertig sind.«

Verlegen und mit entschuldigenden Bewegungen führte der Pirat seine Hunde hinaus. »Es ist böse von euch«, sprach er sie an. »Ich bin zornig über euch. Oh, ich schäme mich eurer.« Die Hunde kauerten am Boden nieder und winselten erbärmlich. »Ich weiß, was ihr getan habt«, fuhr der Pirat fort. »Meine Freunde gebissen, ein Fenster zerbrochen und hierher gefunden. Jetzt bleibt hier und wartet, o ihr bösen Hunde; Tempelschänder seid ihr!«

Er ließ sie zerknirscht und reuig zurück und betrat

wieder die Kirche. Die Leute lachten noch immer, drehten sich nach ihm um und sahen ihn an, bis er in seiner Bank versank und sich unsichtbar zu machen suchte.

»Du brauchst dich nicht zu schämen«, sagte Pater Ramon. »Es ist keine Sünde, von deinen Hunden geliebt zu werden, und es ist nicht sündig, sie zu lieben. Seht, wie sehr der heilige Franz die Tiere liebte.«

Und er erzählte noch mehr Geschichten von diesem gütigen Heiligen.

Allmählich wich die Verwirrung von dem Piraten. Er bewegte die Lippen. Oh, dachte er, wenn die Hunde dies nur hören dürften. Wie froh wären sie, könnten sie es mit anhören. Als die Predigt zu Ende war, klangen die Geschichten ihm immer noch in den Ohren. Er befolgte automatisch den Ritus, aber von dem Gottesdienst vernahm er nichts mehr. Als dieser aus war, eilte er zur Tür. Er war der erste, der die Kirche verließ.

Immer noch traurig und verzagt, schmiegten sich die Hunde an ihn.

»Kommt«, rief er, »ich habe euch viel zu erzählen.«

Im Trott lief er voran, den Hügel hinauf auf den Kiefernwald zu, und seine Tiere galoppierten hinter ihm her und sprangen um ihn herum. Endlich erreichte er den Schutz des Waldes, lief jedoch noch weiter, bis er unter den Kiefern eine lange Allee fand, wo die Baumstämme dicht beieinander standen und zu Häupten die Zweige sich zusammenbogen, als bildeten sie ein Kirchenschiff.

»Ich bin froh, daß es so kam«, sagte er. »Hättet ihr nur dabeisein und hören dürfen, was der Pater sagte.« Er legte einen großen Stein auf einen anderen. »Hier ist also das Bild«, erklärte er den Hunden. Dann trieb er einen kleinen Stecken in die Erde. »Und genau hier steht der Leuchter mit einer Kerze darin.«

Es war dämmrig in der Lichtung und die Luft balsamisch von dem Würzduft des Kiefernharzes. In dem sanften Wind raunten die Bäume leise. Der Pirat sagte im Befehlston: »Also, Enrique, du sitzt hier. Und du, Rudolph, dort. Fluff will ich hier haben, weil er der Kleinste ist. Pajarito, du großer Narr, sitz hier und mach mir keine Dummheiten. Señor Alec Thompson, du darfst dich nicht niederlegen.«

Damit hatte er sie in zwei Reihen aufgepflanzt, zwei von ihnen in der vorderen und drei in der hinteren.

»Nun will ich euch genau sagen, wie es war«, begann er. »Es ist euch vergeben, daß ihr in die Kirche eingebrochen seid. Pater Ramon hat gesagt, diesmal sei es kein Kirchenfrevel gewesen. Jetzt aufgepaßt. Ich hab' euch was zu erzählen.«

Die Hunde blieben an den ihnen zugeteilten Plätzen und folgten ernsthaft seinen Worten. Señor Alec Thompson hob den Schwanz, bis der Pirat sich ihm zuwandte. »Dies ist nicht der Ort dafür«, verwies er ihn. »Der heilige Franz würde nicht zürnen, aber ich sehe es nicht gern, wenn ihr beim Zuhören mit dem Schweif wedelt. Ich will euch jetzt von Sankt Franziskus berichten.«

An diesem Tage war sein Erinnerungsvermögen gesegnet. Die Sonne fand Lücken im Laubwerk und bildete drei leuchtende Muster auf dem Teppicn aus Kiefernnadeln. Die Hunde blieben geduldig sitzen, und ihre Augen hingen an den Lippen des Piraten. Er wiederholte alles, was der Priester erzählt hatte, alle Geschichten und alle Bemerkungen, die er daran geknüpft. Kaum ein Wort war fehl am Platze.

Als er geendet, blickte er die Tiere feierlich an. »All dies hat der heilige Franz getan«, sagte er.

Das Raunen der Bäume hatte aufgehört. Der Wald war schweigsam und wie verzaubert.

Plötzlich ertönte hinter dem Piraten ein leiser Laut. Alle Hunde sahen auf. Der Pirat fürchtete sich, sich umzukehren. Ein langer Augenblick verging.

Und dann war es vorbei. Die Hunde senkten die Augen. Die Baumwipfel begannen sich wieder zu rühren, und die Sonnenstrahlen zeichneten merkwürdige Muster.

Der Pirat war so glücklich, daß das Herz ihm weh tat.

»Habt ihr ihn gesehen?« rief er aus. »War es Sankt Franziskus? Oh! Was für gute Hunde müßt ihr sein, daß ihr Gesichte habt!«

Beim Ton seiner Stimme sprangen die Hunde hoch. Sie öffneten die Mäuler, und ihre Schwänze schlugen in freudiger Erregung auf den Boden.

13

Wie Dannys Freunde einer bedrängten Dame halfen

Señora Teresina Cortez lebte mit ihrer betagten Mutter und ihren acht Kindern in einem hübschen Häuschen am Rande jenes tiefen Baches, der die Südgrenze von Tortilla Flat bildet. Teresina bot den angenehmen Anblick einer voll entwickelten Frau von nahezu dreißig Jahren. Ihre Mutter, früh gealtert, vertrocknet und zahnlos, ein Überbleibsel aus einer vergangenen Generation, war gegen fünfzig Jahre alt. Es war lange her, daß sich jemand erinnerte, sie hätte einst Angelika geheißen.

Während der Woche gab es genug Arbeit für diese Vieja, denn es war ihre Aufgabe, sieben von diesen acht Kindern zu essen zu geben, sie zu schelten und zu liebkosen, anzukleiden und zu Bett zu bringen. Teresina war mit dem achten beschäftigt und stellte sich bereits auf das neunte ein.

Sonntags jedoch schlug die Vieja, gekleidet in schwarze Seide, die noch älter war als sie selbst, angetan mit einem düsteren, aber dauerhaften schwarzen Strohhut, auf dem zwei »echte« Kirschen aus emailliertem Gips prangten, ihre Pflichten in den

Wind und ging standhaft zur Kirche, wo sie so reglos wie die Heiligen in ihren Nischen dasaß. Einmal im Monat ging sie nachmittags zur Beichte. Es wäre interessant zu erfahren, was für Sünden sie beichtete und wo sie die Zeit hernahm, sie zu begehen; denn in Teresinas Haus kroch und krabbelte, stolperte und schrie es immerfort; bald wurde eine Katze getötet, bald fiel ein Kind vom Baum, und man konnte sicher sein, daß sich alle zwei Stunden irgendein Schrecknis solcher Art ereignete.

Ist es daher zu verwundern, daß die Seele der Vieja von irdischen Dingen losgelöst war und daß sie Nerven aus Stahl besaß? Jede Seele von anderer Beschaffenheit hätte ihren Körper zischend wie eine hochfliegende Rakete verlassen.

Teresina war, was den Verstand anbelangt, eine leicht verdutzte Frau; hingegen war ihr Körper gleichsam eine vollkommene Retorte für die Hervorbringung von Kindern. Ihr erstes Kindchen, das sie mit vierzehn Jahren empfangen, hatte ihr einen Schock bereitet; so sehr, daß sie es, in Zeitungspapier gewickelt, bei Nacht im Park liegen ließ, damit der Nachtpolizist es fände. Dies war ein Geheimnis. Es hätte sogar Teresina in Verlegenheit bringen können, wäre es herausgekommen.

Als sie sechzehn Jahre alt war, heiratete Alfred Cortez sie und schenkte ihr seinen Namen und die beiden Grundlagen ihrer Familie, Alfredo und Erni. Mr. Cortez hatte ihr seinen Namen gern geschenkt. Er selbst führte ihn sowieso nur zeitweise. Bevor er nach Monterey kam und nachdem er den Ort verlassen, nannte er sich Gugliemo. Nach Ernies Geburt ging er auf und davon. Vielleicht sah er voraus, daß mit Teresina verheiratet zu sein kein ruhiges Leben bedeuten würde.

Teresina verwunderte sich stets, mit welcher Regelmäßigkeit sie Mutter wurde. Es kam vor, daß sie nicht mehr wußte, wer der Vater des erwarteten Kindchens war; und von Zeit zu Zeit war sie sogar beinahe überzeugt, daß dazu überhaupt kein Liebhaber nötig sei. In einem Zeitraum, in dem sie nach Genesung von Diphtherie wegen Ansteckungsgefahr in Quarantäne war, empfing sie trotzdem im üblichen Abstand. Wenn jedoch eine Frage für ihr einfaches Gemüt zu verwickelt wurde, legte sie das Problem vertrauensvoll in die Hände der Mutter Gottes, die, wie sie wußte, mehr Erkenntnis, Interesse und Zeit für solche Dinge hatte als sie.

Teresina ging häufig zur Beichte. Pater Ramon geriet oft in Verzweiflung über sie. Er hatte mehr als einmal mit angesehen, daß, noch während ihre Knie, ihre Hände und ihre Lippen für eine alte Sünde Buße taten, ihre zugleich bescheidenen und herausfordernden Augen, unter gesenkten Lidern feurige Blicke aussendend, den Grund zu einer neuen legten.

In der Zeit, in der ich dies erzählt habe, gebar Teresina ihr neuntes Kind, und für den Augenblick war sie ungebunden. Die Vieja bekam eine neue Aufgabe; Alfredo trat ins dritte Schuljahr der Unterstufe ein, Ernie ins zweite, und Panchito ging zum erstenmal zur Schule.

Damals wurde es in Kalifornien Mode, daß Schulpflegerinnen die einzelnen Klassen besuchten und den Kindern intime Fragen nach ihrem häuslichen Leben stellten. Von den Schülern der Unterstufe wurde Alfredo ins Büro des Direktors gerufen, weil man fand, er sähe mager aus.

Die Schulpflegerin, die in der Kinderpsychologie bewandert war, fragte ihn freundlich: »Freddie, bekommst du genug zu essen?«

»Gewiß«, antwortete Alfredo.

»So, so. Nun sag mir mal, was du heute zum Frühstück bekommen hast.«

»Maismehlkuchen und Bohnen.«

Die Pflegerin schüttelte unzufrieden den Kopf und warf dem Direktor einen Blick zu. »Was bekommst du mittags zu Hause?«

»Ich gehe zu Mittag nicht nach Haus.«

»Ißt du nichts zu Mittag?«

»Doch. Ich bringe Maismehlkuchen, gefüllt mit Bohnen, mit.«

In den Augen der Pflegerin zeigte sich Beunruhigung, aber sie beherrschte sich und fragte: »Und was gibt es abends zu essen?«

»Maismehlkuchen und Bohnen.«

Hier verließ sie ihre Psychologie. »Willst du, so wie du hier vor mir stehst, behaupten, daß du nichts zu essen bekommst als Maismehlkuchen und Bohnen?«

Alfredo war hocherstaunt. »Jesus Christus«, fragte er zurück, »was braucht man denn mehr?«

Es dauerte nicht lange, da bekam der Schularzt den entsetzten Bericht der Pflegerin zu hören. Eines Tages fuhr er vor Teresinas Haus vor, um der Sache auf den

Grund zu gehen. Während er durch den Hof schritt, schrien die kriechenden, krabbelnden und stolpernden Kinder, daß es eine fürchterliche Symphonie gab. Der Arzt blieb unter der offenen Küchentür stehen. Mit eigenen Augen mußte er sehen, wie die Vieja zum Herd ging, einen großen Schöpflöffel in einen Kessel tauchte und Bohnen über den Fußboden ausstreute. Sofort hörte der Lärm auf. Die kriechenden, krabbelnden und stolpernden Kleinen machten sich mit stummem Fleiß an die Arbeit, indem sie sich von Bohne zu Bohne bewegten, nur so lange unterbrechend, wie nötig war, um sie zu essen. Die Vieja ging zu ihrem Stuhl zurück und hatte für ein paar Augenblicke Ruhe. Mit der Behendigkeit kleiner Wanzen krochen die Kinder unter das Bett, unter die Stühle und unter den Küchenherd. Der Arzt blieb zwei Stunden dort, denn er fühlte sein wissenschaftliches Interesse gereizt. Kopfschüttelnd verabschiedete er sich.

Auch als er Bericht erstattete, schüttelte er ungläubig den Kopf. »Ich habe die Kinder mit sämtlichen mir bekannten Tests untersucht«, sagte er, »Zähne, Haut, Blut, Augen, Koordinationsvermögen. Meine Herren, diese Kinder leben unter Bedingungen, die ich nur als langsames Gift bezeichnen kann, und dies von Geburt an. Meine Herren – meiner Lebtag habe ich nie gesündere Kinder gesehen.« Die Aufregung überwältigte ihn. »Diese wilden Tierchen!« rief er aus. »Mein Leben lang hab' ich nie solche Zähne gesehen! Nie sind mir solche Zähne vorgekommen!«

Man wird sich wundern, wie Teresina die Nahrung

für ihre Familie beschaffte. Wo immer Bohnendrescher vorbeigekommen sind, kann man überall, wo sie haltgemacht haben, große Haufen von Bohnenspreu sehen. Breitet man ein großes Tuch auf den Boden und wirft man an einem windigen Nachmittag die Spreu von dem Tuch in die Luft, so merkt man, daß die Drescher nicht unfehlbar sind. Die Arbeit eines Nachmittags kann zwanzig Pfund Bohnen oder mehr einbringen.

Im Herbst gingen die Vieja und die Kinder, die laufen konnten, über die Felder und worfelten die Spreu. Die Landbesitzer hatten nichts dagegen, denn sie richteten keinen Schaden an. Es war ein schlechtes Jahr, wenn die Vieja nicht drei- bis vierhundert Pfund Bohnen sammelte.

Hat man vierhundert Pfund Bohnen im Haus, so braucht man kein Verhungern zu befürchten. Andere Dinge, Leckereien wie Zucker, Tomaten, spanischer Pfeffer, Kaffee, Fisch oder Fleisch, kamen manchmal dank der Mitwirkung der Jungfrau Maria wie durch ein Wunder ins Haus; manchmal auch dank Fleiß oder Geschick. Aber immer waren die Bohnen da, und dies gewährte der Ernährung die sichere Grundlage. Bohnen sind gleichsam das Dach für den Magen. Oder der warme Mantel, der gegen wirtschaftliche Erkältungen schützt. Es gab nur eines, was Leben und Glück der Familie Señora Teresina Cortez' bedrohen konnte – und dies war eine Bohnenmißernte.

Wenn die Bohnen reif sind, werden die Büschel herausgezogen und in Haufen gesammelt, um sie vor dem Dreschen zu trocknen. Dies ist die Zeit, wo man beten muß, daß es nicht regnet. Wenn die Bohnenhäufchen in langen Reihen daliegen, sich gelb von den dunklen Feldern abhebend, kann man sehen, wie die Landleute den Himmel beobachten und mit finsteren Blicken jede vorübersegelnde Wolke verfolgen; denn wenn es regnet, müssen die Bohnenhaufen wieder umgewendet werden, um aufs neue zu trocknen. Und regnet es abermals, ehe sie trocken sind, müssen sie nochmals gekehrt werden. Gibt es einen dritten Regenschauer, dann sind Mehltau und Fäulnis die Folge, und die Ernte ist verloren.

Die Vieja pflegte der Jungfrau Maria eine Kerze anzuzünden, während die Bohnen trockneten.

In dem Jahr, von dem die Rede ist, waren die Bohnen gehäufelt und die Kerze war abgebrannt. In Teresinas Haus wurden die Säcke aus grobem indischem Sacktuch bereitgelegt.

Die Dreschmaschinen wurden gereinigt und geölt. Da prasselte ein Regen hernieder.

Aushilfsarbeiter eilten über die Felder und wendeten die durchweichten Bohnenhaufen um. Die Vieja zündete eine zweite Kerze an.

Wiederum ging ein Regen nieder.

Nun kaufte die Vieja mit einem kleinen Goldstück, das sie jahrelang verwahrt hatte, zwei Kerzen. Die Feldarbeiter kehrten die Haufen wieder um, der Sonne zu; und danach setzte ein kalter Strichregen ein. Im ganzen Distrikt von Monterey wurde keine einzige Bohne geerntet.

Die durchnäßten Büschel konnten nur noch umgepflügt werden.

Ach, jetzt brach Verzweiflung in Señora Teresina Cortez' Haus ein. Der Stab und Stecken des Lebens war zerbrochen, das kleine Dach zerstört. Aus war es mit der ewigen Realität, den Bohnenvorräten. Abends weinten die Kinder laut vor Schrecken angesichts des herannahenden Hungers. Man sagte ihnen nicht die Wahrheit, aber sie wußten Bescheid. Die Vieja saß wie von jeher in der Kirche, aber ihre Lippen waren höhnisch eingezogen, wenn sie auf die heilige Jungfrau sah. Meine Kerzen hast du angenommen, dachte sie. Jawohl. Du bist auf Kerzen erpicht. Und dann vergißt du einen. Grollend übertrug sie ihre Zuneigung auf die heilige Klara. Ihr erzählte sie von der Ungerechtigkeit, die ihr widerfahren. Sie erlaubte sich sogar einen leisen boshaften Zweifel an der jungfräulichen Geburt. »Siehst du, manchmal weiß es Teresina auch nicht mehr«, vertraute sie Santa Klara schadenfroh an.

Es ist schon gesagt worden, daß Jesus Maria Corcoran ein großherziger Mann war. Er besaß auch die Gabe, die manchen Menschenfreunden eigen ist, sich unwiderstehlich von Sphären hingezogen zu fühlen, wo sein Helferwille gebraucht wurde. Wie oft war er nicht schon jungen Damen begegnet, wenn sie trostbedürftig waren! Jeder Schmerz oder Kummer übte eine magische Anziehungskraft auf ihn aus. Monatelang war er nicht in Teresinas Haus gewesen. Gäbe es keine geheime magnetische Kraft zwischen Leid und Menschenliebe – wie hätte es dann geschehen können, da er sie just an eben dem Tage besuchen ging, als die letzten vorjährigen Bohnen im Kochtopf waren?

Er saß in Teresinas Küche und schüttelte mit sanfter Gebärde krabbelnde Kinder von seinen Beinen. Während Teresina ihm von ihrer Notlage berichtete, sah er sie mit ehrerbietigen, schmerzerfüllten Blicken an. Wie gebannt beobachtete er, wie sie den letzten Bohnensack um- und umkehrte, um ihm zu zeigen, daß nicht eine einzige Bohne übrig war. Er nickte voller Mitgefühl, als sie auf die Kinder wies, die so rasch zu Gerippen abmagern und alsdann des Hungertodes sterben sollten.

Dann erzählte die Vieja erbittert, wie die heilige Jungfrau sie beschwindelt habe. Aber an diesem Punkt setzte Jesus Marias Mitgefühl aus.

»Was weißt denn du, Alte?« entgegnete er streng. »Vielleicht hatte die heilige Jungfrau anderswo zu tun.«

»Aber ich habe ihr vier Kerzen abgebrannt«, beharrte die Vieja in schrillem Ton.

Jesus Maria betrachtete sie kalt. »Was bedeuten ihr vier Kerzen? Ich habe Kirchen gesehen, wo sie ihrer hundert hatte. Mit Kerzen knickern ist nicht ihre Sache.«

Aber Teresinas Sorgen brannten sich ihm tief ins Herz ein. Noch am selben Abend sprach er voll Kraft und Mitleid zu den Freunden in Dannys Haus. Aus der Tiefe des Gemütes schöpfte er eine zwingende Redegewalt, eine leidenschaftliche Fürbitte für die kleinen Kinder, für die es keine Bohnen mehr gab. So zündend war seine Rede, daß das Feuer seines Herzens in hellen Funken in die Herzen der Freunde übersprang. Mit glühenden Augen schnellten sie empor.

»Die Kinder dürfen nicht verhungern«, riefen sie aus. »Wir übernehmen die Verantwortung!«

»Wir leben im Luxus«, meinte Pilon.

»Wir teilen unser Letztes mit ihnen«, erklärte Danny. »Wenn sie ein Haus brauchten, könnten sie bei uns wohnen.«

»Morgen beginnen wir«, rief Pablo. »Kein Faulenzen mehr! An die Arbeit! Es gibt zu tun!«

Jesus Maria genoß das Hochgefühl eines Führers, dem die Anhänger Gefolgschaft leisten.

Dies war keine eitle Ruhmredigkeit. Sie sammelten Fische. Sie plünderten den Gemüsegarten des Hotel »Del Monte«. Es war ein herrliches Spiel. Diebstahl, der vom Brandmal des Stehlens befreit war, Vergehen, die aus Selbstlosigkeit begangen wurden. Was kann tiefere Befriedigung gewähren?

Der Pirat erhöhte den Preis für eine Ladung Kienholz auf dreißig Cent und suchte jeden Morgen drei neue Restaurants auf. Big Joe stahl immer wieder Mrs. Palochicos Ziege, und jedesmal kehrte sie in ihren Stall zurück.

Jetzt begannen sich die Lebensmittel in Teresinas Haus zu häufen. Kisten mit frischem Salat standen vor ihrer Tür, verdorbene Makrelen erfüllten die Nachbarschaft mit ihrem scharfen Geruch. Immer noch brannte die Flamme der Mildtätigkeit im Herzen der Freunde.

Wer in das Beschwerdebuch des Polizeidepartments von Monterey Einblick gehabt hätte, der hätte festgestellt, daß eine leichte Welle des Verbrechertums die Stadt überfallen hatte. Der Polizeiwagen eilte von einer Stelle zur anderen. Hier war ein Huhn gestohlen, dort ein ganzes Beet voll Kürbisse. Die Paladini-Gesellschaft meldete den Verlust von zwei Kisten zu je hundert Pfund Schneckenfleisch.

Teresinas Haus war bald übervoll. Die Küche war bis oben vollgepackt mit Lebensmitteln. Der Vorraum an der Rückseite quoll über von Gemüsen. Düfte wie von einem Versandhaus durchdrangen Tortilla Flat. Atemlos liefen die Freunde auf ihren Diebespfaden umher, und mit Teresina führten sie lange Gespräche und schmiedeten Pläne mit ihr.

Zuerst war Teresina fast toll vor Freude über so viel Essen, und der Mund ging ihr von Danksagungen über. Nach einer Woche begann sie unsicher zu werden. Das Kleinste hatte Kolikanfälle, Ernie Bauchschmerzen. Alfredos Gesicht zeigte eine ungesunde Röte. Die kriechenden und krabbelnden Kleinen weinten die ganze Zeit. Teresina schämte sich, den Freunden diese Enthüllungen zu machen. Es dauerte mehrere Tage, bis sie Mut gesammelt hatte; unterdessen kamen noch fünfzig Pfund Sellerie und ein Korb voll Melonen ins Haus. Schließlich mußte sie es ihnen sagen. Die Nachbarn begannen mit hochgezogenen Augenbrauen auf sie zu sehen.

Sie bat alle Freunde Dannys in ihre Küche, und dann eröffnete sie ihnen, bescheiden und taktvoll, um sie nicht zu verletzen, ihre Schwierigkeiten.

»Grünes Gemüse und Obst ist nicht gut für Kinder«, erklärte sie. »Milch verstopft die Kleinen, sobald sie entwöhnt sind.« Sie zeigte ihnen, wie unnatürlich gerötet und reizbar die Kinder waren. Man könne sehen, daß sie alle krank seien. Ihre Ernährung sei nicht die richtige.

»Welches wäre denn die richtige Ernährung?« erkundigte sich Pilon.

»Bohnen«, erwiderte sie. »Das ist etwas, worauf man sich verlassen kann, was nicht einfach durch den Körper durchläuft.«

Schweigend verließen die Freunde das Haus. Sie gaben vor, entmutigt zu sein, aber sie waren sich insgeheim bewußt, daß das erste Feuer der Begeisterung seit einigen Tagen nachgelassen hatte.

In Dannys Haus steckten sie die Köpfe zur Beratung zusammen.

Das Folgende darf in gewissen Kreisen nicht weitererzählt werden, denn es könnte schwere Anklage nach sich ziehen.

Lange nach Mitternacht bewegten sich vier dunkle Gestalten, die nicht mit Namen genannt werden sollen, gleich Schatten durch die Stadt. Vier unkenntlich Vermummte erklommen den Vorbau des Warenlagers der Western Warehouse Company. Der wachhabende Polizist sagte später aus, er habe Geräusche vernommen, sei ihnen nachgegangen, habe aber nichts gesehen. Er vermochte nicht anzugeben, wie es passiert, wie ein Schloß erbrochen und die Tür gewaltsam eingedrückt worden war. Nur vier Menschen wußten, daß der Polizist einen gesunden Schlaf geschlafen hatte, und sie werden niemals gegen ihn aussagen.

Ein wenig später verließen vier Schatten das Warenlager, gebeugt unter mächtigen Lasten. Im Dunkel war ein schweres Keuchen und Schnaufen vernehmbar.

Um drei Uhr morgens erwachte Teresina und hörte, wie die Hintertür sich öffnete. »Wer dort?« rief sie.

Keine Antwort – aber viermal ertönte ein dumpfes Aufprallen auf dem Fußboden. Sie zündete eine Kerze an und ging auf bloßen Füßen in die Küche. Dort standen, gegen die Wand gelehnt, vier Hundertpfundsäcke mit Bohnen.

Teresina stürzte in die Stube und weckte die Vieja. »Ein Wunder!« rief sie aus. »Komm und schau in die Küche!« Beschämt blickte die Vieja auf die prallgefüllten Säcke. »O, ich elende, gemeine Sünderin«, stöhnte sie. »Heilige Mutter Gottes, hab Erbarmen mit mir alter Torin. Jeden Monat sollst du fortan eine Kerze bekommen, solange ich lebe.«

In Dannys Haus lagen vier Freunde glückselig in ihren Decken. Was für ein besseres Ruhekissen gibt es als ein gutes Gewissen? Sie schliefen bis tief in den Nachmittag hinein, denn ihre Arbeit war vollbracht.

Und Teresina entdeckte an untrüglichen Beweisen, daß sie ein Kindchen erwartete. Als sie ein Quartmaß von den neuen Bohnen in den Kessel tat, sann sie müßig darüber nach, wer von Dannys Freunden dafür verantwortlich sei.

14

Vom schönen Leben in Dannys Haus. Von einem geschenkten Schweinchen, von dem Schmerz Tall Bobs und der unglücklichen Liebe des Viejo Ravanno

Uhren gehörten nicht zu den Gebrauchsgegenständen der Paisanos von Tortilla Flat. Von Zeit zu Zeit fand sich der eine oder andere der Freunde im Besitz einer Taschenuhr, zu der er auf ungewöhnliche Art gelangt war; aber dann behielt er sie nur bis zu dem Augenblick, wo er sie gegen etwas, was er wirklich brauchte, eintauschen konnte. Taschenuhren genossen in Dannys Haus ein hohes Ansehen, aber nur als Tauschmittel. Für praktische Zwecke hatte man der Sonne große goldene Uhr. Diese war besser und sicherer als eine Taschenuhr, denn es gab keine Möglichkeit, sie zu Torrelli abwandern zu lassen.

Im Sommer ist die Zeit, wenn die Uhrzeiger auf sieben stehen, recht angenehm, um sich vom Bett zu erheben; aber die gleiche Stunde ist im Winter völlig wertlos. Wieviel besser ist man mit der Sonne daran! Wenn sie die Kiefernwipfel erleuchtet und den Vorraum des Häuschens erwärmt, dann ist es, sei es Sommer oder Winter, eine vernünftige Zeit zum Aufstehen. Zu dieser Stunde schlottern einem die Hände nicht, und das Bäuchlein knurrt einem nicht vor Leere.

Der Pirat und seine Hunde schliefen in der Wohnstube, sicher und warm in ihrer Ecke. Pilon und Pablo, Jesus Maria, Danny und Big Joe Portagee hatten ihre Lagerstätten im Schlafzimmer. Bei aller Herzensgüte und Großherzigkeit duldete Danny doch niemals, daß jemand außer ihm selbst in seinem Bett schlief. Big Joe hatte es zweimal versucht und war beide Male mit Stockschlägen auf seine Fußsohlen vertrieben worden; dadurch hatte sogar er begreifen gelernt, daß Dannys Bett unantastbar war.

Die Freunde schliefen auf dem Fußboden, und ihr Bettzeug war merkwürdiger Art. Pablo deckte sich mit drei aneinandergenähten Schafpelzen zu. Jesus Maria legte sich zur Ruhe, indem er mit den Armen in die Ärmel eines alten Überziehers schlüpfte und mit den Beinen in die Armlöcher eines anderen. Pilon hüllte sich in einen großen Teppichstreifen. Meistens rollte Big Joe sich einfach wie ein Hund zusammen und schlief in seinen Kleidern. Dem Portagee fehlte jede Fähigkeit, irgendwelchen Besitz auch nur eine Zeitlang zu behalten; hingegen hatte er geradezu eine Genialität, alles, was ihm in die Hände kam, gegen ein mehr oder weniger kleines Maß Wein zu tauschen. – So schliefen sie, manchmal etwas geräuschvoll, aber immer behaglich. In einer kalten Nacht versuchte Big Joe, sich zur Erwärmung seiner Füße einen Hund auszuborgen, wofür er einen tüchtigen Biß davontrug, denn die Hunde des Piraten waren nicht verleihbar.

Keine Vorhänge deckten die Fenster, aber dank der

Fürsorge der Natur waren die Scheiben durch Spinnweben, Staub und deutliche Regenspuren verdunkelt.

»Es wäre nett, dieses Fenster mit Wasser und Seife zu putzen«, meinte Danny eines Tages.

Pilons Scharfsinn bemächtigte sich sofort des Problems, aber es war ihm zu leicht. Es beanspruchte keinen des Kraftaufwands werten Teil seiner Energie, keinen seinen Fähigkeiten entsprechenden Energieaufwand. »Es würde mehr Licht hereinkommen«, setzte er Danny auseinander, »und dann würden wir uns nicht soviel im Freien aufhalten. Nachts, wenn die Luft ungesund ist, brauchen wir kein Licht.«

Danny zog sein Begehren schweigend zurück. Denn wenn eine einzige kurze Bemerkung einer so raschen Zurückweisung seines Vorschlages begegnete – welche zerschmetternde Logik würde ein Beharren herausfordern? So blieb das Fenster, wie es war; und im Laufe der Zeit, als eine Fliege nach der anderen die Spinnenfamilie mit ihrem Blut ernährt und ihren dunklen Leib in dem am Glase klebenden Gespinst hinterlassen hatte, als ein Stäubchen sich zum anderen gesellte, hatte das Schlafzimmer eine angenehme Dunkelheit angenommen, die es ermöglichte, bis zur Mittagsstunde in gedämpftem Licht zu schlafen.

Die Freunde schliefen friedlich; aber wenn die Sonne am Morgen ans Fenster pochte, keinen Einlaß fand, statt dessen den Staub in blinkendes Silber verwandelte und die Schmeißfliegen bunt schillern ließ, dann erwachten die Freunde, streckten sich und suchten nach ihren Schuhen. Denn sie wußten, wenn die Sonne um das Fenster spielte, war die Vorhalle erwärmt.

Sie erwachten nicht schnell, sprangen nicht unversehens hoch und verursachten keine Erschütterungen ihrer Organismen durch plötzliche Bewegungen. Nein, der Übergang vom Schlaf zum Wachen vollzog sich bei ihnen so behutsam, wie eine Rauchwolke der Pfeife entsteigt. Sie begaben sich zu dem Bächlein hinter dem Hause, immer noch wie im Halbschlaf. Erst allmählich nahmen ihre Willenskräfte feste Gestalt an. Sie machten Feuer und brauten sich ein wenig Tee, den sie aus Fruchtschalen tranken, und endlich machten sie sich's im Sonnenschein auf der Vorhalle bequem. Die sie umkreisenden Fliegen bildeten Ringe um ihre Köpfe. Das Leben um sie herum nahm wieder Form an – die gleiche Form wie gestern und wie es morgen sein würde.

Langsam kam eine Unterhaltung in Gang, denn jeder von ihnen hatte sich noch ein wenig Schläfrigkeit aufgespart, mit der er vorsichtig umging. Von da an bis in den Nachmittag hinein lebte ihre intellektuelle Kameradschaft auf. Da wurden Häuser abgedeckt, die Vorgänge in ihnen enthüllt, Beweggründe untersucht und Abenteuer erzählt. Gewöhnlich gingen ihre Gedanken zuerst zu Cornelia Ruiz, denn selten vergingen vierundzwanzig Stunden, in denen diese nicht irgendein sonderbares und interessantes Erlebnis hatte. Und ebenso selten kam es vor, daß man nicht aus solchen Abenteuern eine moralische Lehre ziehen konnte.

Die Sonne durchglühte die Kiefernnadeln. Die Erde duftete trocken und gut. Die Blüten des kastilianischen Rosenstrauches erfüllten die Welt mit Wohlgeruch. Diese Stunden gehörten zu den schönsten für die Freunde Dannys.

Der Kampf ums Dasein war in die Ferne gerückt. Sie hielten Gericht über ihre Mitmenschen – nicht nach moralischen Gesichtspunkten urteilend, sondern aus Interesse an ihnen. Wer etwas Gutes zu erzählen hatte, sparte es für diese Stunde auf. Die großen braunen Schmetterlinge besuchten den Rosenstrauch, setzten sich auf den Blüten nieder und bewegten langsam die Flügel, als pumpten sie damit Honig heraus.

»Ich habe Albert Rasmussen gesehen«, sagte Danny. »Er kam aus Cornelias Haus. Was Cornelia für Schwierigkeiten hat. Jeden Tag neue.«

»Es gehört zu ihrem Leben«, meinte Pablo. »Es ist nicht meine Art, Steine zu werfen, aber manchmal denke ich, daß Cornelia ein bißchen zuviel Leben in sich hat. Sie erlebt immer nur zweierlei: Liebe und Prügeleien.«

»Nun«, bemerkte Pilon, »was willst du eigentlich?«

»Sie lebt nie in Frieden«, klagte Jesus Maria.

»Das will sie auch gar nicht«, stellte Pilon fest. »Laß Cornelia in Frieden – und sie wird sterben. Liebe und Prügeleien. Das hast du gut gesagt, Pablo. Liebe und Prügeleien, dazu ein wenig Wein. Dann bleibt man immer jung und ist allzeit glücklich. Was ist Cornelia gestern passiert?«

Danny sah Pilon triumphierend an. Es war etwas ganz Ungewöhnliches, daß Pilon von einem Ereignis nichts wußte. Und diesmal konnte Danny dem gekränkten und gereizten Ton Pilons entnehmen, daß dieser wirklich nicht auf dem Laufenden war.

»Ihr kennt alle Cornelia. Manchmal bringen die Männer ihr Geschenke, ein Huhn oder ein Kaninchen oder einen Kohlkopf. Immer solche Kleinigkeiten, und Cornelia hat es gern so. Also gestern hat Emilio Murietta Cornelia ein Schweinchen gebracht, nur etwa so lang; ein niedliches, rotes Schweinchen. Emilio hat es in der Wasserlache gefunden. Die Sau verjagte ihn, als er es auflas, aber er lief schnell und kam mit dem Ferkel vor Cornelias Haus.

Emilio ist ein großer Schwätzer. Er sagte zu Cornelia: ›Kein Tier ist netter zu halten als ein Schweinchen. Es frißt alles. Ist ein allerliebstes Haustierchen. Man muß es liebgewinnen. Aber wenn das Ferkel heranwächst, ändert es seinen Charakter. Das Schwein wird unangenehm und übellaunig, so daß man es nicht mehr leiden mag. Eines Tages beißt es einen, und dann wird man böse. Man tötet es und ißt es auf.‹«

Die Freunde nickten ernsthaft, und Pilon sagte: »Emilio ist gar nicht so dumm. Man denke, was er alles aus seinem Schweinchen herausgeholt hat: Zuneigung, Liebe, Rachsucht und – Essen. Ich muß mich einmal mit Emilio unterhalten.« Aber die Freunde merkten, daß Pilon von Eifersucht auf einen Nebenbuhler in der Logik geplagt war.

»Weiter mit dem Schweinchen«, bat Pablo.

»Also, Cornelia nahm das Ferkel an«, fuhr Danny fort, »und war nett mit Emilio. Sie sagte, wenn es so weit sei, daß sie über das Schwein böse würde, solle Emilio etwas davon zu essen bekommen. Emilio verabschiedete sich, und Cornelia machte dem Schweinchen eine Kiste neben dem Ofen zurecht, in der es schlafen sollte.

Dann bekam Cornelia Damenbesuch, zeigte ihren Freundinnen das Ferkel und ließ sie es auf den Arm nehmen und liebkosen. Nach einer Weile trat Liebchen Ramirez dem Schweinchen auf den Schwanz. O je, es quietschte wie eine Dampfpfeife. Die Vordertür stand offen. Herein kam die große Sau, um sich ihr Kleines wiederzuholen. Alle Tische und Schüsseln und sämtliche Stühle sind zerbrochen. Und die große Sau hat Liebchen Ramirez gebissen und Cornelia den Rock heruntergerissen, und als schließlich die Damen alle in der Küche waren und die Tür verschlossen hatten, entwischte die Sau und das Ferkel mit ihr. Jetzt ist Cornelia wütend. Sie sagt, sie werde Emilio verprügeln.«

»Da habt ihr's«, sagte Pablo. »So ist das Leben – es kommt immer anders, als man denkt. So war es, als Tall Bob Smoke sich das Leben nehmen wollte.«

Erwartungsvoll wandten sich die Gesichter der Freunde Pablo zu.

»Ihr werdet Bob Smoke kennen«, begann dieser. »Er sieht aus wie ein richtiger Vaquero mit langen Beinen und schlankem Körper; aber für einen Viehhirten kann er nicht genug reiten. Auf dem Viehplatz fliegt er oft in den Staub. Nun läßt sich Bob gern bewundern. Bei einer Parade trägt er am liebsten die Fahne. Beim Boxen will er immer Schiedsrichter sein. Bei Vorführungen ist er der erste, der ausruft: ›Hinunter, dort vorn!‹

Ja, er glaubt, das Zeug zu einem großen Manne zu

haben, und er wünscht, beachtet und bewundert zu werden. Und was ihr vielleicht nicht wißt, das ist, daß er auch geliebt sein möchte.

Der Arme, Unglückliche, er scheint dazu geschaffen, daß man ihn auslacht. Manche Leute bemitleiden ihn, aber die meisten machen sich einfach über ihn lustig. Und Gelächter schüttelte Tall Bob Smoke durch und durch.

Vielleicht erinnert ihr euch an jene Parade, bei der er die Fahne trug. Bob saß bolzengerade auf einem großen Schimmel. Direkt vor der Stelle, wo der Unparteiische saß, wurde das große dumme Pferd vor Hitze ohnmächtig. Bob flog über den Kopf des Pferdes hinweg, die Fahne sauste wie ein Speer durch die Luft und blieb dann in der Erde stecken, mit dem verkehrten Ende nach oben.

So geht es immer mit ihm. Wenn er den großen Mann zu spielen sucht, dann passiert etwas, worüber alle Leute lachen müssen. Besinnt ihr euch, als er Stallwärter war, bemühte er sich den ganzen Nachmittag, einen Hund mit dem Lasso zu fangen. Jedermann aus der Stadt kam, um zuzuschauen. Er warf das Seil, der Hund kauerte nieder, darauf entschlüpfte Bob das Seil, und der Hund sprang davon. Oh, wie die Leute lachten! Bob schämte sich so sehr, daß er dachte: Ich will mir das Leben nehmen. Dann wird es ihnen leid tun, daß sie so gelacht haben. Dann dachte er weiter: Aber dann werde ich tot sein und nicht erfahren, wie leid es ihnen tut. Darum überlegte er sich folgendes: Ich werde warten, bis ich jemanden in mein Zimmer kommen höre. Dann werde ich die Pistole gegen meine Schläfe halten. Der Betreffende wird dann auf mich einreden. Er wird mir das Versprechen abnehmen, mich nicht zu erschießen. Den Leuten wird es leid tun, daß sie mich in den Selbstmord getrieben haben. So dachte er sich's.

Er ging also in sein Häuschen zurück, und jeder, an dem er vorbeikam, rief ihm zu: ›Hast du den Hund gefangen, Bob?‹ Ganz traurig kehrte er heim. Er nahm eine Pistole, lud sie, setzte sich hin und wartete, bis jemand kommen würde.

Er stellte sich alles genau vor. Der Freund würde sagen: ›Nanu, was hast du vor? Erschieße dich nicht, armer Kerl.‹ Dann würde Bob antworten, er wünsche nicht länger zu leben, weil jedermann so gemein sei.

Dies dachte er sich alles immer wieder aus, aber niemand kam. Und noch den ganzen nächsten Tag wartete er vergeblich. Am Abend jenes Tages aber erschien Charlie Meeler bei ihm. Bob hörte ihn in der Vorhalle und hielt sich die Pistole an den Kopf. Er spannte den Hahn, damit es echt wirkte. Jetzt wird er mich davon abzubringen suchen, und ich werde mich von ihm überreden lassen. So dachte Bob.

Charlie Meeler öffnete die Tür. Er sah, wie Bob die Pistole gegen den Kopf hielt. Aber er tat keinen Ausruf. Nein, Charlie Meeler sprang auf ihn zu und riß ihm die Pistole aus der Hand, und sie ging los und schoß Bob die Nasenspitze weg. Dann lachten die Leute nur desto mehr. Die Zeitung brachte eine Notiz darüber. Die ganze Stadt lachte.

Ihr habt alle Bobs Nase mit der abgeschossenen

Nasenspitze gesehen. Die Leute lachten zwar; aber es war ein hartes Lachen, und sie hatten ein schlechtes Gewissen dabei, und seither läßt man ihn bei Paraden immer die Fahne tragen. Und die Stadt hat ihm ein Netz gekauft, um Hunde damit einzufangen.

Aber mit der zerschossenen Nase fühlt er sich nicht glücklich.«

Pablo verfiel in Schweigen, nahm einen kleinen Stecken auf und schlug sich damit leicht aufs Knie.

»Ich kann mich erinnern, wie seine Nase früher aussah«, sagte Danny. »Kein übler Bursch, dieser Bob. Der Pirat kann euch von ihm erzählen, wenn er heimkommt. Manchmal setzt der Pirat alle seine Hunde in Bobs Wagen, und dann denken die Leute, Bob habe sie gefangen, und sagen: ›Da habt ihr einen Stallwärter.‹ Es ist nicht so leicht, Hunde zu fangen, wenn man die Aufgabe hat, es zu tun.«

Jesus Maria hatte, den Kopf gegen die Wand gelehnt, brütend dagesessen. Nun bemerkte er: »Auslachen ist schlimmer als auspeitschen. Der alte Tomas, der Lumpensammler, ist bis ins Grab ausgelacht worden. Und hinterher tat es den Leuten leid, daß sie sich über ihn so lustig gemacht hatten.«

»Und«, fuhr Jesus Maria fort, »es gibt noch eine andere Art des Lachens. Diese Geschichte von Tall Bob ist komisch; aber wenn man den Mund aufmacht, um zu lachen, so ist es, als zöge einem eine Hand das Herz zusammen. Ich weiß etwas von dem alten Ravanno, der sich letztes Jahr erhängt hat. Es ist auch eine komische Geschichte, und doch mag man nicht darüber lachen.«

»Ich habe davon gehört«, sagte Pilon, »aber diese Geschichte kenne ich nicht.«

»Nun«, meinte Jesus Maria, »ich will euch die Geschichte erzählen, und dann mögt ihr sehen, ob ihr lachen könnt. – Als ich ein kleiner Junge war, pflegte ich mit Petey Ravanno zu spielen. Ein fixer kleiner Kerl, dieser Petey, aber immer in Schwierigkeiten. Er hatte zwei Brüder und vier Schwestern, und dann war da sein Vater, Old Pete. Die ganze Familie ist jetzt versprengt oder tot. Ein Bruder ist in St. Quentin, der andere wurde von einem japanischen Gärtner umgebracht, weil er eine Wagenladung Wassermelonen gestohlen hatte. Und die Mädchen – nun, ihr wißt ja, wie Mädchen sind. Sie sind alle fortgegangen. Susy ist gerade jetzt im Hause des alten Jenny in Salinas.

Also blieben nur Petey und der alte Mann zurück. Petey wuchs heran, und immer war etwas mit ihm los. Eine Zeitlang schickte man ihn in eine Fürsorgeerziehungsanstalt, und dann kam er wieder nach Hause. Jeden Samstag war er betrunken und regelmäßig bis zum Montag im Kittchen. Sein Vater war auf seine Art ein freundlicher Mann. Er betrank sich jede Woche mit Petey. Sie waren beinahe immer zusammen im Gefängnis. Der alte Ravanno fühlte sich einsam, wenn er ohne Petey dort war. Er hatte den Petey gern. Alles, was Petey machte, machte der Alte mit, noch als er sechzig Jahre alt war.

Besinnt ihr euch vielleicht auf Gracie Montez?« fragte Jesus Maria. »Sie war nicht gerade ein braves Mädchen. Als sie zwölf Jahre alt war, kam die Flotte nach Monterey, und Gracie bekam ihr erstes Kindchen, jung, wie sie war. Hübsch war sie, versteht ihr, und flink und hatte eine scharfe Zunge. Sie gab sich immer den Anschein, den Männern davonzulaufen, und die Männer liefen hinter ihr her. Manchmal erwischten sie sie. Diese Gracie schien immer etwas Nettes an sich zu haben, was sie nicht zu gewähren gewillt war; als sage sie mit ihren Augen: ›Wenn ich euch wirklich haben wollte, so wäre ich für euch etwas ganz anderes als sämtliche Frauen, die ihr je gekannt.‹

Ich weiß genau, wie es war«, erklärte Jesus Maria, »denn ich bin auch hinter Gracie hergelaufen. Und Petey lief ihr ebenfalls nach. Aber mit Petey war es anders.« Hier sah Jesus Maria seinen Freunden scharf in die Augen, um ihnen klarzumachen, wie wichtig dieser Punkt sei.

»Petey verlangte es so stark nach dem, was Gracie zu geben hatte, daß er darüber ganz abmagerte, und seine Augen wurden so groß und bekamen einen so schmerzlichen Ausdruck wie bei jemandem, der Marihuana raucht. Petey mochte nicht mehr essen und wurde ganz elend. Nun ging der alte Ravanno zu Gracie und sprach mit ihr. Er sagte: ›Wenn du nicht nett mit Petey bist, so wird er sterben.‹ Aber sie lachte nur. Sie hatte kein gutes Herz. Und dann kam ihre kleine Schwester Tonia ins Zimmer. Tonia war damals vierzehn Jahre alt. Der Alte sah sie an, und der Atem stockte ihm. Tonia glich Gracie, und auch sie hielt sich scheinbar von den Männern fern. Der alte Ravanno konnte sich nicht bezähmen. Er sagte: ›Komm her zu mir, kleines Mädchen.‹ Aber Tonia war kein kleines

Mädchen mehr. Sie kannte sich aus. Darum lachte sie und lief aus dem Zimmer.

Darauf ging der alte Ravanno heim. Petey sagte: ›Es ist dir etwas zugestoßen, Vater.‹

›Nein, Petey‹, antwortete der Alte, ›ich mache mir nur Sorgen, daß diese Gracie nicht dein werden will, damit du wieder gesund wirst.‹

Heißblütig waren sie alle, diese Ravannos!

Und was denkt ihr, das dann kam? Petey ging bei Chin Kee Tintenfische zerschneiden und machte Gracie Geschenke, große Flaschen *Agua Florida* und Bänder und Gamaschen. Er ließ sie auf seine Kosten photographieren, sogar in Farben.

Gracie nahm alle seine Geschenke an, lief ihm davon und lachte. Ihr hättet dieses Lachen hören sollen. Man hatte gleichzeitig Lust, sie zu erwürgen und sie zu streicheln. Man hätte sie aufschlitzen mögen, um das herauszuholen, was in ihr war. Ich weiß, wie es zuging. Bin ihr auch nachgelaufen, und Petey hat mir erzählt. Aber ihn machte es ganz verrückt. Er konnte nicht mehr schlafen. Er sagte zu mir: ›Wenn diese Gracie sich nur mit mir in der Kirche trauen lassen wollte, dann würde sie es nicht mehr wagen, mir davonzulaufen, denn dann wäre sie verheiratet, und es wäre Sünde, fortzurennen.‹ Darum machte er ihr den Heiratsantrag. Sie lachte so grell, daß man sie hätte erwürgen mögen.

Oh, Petey war wie rasend. Er ging heim, band ein Seil an einen Dachsparren, stellte sich auf eine Kiste, legte sich das Seil um den Kopf und gab der Kiste einen Stoß mit dem Fuß. Da kam Peteys Vater dazu.

Er durchschnitt das Seil und rief den Arzt. Aber es dauerte zwei Stunden, bis Petey die Augen öffnete, und vier Tage, bis er wieder sprechen konnte.«

Jesus Maria hielt inne. Er nahm mit Befriedigung wahr, daß die Freunde vorgebeugt seiner Geschichte lauschten. »So ist es gegangen«, sagte er.

»Aber Gracie Montez hat doch den Petey Ravanno geheiratet«, rief Pilon aufgeregt. »Ich kenne sie. Sie ist eine gute Frau. Versäumt keine Messe und geht einmal im Monat zur Beichte.«

»So steht es jetzt«, gab Jesus Maria zu. »Der alte Ravanno war zornig. Er lief zu Gracies Haus und rief: ›Sieh, wie du meinen Sohn mit deiner Torheit mordest. Deinetwegen wollte er sich das Leben nehmen, du Misthaufenhuhn!‹

Gracie erschrak, aber es schmeichelte ihr auch, denn nicht viele Frauen vermögen einen Mann soweit zu treiben. Sie besuchte Petey, als er mit verrenktem Nacken im Bett lag. Und einige Zeit darauf heirateten sie.

Und hernach kam es wirklich so, wie Petey erwartet hatte. Als die Kirche ihr anbefahl, ein gutes Weib zu werden, wurde sie es auch. Sie lachte die Männer nicht mehr an. Und sie lief ihnen auch nicht davon, damit sie hinter ihr herjagten. Petey zerschnitt weiter Fische für Chin Kee, und dieser ließ ihn die Fischkisten leermachen. Nicht lange danach wurde er Hausmeister auf dem Fischhof. – Ihr seht«, schloß Jesus Maria, »es ist eine gute Geschichte. Wenn es hier zu Ende wäre, so wäre es sogar eine treffliche Geschichte zum Erzählen für einen Priester.«

»O ja«, stimmte Pilon gewichtig zu. »Man kann allerhand daraus lernen.«

Die Freunde nickten beifällig, denn sie schätzten eine Erzählung, die einen Sinn hatte.

»Ich habe in Texas ein solches Mädchen gekannt«, sagte Danny. »Nur mit dem Unterschied, daß sie sich nicht geändert hat. Man nannte sie die Frau des zweiten Peloton. ›Missis Second Platoon‹ war ihr Spitzname.«

Pablo erhob die Hand. »Die Geschichte ist noch nicht zu Ende«, mahnte er. »Laßt Jesus Maria sie fertig erzählen.«

»Ja, sie geht noch weiter. Und das Ende ist nicht so erfreulich. Da war noch der Viejo, schon über sechzig. Petey und Gracie zogen in ein anderes Haus. Der Viejo Ravanno fühlte sich verlassen, denn er hatte immer mit Petey zusammengelebt. Er wußte nicht, wie er sich die Zeit vertreiben sollte. Er saß einfach da und blickte traurig drein, bis er eines Tages Tonia wiedersah. Diese war jetzt fünfzehn und fast noch hübscher als Gracie. Die Hälfte der Soldaten vom Presidio scharwenzelte wie Hündchen um sie herum.

Nun erging es dem Alten wie zuvor Petey. Sein Verlangen machte ihn durch und durch krank. Er konnte weder essen noch schlafen. Seine Wangen sanken ein, und seine Augen starrten wie die eines Marihuanarauchers. Er brachte Tonia Zuckerzeug, und sie riß es ihm aus der Hand und lachte ihn aus. Er sprach zu ihr: ›Komm zu mir, liebe Kleine, ich bin dein Freund.‹ Wieder lachte sie nur.

Nun erzählte der Viejo Petey davon, und der lachte

auch. ›Du alter Narr‹, sagte er, ›du hast in deinem Leben Frauen genug gehabt. Lauf nicht kleinen Kindern nach.‹ Aber es half nichts. Der alte Ravanno wurde krank vor Sehnsucht. Heißblütig sind sie, diese Ravannos. Er verbarg sich im Gras und lauerte ihr auf, wenn sie vorüberging. Das Herz in der Brust tat ihm weh.

Er brauchte Geld, um ihr Geschenke zu kaufen, daher nahm er eine Stelle bei der *Standard Service Station* an. Er harkte den Kies und begoß die Blumen, füllte die Heizkörper mit Wasser und reinigte die Windschirme, und für jeden Cent kaufte er Geschenke für Tonia: Süßigkeiten und Bänder und Kleider. Er ließ auf seine Kosten farbige Photographien von ihr machen.

Sie lachte nur immer mehr, und der Viejo wurde beinahe irrsinnig. Dann dachte er bei sich: ›Wenn die kirchliche Trauung aus Gracie eine brave Frau gemacht hat, wird sie vielleicht dasselbe an Tonia tun.‹ Und er machte ihr einen Heiratsantrag. Darüber lachte sie mehr denn je. Sie warf ihre Röcke nach ihm, um ihn zu ärgern. Oh, sie war ein Teufel, diese Tonia.«

»Und er war ein Narr«, setzte Pilon selbstgefällig hinzu. »Alte Leute haben kleinen Mädchen nicht nachzulaufen. Sie sollen in der Sonne sitzen.«

Etwas gereizt sprach Jesus Maria weiter. »Mit diesen Ravannos war es eben etwas anderes – so heißblütig!«

»Nun, es war nicht anständig«, beharrte Pilon. »Und es war eine Schande für Petey.«

Pablo kehrte sich zu ihm. »Laß Jesus Maria fortfahren. Es ist seine Geschichte, Pilon, nicht die deine. Ein andermal hören wir wieder dir zu.« Dankbar sah Jesus Maria Pablo an. »Ich wollte weitererzählen.«

»Der Viejo konnte es nicht länger aushalten. Aber er war nicht der Mann, neue Einfälle zu haben. Er war nicht wie Pilon. Er vermochte sich nichts Neues auszudenken. Der Viejo Ravanno dachte etwa so: ›Gracie hat Petey geheiratet, weil er sich erhängen wollte. Wenn ich mich erhänge, wird Tonia mich vielleicht heiraten.‹ Und weiter dachte er: ›Wenn man mich nicht bald genug findet, werde ich sterben. Jemand muß mich finden.‹

Ihr müßt wissen«, erklärte ihnen Jesus Maria, »daß sich an jener Service Station ein Werkzeugschuppen befand. Am frühen Morgen ging der Viejo dorthin, schloß die Tür auf, harkte den Kies und begoß die Blumen, noch ehe die Station aufgemacht wurde. Die anderen gingen um acht Uhr an die Arbeit. Eines Morgens begab sich der Viejo in den Werkzeugschuppen und befestigte ein Seil. Dann wartete er, bis es acht Uhr war. Nun legte er sich das Seil um den Hals und sprang von einer Bank hinunter. In demselben Augenblick schlug die Tür des Schuppens zu.«

Über die Gesichter der Freunde zog ein breites Lächeln. Das Leben, fanden sie, sei doch manchmal äußerst humoristisch.

»Die Leute vermißten ihn nicht gleich«, fuhr Jesus Maria fort. »Sie sagten: ›Wahrscheinlich ist der Alte betrunken.‹ Erst eine Stunde später öffneten sie die Tür des Schuppens.« Jesus Maria blickte sich um. Immer noch war ein Lächeln auf den Gesichtern der Freunde, aber es war ein Lächeln anderer Art. »Seht ihr wohl«, schloß er, »es ist komisch. Aber es bedrückt einen auch.«

»Was sagte Tonia dazu?« fragte Pilon. »Hat sie eine Lehre daraus gezogen und einen anderen Lebenswandel begonnen?«

»Nein, das tat sie nicht. Petey teilte es ihr mit, und sie lachte nur. Petey lachte auch. Aber er schämte sich. Tonia sagte: ›Was für ein Narr war er!‹, und dabei blickte sie Petey auf ihre sonderbare Art an.

Petey antwortete ihr: ›Es ist gut, ein Schwesterchen wie dich zu haben. Eines Abends werde ich mit dir in den Wald gehen.‹ Tonia lachte wieder und lief ein Stückchen davon. Dann fragte sie: ›Findest du mich so hübsch wie Gracie?‹ Und Petey folgte ihr ins Haus.«

Pilon beklagte sich: »Dies ist keine gute Geschichte. Zu viele Lehren und Bedeutungen darin. Zum Teil widersprechen sie einander. Es ist keine Geschichte, die sich zu behalten lohnt. Sie beweist nichts.«

»Mir gefällt sie«, bemerkte Pablo. »Was mir daran gefällt, ist, daß sie keinen erkennbaren Sinn hat, und doch hat sie offenbar etwas zu bedeuten, ich kann nur nicht sagen, was.«

Die Sonne hatte den Mittagspunkt überschritten, und die Luft war heiß.

»Ich bin begierig zu wissen, was der Pirat zu essen mitbringen wird«, sagte Danny.

»In der Bucht sind große Makrelenschwärme«, bemerkte Pablo.

Pilons Augen leuchteten auf. »Ich habe mir einen Plan ausgedacht«, verkündete er. »Als ich ein kleiner Junge war, lebten wir dicht an der Eisenbahn. Mein

Bruder und ich bewarfen täglich den vorüberfahrenden Zug mit Steinen, und der Lokomotivführer warf Kohlen nach uns. Manchmal sammelten wir einen ganzen Eimer voll Kohlen und brachten ihn unserer Mutter. Nun dachte ich, wir könnten Felsstücke nach dem Pier mitnehmen. Wenn die Boote sich nähern, werden wir Schimpfnamen rufen und Steine werfen. Womit können die Fischersleute uns treffen? Können sie etwa die Ruder oder ihre Netze nach uns werfen? Nein. Sie können uns nur mit Makrelen zu treffen suchen.«

Danny erhob sich freudig. »Hurra, das ist ein Plan!« rief er. »Unser lieber Pilon – was für ein guter Freund! Was würden wir ohne unsern Pilon anfangen? Kommt, ich weiß einen Platz, wo eine Menge Felsstücke liegen.«

»Makrelen esse ich lieber als alle anderen Fische«, versicherte Pablo.

15

Wie Danny in Brüten versank und den Verstand verlor. Wie der Teufel in Gestalt Torrellis einen Angriff auf Dannys Haus machte

Es ist etwas Unveränderliches an Monterey. Fast jeden Morgen scheint die Sonne in die Ostfenster der Stadt und nachmittags auf die Westseite der Straßen. Täglich rasselt der rote Bus zwischen Monterey und Pacific Grove hin und her. Tag für Tag entsenden die Fischkonservenfabriken den Gestank verwesender Fische in die Luft. Jeden Nachmittag bläst der Wind von der Bucht herauf und setzt die Kiefern auf den Hügeln in Bewegung. Die Felsenfischer sitzen auf ihren Steinblöcken und halten ihre Angelruten, und in ihre Gesichter haben sich Geduld und Schicksalsverachtung gegraben.

Auch in Tortilla Flat, oberhalb von Monterey, läuft die alltägliche Routine ihren unabänderlichen Gang. Sogar die Zahl der Abenteuer, die Cornelia Ruiz mit der langsam wechselnden Reihe ihrer Liebhaber bestehen kann, ist von Natur begrenzt; man weiß, daß sie schon mit längst entlassenen Günstlingen ein neues Verhältnis begonnen hat.

In Dannys Haus veränderte sich noch weniger. Die

Freunde hatten sich an einen immer wiederkehrenden Tageslauf gewöhnt, der für jeden, der kein Paisano war, eintönig gewesen wäre: aufstehen, am Vormittag in der Sonne sitzen und erwarten, was der Pirat zu essen bringen werde. Der Pirat schnitt noch immer Knüppelholz und verkaufte es in den Straßen von Monterey; aber für den täglich erlösten Vierteldollar kaufte er jetzt Lebensmittel ein. Bisweilen brachten die Freunde etwas Wein auf, und dann gab es Gesang und Rauferei.

Am Meer greift die Zeit umfassender in den Tagesverlauf ein als an anderen Orten; denn zum Kreisen der Sonne und dem Wechsel der Jahreszeiten kommt der Wellenschlag, der die Zeit auf den Felsen abzeichnet, und Ebbe und Flut wirken wie eine gewaltige Wasseruhr.

Danny begann den Pulsschlag der Zeit zu empfinden. Er sah auf seine Freunde und gab sich Rechenschaft, wie es mit ihnen alle Tage dasselbe war. Stand er nachts aus seinem Bett auf und stieg über die schlafenden Paisanos hinweg, so ärgerte er sich über ihre Anwesenheit. Und mit der Zeit begann er, wenn er sich in der Vorhalle des Häuschens sonnte, von den Tagen seiner Freiheit zu träumen. Zur Sommerzeit hatte er im Walde geschlafen und in der Winterkälte in warmen Heuschuppen. Damals lastete kein Eigentum auf ihm. Es ging ihm durch den Sinn, wie der Name Danny Sturm bedeutet hatte. Oh, diese Kämpfe! Die Flucht durch den Wald mit einem erschreckten Huhn unter dem Arm! Die Verstecke am Bach, wenn ein empörter Gatte Fehde ansagte! Sturm und Gewalttat, herrliche Zeit der Kraft und Fülle! Wenn Danny an die alten Zeiten dachte, kam ihm in Erinnerung, wie köstlich die gestohlene Nahrung geschmeckt, und er wünschte die Tage von einst zurück. Seit sein Erbteil ihn sozial gehoben, hatte er nicht viele Raufereien gehabt. Wohl war er betrunken gewesen, aber es hatte ihn nicht in Abenteuer geführt; immer lastete das Gewicht des Eigentums auf ihm, immer drückte ihn die Verantwortung für seine Freunde.

Danny verfiel, in der Vorhalle sitzend, in solchen Trübsinn, daß die Freunde ihn für krank hielten.

»Maté-Tee würde dir guttun«, schlug Pablo vor. »Wenn du zu Bett gehen willst, Danny, werden wir dir heiße Steine an die Füße legen.«

Doch Danny begehrte nicht, verhätschelt zu werden; ihn verlangte nach Freiheit. Einen Monat lang brütete er vor sich hin, sah verdrießlich auf seine allzeit gegenwärtigen Freunde und behandelte die zutraulichen Hunde mit Fußtritten.

Schließlich gab er seiner Sehnsucht nach. Eines Nachts riß er aus. Er lief in den Kiefernwald und blieb verschwunden.

Als die Freunde am Morgen erwachten und sein Fehlen bemerkten, sagte Pilon: »Ein Weib wird dahinterstecken. Er ist verliebt.« Dabei ließen sie es bewenden, denn jeder hat ein Anrecht auf Liebe. Die Freunde führten das bisherige Leben weiter. Aber als eine Woche verstrichen und noch keine Spur von Danny zu erraten war, bemächtigte sich ihrer die Sorge. Geschlossen begaben sie sich in den Wald, um nach ihm zu suchen.

»Liebe ist etwas Schönes«, äußerte Pilon. »Wir haben niemandem etwas vorzuwerfen, wenn er einem Mädchen nachläuft, aber eine Woche ist eine Woche. Ein Mädchen muß viel Temperament haben, um Danny eine ganze Woche festzuhalten.«

Pablo meinte: »Ein wenig Liebe ist wie ein wenig Wein. Allzu viel vom einen oder anderen macht einen Mann krank. Vielleicht ist Danny schon erkrankt. Vielleicht hat das Mädchen zu viel Temperament.«

Auch Jesus Maria war bekümmert. »Es sieht unserem Danny nicht ähnlich, so lange fortzubleiben. Es muß ihm ein Unglück zugestoßen sein.«

Der Pirat führte seine Hunde in den Wald. Die Freunde suchten die Tiere abzurichten. »Sucht Danny. Vielleicht ist er krank. Vielleicht ist er tot. Der gute Danny, der euch in seinem Hause schlafen läßt.«

Der Pirat flüsterte ihnen zu: »O ihr bösen, undankbaren Hunde, sucht unseren Freund.« Aber die Hunde wedelten vergnügt mit ihren Schwänzen, suchten sich ein Häschen und jagten lustig hinter ihm her.

Den ganzen Tag streiften die Paisanos durch den Wald, riefen Dannys Namen und suchten die Plätze ab, an denen sie selbst hätten schlafen mögen, wie behagliche Höhlen unter Baumwurzeln oder Nester mit dichter Polsterung aus Kiefernnadeln, rundum von Büschen umgeben. Sie wußten, wo man gut schlafen konnte, aber sie vermochten kein Anzeichen zu entdecken, das auf Danny deutete.

»Vielleicht ist er geisteskrank geworden«, meinte Pilon.

»Ein geheimer Kummer kann ihm seinen Verstand geraubt haben.«

Am Abend kehrten sie in Dannys Haus zurück, öffneten die Tür und traten ein. Sofort wurden sie aufmerksam. Ein Dieb hatte sich darin zu schaffen gemacht. Dannys Schlafdecken waren verschwunden. Alle Lebensmittel waren gestohlen. Zwei Kochtöpfe fehlten.

Pilon warf einen raschen Blick auf Big Joe Portagee. Dann schüttelte er den Kopf. »Nein, du warst ja mit uns. Du bist es nicht gewesen.«

»Es ist Danny gewesen«, rief Pablo aufgeregt. »Er ist bestimmt geisteskrank. Er läuft wie ein Tier durch die Wälder.«

Sorge und Kummer machten sich in Dannys Haus breit. »Wir müssen ihn finden«, versicherten die Freunde einander. »Sonst wird unseren Freund in seiner Geistesgestörtheit ein Unheil befallen. Und wenn wir die ganze Welt absuchen müssen, um ihn zu finden!«

Sie schüttelten ihre Trägheit ab. Tagtäglich waren sie auf der Suche nach ihm, und sie fingen die merkwürdigsten Gerüchte auf. »Ja, gestern abend ist Danny hier gewesen. O, dieser Trunkenbold! Dieser Dieb! Denkt euch, Danny hat den Viejo mit einem Zaunpfahl niedergehauen und eine Flasche Traubensaft gestohlen. Was für Kameraden seid ihr, daß ihr euern Freund solche Schandtaten begehen laßt!«

»Jawohl, wir haben Danny gesehen. Er hielt die Augen geschlossen und sang: ›Kommt in den Wald und laßt uns tanzen, ihr Mädchen!‹ – aber wir mochten nicht mitgehen. Wir fürchteten uns. Dieser Danny sah sehr ungemütlich aus.«

Auf der Werft fanden sie deutlichere Spuren von ihm. »Er ist hier gewesen«, sagten die Fischersleute. »Er suchte mit jedermann Streit anzufangen. Benito hat ein Ruder an Dannys Kopf zerbrochen. Darauf hat Danny mehrere Fensterscheiben zerschmissen, und zum Schluß hat ein Polizist ihn ins Gefängnis abgeführt.«

Voll heißen Eifers folgten sie ihrem unberechenbaren Freund dorthin.

»McNear hat ihn gestern abend festgenommen«, gab der Sergeant zur Auskunft. »Aber heute morgen ist er ausgebrochen. Wenn wir ihn kriegen, bekommt er sechs Monate.«

Die Freunde waren der Jagd müde und gingen heim. Zu ihrem Schrecken entdeckten sie, daß der neue Sack Kartoffeln, den Pilon erst am selben Morgen gefunden hatte, verschwunden war.

»Das ist zuviel«, schrie Pilon auf. »Danny ist geisteskrank, und er befindet sich in Gefahr. Ihm wird etwas Entsetzliches zustoßen, wenn wir ihn nicht retten.«

»Wir müssen suchen«, ermunterte sie Jesus Maria.

»Wir werden hinter jeden Baum und hinter jeden Schuppen sehen«, gelobte Pablo.

»Und unter die Boote am Strand«, schlug Big Joe vor.

»Die Hunde werden helfen«, versicherte der Pirat.

Pilon schüttelte den Kopf. »Das ist nicht die richtige Methode. Wir kommen allemal gerade hin, wenn Danny fort ist. Wir müssen irgendwo warten, wo er hinkommen wird. Wir müssen weise handeln und nicht wie Narren.«

»Aber wohin wird er kommen?«

Wie ein Geistesblitz erleuchtete es plötzlich sie alle. »Torrelli! Früher oder später wird Danny ins Wirtshaus Torrelli kommen. Wir müssen uns dorthin begeben und seiner habhaft werden, um seinen Irrsinn zu bezähmen.«

»Ja«, stimmten alle bei, »wir müssen Danny erretten.« Sie suchten miteinander Torrelli auf, aber der Wirt ließ sie nicht herein. »Ihr fragt mich«, schrie er durch die Tür, »ob Danny hier war? Danny hat mir drei Schlafdecken und zwei Kochtöpfe gebracht, und ich gab ihm dafür eine Gallone Wein. Und was hat dieser Teufelskerl dann getan? Meine Frau beleidigt und mir Schimpfnamen zugeworfen. Mein kleines Kind hat er verprügelt und meinem Hund einen Fußtritt gegeben. Und in der Halle die Hängematte gestohlen.« Torrelli rang nach Atem vor Aufregung. »Ich bin hinter ihm hergejagt, um meine Hängematte wiederzubekommen, und als ich zurückkam, fand ich ihn bei meiner Frau. Verführer, Dieb, Trunkenbold! Das ist euer Freund Danny! Ich werde dafür sorgen, daß er in eine Besserungsanstalt kommt!«

In den Augen der Freunde blitzte es auf. »O du korsisches Schwein«, entgegnete ihm Pilon gelassen. »Du sprichst von unserem Freunde. Und unser Freund ist nicht wohl.« Torrelli schloß die Tür ab. Sie hörten ihn den Riegel innen vorschieben, aber Pilon redete durch die Tür hindurch weiter. »O du Wucherer! Wärest du ein bißchen freigebiger mit deinem

Wein, so hätte all dies nicht geschehen können. Sorge, daß du deine kalte Froschzunge im Zaum hältst, um unseren Freund nicht zu besudeln. Sieh dich vor, daß du ihn gut behandelst, denn seiner Freunde sind viele. Wir werden dir die Eingeweide aus dem Leib reißen, wenn du nicht nett mit ihm bist.«

Torrelli hinter seiner Tür gab keinen Laut von sich, aber er zitterte vor Wut und vor Furcht ob der Wildheit ihres Tons. Dann hörte er erleichtert die Fußtritte der abziehenden Freunde.

In der folgenden Nacht vernahmen die Freunde, nachdem sie sich zur Ruhe gelegt hatten, vorsichtige Tritte in der Küche. Sie erkannten Dannys Schritt, aber ehe sie ihn erwischen konnten, war er entwichen. Danach wanderten sie im Dunkel umher und riefen verzweifelt: »Komm, Danny, herzallerliebster Freund, wir bedürfen deiner.«

Keine Antwort, aber ein gut gezieltes Felsstück traf Big Joe auf den Bauch und warf ihn gekrümmt zu Boden. Oh, wie unglücklich waren die Freunde, und wie tat ihnen das Herz weh!

»Danny rennt in den Tod«, klagten sie trauernd. »Unser Freundchen ist in Not, und wir können ihm nicht helfen.«

Es wurde nun schwierig, hauszuhalten, denn Danny hatte fast alles gestohlen, was sich im Häuschen befunden. Einen Stuhl entdeckten sie bei einem Schmuggler. Alle Lebensmittel waren fort, und einmal, während sie im Walde nach Danny suchten, hatte er den festgefügten Ofen gestohlen, aber, da er zu schwer war, ihn am Bach stehen lassen. Geld hatten sie keines, denn Danny hatte den Schubkarren des Piraten entwendet und ihn an Joe Ortiz gegen eine Flasche Whisky verhökert. Aller Frieden war nunmehr aus Dannys Haus gewichen, und es war von eitel Kummer und Traurigkeit erfüllt.

»Wohin ist unser Glück fortgezogen?« wehklagte Pablo. »Wir haben gesündigt. Es ist ein Gericht. Wir sollten zur Beichte gehen.«

Sie sprachen nicht mehr von Cornelia Ruiz' wechselnden Liebschaften. Das Moralisieren war ihnen vergangen. Mit der Humanität war es aus. Ja, ihr ganzes schönes Leben ging in Trümmer. Zu ihrer Verzweiflung kamen noch die immer neuen Gerüchte.

»Danny hat gestern einen Raubversuch gemacht.«

»Danny hat Missis Palochicos Ziegen gemolken.«

»Vorgestern abend hat Danny eine Prügelei mit Soldaten gehabt.«

Traurig, wie sie über Dannys moralischen Verfall waren, nistete in den Herzen der Freunde doch ein starker Neid ob der guten Tage, die Danny genoß.

»Wenn er nicht geisteskrank ist, so wird die Strafe ihn ereilen«, erklärte Pilon. »Dessen könnt ihr gewiß sein. Danny versündigt sich in einer Weise, die, nennt ihr jede Übeltat, alles übersteigt, wovon ich je gehört. Oh, wie wird er büßen müssen, wenn er wieder zum anständigen Leben zurückkehren will! In ein paar Wochen hat Danny mehr Sünden begangen als der alte Ruiz sein Leben lang.« In jener Nacht schlich sich Danny, ungehindert von den wohlvertrauten Hunden, so leise wie der gleitende Schatten eines Astes unter einer Straßenlaterne, ins Haus und stahl frech Pilons

Schuhe. Am Morgen dauerte es nicht lange, bis Pilon die Tat entdeckte. Er ging festen Schrittes in die Vorhalle, setzte sich in die Sonne und betrachtete seine Füße.

»Jetzt ist er zu weit gegangen«, sagte er. »Er hat uns Possen gespielt, und wir haben Geduld geübt. Nun aber begeht er Verbrechen. Dies ist nicht der Danny, den wir kennen. Dies ist ein anderer, ein Bösewicht. Wir müssen diesen Übeltäter festnehmen.«

Pablo blickte selbstgefällig auf seine Schuhe. »Vielleicht ist dies auch nur ein Possenstreich«, meinte er.

»Nein«, erwiderte Pilon streng. »Dies ist ein Verbrechen. Es waren nicht sehr gute Schuhe, aber es ist ein Verbrechen an unserer Freundschaft, sie zu entwenden. Und dies ist die schlimmste Art von Verbrechen. Wenn Danny es fertigbringt, seinen Freunden die Schuhe zu stehlen, dann gibt es keine Schandtat, vor der er haltmachen würde.«

Die Freunde nickten zustimmend. »Ja, wir müssen seiner habhaft werden«, sagte der humane Jesus Maria. »Wir wissen, daß er krank ist. Wir werden ihn am Bett festbinden und ihn von seiner Krankheit zu heilen suchen. Wir müssen danach trachten, die Verdüsterung seines Verstandes zu vertreiben.«

»Aber von jetzt an«, warnte sie Pablo, »müssen wir, bis wir ihn erwischt haben, beim Schlafengehen daran denken, unsere Schuhe unter unseren Kissen zu verstecken.«

Das Haus war im Belagerungszustand. Überall tobte man wegen Danny, und Danny selber erlebte eine herrliche Zeit.

Selten malten sich auf Torrellis Gesicht andere Gemütsbewegungen als Argwohn oder Zorn. In seiner Eigenschaft als Alkoholschmuggler und in seinem Verhalten gegenüber den Leuten von Tortilla Flat hatte er oft Ursache zu diesen beiden Empfindungen, und sie hatten sich in sein Antlitz eingeschrieben. Auch hatte Torrelli noch nie jemanden besucht. Sein Geschäft war, zu Hause zu sein, damit jedermann zu ihm kommen könne. Als daher Torrelli eines Morgens die Straße hinauf auf Dannys Haus zuging, im Gesicht ein gewaltiges, überströmendes Lächeln, wie von freudiger Erwartung, liefen die Kinder in die Höfe und starrten ihn durch die Zäune an; die Hunde zogen die Schwänze ein und wichen erschreckt zurück. Menschen, die ihm begegneten, gingen ihm aus dem Wege und ballten die Faust, als müßten sie sich gegen einen Verrückten wappnen. An diesem Morgen bedeckten Nebel den Himmel. Die Sonne gab nach einigen erfolglosen Scharmützeln den Kampf auf und zog sich hinter die grauen Falten zurück. Von den Kiefern tropfte staubiger Tau zu Boden, und die Gesichter der wenigen Leute, die unterwegs waren, spiegelten den Tag mit düsteren Blicken und grauer Hautfarbe wider. Niemand grüßte herzlich. Nichts war zu spüren von jenem menschlichen Idealismus, der liebevoll hofft, dieser Tag werde schöner werden als alle Tage zuvor.

Der alte Roca ging, als er Torrelli lächeln sah, zu seiner Frau heim und sagte zu ihr: »Der da hat eben seine Kinder umgebracht und aufgegessen. Du wirst es sehen.«

Torrelli war glücklich, denn in der Tasche trug er zusammengefaltet ein kostbares Blatt Papier. Seine Finger tasteten immer wieder nach der Rocktasche und drückten von außen daran herum, bis ein leises Knistern ihm die Bestätigung gab, daß das Stück Papier noch da sei. Während er so durch den grauen Morgen ging, führte er murmelnd ein Selbstgespräch.

»Dieses Schlangennest«, sagte er vor sich hin. »Ich will diese Pest von Dannys Freunden vertilgen. Nie mehr will ich Wein im Tausch gegen Waren geben, die sie mir hinterher wieder stehlen. Jeder einzelne für sich ist nicht so übel, aber ein ganzes Nest mit dieser Brut! Madonna, schau herab, wie ich sie auf die Straße setzen werde! Diese Kröten, dies Läusegezücht, diese Stechfliegen! Wenn sie wieder im Walde schlafen, werden sie nicht mehr so hochmütig sein.

Ich möchte, daß sie wissen, Torrelli hat triumphiert. Sie dachten mich zu betrügen, mein Haus seiner Möbel und meine Frau ihrer Tugend zu berauben! Nun sollen sie erleben, daß Torrelli, der so viel erdulden mußte, zurückschlagen kann. O ja, sie werden es erleben!«

So murmelte er im Weiterschreiten in sich hinein, und seine Finger ließen das Blatt Papier in seiner Tasche knistern. Von den Bäumen tropfte das trübe Naß in den Staub. Die Seemöwen kreisten unter tragisch anmutendem Schreien in der Luft. Wie das graue Schicksal näherte Torrelli sich Dannys Haus. Hier herrschte innen wie außen Düsterkeit. Die Freunde konnten nicht in der Vorhalle sitzen und sich sonnen, denn die Sonne war nicht da. Einen besseren

Grund für düstere Stimmung kann es nicht geben. Sie hatten den gestohlenen Ofen aus dem Bach wieder heraufgeholt und aufgestellt und scharten sich nun um ihn herum, und Johnny Pom-pom, der zu Besuch gekommen war, erzählte ihnen das Neueste, was er wußte.

»Tito Ralph«, berichtete er, »ist nicht mehr Gefängniswärter dort unten im Stadtgefängnis. Nein, denn heute früh hat ihn der Polizeirichter abgesetzt.«

»Ich mochte Tito Ralph gut leiden«, meinte Pilon. »War einer im Kittchen, so brachte Tito Ralph ihm ein bißchen Wein. Und er kannte mehr Geschichten als hundert andere Leute. Wodurch hat er seinen Posten verloren, Johnny Pom-pom?«

»Das zu erzählen bin ich hergekommen. Tito Ralph ist, wie ihr wißt, oft selbst im Gefängnis gewesen, und er war ein guter Gefangener. Er wußte, wie ein Gefängnis geleitet werden muß. Schließlich kannte er sich in Gefängnissachen besser aus als irgend jemand sonst. Als Daddy Marks, der alte Wärter, starb, kam Tito Ralph an seine Stelle. Nie hat es einen so guten Gefängniswärter gegeben wie ihn. Er machte alles absolut richtig. Nur einen kleinen Fehler hat er. Wenn er Wein trinkt, so vergißt er, daß er der Wärter ist. Er reißt aus, und man muß ihn wieder festnehmen.«

Die Freunde nickten. »Ich weiß«, bemerkte Pablo. »Und ich habe gehört, es sei schwierig, ihn zu fassen. Er versteckt sich.«

»Ja«, fuhr Johnny Pom-pom fort, »hiervon abgesehen, ist er der beste Wärter, den die Stadt je hatte. –

Also folgendes wollte ich euch erzählen. Gestern abend hatte Danny genug Wein für zehn Leute. Und er hat ihn selber ausgetrunken. Dann hat er Bilder an die Fensterscheiben gemalt. Er war sehr reich. Kaufte Eier, um damit nach einem Chinesen zu werfen. Eins dieser Eier traf statt des Chinesen einen Polizisten. Deshalb kam Danny ins Gefängnis.

Aber er war reich. Er schickte Tito Ralph Wein besorgen und nachher noch mehr Wein. Vier Leute waren im Gefängnis. Sie tranken alle von dem Wein. Schließlich zeigte sich jener Fehler von Tito Ralph. Er riß aus und alle anderen mit ihm. Heute morgen hat man Tito Ralph festgenommen und ihm angekündigt, daß er nicht mehr Wärter sein könne. Er war darüber so traurig, daß er eine Fensterscheibe zerbrach, und nun sitzt er wieder im Kittchen.«

»Aber Danny«, rief Pilon, »was ist's mit Danny?«

»O Danny«, antwortete Johnny Pom-pom, »der ist auch entwischt. Man hat ihn noch nicht wieder gefaßt.«

Die Freunde seufzten bestürzt.

»Danny ist auf schlechten Wegen«, sagte Pilon mit ernster Miene. »Das kann kein gutes Ende nehmen. Ich möchte wissen, wo er all das Geld herhatte!«

Just in diesem Augenblick öffnete der triumphierende Torrelli das Gartentor und schritt den Weg hinauf. Die Hunde des Piraten erhoben sich unruhig aus ihrer Ecke und bewegten sich knurrend auf die Tür zu. Die Freunde hoben den Blick und sahen einander fragend an. Big Joe faßte den Griff der Hacke, der noch vor kurzem gegen ihn gebraucht worden war. Der schwere, selbstbewußte Schritt Torrellis hallte im Vorraum wider. Nun wurde die Tür aufgerissen, und vor ihnen stand lächelnd Torrelli. Er trumpfte nicht auf vor ihnen. Nein, er näherte sich so sanftmütig wie ein Hauskätzchen. Er stellte sich freundlich, wie eine Katze zu einer Küchenschabe.

»Ach, meine Freunde«, sagte er in mildem Ton, als er ihre erschrockenen Blicke wahrnahm. »Meine lieben, guten Freunde und Kunden. Es zerreißt mir das Herz, daß ich der Träger schlechter Nachrichten sein muß für Menschen, die ich liebe.«

Pilon sprang auf. »Es handelt sich um Danny. Er ist krank – verwundet. Sag es uns.«

Torrelli schüttelte zierlich den Kopf. »Nein, meine jungen Freunde, es handelt sich nicht um Danny. Mir blutet das Herz, aber ich muß euch sagen, daß ihr nicht mehr hier wohnen könnt.« In seinen Augen war hämische Freude über die Bestürzung, die seine Worte hervorriefen. Jedem blieb der Mund offenstehen, und in allen Augen zeigte sich vor Erstaunen nur noch das Weiße.

»Das ist Narretei«, rief Pablo. »Warum sollten wir hier nicht mehr wohnen können?«

Liebevoll schlüpfte Torrellis Hand in seine Brusttasche, seine Finger zogen das kostbare Blatt Papier heraus und schwenkten es in der Luft. »Stellt euch meinen Schmerz vor«, fuhr Torrelli fort. »Danny ist nicht mehr Besitzer dieses Hauses.«

»Was?« riefen die Freunde. »Warum soll Danny nicht mehr Besitzer dieses Hauses sein? Sprich, o du korsisches Schwein.«

Torrelli kicherte, und dies wirkte so schrecklich, daß die Paisanos ein paar Schritte vor ihm zurückwichen. »Weil das Haus mir gehört«, erklärte er. »Danny war gestern abend bei mir und hat mir dieses Haus für fünfundzwanzig Dollar verkauft.« Boshaft beobachtete er, was für Gedanken sich in ihren Zügen malten.

›Es ist gelogen‹, stand auf ihren Gesichtern geschrieben. ›So etwas würde Danny nie tun.‹ Und danach: ›Aber Danny hat in letzter Zeit so viel Böses verübt. Er hat uns bestohlen. Vielleicht hat er das Haus über unsere Köpfe hinweg verkauft.‹

»Es ist erlogen«, rief Pilon. »Eine dreckige italienische Einwandererlüge.«

Torrelli lächelte immerfort und schwenkte sein Blatt Papier in der Hand.

»Hier der Beweis«, sagte er. »Hier ist der Vertrag, den Danny unterzeichnet hat. Es ist, was wir Geschäftsleute einen Kaufvertrag nennen.«

Pablo ging wütend auf ihn los. »Du hast ihn betrunken gemacht. Er hat nicht gewußt, was er tat.«

Torrelli öffnete das Blatt Papier ein wenig. »Das interessiert das Gesetz nicht. Also, meine lieben Freundchen, es ist meine schreckliche Pflicht, euch zu sagen, daß ihr mein Haus verlassen müßt. Ich habe etwas damit vor.« Jetzt schwand das Lächeln aus seinem Gesicht, und seine ganze Grausamkeit kam wieder zum Vorschein. »Wenn ihr um die Mittagsstunde nicht heraus seid, werde ich euch die Polizei auf den Hals schicken.«

Pilon näherte sich ihm mit freundlicher Miene. Oha, Achtung, Torrelli, wenn Pilon sich dir lächelnd nähert! Renne, was du kannst, verstecke dich in einem gepanzerten Zimmer und schmiede die Tür zu! – »Ich verstehe die ganze Sache nicht«, sagte Pilon freundlich. »Natürlich betrübt es mich, daß Danny so etwas getan haben soll.« Wieder kicherte Torrelli.

»Ich habe noch nie ein Haus zu verkaufen gehabt«, nahm Pilon von neuem das Wort. »Danny hat dieses Papier unterzeichnet, ja?«

»Ja«, äffte Torrelli ihn nach, »Danny hat dies Papier unterzeichnet. So ist es.«

Pilon tappte mit gut gespielter Dummheit weiter. »Dies Ding beweist, daß du jetzt Besitzer dieses Hauses bist?«

»Jawohl, du kleiner Narr. Dies ist das Papier, das es beweist.«

Pilon sah verdutzt aus. »Ich dachte, man müsse in die Stadt damit und es registrieren lassen.«

Torrelli lachte höhnisch. Oh, sei auf der Hut, Torrelli! Merkst du nicht, wie flink diese Schlangen sich bewegen? Dort steht Jesus Maria an der Stubentür. Drüben Pablo an der Küchentür. Siehst du nicht, wie Big Joes Knöchel sich bis zum Weißwerden um den Griff der Hacke spannen?

»Ihr versteht nichts von Geschäften, ihr kleinen Landstreicher und Habenichtse«, sagte Torrelli. »Wenn ich euch verlasse, werde ich in die Stadt gehen ...«

Es ging so rasch vor sich, daß er das letzte Wort nur noch gurgelnd hervorstieß. Seine Füße flogen in die Luft. Dann landete er mit einem dumpfen Prall auf dem Fußboden und fuchtelte mit seinen dicken Händen in der Luft herum.

Er hörte die Ofentür zuschlagen.

»Diebe«, brüllte er. Das Blut schoß ihm in den Nacken und ins Gesicht. »Ihr Diebsgesindel, Ratten und Hunde, gebt mir mein Papier.«

Pilon, der vor ihm stand, sah erstaunt drein.

»Papier?« fragte er höflich. »Was ist das für ein Papier, von dem du so leidenschaftlich sprichst?«

»Mein Kaufvertrag, mein Besitzrecht. Oh, das wird die Polizei erfahren!«

»Ich erinnere mich an kein Papier«, sagte Pilon. »Pablo, weißt du, was für ein Papier das ist, wovon er redet?«

»Papier?« fragte Pablo zurück. »Meint er eine Zeitung oder Zigarettenpapier?«

Pilon spielte seine Rolle weiter. »Und du, Johnny Pom-pom?«

»Er träumt, glaube ich«, antwortete Johnny Pompom.

»Und Jesus Maria? Ist dir etwas von einem Papier bekannt?«

»Ich halte ihn für betrunken«, erwiderte Jesus Maria in empörtem Ton. »Es ist zu früh am Tage, um schon betrunken zu sein.«

»Joe Portagee?«

»Ich war nicht dabei«, behauptete Joe. »Ich bin eben erst hereingekommen.«

»Pirat?«

»Kein Papier hatte er nicht«, und zu den Hunden gewandt, fragte der Pirat: »Nicht wahr?«

Mit entschuldigender Miene sagte Pilon, wieder zu Torrelli gekehrt: »Du irrst dich, guter Freund. Es wäre möglich, daß ich mich wegen dieses Papiers getäuscht hätte, aber du kannst dich selbst überzeugen, daß niemand außer dir etwas von einem solchen Blatt Papier weiß. Kannst du mich tadeln, wenn ich meine, daß vielleicht gar kein solches Papier vorhanden war? Vielleicht solltest du zu Bett gehen und ein wenig Ruhe haben.«

Torrelli fühlte sich so vor den Kopf geschlagen, daß er nicht einmal mehr zu brüllen vermochte. Sie drehten ihn um, halfen ihm zur Tür hinaus und beförderten ihn auf den Rückweg, den er, völlig in die Fürchterlichkeit seiner Niederlage versunken, antrat.

Dann blickten sie nach dem Himmel, und Freude überkam sie; die Sonne hatte den Kampf wieder aufgenommen und sich diesmal einen Weg durch den Nebel erstritten. Die Freunde gingen nicht ins Haus zurück. Glücklich setzten sie sich in den Sonnenschein der Vorhalle.

»Fünfundzwanzig Dollar«, sagte Pilon nachdenklich. »Möchte wissen, was er mit dem Gelde gemacht hat.«

Nachdem die Sonne ihr erstes Gefecht gewonnen hatte, trieb sie die Nebelwolken ungestüm vor sich her. Die Planken der Vorhalle erwärmten sich, und die Fliegen tanzten brummend im Licht. Erschöpfung bemächtigte sich der Freunde.

»Wir sind der Gefahr knapp entronnen«, ließ sich Pablo müde vernehmen. »Danny sollte dergleichen unterlassen.«

»Wir wollen von jetzt an allen Wein bei Torrelli kaufen, um es wiedergutzumachen«, regte Jesus Maria an.

Ein Vögelchen hüpfte in den Rosenbusch und schnellte den Schwanz empor. Mrs. Morales' Hühner gackerten vergnügt ein Lied an die Sonne. Im Vorderhof kratzten sich die Hunde besinnlich am ganzen Körper und knabberten an ihren Schwänzen.

Von der Straße her ertönten Tritte, die Freunde blickten auf und erhoben sich mit einem Lächeln des Willkommens. Danny und Tito Ralph durchschritten das Tor, jeder beladen mit zwei schweren Beuteln. Jesus Maria schoß wie ein Pfeil ins Haus und holte die Fruchtschalen. Die Freunde bemerkten, daß Danny ein wenig mitgenommen aussah, als er die Krüge in der Vorhalle niedersetzte.

»Man wird heiß, wenn man den Hügel hinansteigt«, sagte Danny.

»Tito Ralph«, rief Johnny Pom-pom aus, »ich hörte, du seiest in Haft.«

»Ich bin wieder entkommen«, sagte Tito Ralph matt. »Ich hatte die Schlüssel noch bei mir.«

Die Fruchtschalen waren zum Überlaufen voll. Ein großer Seufzer entschlüpfte den Kameraden – ein Seufzer der Erleichterung, daß alles vorbei sei.

Pilon trank in tiefen Zügen. »Danny«, sprach er den Heimgekehrten an, »Torrelli, dieser Schweinehund, war heute morgen mit einem Lügengewebe hier. Er hatte ein Papier bei sich, von dem er behauptete, du habest es unterzeichnet.«

Danny sah verblüfft aus. »Wo ist das Papier?« fragte

er. »Nun«, fuhr Pilon fort, »wir wußten, daß es erlogen war, daher haben wir das Papier verbrannt. Du hast es nicht unterzeichnet, oder doch?«

»Nein«, antwortete Danny und leerte seine Schale bis auf die Neige.

»Jetzt wäre es nett, etwas zu essen zu haben«, bemerkte Jesus Maria.

Danny lächelte liebevoll. »Fast hätte ich es vergessen. In einem dieser Beutel sind drei Hühner und etwas Brot.«

Pilons Freude und Erleichterung war so groß, daß er sich erhob, um eine kleine Rede zu halten. »Wo gibt es einen Freund wie unseren Freund hier?« deklamierte er. »Er nimmt uns aus der Kälte in scin Haus auf. Teilt sein gutes Essen und seinen Wein mit uns. O dieser gute Mensch, unser lieber Freund.«

Danny war in Verlegenheit. Er blickte zu Boden. »Es hat nichts zu bedeuten«, murmelte er. »Es ist gar kein Verdienst.«

Aber Pilons Glückseligkeit war so groß, daß seine Liebe die ganze Welt umfaßte, sogar die Übel dieser Welt mit inbegriffen.

»Wir müssen Torrelli einmal etwas Nettes erweisen«, meinte er.

16

Von Dannys Trübsinn. Wie Dannys Freunde unter Selbstaufopferung eine Gesellschaft gaben. Wie Danny der Welt entrückt wurde

Als Danny von seiner wilden Fahrt in sein Haus und zu seinen Freunden zurückkam, schlug ihm nicht etwa das Gewissen, sondern er war nur todmüde. Die rauhe Hand seiner gewalttätigen Erlebnisse hatte seiner Seele übel mitgespielt. Er lebte gleichgültig dahin: Vom Bett erhob er sich lediglich, um in der Vorhalle unter dem kastilianischen Rosenbusch zu sitzen, und von dort nur, um zu essen; und vom Tisch stand er nur auf, um zu Bett zu gehen. Um ihn herum schwirrten die Gespräche; er hörte zu, doch ohne Anteilnahme. Um Cornelia Ruiz freiten schnell hintereinander glänzende Bewerber; aber es rührte Danny nicht. Als Big Joe eines Abends in sein Bett eindrang, war Danny so apathisch, daß Pilon und Pablo ihn an seiner Stelle verprügelten. Als Sammy Rasper bei einer verspätet mit einem Schießgewehr und einer Gallone Whisky begangenen Neujahrsfeier eine Kuh tötete und dafür Gefängnis erhielt, war es nicht möglich, Danny in eine Debatte über die ethische Seite der Sache hineinzuziehen, obwohl das Für und Wider hin und her tobte und die Streitenden ihn leidenschaftlich um sein Urteil befragten.

Nach einiger Zeit fingen die Freunde an, sich Gedanken über Dannys Zustand zu machen. »Er ist verändert«, meinte Pilon; »er wird alt.«

Jesus Maria suchte es so zu erklären: »Danny hat des Lebens Freuden in einen Zeitraum von kaum drei Wochen zusammengedrängt. Nun hat er sie über.«

Vergeblich suchten die Freunde ihn aus der Höhle seiner Teilnahmslosigkeit herauszuziehen. Am Vormittag erzählten sie, in der Vorhalle mit ihm sitzend, ihre drolligsten Geschichten. Sie berichteten Einzelheiten aus dem Liebesleben von Tortilla Flat mit solcher Genauigkeit, daß es für einen Sezierkursus interessant gewesen wäre. Pilon durchforschte den ganzen Flat nach Neuigkeiten und brachte jedes Körnchen heim, das vielleicht Dannys Neugier erwecken könnte. Aber in Dannys Augen spiegelte sich nur frühzeitiges Altern und Müdigkeit.

»Du bist nicht wohl«, so suchte Jesus Maria umsonst immer wieder an ihn heranzukommen. »Du hütest im Herzen irgendein bitteres Geheimnis.«

»Nein«, war Dannys Antwort.

Sie konnten beobachten, wie er die Fliegen lange auf seinen Beinen herumkriechen ließ und daß, wenn er endlich nach ihnen schlug, diese Schläge kraft- und kunstlos waren. Allmählich erstarb in Dannys Haus die hochgemute Stimmung und das immer bereite fröhliche Lachen, und alles versank mit in den düsteren Sumpf von Dannys Unbeweglichkeit.

Oh, es tat in der Seele weh, diesen Danny zu sehen, der sich einst für so manche Sache, sei sie auch verloren, wehrhaft eingesetzt hatte; diesen Danny, der es mit jedem Manne in der Welt im Trinken aufnehmen konnte – der auf jeden Liebesblick wie ein aufgestachelter Tiger zu reagieren pflegte. Jetzt saß er im Sonnenschein in der Vorhalle, die in blauen Baumwollköper gekleideten Knie bis zur Brust hochgezogen, die Arme überhängend, die Hände von schlaffen Handgelenken herabbaumelnd und den Kopf vornübergeneigt, wie von schwarzen Gedanken bedrückt. In seinen Augen leuchtete es weder von Begierde noch von Zorn; weder Freude noch Schmerz spiegelten sich darin wider. Armer Danny, wie hat das Leben dich zugerichtet! Hier sitzt du wie weiland der erste Mensch, ehe die Welt rund um ihn herum heranwuchs; oder wie der letzte Mensch, nachdem die ganze übrige Welt erstorben wäre. Aber schau, Danny, du bist nicht allein! Deine Freunde sind von deinem Gemütszustand mitbetroffen. Sie betrachten dich erwartungsvoll aus den Augenwinkeln. Wie Hündchen lauern sie auf die erste erwachende Bewegung ihres Herrn und Meisters. Ein frohes Wort von dir, Danny, ein froher Blick – wie die Hunde aufbellen und mit dem Schwanz wedeln würden, so sähest du deine Freunde alle wieder aufleben. Dein Leben gehört nicht dir allein, Danny, denn es greift über in die Lebensführung der andern! Sieh, wie deine Freunde leiden! Zurück ins Leben, Danny, damit deine Freunde auch leben können!

Etwa so, wenn auch nicht in so schönen Worten,

sprach es aus Pilon. Er hielt Danny eine Schale Wein hin. »Komm«, ermunterte er ihn. »Raff dich auf!«

Danny nahm die Schale und leerte sie in einem Zuge. Dann verfiel er wieder in seine vorherige Stellung und in sein Suchen nach dem Nirwana für sein Gefühlsleben.

»Tut es dir irgendwo weh?« fragte Pilon.

»Nein«, gab er zur Antwort.

Pilon schenkte ihm die Schale noch einmal voll und beobachtete ihn, während der Wein verschwand. Die Augen schienen nicht mehr ganz so glanzlos. Ganz in der Tiefe rührte sich wieder etwas von dem alten Danny, wenigstens für einen Augenblick. Er tötete eine Fliege mit einem Schlag, der einem Meister Ehre gemacht hätte. Langsam breitete sich ein Lächeln über Pilons Gesicht aus. Etwas später versammelte er alle Freunde, Pablo, Jesus Maria und Big Joe, den Piraten, Johnny Pom-pom und Tito Ralph.

Pilon führte sie alle zu dem Bach hinter dem Hause.

»Ich habe Danny unseren letzten Wein gegeben, und er hat ihm auch nicht geholfen. Was er braucht, ist viel Wein und vielleicht ein Gelage. Wie können wir Wein auftreiben?«

Ihre Gedanken suchten die Möglichkeiten von Monterey ab, wie Terrier in einer Scheune nach Ratten fahnden – aber es zeigten sich keine Ratten. Da wurden die Freunde von einer Welle so reiner Selbstlosigkeit erfaßt, wie wenige Menschen sie sich auch nur vorzustellen vermögen. Denn sie liebten Danny.

Schließlich sagte Jesus Maria: »Chin Kee verpackt Fische.«

Ihr Denken bäumte sich auf, kehrte sich dann aus Neugier der Sache zu, um sie näher in Betracht zu ziehen, kroch heimlich davor zurück und beschnüffelte sie von neuem. Es bedurfte einiger Augenblicke, bis ihre entsetzte Phantasie dem Vorschlag überhaupt nähertreten konnte. Und schließlich – warum nicht? Ein Tag wäre am Ende nicht so schlimm – nur ein einziger Tag. So überlegten sie stillschweigend.

Auf ihren Gesichtern war zu lesen, wie der Kampf vor sich ging und wie sie zum Wohle Dannys ihren Widerwillen zu besiegen suchten.

»Wir wollen es tun«, entschied Pilon. »Morgen werden wir alle hinuntergehen und Fische zerschneiden, und morgen abend werden wir zu Ehren Dannys eine Gesellschaft geben.«

Als Danny am folgenden Morgen erwachte, war das Haus menschenleer. Er stand aus dem Bett auf und sah sich in den stillen Stuben um. Aber Danny war nicht in der Verfassung, einer Sache lange nachzuhängen. Er gab das Kopfzerbrechen darüber auf, und bald danach ließ er jeden Gedanken daran fahren. Er ging in die Vorhalle und setzte sich nieder.

Hast du Vorahnungen, Danny? Fürchtest du, das Schicksal könne dir ein nahes Ende bereiten? Gibt es keine Freuden mehr für dich? Nein. Danny ist so in sich selbst versunken wie schon seit einer Woche.

Anders Tortilla Flat. Schon in der Frühe sprach sich das Gerücht herum: »Dannys Freunde zerschneiden Fische für Chin Kee.« Es war ein gewaltiges Ereignis, etwas wie ein Regierungssturz, ja fast wie ein Umsturz des Sonnensystems. Man sprach auf allen Straßen davon, und den Damen, die eben hinauseilten, um die Nachricht weiterzutragen, wurde sie über den Hinterzaun zugerufen. »Alle Freunde Dannys sind unten in der Stadt und zerschneiden Fische.«

Der Morgen war geladen mit der Neuigkeit. Es mußte einen Grund haben – ein Geheimnis steckte dahinter. Mütter weihten ihre Kinder ein und schickten sie eilends nach Chin Kees Fischhof. Junge Frauen warteten begierig hinter ihren Vorhängen auf weiteren Bericht. Und die Meldungen trafen ein.

»Pablo hat sich mit einem Fischmesser in die Hand geschnitten.«

»Chin Kee hat den Hunden des Piraten Fußtritte gegeben.«

Aufruhr!

»Die Hunde sind zurück!«

»Pilon sieht ingrimmig aus.«

Ein paar kleine Wetten wurden abgeschlossen. Monatelang war nichts so Aufregendes passiert. Einen ganzen Morgen hindurch sprach kein Mensch von Cornelia Ruiz. Erst um die Mittagsstunde sickerte die eigentliche Neuigkeit durch – und dafür gleich wie ein Sturzbach.

»Sie wollen eine große Gesellschaft für Danny geben.«

»Jedermann ist eingeladen.«

Weitere Anweisungen wurden vom Fischhof ausgegeben. Mrs. Morales staubte ihr Grammophon ab und legte ihre lautesten Platten zurecht. Funken stoben umher, und Tortilla Flat war wie Zunder. Sieben Freunde, man denke, wollten eine Gesellschaft für

Danny geben! Als ob Danny nur sieben Freunde hätte! Mrs. Soto begab, sich mit einem Schlachtmesser versehen, in ihren Hühnerhof. Mrs. Palochico schüttete eine Tüte voll Zucker in ihre größte Pfanne, um Rahmbonbons zu machen. Eine Delegation von Mädchen ging in den Woolworth-Laden von Monterey und kaufte alles vorhandene buntfarbige Kreppapier auf. Gitarren und Ziehharmonika musizierten versuchsweise durch den Flat.

Das Neueste! Mehr Meldungen vom Fischhof. Sie werden es schmeißen! Sie arbeiten wie toll. Sie werden mindestens vierzehn Dollar verdienen. Sorgt, daß vierzehn Gallonen Wein bereitstehen!

Torrelli wurde überlaufen. Jeder wollte eine Gallone Wein kaufen, um sie in Dannys Haus mitzubringen. Torrelli selbst, mitgerissen von dem Strudel, sagte zu seiner Frau: »Vielleicht gehen wir auch in Dannys Haus. Ich möchte meinen Freunden ein paar Gallonen Wein bringen.«

Im Lauf des Nachmittags jagte in Tortilla Flat eine Welle der Aufregung die andere. Seit einem Menschenalter nichtgetragene Kleider wurden ausgepackt und an die Luft gehängt. Schals, um die die Motten seit zweihundert Jahren gekämpft hatten, hingen an den Geländern der Vorhallen und strömten den Geruch von Mottenkugeln aus.

Und Danny? Er saß da wie ein Mann, der der Auflösung entgegensieht. Er rührte sich nur, wenn die Sonnenstreifen ihren Platz veränderten. Falls er beobachtet hatte, daß an diesem Nachmittag sämtliche Einwohner von Tortilla Flat an seinem Gartentor vorbeigezogen waren, so ließ er es sich nicht anmerken. Armer Danny! Wenigstens zwei Dutzend Augenpaare waren auf seine Vordertür geheftet. Etwa um vier Uhr stand er auf, streckte sich und schlenderte aus seinem Hof hinaus auf Monterey zu.

Siehe da, sie warteten kaum, bis er außer Sicht war. Oh, wie sie das grüne und gelbe und rote Kreppapier wanden und herumschlangen! Wie sie die Kerzen zuspitzten und die Überreste auf den Boden warfen, und wie die unvernünftigen Kinder das Wachs einstampften!

Nun wurden Eßwaren hereingebracht. Große Schüsseln voll Reis, Töpfe mit dampfendem Geflügel, Klöße, daß man nur staunen konnte. Und Wein in unendlichen Gallonen. Martinez grub aus seinem Düngerhaufen ein Faß Kartoffelschnaps aus und brachte es in Dannys Haus.

Um fünf Uhr dreißig marschierten die Freunde den Hügel hinauf, müde und mit zerschundenen Händen, aber triumphierend. So muß die »Alte Garde« ausgesehen haben, als sie nach Austerlitz in Paris wieder einzog. Als sie das buntgeschmückte Haus sahen, lachten sie, und die Müdigkeit fiel von ihnen ab. Vor Glück traten ihnen die Tränen in die Augen.

Mama Chipa kam in den Hof, gefolgt von ihren beiden Söhnen, die einen Waschzuber voll Salsa pura trugen. Paulito, dieser reiche Vagabund, schürte das Feuer unter einem großen Kessel mit Bohnen und spanischen Pfefferschoten. Dazwischen Rufe, abgebrochene Lieder, Weibergeschrei und ein allgemeiner Tumult von aufgeregten Kindern.

Da fuhr aus Monterey ein Wagen voll besorgter Polizisten herauf. »Oh, nur eine Gesellschaft! Da bekommen wir wohl auch ein Glas Wein. Paßt auf, daß niemand ums Leben kommt.«

Wo ist Danny? Einsam wie ein Rauchwölkchen in einer kalten Nacht, treibt er sich durch Monterey in den Abend hinein. Geht zum Postamt, zum Bahnhof, in die Spielräume auf der Alvarado Street und nach der Werft, wo das schwarze Wasser die Pfeiler umspült. Was ist mit dir, Danny? Was für sonderbare Gefühle hast du? Er wußte es selbst nicht. Sein Herz schmerzte ihn wie beim Abschied von einer geliebten Frau; eine unbestimmte Trauer, wie die verzweifelte Stimmung des Spätherbstes, erfüllte ihn. Er ging an den Restaurants vorbei, deren Gerüche er sonst mit Interesse eingesogen hatte, aber kein Appetit regte sich in ihm. Als er an Madame Zucas großem Hause vorüberkam, tauschte er keine unzüchtigen Gebärden mit den Mädchen an den Fenstern. Zurück zur Werft! Über das Geländer gelehnt, blickte er in das tiefe, tiefe Wasser. Ahnst du, Danny, daß der Wein deines Lebens sich in die Fruchtschalen der Ewigkeit ergießt? Erblickst du in dem öligen, um den Damm spielenden Wasser den Verlauf deiner Lebenstage? Bewegungslos stand er da und starrte hinunter.

Mit dem Dunkelwerden beunruhigte man sich in Dannys Haus um ihn. Die Freunde verließen die Gesellschaft und trabten den Hügel hinunter nach Monterey.

Sie fragten: »Habt ihr Danny gesehen?«

»Ja, vor einer Stunde ist Danny hier vorbeigekommen. Er ging langsam.«

Pilon und Pablo jagten zusammen nach ihm. Sie verfolgten seine Spuren, bis sie ihn endlich erspähten, am äußersten Vorsprung des dunklen Piers stehend. Eine trüb brennende elektrische Werftlaterne beleuchtete seine Gestalt. Eilends näherten sie sich ihm.

Damals erwähnte Pablo es nicht, aber späterhin pflegte er, sooft von Danny gesprochen wurde, zu schildern, was er in jenem Augenblick beobachtet, als er und Pilon der Werft entlang auf Danny zugingen. »Dort stand er«, sagte Pablo dann allemal, »ich konnte ihn gerade erkennen, wie er sich über das Geländer beugte. Ich blickte zu ihm, und nun bemerkte ich etwas anderes. Zuerst sah es aus wie eine schwarze Wolke über Dannys Kopf. Und dann sah ich, daß es ein mannsgroßer schwarzer Vogel war. Er hing in der Luft wie ein Habicht über einem Hasenschlupfloch. Ich bekreuzigte mich und sprach zwei Ave Maria. Als wir Danny erreichten, war der Vogel verschwunden.«

Pilon hatte hiervon nichts wahrgenommen. Er erinnerte sich auch nicht, daß Pablo sich bekreuzigt und zwei Ave Maria gebetet hätte. Aber er mischte sich nie in die Erzählung ein, denn diese war Pablos Geschichte. Rasch schritten sie auf Danny zu; die Planken der Werft erklangen hohl unter ihren Füßen. Danny wandte sich nicht um. Sie ergriffen ihn bei den Armen und drehten ihn zu sich herum.

»Danny! Was ist mit dir los?«

»Nichts. Alles in Ordnung.«

»Bist du krank, Danny?«

»Nein.«

»Aber warum bist du dann so traurig?«

»Ich weiß es selbst nicht. Mir ist einfach so zumute. Ich mag nichts tun.«

»Vielleicht könnte ein Arzt dir helfen, Danny?«

»Ich sage euch ja, ich bin nicht krank.«

»Nun sieh«, rief Pilon, »wir geben eine Gesellschaft für dich in deinem Hause. Jedermann von Tortilla Flat ist dort, und es gibt Musik und Wein und Geflügel! Etwa zwanzig bis dreißig Gallonen Wein sind vorhanden. Alles mit buntem Papier ausgeschmückt. Willst du nicht kommen?«

Danny atmete tief ein. Einen Augenblick wandte er sich nach dem unergründlichen schwarzen Wasser zurück. Vielleicht flüsterte er den Göttern ein Gelübde oder eine Herausforderung zu.

Dann kehrte er sich mit einem Ruck wieder zu seinen Freunden. Seine Augen glänzten fiebrig. »Ihr habt verflixt recht, ich möchte dabeisein. Hurtig! Ich habe Durst. Sind auch Mädchen dort?«

»Massenhaft. Alle Mädchen.«

»So kommt. Macht schnell.«

Er stürmte voran den Hügel hinauf. Lange ehe sie das Haus erreicht hatten, hörten sie durch die Kiefern die liebliche Musik und den grellen Lärm erregter, glücklicher Stimmen. Die drei Spätkömmlinge trafen atemlos ein. Danny hob den Kopf und heulte wie ein Steppenwolf. Ganze Krüge Wein wurden ihm entgegengehalten. Aus jedem tat er einen Zug.

Eine Gesellschaft für ihn! Wenn in der Folgezeit jemand mit Begeisterung von einer Gesellschaft erzählte, konnte man sicher sein, daß irgendeiner voller Ehrfurcht fragte: »Warst du damals bei der Gesellschaft in Dannys Haus?« Und wenn der erste Erzähler nicht gerade ein Neuling war, dann war er bestimmt dabeigewesen. – Eine Gesellschaft für Dich, Danny! Niemand hat je eine bessere gegeben. Das wäre undenkbar; innerhalb von zwei Tagen war Dannys Gesellschaft über jeglichen Vergleich mit allen Gesellschaften, die je gegeben worden, erhaben. Welcher Mann hätte aus dieser Nacht nicht ehrenvolle Schnitte und Beulen davongetragen? Nie hatte es so viele Keilereien gegeben; nicht Zweikämpfe, sondern ganze tosende Schlachten, in denen die Männer in Klumpen tobten, jeder für sich kämpfend.

Oh, und das Gelächter der Frauen! Dünn und hoch bis zum Brechen, wie gesponnenes Glas! Und das schickliche Abwehrgeschrei am Bach. Pater Ramon war aufs höchste erstaunt über die Beichtgeständnisse in der Woche darauf und konnte das Gehörte nicht glauben. Hochbeglückt riß sich die Seele von Tortilla Flat von allen Fesseln los und erhob sich in ekstatischer Einigkeit in alle Lüfte. Es wurde so heftig getanzt, daß der Fußboden an einer Ecke nachgab. Die Handorgeln spielten so laut, daß sie nachher vom Winde zerbrochen waren wie erlahmte Pferde.

Und Danny? Wie die Gesellschaft hoch über jedem Vergleich stand, so die Verherrlichung Dannys als Held der Feier. Mag in Zukunft ein Wichtigtuer prahlen: »Habt ihr mich gesehen? Wart ihr dabei, als ich die Negerdirnen um einen Tanz bat? Habt ihr uns herumscharwenzeln sehen wie Kater?« – dann müßte sich von irgendwoher der weisheitsvolle, strafende Blick eines Alten auf ihn richten und eine Stimme, deren Träger für immer erfüllt ist vom höchsten Erlebnis dieser Art, ihn ruhig fragen:

»Hast du Danny in jener Nacht bei seiner Gesellschaft gesehen?«

Es mag sein, daß dereinst ein Geschichtsschreiber eine trockene, schwammige Geschichte »Die Gesellschaft« schreiben wird. Er wird wahrscheinlich bei dem Augenblicke verweilen, wo Danny die ganze Gesellschaft, Männer, Frauen und Kinder, herausforderte und mit einem Tischbein bedrohte. Vielleicht wird er mit der Feststellung schließen: »Es kann oft beobachtet werden, daß ein sterbender Organismus noch einer außerordentlichen Zähigkeit und Kraft fähig ist.« Käme er auf Dannys übermenschliche Liebesanstrengungen in jener Nacht zu sprechen, würde der gleiche Geschichtsschreiber vermutlich mit sicherer Hand den Satz niederschreiben: »Wenn ein lebender Organismus in seinem Bestand angegriffen wird, so streben seine sämtlichen Funktionen nach Fortpflanzung.«

Ich aber sage, und ganz Tortilla Flat mit mir: »Zum Teufel damit. Dieser Danny war ein ganzer Mann.« Niemand hat irgendwelche Aufzeichnungen gemacht, und natürlich hätte hinterher keine Dame zugegeben, sie sei übergangen worden. Daher ist es möglich, daß der Ruhm von Dannys Heldentaten etwas übertrieben war. Ein Zehntel davon dürfte für jeden Mann in der ganzen Welt als übertrieben angesehen werden.

Wohin Danny sich begab, folgte ihm eine großartige Tollheit. Leidenschaftlich wird in Tortilla Flat behauptet, Danny allein habe drei Gallonen Wein getrunken.

Dabei ist jedoch zu bedenken, daß Dannys Andenken nunmehr vergöttert wird. Bis in ein paar Jahren mögen es dreißig Gallonen werden. In zwanzig Jahren wird es leicht möglich sein, sich zu erinnern, daß in den Wolken mit gewaltigen Großbuchstaben der Name Danny flammte; daß Blut vom Monde träufelte und daß von den Gebirgen der Milchstraße der Weltwolf prophetisch heulte.

Allmählich begannen die, welche weniger widerstandsfähig waren als Danny, schlaff zu werden, zusammenzusacken und sich heimlich davonzuschleichen. Die Zurückbleibenden empfanden die Lücke und schrien um so lauter, rauften um so verbissener und tanzten desto heftiger. In Monterey standen die Motoren der Feuerwehrwagen nicht still, und die Mannschaft saß in schweigender Erwartung in roten Mützen und wasserdichten Mänteln da.

Die Nacht verrauschte schnell, und immer noch tobte Danny durch die Gesellschaft.

Was hernach geschah, wird von männlichen und weiblichen Zeugen bekräftigt. Obgleich die Beweiskraft ihres Zeugnisses häufig angegriffen wird mit der Begründung, daß diese Menschen dreißig Gallonen Wein und ein Faß Kartoffelschnaps ausgetrunken hatten, bestehen sie doch hartnäckig auf den Hauptpunkten. Es dauerte einige Wochen, bis die Geschichte sich formte, weil der eine dies, der andere jenes beitrug. Allmählich aber kristallisierte sich eine vernünftige Gestalt heraus, die sie nun ein für allemal behalten wird.

Dannys irdische Erscheinung, sagten die Leute von

Tortilla Flat, veränderte sich zusehends. Sie wuchs zu unheimlicher Größe heran. Seine Augen funkelten wie die Vorderlichter eines Automobils. Es war etwas Fürchterliches an ihm. Dort stand er, in der Stube seines eigenen Hauses. In der rechten Hand hielt er ein Tischbein aus Kiefernholz, und selbst dieses schien gewachsen. Danny forderte die Welt heraus.

»Wer kämpft mit mir?« schrie er. »Gibt es auf der Welt niemanden mehr, der sich nicht fürchtet?« Tatsächlich fürchteten sich alle; das Tischbein, das so grausig lebendig erschien, war ein Schrecknis für jedermann. Danny schwang es gewaltig in der Luft. Die Handorgeln verstummten. Das Tanzen hörte auf. Ein Frost durchschauerte das Zimmer, und in der Luft wogte das Schweigen wie Meereswellen.

»Niemand?« schrie Danny abermals. »Bin ich mutterseelenallein in der Welt? Nimmt es niemand mit mir auf?« Die Männer schauderten vor seinen schrecklichen Augen und folgten wie gebannt den Bahnen des durch die Luft sausenden Tischbeins. Niemand antwortete auf seine Herausforderung.

Danny reckte sich auf. Es heißt, sein Kopf sei fast an die Zimmerdecke gestoßen. »Dann werde ich den Einen suchen, der zu kämpfen versteht. In der Ewigkeit werde ich den Kämpen finden, der Dannys würdig ist.« Er taumelte zur Tür, unterwegs mehrmals stolpernd. Die Leute machten erschreckt einen breiten Weg für ihn frei. Er bückte sich, um zur Tür hinauszuschreiten.

Vor dem Hause hörten sie ihn weiter seine Herausforderung hinausbrüllen. Das Tischbein pfiff durch die Luft wie ein Meteor. Dann hörten sie, wie seine Schritte ihn über den Hof führten. Und schließlich ließ sich hinter dem Hause vom Bach her ein so entsetzlicher und eisiger Gegenruf vernehmen, daß ihnen das Rückgrat zu schmelzen schien, wie die Brunnenkresse unter dem Frost dahinwelkt. Noch heute, wenn die Leute von Dannys letztem Kampfgegner sprechen, senken sie die Stimmen und blicken verstohlen um sich. Sie haben Dannys Schlachtruf gehört – seinen letzten, schrillen und trotzigen Aufschrei, und dann einen dumpfen Fall. Ihm folgte die große Stille.

Einen langen Augenblick verhielten sich die Menschen abwartend und hielten den Atem an, als könne das Geräusch ihrer Lungen einen Laut von draußen verdunkeln. Aber sie lauschten vergeblich . Die Nacht war düster, nur von fern zeigte sich das erste Morgengrau.

Pilon war es, der das Schweigen durchbrach. »Es ist etwas passiert«, sagte er. Er war auch der erste, der zur Tür hinausstürzte. Kein Schrecken vermochte den Tapferen zurückzuhalten. Die Leute folgten ihm. Sie gingen hinter das Haus, wohin sie Dannys Tritte hatten führen hören, aber kein Danny war zu finden. Sie kamen an den Rand des Rinnsals, von dem ein scharfer Zickzackweg zum Ursprung des alten Wasserlaufs zurückführte, den seit Menschengedenken kein frischer Strom gespeist hatte. Man sah Pilon den Pfad hinuntereilen. Die anderen folgten ihm langsam. Dann fanden sie Pilon am Ende des Teichs, um einen gebrochenen und verkrümmten Danny bemüht. Vierzig Fuß tief war er gefallen. Pilon strich ein Zündhölzchen an. »Ich glaube, er lebt«, schrie er. »Lauft einen Arzt rufen. Holt schleunigst Pater Ramon herbei.«

Die Leute liefen in alle Windrichtungen. Innerhalb einer Viertelstunde hatten die wie irrsinnigen Paisanos vier Ärzte geweckt und aus ihren Betten gezerrt. Keine der langsamen Überlegungen, mit denen die Ärzte gern zeigen, daß sie nicht die Sklaven von Gefühlsregungen sind, wurde ihnen gestattet. Nein! Sie wurden von Menschen, die zu aufgeregt waren, um zu erklären, was sie wollten, hinausgedrängt und gestoßen, ihre Instrumentenkästen wurden ihnen hastig in die Hände geschoben. Pater Ramon, den man ebenfalls aus dem Bett geholt hatte, kam keuchend den Hügel herauf, nicht ahnend, ob er einen Teufel austreiben, einem Neugeborenen die Nottaufe geben oder einer Lynchjustiz beiwohnen sollte. Unterdessen hatten Pilon, Pablo und Jesus Maria Danny den Hügel hinaufgetragen und auf sein Bett gelegt. Sie stellten Kerzen um ihn herum. Dannys Atem ging schwer.

Zuerst trafen die Ärzte ein. Argwöhnisch blickten sie einander an und überlegten, wem der Vortritt gebühre; aber jeder Augenblick des Verzugs brachte drohende Blicke in die Augen der Anwesenden. Es brauchte nicht viel Zeit, um Danny zu untersuchen. Sie waren damit fertig, als Pater Ramon eintrat.

Ich gedenke nicht, Pater Ramon in das Sterbezimmer zu begleiten, denn in diesem befanden sich Pilon, Pablo und Jesus Maria, Big Joe und Johnny Pom-pom, Tito Ralph und der Pirat, und diese bildeten Dannys Familie. Die Tür war und bleibt geschlossen. Die

Menschen haben ihren Stolz, und es gibt Dinge, die man mit Ehrfurcht auf sich beruhen lassen soll.

Aber in der großen Stube, die mit den Bewohnern von Tortilla Flat zum Ersticken vollgestopft war, herrschte düstere Spannung und wartendes Schweigen. Priester und Ärzte besitzen feine Verständigungsmittel. Als Pater Ramon aus dem Sterbezimmer herauskam, war sein Gesicht unverändert. Aber bei seinem Anblick brachen die Frauen in ein schrilles, schreckliches Klagegeheul aus. Die Männer hoben die Füße wie Pferde im Stall und gingen ins Morgengrauen hinaus. Und die Schlafzimmertür blieb geschlossen.

17

Wie Dannys trauernde Freunde den Konventionen Trotz boten. Wie der Talisman, der sie miteinander verbunden, verbrannte und jeder der Freunde allein des Weges zog

Der Tod ist etwas ganz Persönliches und erweckt, je nachdem, Trauer, Verzweiflung, glühende Empfindung oder philosophische Betrachtungen unberührter Herzen. Begräbnisse hingegen sind soziale Ereignisse. Man stelle sich vor, es würde jemand zu einer Beerdigung fahren, ohne zuvor sein Automobil blankgeputzt zu haben. Oder man stünde anders als im besten schwarzen Anzug mit den besten, wunderbar gewichsten schwarzen Schuhen am Grabesrand. Oder es würde jemand Blumen zu einer Beerdigung schikken, ohne eine Karte angeheftet zu haben, mit der er beweist, daß er sich korrekt benommen hat. Keine soziale Veranstaltung verlangt für das Verhalten der Teilnehmenden ein so streng festgelegtes Ritual wie ein Leichenbegängnis. Man male sich die Entrüstung aus, wenn der Geistliche an den vorgeschriebenen Formen der Predigt etwas änderte oder sich mit einem ungewohnten Gesichtsausdruck an der Norm versündigte. Welchen Schock würde es hervorrufen, wenn man im Trauerraum sich anderer Sitzgelegenheiten bediente als kleiner, zusammenlegbarer gelber Folterstühle mit harten Sitzen. Nein: Noch im Sterben kann ein Mensch geliebt oder gehaßt, betrauert und beklagt werden; ist er jedoch einmal tot, so wird er das Hauptstück komplizierter sozialer Feierlichkeiten mit feststehenden Formen.

Danny war tot, erst seit zwei Tagen tot, und schon war er nicht mehr Danny. Obwohl die Menschen den geziemenden, verschleierten Ausdruck düsterer Trauer zur Schau trugen, wohnte Erregung in ihren Herzen. Die Regierung hatte allen ehemaligen Soldaten unter den Söhnen des Landes auf Wunsch ein militärisches Begräbnis zugesagt. Danny war der erste aus dem Krieg Heimgekehrte von Tortilla Flat, der vom Leben abberufen war, und Tortilla Flat wartete kritisch darauf, zu erleben, wie die Regierung ihre Zusage einlösen würde. Man hatte das Präsidium benachrichtigt und Danny auf öffentliche Kosten einbalsamieren lassen. Ein frisch gestrichener Pulverwagen mit einem zierlich neuen Fähnchen wartete bereits im Artillerieschuppen. Schon war für den Freitag folgender Tagesbefehl ausgegeben:

»Von zehn bis elf Uhr vormittags Begräbnis. Eskorte Schwadron A, 11. Kavallerietruppe; Musikkapelle und Ehrensalven der 11. Kavallerie.«

War dies kein Anlaß, damit jede Frau von Tortilla Flat im Dollarbazar von Monterey einkaufen ging? Tagsüber gingen dunkelgekleidete Kinder durch die Straßen von Monterey und bettelten an den Gärten um Blumen für Dannys Begräbnis. Am Abend suchten die gleichen Kinder ebendieselben Gärten auf, um die Sträuße zu vergrößern.

Bei der Feier hatte man die besten Kleider getragen. In der Zwischenzeit von zwei Tagen mußten diese Kleider gereinigt, gewaschen, gestärkt, geflickt, geplättet werden. Alles war wie besessen tätig. Die Aufregung war groß, wenn auch geziemend gedämpft.

Am Abend des zweiten Tages versammelten sich Dannys Freunde in Dannys Haus. Der erste Schock und die Wirkung des Weins waren vorüber. Dafür waren sie jetzt von einem neuen Schrecken befallen: Unter allen Menschen von Tortilla Flat waren sie, die Danny am meisten geliebt, die am meisten von ihm empfangen, sie, die Paisanos, die einzigen, die nicht zu Dannys Leichenbegängnis gehen konnten. Schon im Halbbewußtsein ihrer Kopfschmerzen hatten sie etwas von dieser entsetzlichen Tragödie empfunden. Aber erst heute abend war ihnen die Lage so klargeworden, daß sie ihr ins Gesicht sehen mußten. Für gewöhnlich war ihre Kleidung schon unaussprechlich. Bei der Gesellschaft waren ihr Baumwollzeug und ihre blauen Hemden um Jahre gealtert. Wo war ein Hosenknie, das nicht geplatzt gewesen wäre? Wo ein Hemd, das nicht große Risse hatte? Wäre sonst irgend jemand gestorben, dann hätten sie Anzüge entleihen können. Aber es gab in ganz Tortilla Flat niemanden, der nicht seine guten Kleider zu Dannys Begräbnis zu tragen gedachte. Einzig Cocky Riordan konnte nicht hingehen, aber Cocky war in Quarantäne, weil er eben die Blattern gehabt, und mit ihm seine Kleider. Man hätte vielleicht das Geld zum Ankauf eines Anzuges erbetteln oder stehlen können, aber Geld für sechs Anzüge war unmöglich zu erlangen. Man mag einwenden, ob sie nicht genug Liebe zu Danny hatten, um in Lumpen zu seinem Begräbnis zu gehen? Aber wer möchte in Lumpen gehen, wenn alle Nachbarn ihr Bestes anhaben? Und wäre es nicht Danny gegenüber eine größere Pietätlosigkeit gewesen, zerlumpt zu seiner Beerdigung zu gehen, als sich überhaupt nicht zu zeigen?

Die Verzweiflung, die sich ihrer Herzen bemächtigte, war unbeschreiblich. Sie verfluchten ihr Schicksal. Durch die Vordertür konnten sie Galvez vorbeistolzieren sehen. Galvez hatte sich zu Dannys Begräbnis einen neuen Anzug gekauft und ihn schon vierundzwanzig Stunden vorher angezogen. Die Freunde saßen, das Kinn in die Hand gestützt, von ihrem Unglück niedergebeugt, beieinander. Sie hatten jede Möglichkeit durchgesprochen.

Es war das einzige Mal in seinem Leben, daß sich Pilon zu einer Absurdität verstieg.

»Wir könnten heute abend ausgehen und jeder einen Anzug stehlen«, schlug er vor.

Er mußte sich selbst sagen, wie albern dies war, denn ausgerechnet heute abend würde jeder gute Anzug auf dem Stuhl neben einem Bett bereitgelegt werden. Einen Anzug stehlen wollen würde Tod bedeuten.

»Die Heilsarmee verteilt manchmal Kleider«, bemerkte Jesus Maria.

»Ich war schon dort«, antwortete Pablo. »Sie haben augenblicklich vierzehn Frauenkleider zu vergeben, aber keine Männeranzüge.«

In jeder Beziehung war das Schicksal gegen sie. Tito Ralph gesellte sich zu ihnen, mit einem neuen grünen Taschentuch, das aus der Brusttasche hervorsah, aber er erregte solche Feindseligkeit, daß er sich unter gemurmelten Entschuldigungen aus dem Zimmer zurückzog.

»Wenn wir eine Woche Zeit hätten, könnten wir Fische zerschneiden«, sagte Pilon voll Heldenmut. »Aber das Begräbnis ist morgen. Wir müssen den Tatsachen ins Gesicht blicken. Natürlich können wir zu der Beerdigung gehen.«

»Wie denn?« fragten die Freunde.

»Wir können auf dem Seitenpfad hingehen, während die Musikkapelle und der Zug durch die Straßen ziehen. Der Kirchhofzaun ist ganz mit Gras überwachsen. Dort können wir uns hineinlegen und alles mit ansehen.«

Dankbar blickten die Freunde Pilon an. Sie wußten, wie sein scharfer Verstand jede Möglichkeit erwogen hatte. Aber es war eine halbe Sache, ja weniger als die Hälfte, das Begräbnis nur zu sehen. Selbst bei der Feier gesehen zu werden war die wichtigere Hälfte. Aber dies war das Äußerste, was erreicht werden konnte.

»Dies ist eine Lehre für uns«, erklärte Pilon. »Wir müssen uns zu Herzen nehmen, daß man immer einen guten Anzug auf der Seite haben muß. Man kann nie wissen, was passiert.«

Dabei ließen sie es bewenden, aber sie waren sich ihres Fehlschlags bewußt. Fast die ganze Nacht wanderten sie durch die Stadt. Welcher Hof wurde nicht seiner schönsten Blumen beraubt? Welcher blühende Baum blieb, wie er war? Am Morgen war das frisch geschaufelte Grab, das Dannys sterbliche Reste auf dem Friedhof aufnehmen sollte, fast verdeckt von einem Wall der herrlichsten Blumen aus den gepflegtesten Gärten von Monterey.

Nicht immer hat die Natur den guten Geschmack, ihre Effekte richtig zu berechnen. Zugegeben, es regnete vor Waterloo; vierzig Fuß Schnee sollen auf den Weg der »Donner Party« gefallen sein. Aber jener Freitag war ein schöner Tag. Die Sonne ging auf, als sei ein Picknick vorgesehen. Die Möwen flogen über die lächelnde Bucht nach den Sardinenkonservenfabriken. Die Felsenfischer nahmen ihre Plätze für die Zeit der Ebbe ein. Die *»Palace Drug Company«* ließ die Segeltuchplanen herunter, um die roten Flaschen mit heißem Wasser in den Fenstern vor der chemischen Einwirkung der Sonnenstrahlen zu schützen. Mr. Machado, der Schneider, hing vor seine Werkstatt ein Schild mit der Inschrift: »In zehn Minuten zurück« und ging, um sich für das Begräbnis anzukleiden. Drei Schlagnetzfischer kamen mit Sardinen beladen heim. Louis Duarte strich sein Boot neu an und vertauschte den bisherigen Namen »Lolita« gegen »Die drei Vettern«. Jake Lake, der Polizist, legte Beschlag auf ein vor der Reede von Del Monte vor Anker liegendes Schiff, gab es wieder frei und kaufte sich eine Zigarre.

Dies ist ein Rätsel. Wie ist es möglich, daß das Leben an einem solchen Tage einfach weiter seinen blöden Lauf nimmt? Wie kann Mamie Jackson den Gartenweg vor ihrem Haus bespritzen? Wie vermag

George W. Merk seinen vierten und aufgebrachtesten Brief an die Wasserversorgungsgesellschaft zu schreiben? Und wie geht es zu, daß Charlie Marsh so widerlich betrunken ist wie gewöhnlich? Frevel ist dies alles – Schändung des Heiligsten!

Dannys Freunde erwachten traurig und erhoben sich vom Boden. Dannys Bett stand leer. Es glich dem reiterlosen Schlachtroß eines Offiziers, das seinem Herrn in den Tod folgt. Nicht einmal Big Joe Portagee hatte einen begehrlichen Blick auf Dannys Bett geworfen. Die Sonne schien begeistert durch das Fenster und warf die zarten Schatten der Spinngewebe auf den Fußboden.

»An solchen Morgen pflegte Danny guter Dinge zu sein«, sagte Pilon.

Nach dem Gang zum Bach saßen die Freunde ein Weilchen in der Vorhalle, das Andenken ihres Freundes feiernd. Getreulich erinnerten sie sich an Dannys Tugenden und priesen sie miteinander. Die Treue gebot, daß sie seiner Fehler vergaßen.

»Und stark war er!« rühmte Pablo. »Stark wie ein Maultier! Er konnte einen ganzen Ballen Heu heben.«

Sie erzählten sich kleine Geschichten von Danny, von seiner Herzensgüte, seinem Mut, seiner Frömmigkeit.

Allzubald war es Zeit, zur Kirche zu gehen – oder in ihren zerlumpten Kleidern jenseits der Straße zu stehen. Sie erröteten innerlich, als sie glücklichere Menschen zur Kirche pilgern sahen – so schön gekleidet, so überströmend von *»Agua Florida«* duftend. Die

Freunde konnten die Musik und das eintönige Summen des Gottesdienstes hören. Von ihrer günstigen Stellung sahen sie die Kavallerie eintreffen und die Musikkapelle mit gedämpftem Trommelschlag vorbeiziehen; sie beobachteten, wie die für die Ehrensalven bestimmte Korporalschaft sich aufstellte, und erblickten den Pulverwagen mit drei Paar Pferden und je einem Kavalleristen auf den ihnen zunächst marschierenden Pferden eines jeden Paares. Das traurig tönende Aufschlagen der Pferdehufe auf den Asphalt erfüllte die Herzen der Freunde mit Verzweiflung. Hilflos sahen sie mit an, wie der Sarg hinausgetragen und auf den Pulverwagen gelegt und die Fahne darüber ausgebreitet wurde. Der Offizier blies die Pfeife, hob die Hand und gab ein Zeichen nach vorn. Das Schwadron setzte sich in Bewegung, die Korporalschaft senkte die Gewehre. Die Trommeln ließen ihren herzbrechenden, langsamen Rhythmus ertönen. Die Musikkapelle spielte ihren ergreifenden Marsch. Der Pulverwagen bewegte sich vorwärts. Die Bevölkerung schritt majestätisch hinterher, die Männer steif aufgerichtet und ernst, die Frauen hielten zierlich ihre Röcke zur Seite, um sie vor den unaustilgbaren Spuren der Kavallerie zu schützen. Jedermann war zur Stelle: Cornelia Ruiz, Mrs. Morales, Galvez, Torrelli und seine rundliche Frau, Mrs. Palochico, Tito Ralph, der Verräter, Liebchen Ramirez, Mr. Machado – jeder, der in Tortilla Flat irgend etwas bedeutete, und jedermann sonst war zugegen.

Ist es zu verwundern, daß die Freunde die Schande und das Elend ihrer Lage nicht ertragen konnten?

Eine kleine Weile noch schlichen sie sich den Seitenpfad entlang, sich heldenhaft gebarend.

Jesus Maria war der erste, der zusammenbrach. Er schluchzte vor Schamgefühl, denn sein Vater war ein reicher Preisfechter gewesen. Jesus Maria senkte den Kopf und stürmte los; die fünf Freunde folgten, und die fünf Hunde sprangen hinterdrein.

Noch bevor der Zug in Sicht war, lagen Dannys Freunde in dem hohen Gras, das den Kirchhof einfaßte. Die Feier war kurz und militärisch. Der Sarg wurde hinabgesenkt; die Gewehre krachten, das Jagdhorn blies den Zapfenstreich, bei dessen Klängen Enrique und Fluff, Pajarito, Rudolph und Señor Alec Thompson ihre Köpfe zurücklehnten und heulten. Der Pirat war stolz auf sie! Zu schnell war es vorbei. Die Freunde machten sich schleunigst davon, damit die Leute sie nicht sehen könnten.

Sie mußten sowieso auf dem Heimweg an Torrellis verlassenem Haus vorbei. Pilon stieg durch ein Fenster ein und brachte zwei Gallonen Wein heraus. Dann gingen sie langsam in Dannys stilles Haus zurück. Feierlich füllten sie die Fruchtschalen und tranken.

»Danny trank gern Wein«, sagten sie. »Danny war glücklich, wenn er ein wenig Wein hatte.«

Der Nachmittag verstrich, und der Abend brach herein. Ein jeder ließ, vom Weine nippend, seine Gedanken durch seine Vergangenheit schweifen. Um sieben Uhr kam verschämt Tito Ralph herein und brachte eine Schachtel Zigarren mit, die er an einer Kasperlebude gewonnen hatte. Die Freunde zündeten sich Zigarren an, spuckten aus und brachen die zweite

Gallone an. Pablo versuchte ein paar Töne des Liedes »Tulipan« zu singen, um zu probieren, ob er die Stimme ganz verloren habe.

»Cornelia Ruiz war heute den ganzen Tag allein«, bemerkte Pilon nachdenklich.

»Vielleicht wäre es angebracht, ein paar traurige Lieder zu singen«, sagte Jesus Maria.

»Aber Danny hatte die traurigen Lieder nicht gern«, entgegnete Pablo. »Er liebte die lustigen Lieder und solche von munteren Frauen.«

Alle nickten ernsthaft.

»Ja, Danny war ein großer Frauenheld.«

Pablo probierte es mit dem zweiten Vers von »Tulipan«, und Pilon half ein wenig, und gegen Ende fielen die anderen ein. Als das Lied fertig war, wollte Pilon einen Zug aus seiner Zigarre tun, aber sie war ausgegangen. »Tito Ralph«, sagte er, »warum holst du nicht deine Gitarre, damit wir ein wenig besser singen können?« Er zündete die Zigarre wieder an und schnippte das Zündhölzchen in die Luft.

Das brennende Hölzchen landete bei einer alten Zeitung dicht an der Wand. Jeder von ihnen machte eine Bewegung, um es auszulöschen – und jeden durchzuckte ein himmlischer Gedanke, der ihn die Hand zurückziehen ließ. Ihre Blicke fanden einander und lächelten sich gegenseitig an mit dem weisen Lächeln derer, über die weder Tod noch Hoffnung etwas vermögen. Träumerisch beobachteten sie, wie die Flamme flackerte, fast erstarb und zu neuem Leben erwachte. Sie sahen sie an dem Papier hochschlagen. So sprechen die Götter mit kleinen Ursachen, großen Wirkungen. Die Männer lächelten weiter, als das Papier verbrannte und die dürre Holzwand Feuer fing.

So ist es recht, ihr weisen Freunde Dannys. Das Band, das euch zusammenhielt, ist zerschnitten. Der Magnet, der euch anzog, hat seine Kraft verloren. Ein Fremder wird Eigentümer des Hauses werden, irgendein freudloser Verwandter Dannys. Es ist besser, daß dieses Sinnbild geheiligter Freundschaft, dieses gute Haus der Gelage und der Raufereien, der Liebe und der Behaglichkeit, sterbe wie Danny – in einem letzten glorreichen, hoffnungslosen Ansturm auf das Göttliche.

Lächelnd saßen sie da. Wie eine Schlange kroch die Flamme an die Zimmerdecke hinauf, brach durch das Dach und zischte auf. Dann erst erhoben sich die Freunde von ihren Stühlen und schritten wie Träumende zur Tür hinaus.

Pilon, der jede Lehre beherzigte, nahm den übrigen Wein mit.

Von Monterey heulten die Sirenen. Die Feuerwehrwagen ratterten im Eiltempo den Hügel hinauf. Die Scheinwerfer spielten zwischen den Bäumen. Als die Feuerwehr eintraf, war das Haus eine einzige Flamme, gleich einem lodernden, stumpfen Speer. Die Schläuche benetzten die Bäume, damit das Feuer nicht um sich griff.

Unter den sich herandrängenden Menschen von Tortilla Flat standen Dannys Freunde wie verzückt und betrachteten das Schauspiel, bis zuletzt das Haus nur noch ein Haufen schwarzer, rauchender Asche war.